H. J. Evans

Tödliche Gelüste

Erotischer Thriller

Bibliografische Information der Deutschen Bibliothek:
Die Deutsche Bibliothek verzeichnet diese Publikation in der
Deutschen Nationalbibliografie; detaillierte Informationen sind im
Internet über
<http://dnb.ddb.de> abrufbar.

© 2005 H. J. Evans
Herstellung und Verlag: Books on Demand GmbH, Norderstedt
ISBN 3-8334-3917-3

Mittwoch, 22. Mai
16.07 Uhr

Es gibt Tage, da kann ich mich über alles aufregen. Heute ist wieder einer jener Tage.

Es regnet schon den ganzen Tag. Ach, was heißt hier den ganzen Tag. Es regnet schon den ganzen Frühling! Seit ich mir dieses schicke BMW-Cabriolet zugelegt habe, hat es nur noch geregnet. Halt! Nicht dass ich lüge. Eine Woche lang in den Osterferien hat die Sonne geschienen, leider hatte ich nichts davon. Ich hatte zwei Wochen absolute Bettruhe mit der schlimmsten Grippe, an die ich mich erinnern kann. So sehr habe ich mich gefreut, mit offenem Dach auf den Landstraßen zu fahren und die Haare im Wind wehen zu lassen. Gegen alle vernünftigen Vorschläge meines Anlageberaters bei der Bank habe ich mir den verdammt teuren Schlitten zugelegt. Eigentlich mache ich mir nichts aus der ganzen Technik. Wie viel PS ein Auto hat, wie breit die Reifen sind und dem ganzen anderen Quatsch. Mir muss ein Auto gefallen. Leider ist das, was mir gefällt, immer gleich so teuer. Und für vernünftige Vorschläge war ich noch nie zu haben. Es mag sein, dass ich ein kleines Vermögen machen könnte, wenn ich die Ratschläge befolgen würde, aber die Frage ist, wann? Wer weiß, ob ich dann überhaupt noch lebe. Soll doch mein Anlageberater erzählen, was er will. Ob der DAX steigt oder der Euro stabil bleibt, ist mir doch egal. Ich will jetzt meinen Spaß haben und nicht irgendwann.

Ich hasse diesen Regen, vor allem dann, wenn ich einen Parkplatz suche. Klar, ich hätte die U-Bahn nehmen können, aber ich hasse die U-Bahn, umso mehr gerade zur Hauptverkehrszeit. Eingequetscht wie die Sardinen in einer Dose zwischen irgendwelchen Typen, die sich seit Ewigkeiten nicht mehr gewaschen haben und wie Biber stinken, oder Medizinstudenten, die von der heilenden Wirkung des Knoblauchs so überzeugt sind, dass sie meinen, es kiloweise vertilgen zu müssen. Und das Schlimmste dabei ist, dass sie sich sogar noch cool dabei finden. Oh Gott. Nein danke!

Es ist so unnötig, wie ich mich über alles aufrege. »So unnötig wie ein Kropf«, wie man hier im Schwabenländle zu sagen pflegt. Ich atme tief durch und versuche mich zu beruhigen. Ich weiß nur zu gut, wie ich mich aufregen kann und dann irrational reagiere. Zu oft haben mich meine wilden Emotionen und mein heißes Temperament in Situationen gebracht, die so verzwickt waren, dass die Folgen fatal waren.

Kaum zu glauben, beim Parkhaus an der Liederhalle leuchtet tatsächlich das Freizeichen. Nichts wie rein. Vorbei an den hell beleuchteten Frauenparkplätzen, die typischerweise wieder einmal von den Autos der Männer besetzt sind. Ich habe Glück und finde einen Parkplatz im letzten und dunkelsten Winkel des Parkhauses. Ich fühle mich immer unwohl in diesen großen Tiefgaragen. Gerade in letzter Zeit ist es zu sehr viel Gewalt an diesen einsamen Orten gekommen und ich habe selber genug Brutalitäten miterlebt.

Als ich die Straße betrete, prasselt der Regen weiter herunter, während ich die Schlossstraße in Richtung der Stuttgarter Fußgängerzone laufe. Bei diesem Wind hält der Schirm nicht viel ab. Ich versuche, über eine Pfütze zu springen, was in diesen Schuhen nicht gerade sehr einfach ist. Gerade habe ich es doch geschafft, da fährt so ein Idiot in die Pfütze und spritzt mich von oben bis unten voll. Vielen Dank auch, du Blödmann!

Bei einem Eingang bleibe ich stehen. Ja, die Adresse stimmt. Der Lift bringt mich zur vierten Etage. »Frau Dr. med. phil. A. Beierle. Psychotherapeutin« – ich bleibe eine Weile vor der Tür stehen und betrachte das Messingschild. Irgendwie fühle ich mich auf einmal gar nicht so wohl. Ein leichtes Ziehen im Magen und das Gefühl, einen Kloß im Hals zu haben. Es ist lächerlich, denke ich mir. Ich hole tief Luft und betrete die Praxis.

Die junge Sprechstundenhelferin mustert mich von Kopf bis Fuß mit ihren viel zu dick aufgetragenen Mascara-umrandeten Augen. Pitschnass, wie ich bin, muss ich schrecklich aussehen. Das gibt ihr aber nicht das Recht, mich gar so erstaunt anzuglotzen. Sie sollte sich selber im Spiegel sehen. Ihr Teint ist so blass wie bei einem Zombie aus einem alten Michael-Jackson-Video. Die kurzen Haare schwarz getönt, beide Ohren voll mit Silberringen und sowohl Augenbrauen als auch Nase gepierct. Um ihr Bauchnabelpiercing zur Schau zu stellen, trägt sie ein kurzes bauchfreies Top, das kaum ihre Brüste bedeckt. Das ist wohl das, was die Feministin und Autorin Alice Schwarzer gemeint hat, als sie über die derzeitige Mode für Frauen lästerte und sie als die neue erniedrigende »Tittenmode« bezeichnete und anprangerte. Wenigstens trägt sie offen über dieser Aufmachung eine weiße Jacke, die sie als Arzthelferin bzw. Psychohelferin, oder wie auch immer die Bezeichnung für ihren Beruf ist, erkennen lässt.

»Grüß Gottle, Sie wünschen?«, fragt der Zombie und kaut dabei unappetitlich auf einem Kaugummi.

Sie kaut tatsächlich auf einem Kaugummi! Ich glaube, das habe ich noch nie an einer Rezeption erlebt. Ich bin bestimmt alles andere als unmodern oder prüde, aber wenn eine meiner Schülerinnen sich so benehmen würde, würde sie ganz schön was zu hören bekommen.

»Guten Tag«, erwidere ich.

Obwohl ich seit meinem Studium in Stuttgart wohne, habe ich mir diese süddeutsche Terminologie nie angewöhnt, womit ich mich immer wieder als Preußin oute.

»Fenske. Ich habe um 16.30 Uhr einen Termin.«

Sie blickt auf den Monitor des PC, händigt mir einen Anamnesebogen aus, deutet auf das Wartezimmer und murmelt ziemlich undeutlich etwas auf schwäbisch, was ich als eine Aufforderung verstehe, mich dorthin zu begeben.

Das Wartezimmer ist leer. Ich hänge den langen Trenchcoat auf. Die Regentropfen perlen an dem schwarzen Lack ab. Das hellbeige Kostüm ist trocken geblieben. Das braune Wildleder meiner Pumps hat zwar dreckige Wasserflecken, aber die Imprägnierung hat gehalten. Die Füße sind trocken. Leider kann ich das nicht von den Strümpfen sagen. Ich verlasse den Raum und gehe an dem Zombie, der telefoniert und gelangweilt zu mir herschaut, vorbei zur Toilette. Ich betrachte mich im Spiegel. Die langen dunkelbraunen Haare sehen recht verwegen aus. Aus meiner schwarzen Ledertasche hole ich eine Haarbürste hervor und bürste sie durch. So gut es geht, bringe ich einigermaßen Ordnung in sie hinein.

Seit längerem spiele ich mit dem Gedanken an einen neuen, kürzeren Schnitt und eine Tönung. Ich ziehe kurz meine Finger durch die Locken und versuche, mir eine andere Frisur vorzustellen. Dafür habe ich jetzt keine Zeit.

Ich krame nochmals in meiner Tasche. Neben meiner Geldbörse, einem kleinen Nagelfeilenset, einem Paar Ersatzstrümpfen, einer Packung Kondome, einer kleinen Sprühdose Pfeffergas und einem Butterflymesser liegen drei verschiedene Lippenstifte. Ich fahre kurz mit dem Finger am kalten Metall des Messers entlang, bis ich schließlich einen Lippenstift heraushole. »Pink Mercury«, ein neuer magnetisierend farbiger Metalleffekt-Lippenstift von Jade. Ich ziehe ihn langsam über meine Lippen. Die reflektierende, metallische Brillanz lässt meine Lippen extrem leuchten.

Den kurzen hellbeigen Rock hebe ich hoch und löse die braunen Nylons von den vier Strapsen. Mist! Sie sind nicht nur nass, sie haben auch eine Laufmasche. Da kann ich sie gleich in den Abfalleimer werfen. Wenn ich den Verschleiß, den ich an Strümpfen habe, auf alle Frauen dieser Welt hochrechne, müsste die Strumpfherstellungsindustrie verdammt gut florieren. Warum hat mein Anlageberater mich nie beraten, da Aktien zu kaufen? Die jahrelange leidvolle Erfahrung mit Nylons hat mich gelehrt, immer eine Ersatzpackung dabeizuhaben. Ich ziehe die Strümpfe über meine Beine. Es sind schwarze Halterlose. Das Schwarz passt nicht optimal zum Kostüm, aber ich denke, dass schwarze Nylons eigentlich nie ganz verkehrt sein können. Obwohl sie von alleine halten würden, befestige ich sie an den Strapsen, da es mir mehr Mühe machen würde, die Strapse, die an meiner Korsage festgemacht sind, zu entfernen. So, jetzt fühle ich mich wieder wie ein Mensch und nicht mehr wie ein nasser Waschlappen.

Ich kehre zum Wartezimmer zurück und schlage die Tageszeitung auf. Es steht wieder ein Bericht über diese Morde drin, die in letzter Zeit nicht nur die Stuttgarter Polizei rätseln lassen, sondern zu wilden Spekulationen bei den Medien führen. Irgendein Pressefritze mit einem besonders ausgeprägten Vorstellungsvermögen hat neulich gar in Anbetracht dessen, dass die Mordopfer aufgeschlitzt wurden und einiges auf eine Frau als Täter hinwies, von einer mordlüsternen Triebtäterin gesprochen. Ich kann mir ein gewisses süffisantes Lächeln nicht verkneifen.

Die Sprechstundenhelferin betritt das Wartezimmer und bittet mich, ihr zu folgen. Ich werde in einen großen Raum geführt. Hinter einem altmodischen Schreibtisch sitzt eine Frau auf einem ledernen Bürosessel. Ich schätze sie auf Mitte vierzig. Die pechschwarzen Haare sind eng zusammengeflochten und hochgesteckt. Womöglich sind sie getönt, um die ersten grauen Haare zu überdecken. Das Gesicht hat einen leicht dunklen Teint. Das Make-up ist reichlich und sorgfältig aufgetragen. Die Falten werden dadurch gut verdeckt. Gut genug, um die meisten Männer zu täuschen. Ich erkenne sie, ich bin nicht so leicht zu täuschen. Sie schaut mich durch eine blaue Hornbrille an. Der Blick hat etwas Kaltes an sich. Er lässt mich leicht schaudern.

»Beierle. Guten Tag. Nehmen Sie bitte Platz.«

Frau Beierle ist aufgestanden und hat mir die Hand

zur Begrüßung gereicht. Sie lächelt ganz freundlich. Der kalte Blick ist weg. Ich nenne ebenfalls meinen Namen und setze mich vor den Schreibtisch. Der Zombie macht die Tür hinter sich zu.

»Was führt Sie zu mir, Frau Fenske?«

Ich beiße mir leicht auf die Innenseite meiner Unterlippe. Womit soll ich anfangen? Das Gefühl des leichten Ziehens im Magen ist wieder da. Es ist nicht alltäglich für mich, zu einer Therapeutin zu gehen. Um genau zu sein, war ich noch nie bei einer Therapeutin, und ich bin mir immer noch nicht sicher, ob es so eine gute Idee war, hierher zu kommen. Es ist auch nicht meine Idee gewesen, aber schließlich habe ich trotz meiner Skepsis doch den Schritt gewagt. Zwar habe ich es mir einige Male durch den Kopf gehen lassen, was ich sagen will, aber jetzt will mir der Anfang nicht gelingen. Ich schaue zu ihr. Der marineblaue Hosenanzug mit den goldenen Metallknöpfen steht ihr gut. Wir schauen uns eine Weile an. Sie verzieht keine Miene. Es herrscht eine Stille, die nur durch das leise Ticken einer Uhr auf dem Schreibtisch gestört wird. Es scheint eine ganze Weile zu dauern, bis ich das Schweigen breche.

»Es ist schwierig zu sagen, wo ich anfangen soll...« Ich zögere noch. »Eine Arbeitskollegin von mir ist die Gisela Singer. Sie hat Sie mir empfohlen. Sie wären alte Bekannte, meinte sie.«

Frau Beierle lächelt wieder, als ob sie sich an etwas Erfreuliches erinnern würde.

»Gisela? Ja, wir haben dieselbe Klasse in der Schule besucht. Ich habe sie seit dem letzten Klassentreffen vor sechs oder sieben Jahren nicht mehr gesehen. Sie sind eine Kollegin von ihr? Sie unterrichten am selben Gymnasium?«

»Ja«, antworte ich und nicke. »Gisela meinte, es wäre gut, wenn ich zu Ihnen komme, das heißt, um ehrlich zu sein, sie drängte mich, zu Ihnen zu gehen. Ich habe eine Weile darüber nachgedacht, ob ich hierher kommen soll oder nicht. Nun ja, jetzt bin ich hier, aber ich tue mich schwer, den Anfang zu finden. Ich war noch nie bei einer Therapeutin, wissen Sie. Ich dachte, da legt man sich auf eine Couch oder so ähnlich.«

Ich blicke zu der weinroten Ledercouch links vom Schreibtisch. Die Therapeutin verfolgt meinen Blick und schaut ebenso dorthin.

»Sie können sich hinlegen, wenn Sie wollen. Es ist nicht gerade üblich, dass jemand sich gleich hinlegt, aber was ist schon üblich? Bitte machen Sie es sich gemütlich.«

Der Diwan ist bequem. Halb liegend blicke ich meinen Körper hinunter zu den Pumps. Ich merke, dass mein enger Rock etwas hoch über meine Strümpfe gerutscht ist, und versuche ihn, durch meine Liegestellung etwas unbeholfen, zurechtzuschieben. Das ungeschickte Bemühen ist mir ziemlich peinlich. Ich kann die Therapeutin nicht sehen, da sie hinter meinem Kopf sitzt. Ich habe das Gefühl, mich etwas dumm anzustellen, und spüre, wie sie mich dabei still beobachtet. Endlich liege ich richtig. Ich frage, womit ich beginnen soll. Die Therapeutin meint, am besten am Anfang. Dumme Frage – simple Antwort.

Ich schildere, wie ich unbeabsichtigt dem Gespräch zweier Schülerinnen aus der zwölften Klasse gelauscht habe. Das eine Mädchen, Tanja, erzählte ihrer Freundin ihre intimen Erlebnisse mit ihrem Freund Sven. Sven ist ebenfalls in der zwölften Klasse und ich unterrichte ihn in Englisch. Er ist ein recht miserabler Schüler und hat mindestens einmal die Klasse wiederholen müssen. So schlecht seine schulischen Leistungen sind, umso besser ist er in Sport. Vor allem beim Schwimmen hat er sehr viel Erfolg und Auszeichnungen zu verzeichnen. Die sehr ausführliche Beschreibung von Tanja über seine sexuellen Leistungen und der Gedanke an seinen athletischen Körper ließen mich in der nächsten Zeit nicht los. Ich fantasierte, wie ich diesen Körper an und in meinem eigenen Körper spüren könnte. Da beschloss ich, Sven zu verführen. Mit großer Vorsicht müsste ich an die Sache herangehen. Nicht weil ich irgendwelche Zweifel an meinen Verführungskünsten hätte, sie haben noch nie versagt, auch nicht, weil ich Skrupel hätte, mit dem Freund einer meiner Schülerinnen Sex zu haben. Wenn es um die Befriedigung meiner Bedürfnisse geht, habe ich mir nie das Herz schwer gemacht. Sven war zwar bereits volljährig. Von daher hätte ich keine rechtlichen Konsequenzen zu befürchten gehabt, aber er war ein Schüler meiner Schule. Der Skandal wäre perfekt, sollte jemand davon erfahren. Dienstrechtlich wäre es ein Desaster, wenn der Schulleiter, Herr Eberle, etwas erfahren sollte.

Nach einer Woche setzte ich die Verführung in die Tat um. Ich hatte Sven zum Nachsitzen verdonnert. Eine in Deutschland nicht mehr gerade häufig verwendete Form der Strafe, besonders nicht bei Schülern der Oberstufe, aber im Rahmen des Möglichen und gerade zu meinem Zwecke ideal. Es war hier auch durchaus passend und

Sven plausibel zu erklären. Wir nahmen im Englischunterricht das Schulwesen in den USA durch und in den Highschools dort ist das Nachsitzen eine ganz normale Form der Strafe. Ein Grund für die Strafe war bei den ständigen schlechten Leistungen von Sven nicht schwer zu finden. Nun hatte ich ihn in die Falle gelockt. Es war Freitagnachmittag, das Gymnasium war leer, die Reinemachefrauen kamen erst gegen 18 Uhr. Ich hatte viel Zeit für Sven. Am diesem Freitagnachmittag hatte ich mir genau überlegt, was ich anziehe. Ich hatte mich für ein langes, durchgehend geknöpftes Kleid entschieden. Es hatte Schwarz als Grundfarbe, mit einem Muster aus weißen und roten Blumen. Das Kleid war ein bisschen wie ein Dirndl geschnitten: unten weit geschwungen, ab der Taille körpernah. Darüber trug ich eine kurze schwarze Jacke aus weichem italienischem Nappaleder. Passend dazu schwarze Lederpumps und schwarze Strümpfe.

Ich ließ Sven aus William Shakespeares »Macbeth« laut vorlesen. Eine besonders schöne Gemeinheit, bei seinen schlechten Englischkenntnissen. Während er vorlas, musterte ich ihn. Er war ein wirklich sehr attraktiver junger Mann. Die kurzen, dichten schwarzen Haare und sein braun gebranntes Gesicht gaben ihm ein gewisses südländisches Aussehen. Er hatte Jeans und ein enges weißes T-Shirt an. Sein sehr athletischer Körper war gut zu erkennen. Ja, ich fand ihn durchaus appetitlich. Ich wollte ihn haben, und zwar gleich auf der Stelle. Ich zog meine Lederjacke aus. Sven blickte kurz hoch, aber senkte den Blick wieder zu seinem Buch. Ich setzte mich auf einen Tisch schräg neben ihm. Das linke Bein hob ich hoch auf einen Stuhl. Da die untersten sechs Knöpfe des Kleides offen waren, fiel der Stoff herunter. Sven blickte nochmals zu mir und starrte auf den Spitzenabschluss meiner Strümpfe, die von den Strapsen hochgehalten wurden. Ich tat so, als hätte ich seinen Blick nicht bemerkt, und da er aufgehört hatte zu lesen, forderte ich ihn auf weiterzumachen, was er dann auch tat. Ich spreizte die Beine etwas mehr auseinander, sodass die Sicht auf den roten Stoff meines Stringtangas frei wurde. Sven starrte mich genau dort zwischen meinen Schenkeln an. Jetzt tat ich so, als ob ich darüber empört wäre. Ich befahl ihm, zu mir zu kommen, und meinte recht rüde, was ihm einfallen würde, sich an dem Anblick meiner Wäsche zu ergötzen. Dann änderte ich den Ton und wurde ganz freundlich, zu freundlich, viel zu freundlich für eine Lehrerin. Ich fragte, ob es ihm gefiel, was er da sah, und ob er mehr sehen wolle. Er nickte und schluckte, als ich den weichen Stoff, der meinen Venushügel verdeckte, zur Seite schob. Von da ging es schnell. Genüsslich ließ ich mich von Sven lecken, während ich seinen Kopf fest zwischen meinen Oberschenkeln hielt. Diesem Aperitif folgte als Hauptgericht ungestümer Sex.

Während wir mitten in unserem Liebesspiel waren, passierte genau das, was nicht hätte passieren dürfen: Die Tür ging auf und jemand kam herein. Es war meine Kollegin Gisela. Sie blieb entsetzt stehen. Wahrscheinlich hatte sie erwartet, eine Schülerin und einen Schüler in flagranti zu erwischen, denn unsere Laute waren sicherlich außerhalb des Klassenzimmers zu vernehmen. Mich mit einem Schüler in eindeutiger Stellung anzutreffen, schien ihre Vorstellungskraft zu übersteigen. Ich stieg von Sven ab und zog rasch mein Kleid an. Gisela hatte die Tür zugemacht und war zu uns gekommen. Sie schaute uns voll Abscheu an. Sie kommandierte Sven zu verschwinden, wobei sie ihm als Warnung hinzufügte, kein Wort zu sagen, ansonsten würde sie dafür sorgen, dass er von der Schule verschwinden müsse und sein Abitur vergessen könne.

Mir war leicht übel. Es gingen mir alle möglichen Gedanken durch den Kopf. Diese für mich unbedeutende Sache könnte mich den Job kosten. Ich flehte Gisela an, nichts weiter zu erzählen. Sie musterte mich verachtungsvoll. Diesen Blick in ihren Augen werde ich nie vergessen. Sie meinte, ich sei krank und pervers. Da erzählte ich von dem unersättlichen Drang in mir nach Koitus. Ständig muss ich an Sex denken. Es bleibt auch nicht beim Gedankenspiel. Dauernd suche ich Männer, um mit ihnen zu kopulieren. Mit meinem Aussehen ist es ein leichtes Spiel, immer wieder neue Sexpartner zu finden, um das ewig brennende Gefühl der Wollust in mir zu löschen. Dauernd sagte sie, ich sei krank und solle unbedingt zu einem Psychotherapeuten gehen. Sie gab mir klar zu verstehen, welche Konsequenzen mein Verhalten für meinen Beruf als Lehrerin haben würde, wenn ich nicht etwas dagegen tun würde.

»Jetzt frage ich Sie, bin ich wirklich krank?«

Frau Beierle bittet mich, aufzustehen und auf dem Sessel Platz zu nehmen. Sie setzt sich zurück an den Schreibtisch, um dann auf meine Frage zu antworten.

»Krank, fragen Sie? Nun, was heißt krank? Ist das krank, was nicht unserer Norm entspricht? Wer setzt diese Norm? Sie, ich, die Gesellschaft, die Medien, religiöse Führer, Wissenschaftler oder sonst jemand? Gisela sieht Ihr Verhalten sicherlich als etwas Krankhaftes an.«

Die Therapeutin hält kurz inne. Ich meine für einen Augenblick ein Lächeln auf ihren Lippen zu erkennen, das ich nicht genau einordnen kann. Vielleicht ist bei ihr eine alte Erinnerung an Gisela wieder wach geworden.

Sie fährt fort: »Nun, rein medizinisch betrachtet ist Krankheit als eine Störung der Funktionen der Organe oder der Systeme des Körpers definiert. Wenn Sie Sex mit einem jungen Mann haben, dann gehe ich nicht von einer Dysfunktion irgendwelcher Organe bei Ihnen aus.«

Die Therapeutin überlegt eine Weile. Während sie nachdenkt, mustere ich sie etwas genauer. Eigentlich ist sie eine recht attraktive Frau. Ich schätze, dass sie gut zwölf Jahre älter ist als ich. Der tiefe Ausschnitt des Jacketts des Hosenanzugs zeigt einen freizügigen Blick auf ihr großes Dekolleté. Ich habe schon einige sexuelle Erfahrungen mit Frauen gehabt und ich kann nicht verleugnen, dass der Anblick eine gewisse Begierde bei mir auslöst. Meine Gedanken werden unterbrochen.

»Andererseits ist das natürlich nur eine rein medizinische Betrachtungsweise. Wenn man den Begriff krank aus einer anderen Sicht betrachtet, beispielsweise wie der berühmte Neo-Psychoanalytiker Erich Fromm es sieht, dann wird geistig-seelische Gesundheit durch die Fähigkeit, zu lieben und schöpferisch zu sein, durch die Erhebung über die inzestuöse Bindung an Clan und Boden, durch ein Gefühl der Identität aufgrund des Erlebens seiner selbst als Subjekt und Organ der Eigenkräfte und durch die Erfassung der Realität in uns und um uns, das heißt durch die Entwicklung von Objektivität und Vernunft gekennzeichnet. Meiner Meinung nach entspricht diese Definition eines Idealmenschen eher einer Utopie als der Realität. Damit, Frau Fenske, will ich sagen, krank ist, was als krank bezeichnet wird.«

Ich denke darüber nach, was sie gerade eben gesagt hat. Ich bin bestimmt nicht schwer von Begriff und verstehe, wenn es darauf ankommt, durchaus den elaborierten Code eines gebildeten Menschen mit einem entsprechenden Wortschatz zu sprechen. Aber die Betrachtungsweise von Fromm habe ich, um ganz ehrlich zu sein, gar nicht verstanden. Das kann ja heiter werden, wenn sie immer so geschwollen daherredet.

»Die entscheidende Frage erscheint mir, Frau Fenske, ob Sie ihr Verhalten als krank ansehen. Ich verstehe, dass Sie Angst um Ihren Arbeitsplatz haben, aber ist das tatsächlich der Grund, warum Sie eine Therapeutin aufsuchen? Wenn es nur um Ihren Arbeitsplatz geht, würde ich Ihnen eher einen Fachanwalt für Arbeitsrecht empfehlen.«

»Wenn es lediglich um den Arbeitsplatz gehen würde, haben Sie sicher Recht. Aber wenn es um die Frage meines Verhaltens geht, da bin ich mir eben unsicher. Bisher habe ich es nicht als Problem angesehen, mit wem und wie oft ich verkehre. Aber Gisela hat nach dem Vorfall so lange auf mich eingeredet, dass mein Verhalten pervers sei und ich unbedingt professioneller Hilfe bräuchte, da sind mir die ersten Zweifel gekommen. Manchmal befürchte ich schon, meine Begierde nicht kontrollieren zu können und dadurch in brenzlige Situationen zu geraten. Ich hoffe, von Ihnen eine Hilfe zu erhalten, damit ich mein Verlangen besser steuern kann. Ich muss gestehen, dass ich mich schwer tue zu erkennen, ob mein Verhalten normal ist oder womöglich doch pervers, wie Gisela sagt.«

Die Therapeutin mustert mich eine Weile nachdenklich und spielt dabei mit ihrer Hornbrille.

»Ich verstehe. Gerade wenn es um die Frage des sexuellen Verhaltens und dessen vielen Spielarten geht, ist die Grenze, wo die ‚normale' Sexualbetätigung endet und das abweichende Verhalten, die so genannte Deviation oder Perversion, beginnt, nicht immer klar zu ziehen. Deviation ist die fachliche Bezeichnung für abweichende sexuelle Neigungen und Praktiken und wird von ‚deviare' abgeleitet. Das bedeutet so viel wie ‚vom Weg abkommen'. Eine Lehrerin, die mit ihrem Schüler Sex hat, könnte man sicherlich sagen, ist vom Weg der Pädagogik abgekommen, nicht wahr, Frau Fenske?«

Hierauf antworte ich nichts. Was soll ich denn schon sagen? Ich weiß natürlich auch, dass es nicht gerade zum Unterrichtsstoff gehört, einen Schüler im Klassenzimmer flachzulegen.

»Verstehen Sie mich nicht falsch, Frau Fenske, ich verurteile Ihr Verhalten nicht. Ich versuche nur, Begrifflichkeiten zu erklären, damit wir nicht aneinander vorbeireden. Sie erwähnten mehrmals, dass Gisela Sie als pervers bezeichnete. Sie sollten wissen, was der Begriff Perversion ganz genau bedeutet. Er kommt vom lateinischen ‚perversus', was Umkehrung oder Verdrehung heißt, und steht nach wie vor als medizinischer Fachbegriff für krankhafte Abweichung des Geschlechtstriebes, wobei dieser Begriff eigentlich als veraltet gilt. Mit Deviation werden sexuelle Neigungen oder Praktiken, die von der geltenden gesellschaftlichen Norm abweichen, bezeichnet. Diese aber unterliegt stark dem Wandel der Zeit. Homosexualität oder Sadomasochismus galten jahrhundertelang als ‚pervers‘, ‚krankhaft‘, ‚deviant‘. Mittlerweile aber sind sie gesellschaftlich mehr oder weniger anerkannt. Nehmen wir Paare, die in ihrem Sexleben etwa Sadomaso-Techniken anwenden – gelten sie heute noch als pervers oder deviant? Eher nicht, Sadomaso wird vielmehr als eine von vielen sexuellen Varianten betrachtet. Psychotherapeuten wie ich, die sich besonders mit der Sexualforschung auseinander setzen, betonen immer wieder, dass es zwischen Liebenden keine sexuelle Deviation gibt, solange beide Partner Spaß an ihrem Sexleben haben und keiner zu etwas gezwungen wird, das er nicht will.«

Okay, sie ist doch in der Lage, Begriffe zu erklären, sodass ein halbwegs intelligenter Mensch sie versteht.

»Von daher, denke ich, geht es auch nicht darum, die Frage zu klären, ob Sie krank oder pervers sind, sondern vielmehr zu schauen, wo Sie ein Problem haben und wie ich Ihnen helfen kann, dieses Problem zu lösen. Sie erzählen vom durchgängigen Drang in Ihnen zu koitieren, von Ihrer Promiskuität. Dieser starke Trieb in Ihnen ist das, was als Hyperlipidimie oder Hypersexualität bezeichnet wird. Der Begriff Nymphomanie ist Ihnen sicherlich geläufiger. Die Nymphomanin, eine Frau, die ständig triebhaftes Verlangen nach Sex hat, ist der geheime Wunsch eines jeden Mannes. Aufgrund der Seltenheit dieser Spezies geht er aber in den wenigsten Fällen in Erfüllung. Sie, Frau Fenske, scheinen eine dieser Ausnahmen zu sein.«

»Tja, ich bin wohl doch immer eine Ausnahmeerscheinung gewesen«, erwidere ich und grinse.

Die Therapeutin lächelt flüchtig, als ob sie meine Bemerkung lustig findet. Sie redet aber gleich weiter, mit der gleichen ernsten Stimme, wie sie bisher gesprochen hat. Geradezu so, als ob es sich nicht gehören würde, in ihrer Rolle als Therapeutin menschliche Regungen zu zeigen.

»Frau Fenske, ich habe jetzt etwas weit ausgeholt und auch viel von Begriffsbezeichnungen gesprochen. Es ist aber nicht bedeutsam, wie Sie oder ihre Problematik genannt wird, sondern welche Auswirkungen sie auf Sie hat. Dass Sie hierher gekommen sind und mit mir gesprochen haben, empfinde ich als sehr mutig.«

»Na ja, wie ich schon gesagt habe, es ist mir nicht leicht gefallen, hierher zu kommen. Aber irgendwie bin ich doch froh, mich Ihnen anvertraut zu haben.«

Die Therapeutin schmunzelt.

»Sie sollten aber wirklich der Frage nachgehen, Frau Fenske, ob Sie eine Notwendigkeit sehen, etwas an sich zu ändern. Nur wenn Sie tatsächlich bereit sind, ein Problem zu sehen, hat es einen Sinn, mit einer Therapie zu beginnen. Also, bevor Sie sich entschließen, eine Therapie zu machen, sollten Sie genau überlegen, ob Sie ernsthaft eine Therapie machen wollen. Ich gebe Ihnen etwas zum Lesen mit. Es handelt sich um ein kurzes Pamphlet, in dem die verschiedenen Arten der Sexualtherapie erklärt werden und wie sie sich in der Art der

Behandlung unterscheiden. Ich schlage vor, dass Sie sich das in Ruhe genau durchlesen, und dann melden Sie sich wieder bei mir, falls Sie wirklich entschlossen sind, eine Therapie zu machen.«

Während die Therapeutin gesprochen hat, habe ich mehrmals genickt, als ob ich alles verstanden hätte. Ich denke nun immer noch darüber nach, was sie gesagt hat. und murmele: »Ja, Sie haben sicher Recht.«

Ich verabschiede mich von Frau Beierle. Obwohl ich wirklich nicht sicher bin, ob ich mein bisheriges Leben umkrempeln will, vereinbare ich mit der Sprechstundenhelferin für nächste Woche einen Termin. Meine berufliche Existenz steht schließlich auf dem Spiel und ich kann den Termin ja auch wieder absagen, falls ich mich doch entschließe, keine Therapie zu machen. Ich bin noch tief in Gedanken versunken, als ich zur Tür gehe, und bemerke gar nicht, wie sie schwungvoll aufgeht. Ich rempele gegen die Tür und lasse meine schwarze Handtasche fallen. Ich bücke mich, um die Tasche und einen Teil des Inhalts, der herausgefallen ist, aufzuheben, da stoße ich leicht mit dem Unbekannten zusammen, der die Tür öffnete und just in dem Moment, als ich mich bückte, dasselbe tat. Er hebt meine Tasche auf und gibt sie mir.

»Es tut mir furchtbar Leid. Ich habe Sie nicht gesehen. Hoffentlich haben Sie sich nicht verletzt.«

Er lächelt sehr freundlich. Ich räume meinen Kalender, Geldbeutel, Lippenstift und sonstigen Kleinkram wieder in die Handtasche. Ich bin verärgert, und daran ändert auch das Lächeln des schnieken Lackaffen nichts, der einen Rosenstrauß in der Hand hält.

»Darf ich mich vorstellen, ich heiße Andreas Beierle. Um mein Ungeschick zu entschuldigen, überreiche ich Ihnen eine Rose und würde Sie gerne auf einen Kaffee einladen.«

Ich schaue den Unbekannten, der mir eine Rose vom Rosenstrauß entgegenstreckt, genauer an. Er ist Anfang vierzig, groß, sportlich-schlank, dunkelhaarig, braun gebrannt, der Tennisspieler-Skilehrer-Typ, für den ich ein Faible habe und den ich regelmäßig vernasche. Ich kenne das Spiel ganz genau. Ich weiß, was Männer unter einem ‚Kaffeeplausch' verstehen; ich soll der Nachtisch sein. Dafür bin ich aber jetzt überhaupt nicht in der Stimmung. Und abgesehen davon, ich bestimme immer noch, wer verführt wird.

»Nein danke«, erwidere ich kurz und knapp, ohne die Rose zu nehmen, drehe mich um und laufe zum Aufzug.

Andreas Beierle schaute der hübschen Frau nach. Er verfolgte genau ihren Gang. Ihr Anblick gefiel ihm sehr. Die sehr reizende weibliche Figur in dem engen Kostüm, die langen Beine umhüllt von den schwarzen Strümpfen. Das Klicken der hohen Pumps auf dem harten Boden. All das erregte ihn. Sie hatte ihn sauber abblitzen lassen. Er war es nicht gewohnt, so brüsk abgewiesen zu werden. Aber selbst ihre Abfuhr ihm gegenüber hatte etwas sehr Reizendes an sich. Er wandte sich der Sprechstundenhelferin zu, lächelte leicht verstört und gab ihr die eine Rose, die er noch in der Hand hielt.

»Hallo, Susanne. Da, eine Rose für dich. Ist meine Schwester fertig?«

»Danke, Herr Beierle. Frau Beierle isch in ihrem Büro. Übrigens alles Gute zu Ihrem Geburtstag«, antwortete sie in breitem Schwäbisch.

Andreas Beierle bedankte sich und ging ohne zu klopfen in das Büro der Therapeutin. Er ließ die Tür leise hinter sich zufallen.

»Hallo, Anita, alles Liebe zum Geburtstag«, sagte er, überreichte die Rosen und umarmte seine Zwillingsschwester herzlich.

Sie legte ebenso ihre Arme um ihn. Eng drückten sie ihre Körper aneinander. Sie küssten sich, nicht einfach flüchtig, wie man sich zur Begrüßung küsst, sondern mit einem innigen Zungenkuss. Die Therapeutin leckte dann kurz die Lippen und den Hals ihres Bruders. Mit ihrer Hand fuhr sie ihm zwischen die Beine.

»Später, Schwesterherz, später«, flüsterte er. »Ich habe das Auto im Halteverbot abgestellt und möchte nicht schon wieder eine Strafzettel bekommen.«

»Ja, später, mein Bruderherz. Du hast Recht. Wir haben den ganzen Abend Zeit, unseren Geburtstag zu feiern. Ich bin gleich so weit, ich muss noch auf die Toilette und dann noch meine Notizen wegräumen, die auf dem Schreibtisch liegen. Da war noch eine Patientin da, kurz bevor du kamst, und ich bin noch nicht dazu gekommen, Ordnung zu schaffen.«

»Ich habe sie gerade gesehen. Ich bin quasi mit ihr zusammengestoßen. Eine sehr attraktive Frau, muss ich sagen. Deine Verrückten sind ansonsten auch nicht so hübsch. Was hat sie denn?«

»Sie gefällt dir wohl, Andreas? Das wundert mich nicht. Sie ist auch eine ganz schön heiße Kandidatin für ein Spielchen. Ich glaube, wir könnten unseren Spaß mit ihr haben. Dennoch weißt du ganz genau, dass ich es nicht mag, wenn du von meinen Patientinnen als ‚Verrückten' sprichst. Ich erzähle dir nachher mehr von ihr, wenn du willst. Ihre Akte liegt auf dem Schreibtisch, aber als Anwalt weißt du doch genau, was Datenschutz und Schweigepflicht bedeutet, oder nicht?«

Die Therapeutin lächelte ganz süffisant, während sie das Zimmer verließ.

Nachdem Anita Beierle dem Raum verlassen hatte, ging ihr Zwillingsbruder gezielt zum Schreibtisch und blickte neugierig auf die Notizen auf dem Schreibtisch. Er überflog den Anamnesebogen der Frau Yvonne Fenske. Darauf hatte seine Schwester mit rotem Stift das Wort »Hypersexualität« geschrieben. Er grinste.

19.00 Uhr
Ich lehne mich zurück auf mein Sofa und nippe an dem Campari Orange. Es ist schwül-warm in meiner Dachwohnung und ich habe mir meine Kleidung abgestreift. Nur mein Slip und ein rubinrotes Negligé aus reiner Seide bedecken meine warme Haut. Ich stelle mein Glas zur Seite und schaue mir das Pamphlet an, das die Therapeutin mir gab. Sie scheint sich mit Sexualtherapie ziemlich zu beschäftigen, wenn sie extra Pamphlete zu diesem Thema hat. Ich lese die verschiedene Therapiemöglichkeiten durch. Erstens gäbe es die medikamentöse Therapie. Es können je nach Notwendigkeit verschiedene Medikamente verordnet werden, z. B. antriebshemmende oder antriebsfördernde, vegetativ dämpfende oder fördernde Hormonpräparate. Mir es jetzt schon klar,

dass ich bestimmt keine Medikamente schlucken werde. Zweitens gäbe es Therapieprogramme mit Übungen. Die bekanntesten wären die von Masters und Johnson sowie Helen Kaplan Singer. Wobei ich nicht erkennen kann, ob es ein spezielles Programm für Frauen gibt, die einen erhöhten Sexualbedarf haben, sondern lediglich Programme für Frauen, die einen zu geringen Sexualbedarf haben. Na, dann ist das wohl nichts für mich. Drittens gäbe es verschiedene Verfahren der Psychotherapie. Dazu gehören Gesprächstherapie, Verhaltenstherapie und Psychoanalyse. Genau das ist es, was Dr. Beierle mir bieten kann. Wesentliche Punkte einer Sexualtherapie scheinen zu sein, dass ich über meine Empfindungen spreche. Also der Therapeutin mitteilen, was mir unsympathisch ist und was ich als lustvoll empfinde. Es gilt dabei, Aussprachen mit der Therapeutin zu führen. Es wird unbedingt erforderlich sein, sowohl meine früheren Entwicklungs- als auch meine heutigen Situationsfaktoren zu erfassen. Ich danke darüber nach. Mit jemandem über meine Gefühle reden? Das habe ich noch nie gemacht. Ich nippe nochmals an dem Campari. Andererseits könnte es mir nicht schaden. Ich kann nicht verleugnen, dass meine Neugier durch den heutigen Besuch bei der Therapeutin geweckt wurde.

Ich gehe zum PC und tippe bei Google den Begriff »Nymphomanin« ein. Wie nicht anders zu erwarten, tauchen als erste Links pornografische Seiten auf. Ich scrolle mit der Maus nach unten, bis ich einen Link sehe, der seriös erscheint. Da lese ich, dass die »Nymphen« im alten Griechenland lustige und sinnesfrohe Naturgöttinnen waren, heute jedoch der Begriff »Nymphomanin« für eine liebestolle und sexuell unersättliche Frau gebraucht wird. Doch anders als Frauen, die aus purer Lebenslust viele Männer verschlingen, haben Frauen, die unter Nymphomanie leiden, keine Wahl: Sie suchen ständig sexuelle Befriedigung, erleben aber selten einen Höhepunkt.

Das lässt mich nachdenken. Ich erlebe oft genug einen Höhepunkt, also bin ich trotz meiner Unersättlichkeit doch keine Nymphomanin, oder wie soll ich das nun verstehen?

Anscheinend vergleichen Psychologen den sexuellen Zwang bei Frauen mit anderen, als typisch weiblich geltenden Süchten wie Bulimie oder Magersucht. Wie bei diesen Süchten stecken auch hinter der Sexsucht oft ungelöste innere Konflikte. Minderwertigkeitsgefühle, gestörte emotionale Bindungen und die zwanghafte Suche nach Nähe.

Hey, was soll dieser Quatsch? Ich habe keine Minderwertigkeitsgefühle! Ich habe keine Lust mehr, diesen Mist zu lesen. Ein dummes Geschwätz darüber, dass sexsüchtige Frauen unter ihrem Verhalten und ihrer Unfähigkeit leiden, in Männern mehr als das Ziel ihres sexuellen Begehrens zu sehen. Die wenigsten können das ohne ärztliche und psychologische Hilfe ändern. Es bestätigt mir, was ich schon immer gedacht habe: Frauen, die viel Sex haben wollen, werden in der Schublade »krank und süchtig« abgelegt. Von Männern wird so etwas nicht behauptet, oder doch? Ich überfliege die Seite und bleibe noch bei dem Begriff »Satyr« stehen und klicke den Hyperlink an. Ich bin etwas erstaunt, was sich hinter diesem Begriff verbirgt, und lese ihn etwas genauer.

Der Satyr ist der männliche Gegenpart der Nymphomanin. Es steht in diesem Text, wie bemerkenswert es ist, dass es sich im Grunde genommen für die meisten Menschen, um einen völlig unbekannten Begriff handelt. Dem kann ich nur zustimmen. Wie der Begriff Nymphomanin stammt er aus der griechischen Mythologie und stellt eine Kreatur dar, die im Wald lebt und Ohren, Beine und Hörner einer Ziege hat. Im Englischen wird für das Gleiche der Begriff »Womanizer« verwendet. Don Juan oder Casanova sind die bekanntesten Beispiele. Nun, von denen habe ich natürlich schon gehört. Der in Venedig geborene Frauenheld soll neben den bekannten 116 Frauen, mit denen sich Casanova vergnügte, im Geheimen über 1000 Frauen beglückt haben. Aber laut dieser Webseite wirkt Casanova gegen den US-Pornostar John Curtis Holmes fast lächerlich. Mit sage und schreibe an die 14.000 Frauen soll er privat und beruflich verkehrt haben.

Don Juan de Tenorio war der sagenhafte Sexwüstling, der Mitte des 14. Jahrhunderts in Sevilla sein Unwesen mit sadomasochistischen Orgien getrieben haben soll. Weil eine junge Frau ihm nicht willig war, ermordete er ihren Vater. Der Sage nach wurde Don Juan daraufhin von der steinernen Statue des Getöteten in die Hölle gezogen. Ich kenne dieses Motiv, das Mozart in seiner Oper Don Giovanni verarbeitete. Der Name Don Juan steht heute für einen skrupellosen Frauenverführer. Männer mit dem Don-Juan-Komplex oder »Satyriasis«, wie der klinische Begriff lautet, der den abnorm gesteigerten Sexualtrieb bei Männern als Symptom seelischer Erkrankung oder neurotischer Störung bezeichnet, gelten als sexuell unersättlich und sind dabei unfähig, eine innere Beziehung zur Partnerin aufzubauen. Sie müssen zur eigenen Befriedigung und Bestätigung immer wieder neue Frauen erobern und verachten sie gleichzeitig. Der Don-Juan-Komplex entspricht also der Nymphomanie bei Frauen.

Ich denke darüber nach. Das war mir gar nicht bekannt. Ich lese weiter.

Die Stellung einer Frau, die ihre Sexualität auslebt, wird gesellschaftlich anders angesehen, als die eines Mannes. Der Womanizer wird als toller Hecht verherrlicht, eine Frau mit einem größeren Sexualtrieb als Schlampe, Nutte, Flittchen oder Matratze verteufelt – um nur ein paar der gängigen Titel für Frauen zu nennen, die das tun, was einen Mann zu einem Stammtischhelden macht.

Tja, wie wahr! Und warum ist das so? Ich lese weiter und scheine eine Antwort auf meine Frage zu finden.

Allen anders lautenden Gerüchten zum Trotz haben auch Frauen einen Sexualtrieb. Und gerade dann, wenn sie nicht in zärtlich-festen Händen sind – was ja bekanntlich bei der immer steigenden Zahl an Singles auf immer mehr Frauen zutrifft –, muss sie natürlich ihre Aufmerksamkeit auf mehrere Männer verteilen. Nichtsdestotrotz ist die Zahl der Verübler ziemlich groß, und das gilt für Männer ebenso wie für Frauen. Mit Emanzipation und Gleichberechtigung haben sich viele Männer einigermaßen abgefunden. Aber das Feld der Affären und One-Night-Stands überlassen sie nur äußerst ungern den Frauen. Erfahrungen soll die eigene Freundin schon gesammelt haben – allerdings ungern mit anderen Männern. Während die Männer sich die Abenteuer als

Andenken wie Federn an den Hut stecken, halten sich Frauen mit dem Ausplaudern ihrer Affären in der Regel auch unter Frauen lieber dezent zurück, wohl wissend, dass sie mit einer langen Liebhaberliste schief angesehen werden. Männer leiden, wenn es um das Thema Sex geht, ständig unter der Urangst, mit Vorgängern verglichen zu werden und womöglich eine schlechtere Note in Technik oder Größe zu bekommen. Da muss ich grinsen. Ich weiß nur zu gut, wie die Frage nach der Größe ihres Gliedes bei den meisten Männern zu einer absolut lachhaften Penisprotzerei ausartet.

Ich lese weiter, dass schon im Kindesalter derjenige, der am weitesten pinkeln kann, bei den Jungs der König ist. Später verfolgen sie das Spielchen am Pinkelbecken der Disco weiter, wo sie nur allzu auffällig unauffällig nach links und rechts schielen. Und alles nur, weil Männer das Gefühl haben, ein kleiner Dödel könne im Lustreigen nicht mithalten. Auf Befragung hin korrigieren Männer die Länge ihres besten Stücks gerne um bis zu vier Zentimeter nach oben. Deshalb hauen sie Frauen, die sich in Sachen männliche Bettqualitäten gut auskennen, gewillt den Flittchenstempel auf den Ausschnitt. Denn je weniger Vergleichsmöglichkeiten die Frau hat, desto leichter ist es, ihr zu verklickern, man sei der tollste Liebhaber weit und breit.

Ja, ich weiß genau, wovon hier die Rede ist. Den Begriff »Flittchen« habe ich oft genug gehört. Meistens nicht offen ausgesprochen, dafür sind die Herren der Schöpfung doch viel zu feige, aber hinter meinem Rücken wurde nur allzu oft getuschelt. Wagt es doch jemand, mich wegen meines sexuellen Appetits offen zu kritisieren, mache ich mit ihm kurzen Prozess. Und genau das ist es, was ich jetzt vorhabe: Ich werde die graue Theorie des Internets verlassen und mich auf die Pirsch begeben, um meine liebste Jagdbeute – Jüngling mit knackigem Hintern – zu erlegen.

Montag, 27. Mai
15.12 Uhr
Ich schalte das Wasser an. Es tut gut. Ich bin noch recht durchgeschwitzt. Der Unterricht hat mir wieder gut gefallen. Ein intensives Warm-up und anschließend Volleyball. Ich gehöre nicht zu den Kollegen und Kolleginnen, die den Sportunterricht nur passiv begleiten. Ich übe den Sport mit meinen Mädchen richtig aus. Ich glaube, das ist der Grund, warum ich doch zu den meisten ein einigermaßen gutes Verhältnis habe. Ich nehme aber nicht deswegen am Sport aktiv teil, weil ich von den Gören gemocht werden möchte oder ihnen etwas beweisen muss. Sie sind mir, wie alle Menschen, doch ziemlich egal. Ich mache den Sport, weil es mir Spaß macht und meinen Körper so gut in Form hält. Und ich bin verdammt gut in Form. Häufig besuche ich Fitnessstudios. Dabei geht es mir allerdings nicht nur um die Fitness, sondern vielmehr darum, potenzielle Liebhaber zu finden. Ich habe es zu meinem Hobby gemacht, die verschiedenen Fitnessstudios in Süddeutschland abzugrasen. Dabei sind die Kosten, bis auf das Benzingeld, gleich null. Ich nehme immer an einem kostenlosen Probefitnesstraining teil. Die Kosten für Kost und Logis werden naturgemäß von den dummen, geilen Liebesrittern übernommen.

Die warme Dusche tut wirklich gut. Zum Schluss spritze ich mich mit eiskalten Wasser ab. Ich trockne mich ab und reibe mir die Haut langsam mit Bodylotion ein und lasse sie einziehen. Ich atme tief durch. Ich liebe diesen intensiven Geruch nach wilden Blumen.

Mit einer kurzen, schnellen Bewegung der Augen blicke ich kurz zur Wand. Ja, er ist da: der heimliche Beobachter! Vor ungefähr drei Monaten habe ich ihn entdeckt. Jeden Montagnachmittag nach dem Sportunterricht beobachtet er mich durch ein kleines Loch in der Wand. Neben dem Umkleideraum der Lehrerinnen befindet sich ein mehr oder minder leer stehender Raum. Früher waren hier die Öltanks, aber seit einigen Jahren hat die Schule auf Gasheizung umgestellt. Seither ist er verlassen und dient als eine Art Rumpelkammer. Das erste Mal, als ich dieses unheimliche Auge gesehen habe, bin ich vor Schreck zusammengezuckt. Ich habe mich schnell angezogen und bin hinausgerannt. Die Gangtür schlug zu, bevor ich erkennen konnte, wer der Spanner war. Ich ging in den Raum. Verschiedene Kartons lagen herum. An der Wand zum Umkleideraum stand ein leerer alter Rollschrank, der sich leicht zur Seite schieben ließ. Dahinter war ein Loch, und deutliche Spuren von getrocknetem Sperma waren zu erkennen, die darauf deuteten, dass der Voyeur mich schon länger beobachtet hatte. Angeekelt wand ich mich und überlegte, wer der Spanner war. Mein erster Verdacht fiel auf den Hausmeister, aber dieser Verdacht wurde sehr schnell widerlegt, denn als ich gleich anschließend das Schulgebäude verließ, sah ich, wie er mit seiner Frau mit dem Auto angefahren kam und Einkäufe auslud. Es musste sich um einen Schüler handeln. Es wäre keine Mühe gewesen, den Vorfall dem Schulleiter, Herrn Eberle, zu melden. Das Loch wäre zugemauert und der Raum abgeschlossen worden. Ich tat es aber nicht. Ich war neugierig, ob der Voyeur wieder erscheinen würde. Er tat es. Der Gedanke daran, dass er meinen nackten Körper betrachtete und dabei onanierte, hatte etwas Ambivalentes an sich. Es widerte mich an, aber genauso faszinierte es mich. Ich fand Gefallen daran. So erfand ich das Spiel, das ich von nun an immer wieder und jetzt auch spielte.

Langsam streichele ich mit meinen Fingern über meinen nackten Körper. Über meine Haare, mein Gesicht, Hals und die festen Brüste. Ich kreisele über die Brustwarzen, die ganz hart werden. Die Finger bewegen sich langsam über den flachen Bauch zu meinen Lenden. Ich bücke mich vor, damit mein heimlicher Verehrer den vollen Blick auf meinen Po und Venushügel richten kann. Ich fahre langsam zum Schamberg. Normalerweise würde ich hier den Mittelfinger an der Klitoris tanzen lassen. Heute lasse ich es bleiben. Ich richte mich auf. Was mache ich denn hier überhaupt? Mir ist es selbstverständlich schon klar, dass mein Verhalten nicht gerade dem zu erwartenden Verhalten einer Lehrerin oder einer sonstigen Frau der Mittelschicht entspricht, sondern mehr dem einer abgebrannten Dirne in einer Peepshow, aber viele Gedanken hierzu hatte ich bisher nicht gemacht. Jetzt mache ich mir meine Gedanken. Ich hatte mir auch nicht sehr viele Gedanken darüber gemacht, als ich Sven verführt habe. Frau Beierle hatte ihr Bestes getan, mir zu erklären, ich sei nicht krank. Ich bin aber nicht blöd. Ich weiß, was eine Nymphomanin ist. Ich habe nur Sex im Kopf und deswegen riskiere ich meine Existenz. Ich ticke doch nicht richtig!

Rasch ziehe ich mich an und packe meine Sporttasche. Ich höre die Tür am Ende des Gangs zuschlagen. Der Spanner ist abgehauen. Schnell laufe ich den langen Korridor entlang. Mir ist schlecht. Ich muss raus an die frische Luft. Ich schnaufe tief durch. Die Luft tut gut. Ich laufe jetzt ruhig zum Auto. Ich verstaue gerade das Faltdach unter der Persenning, als jemand mich von hinten anspricht:

»Frau Fenske, haben Sie fünf Minuten Zeit? Ich muss unbedingt mit Ihnen reden, bitte.«

Ich erkenne die Stimme sofort. Es ist Tanja Boltov. Obwohl sie seit einigen Jahren in Deutschland ist, ist ihr Schwäbisch immer noch mit diesem leichten russischen Akzent gemischt. Ich drehe mich um. Ich habe eigentlich keine Lust, mich mit ihr zu unterhalten. Dennoch versuche ich halbwegs freundlich zu lächeln.

»Was gibt es, Tanja? Ich habe eigentlich keine Zeit. Wenn es um deine Note heute beim Volleyball geht, brauchst du dich wirklich nicht zu beklagen. Du warst miserabel und wir beide wissen, dass du es wesentlich besser kannst.«

Obwohl Tanja bereits die zwölfte Klasse besucht, duze ich sie, wie alle anderen Schüler und Schülerinnen, die ich seit mehreren Jahren unterrichte, da es ihr ausdrücklicher Wunsch ist. Tanja schaut mich ganz schwermütig an.

»Ja, ich weiß, Frau Fenske. Es geht mir auch nicht um die Note. Ich war heute nicht bei der Sache. Vielmehr bedrückt mich etwas, und Sie sind der einzige Erwachsene, mit dem ich darüber reden kann. Sie wissen doch, wie meine Eltern sind. Da kann ich unmöglich mit ihnen reden.«

Ja, ich kenne ihre Eltern, d. h. im Grunde genommen kenne ich sie kaum. Zu den Elternabenden sind sie nur einmal in fünf Jahren erschienen. Nach den Berichten von Tanja trinkt der Vater den ganzen Tag Wodka und die Mutter schaut den ganzen Tag russisches Fernsehen über den Satellitenreceiver an. Nach fünf Jahren in Deutschland können sie immer noch nur ein paar Brocken Deutsch. Ein Wunder, dass Tanja das Gymnasium überhaupt besucht und einigermaßen zurechtkommt.

»Frau Fenske, ich muss unbedingt mit Ihnen über meinen Freund Sven reden. Es gibt da ein echtes Problem.«

»Äh, ja, was denn?«, frage ich jetzt doch etwas verunsichert und zugleich interessiert.

Was will das Mädchen mit mir über den Kerl sprechen, den ich verführt habe? Der kleine Bastard wird ihr doch nicht etwas verraten haben? Ich überlege schnell, dass es wohl doch das Beste wäre, mir ein bisschen Zeit zu nehmen und mir anzuhören, was Tanja für ein Anliegen hat. Ich schlage vor, in ein nahe gelegenes Café zu gehen. Tanja nimmt den Vorschlag an.

Sie fängt zu erzählen: »Sie wissen, dass ich mit dem Sven aus der Parallelklasse befreundet bin und auch seit einiger Zeit fest gehe. Nun haben mir zwei seiner Freunde erzählt, Sven hätte ihnen erzählt, dass er eine Affäre mit einer anderen, mit einer älteren Frau gehabt hätte. Sie wäre das Beste gewesen, was er je erlebt hätte. Sie soll eine richtige Traumfrau gewesen sein. Jetzt komme ich mir so blöd vor. Ich liebe Sven und möchte ihn nicht verlieren …«

Sie bricht den Satz ab und weint.

So eine dumme Pute, denke ich mir. Wie kann man bloß wegen eines Typen weinen. Liebe, wenn ich das Wort schon höre, da muss ich lachen. Als ich noch so jung wie Tanja war, habe ich zig Kerle gehabt. Geliebt habe ich keinen einzigen von ihnen. Warum man zum Sex »Liebe machen« sagt, ist mir bis heute ein Rätsel. Das kann ich natürlich nicht meiner naiven Schülerin erzählen. Die Situation ist ohnehin geradezu paradox. Hier weint sich das Mädchen aus, weil ihr Freund es mit mir getrieben hat. Offensichtlich ist ihr nicht klar, dass ich die Frau bin, von der Sven erzählt hat. Was und wem hat dieser blöder Schwätzer überhaupt etwas erzählt? Und warum in aller Welt erzählt sie ausgerechnet mir diese Geschichte?

»Ich verstehe deinen Kummer, Tanja, aber mir ist nicht ganz klar, warum du mir dies alles erzählst. Ich bin doch nicht einmal eure Vertrauenslehrerin«, sage ich mit möglichst verständnisvoller Stimme.

Tanja putzt sich die Nase und nimmt einen Schluck Mineralwasser, bevor sie fortfährt: »Wissen Sie, Frau Fenske, ich habe mir gedacht, wenn ich mit meinen Freundinnen darüber rede, machen sie sich nur lustig über mich, weil ich so an Sven hänge. Und Sie als erfahrene Frau können mir bestimmt einen Rat geben. Sie sind so, wie soll ich sagen, immer so verständnisvoll und nicht so veraltet wie die meisten anderen Lehrerinnen. So hübsch, wie Sie sind, haben Sie bestimmt auch einige Erfahrung mit Männern. Ich weiß, dass ich Ihnen vertrauen kann.«

Die Situation wird absurd, geradezu grotesk. Sie vertraut mir, *mir* – der Frau, die ihren Liebsten verführt hat und bis zum abrupten Ende jede Sekunde genossen hat. Dennoch fühle ich mich doch etwas geschmeichelt, in dieser Beziehung offenbar eine Vertrauensperson zu sein. Dass ich Erfahrungen mit Männern habe, da könnte sie Gift drauf nehmen. Wenn es etwas gibt, über das ich Bescheid weiß, dann sind es die Männer. Ich könnte Tanja erzählen, was ich in ihrem Alter gemacht habe. Ich bin mit jedem ins Bett gehüpft, der mir gefallen hat. Danach habe ich sie zum Teufel geschickt. Liebeskummer? So ein Schwachsinn! Damals genauso wie jetzt will ich meinen Spaß haben. Mag sein, dass die vielen Mädchen und Frauen, denen ich die Freunde ausgespannt habe, es nicht spaßig fanden. Na und, mir doch egal! Tanja soll sich doch nicht so anstellen. Sie soll ihren ach so lieben Sven, den Dreckskerl, links liegen lassen und sich einen anderen suchen, mit dem sie es richtig treiben kann.

Ich lächele kurz bei dem Gedanken, dass ich Tanja die bittere Wahrheit über das, was ich denke, sage. Welchen Schock würde es für sie bedeuten! Nein, das kann ihr ich wohl doch nicht zumuten. Zudem muss ich unbedingt herausfinden, was Sven erzählt hat und welchen Freunden er es erzählt hat. Also werde ich Tanja irgendeinen heuchlerischen Scheiß vorlügen, was mir nicht sonderlich schwer fällt, da ich ständig meinen Mitmenschen etwas vorschwindele.

»Also, Tanja, du hast selbstverständlich Recht. Du kannst und sollst mir völlig vertrauen. Sage mir doch, wer die beiden waren, die dir das von Sven und der anderen Frau erzählt haben, und haben sie irgendetwas dazu gesagt, wer die Unbekannte sein soll?«, frage ich unschuldig und strahle sie dabei wie ein Engel an.

»Es waren der Mike und der Zo, Michael Barthel und Zoran Ristic, meine ich. Aber was spielt es denn für eine Rolle, wer mir die ganze Sache erzählt hat?«

Sie ist offensichtlich ahnungslos. Wahrscheinlich hatte Sven auch nichts Genaueres verraten, weil die zwei bestimmt nichts für sich behalten können, so vorlaut, wie ich sie in den letzten Jahren miterleben durfte. Dennoch, die ganze Sache missfällt mir in höchstem Maße. Ruhig bleiben, Yvonne, schön ruhig und locker bleiben. Bloß keine Nervosität aufkommen lassen. Keine Fehler machen, wie immer alles im Griff behalten.

»Nun, du denkst, es spielt keine Rolle, wer das erzählt hat. Du bist doch ein intelligentes Mädchen. Denke mal nach, warum haben die zwei dir die Geschichte erzählt? Könnte es sein, dass einer der beiden etwas von dir will und dich Sven ausspannen will? Vielleicht ist auch etwas dran an der Geschichte. Was willst du machen, Sven eine Szene machen? Er würde es trotzig abstreiten. Das machen die Männer immer. Glaube mir, du darfst ihnen nichts, aber auch gar nichts glauben. Lass dir Sven gegenüber gar nichts anmerken, wovon du weißt. Führe ihn an der Nase herum. Nütze deine weibliche Überlegenheit aus. Männer überlassen das Denken im Allgemeinen weniger ihrem Hirn als anderen Körperteilen, wenn du weißt, was ich meine! Für Männer sind wir Frauen doch ‚das unbekannte Wesen'. Trotz der Emanzipation glauben sie nach wie vor, wir wären das schwache Geschlecht, das umworben, umgarnt und erobert werden will. Mache dich richtig schick, flirte ein bisschen mit anderen Jungs, während Sven anwesend ist. Aber nicht übertreiben, nur so viel, dass er bisschen eifersüchtig wird. So fängst du ihn wieder ein, und dann verführst du ihn richtig. Lass ihm die Illusion, dass er der Casanova ist. So gewinnst du noch einmal sein Herz. Eigentlich ist es gar nicht so schwer, denn du musst immer bedenken, du hast das Wissen auf deiner Seite, und Wissen ist Macht. Schließlich weiß er nichts davon, was Michael und Zoran dir erzählt haben.«

Das arme Naivchen schaut mich etwas erstaunt an. Vielleicht war die Empfehlung mit der Verführung ein Quäntchen zu viel des Guten, aber ich weiß, wovon ich rede, ich mache es schließlich jeden Tag. Das kann ich diesem Dummerchen aber unmöglich erzählen.

Tanja nickt und lächelt leicht verlegen.

»Sie haben sicher Recht, Frau Fenske.«

Ich lächele das liebste und zuckersüßeste Lächeln zurück.

»Ja, natürlich, Tanja, aber nicht vergessen: Kein Wort zu niemandem, okay?«

Während ich zum Auto laufe, rasen mir die Gedanken im Kopf herum. Sven, der kleine Scheißer, ich könnte ihm den Hals umdrehen! Und Michael und Zoran, was wissen sie tatsächlich? Ich bin froh, am Abend einen Termin mit Frau Beierle zu haben. Ich muss die Sache mit ihr erörtern.

Nach der ersten Sitzung bei der Psychotherapeutin habe ich angefangen, in einem Buch über die Grundlagen der Psychologie zu lesen. Es ist eigentlich erstaunlich, wie häufig Begriffe wie Psychologie, Psychotherapie oder

Psychoanalyse im täglichen Sprachgebrauch verwendet werden. Ich habe Abitur, habe studiert und übe einen Beruf aus, bei dem man meinen sollte, dass die Psychologie eines jungen Menschen eigentlich eine große Rolle spielen sollte. Tatsächlich weiß ich nicht, was der Therapeut genau genommen macht und wie eine Therapie funktioniert. Und wenn ich es nicht weiß, woher soll die Mehrheit der Bevölkerung es wissen? Immerhin habe ich aus dem Buch erfahren, dass es keine allgemein anerkannte Definition gibt, was Psychotherapie ist, geschweige denn, was sie leisten soll. Der umgangssprachliche Gebrauch dieses Begriffs vermittelt die Vorstellung, dass damit die psychologische Behandlung von abweichenden Gedanken, Gefühlen oder Verhaltensweisen gemeint ist. Die unterschiedlichsten Formen, die diese Behandlung annehmen kann, variieren dabei mit den Theorien für die Erklärung abweichenden Verhaltens, wie Dr. Beierle es mir zu erklären versuchte. Da es viele Arten von Erkrankungen des Geistes gibt und die Auffassungen darüber, warum bestimmte Leute in unterschiedlichen Kulturen »verrückt« werden, noch zahlreicher sind, ist es nicht erstaunlich, dass Therapien so Unterschiedliches wie die Seele, den Geist, den Verstand, das Gehirn, das Herz, den Charakter, den Willen, das Verhalten oder andere Aspekte des Individuums zu ändern trachten, je nachdem, was nicht mehr normal funktioniert. Aber anscheinend hängt das, was Normalität und Abnormität ausmacht, von der Kultur und den Umständen ab, in denen ein Individuum lebt. Darum besteht wohl das Therapieziel in vielen Fällen darin, den Status quo der Gesellschaft aufrechtzuerhalten, indem abweichendes, sozial nicht anerkanntes Verhalten verändert wird. »Geheilt« werden heißt oft, von den anderen Mitgliedern der eigenen Gesellschaft anerkannt zu werden. Aus dieser Sicht ist Therapie ein Instrument sozialer Kontrolle, eine subtile Form von Indoktrination, um die Werte, Moralvorstellungen, Gesetze, Regeln und Überzeugungen der führenden Institutionen und herrschenden Autoritäten der jeweiligen Gesellschaft aufrechtzuerhalten.

Wie ich verstanden habe, würden die meisten Psychotherapeuten sich dagegen wehren, dass der Zweck der Therapie darin bestünde, Leute normaler zu machen, indem unerwünschtes Verhalten, idiosynkratisches Denken und abweichendes Handeln beseitigt werden. Therapieziele werden denn auch eher mit positiven Begriffen umschrieben, z. B. den Leuten helfen, damit sie sich selbst eher akzeptieren können, damit sie über mehr Selbstkontrolle verfügen und damit sie eine tiefere Bedeutung von persönlicher Befriedigung und Kompetenz erlangen. Aus dieser Sicht befreit Therapie Individuen, deren Verhalten zu sehr von den Richtlinien der Gesellschaft eingeengt und begrenzt wird; das hieße für mich, wenn ich in einer anderen Gesellschaft leben würde, meine Vorstellungen von Sexualität durchaus gebilligt werden könnte. Ich habe mal vor langer Zeit einen Film über eine römische Kaiserin oder Kaisers Frau gesehen, den Namen weiß ich nicht mehr. Diese Frau trieb es mit allen möglichen Untertanen. Da sie die Kaiserin war, wurde ihr Verhalten gebilligt. Psychotherapie beinhaltet ein System von Vorgehensweisen, das solches Verhalten modifiziert, das entweder zu abweichend ist oder zu gehemmt und unterdrückt. Derartige Verhaltensweisen wirken angstauslösend, weil sie anderen nicht sinnvoll erscheinen und weil sie nicht völlig mit den verfügbaren sozialen Mechanismen vorhersagbar und kontrollierbar sind. Ähnlich wie bei einer ansteckenden physischen Krankheit wird angenommen, dass abnormes Verhalten behandelt werden muss, damit es nicht auch noch den Gesunden ansteckt. Somit ist die Therapie traditionsgemäß mit der Idee verbunden zu heilen – das Individuum zu einem Zustand der Gesundheit zurückzuführen. Psychotherapie ist also etwas, das eine speziell ausgebildete Person mit einer anderen tut, die in irgendeiner Weise bereits krank ist.

Insoweit war mir die Bedeutung des Wortes Psychotherapie im Großen und Ganzen spätestens nach den Erläuterungen von Frau Dr. Beierle klar. Dass Psychotherapie seit geraumer Zeit auch noch in einem anderen Sinne verwendet wird, nämlich im Sinne des Erhaltens von Gesundheit, war mir neu. Anstelle des retroaktiven Versuchs, eine ungünstige Situation zu ändern, basiert eine Bewegung auf dem Gebiet der Psychotherapie auf der Orientierung an Prävention und Bereicherung. Zu viele Menschen kümmern sich eher um Lebenspflicht und vergessen bzw. entwickeln dabei nie adäquate Lebensfreude. Für einige Therapeuten besteht das erfolgreiche Ergebnis einer Therapie darin, größere Autonomie anzuregen und die Möglichkeiten des Menschen zu vermehren. Dennoch ist in der Praxis der größte Teil der Therapie korrigierend und heilend, weil die Leute eher bereit sind, Zeit, Geld und Anstrengung zu investieren, wenn sie bereits krank sind und ein Problem haben, als wenn sie gesund sind und nur den derzeitigen Zustand erhalten oder ihr seelisches Gleichgewicht stabilisieren wollen. Die meisten Therapeuten handhaben denn auch beide Aspekte der Therapie in unterschiedlichem Verhältnis von der ausschließlichen Konzentration auf jeweils einen Ansatz bis hin zur Berücksichtigung beider Aspekte.

Eine andere Unterscheidung zwischen zwei generellen Arten von Therapie, habe ich gelernt, ist diejenige zwischen informellen und formalen therapeutischen Ansätzen. Alle jungen Menschen waren zu irgendeinem Zeitpunkt ihres Lebens in »therapeutischer« Behandlung der informellen Art. Wenn sie Hilfe bei persönlichen psychologischen Problemen brauchten, wandten sie sich an ihre Eltern, Freunde, Pfarrer oder, wie gerade vorhin Tanja an mich, ihre Lehrerin. Diese Art der »Therapie« wird typischerweise von der Person freiwillig initiiert, dauert nicht lange und stellt nicht die primäre Grundlage in der Beziehung zu der anderen Person dar. Ihrerseits besitzen die nichtprofessionellen Therapeuten keine spezielle Ausbildung für diese Funktion. Normalerweise geben sie Rat, zeigen Zuwendung und Verständnis, und dies alles unentgeltlich. Tatsächlich gehen die meisten Leute nicht, wie ich, mit ihren persönlichen Problemen zum Psychotherapeuten.

19.00 Uhr

Dr. Beierle zeigt keine Regung, als ich ihr erkläre, dass ich mich entschlossen habe, sie wieder aufzusuchen. Heute habe ich nicht denselben Fehler gemacht und habe statt eines engen kurzen Rocks meine Velourslederhose angezogen. So liege ich deutlich bequemer auf der Couch. Ich bin noch ziemlich affektgeladen und erzähle über meine Unterhaltung mit Tanja. Sven, dieser Idiot, was quatscht er herum? Soll die ganze Schule erfahren, was zwischen uns war? Das wäre mein Ruin. Ich weiß gar nicht, was ich alles erzähle. Ich bin wütend und ich habe Angst. Wie ein Wasserfall sprudelt mein Ärger aus mir heraus. Frau Beierle hört geduldig zu, bis ich fertig bin. Es hilft, die Wut herauszulassen, aber die Angst bleibt. Da scheint die Therapeutin mir auch nicht helfen zu können. Was soll sie auch sagen. Sicher, sie bietet mir einen neuen Gesprächstermin und die Möglichkeit an, sie anzurufen, falls es mir wirklich nicht gut geht. Wenigstens etwas. Mir wird nach der Sitzung richtig bewusst, dass ich sonst überhaupt niemanden habe, mit dem ich reden könnte.

20.15 Uhr
Ich betrete die Straße. Sie ist menschenleer. Die Büros und Geschäfte haben bereits geschlossen. Es dämmert allmählich. Ich muss ein paar Straßen entlang zur Tiefgarage in der Nähe des Oberen Schlossgartens laufen. Ich drehe mich um. Habe ich nicht gerade Schritte gehört? Es ist niemand zu sehen. Ich laufe weiter, jetzt etwas schneller. Ich drehe mich erneut um. Hat nicht jemand leise gehustet? Ich bin der Ansicht, einen Schatten im Eingangsbereich einer Tür zu sehen. Bilde ich mir das ein oder werde ich verfolgt? Die Tiefgarage ist noch eine Straße von hier entfernt. Der kürzeste Weg dorthin wäre durch eine kleine und kaum beleuchtete Gasse. Ich überlege kurz und ändere meine Richtung. Mit eiligen Schritten laufe ich, bis ich zu der belebten Schillerstraße am Hauptbahnhof komme. Ich steuere auf

einen Taxistand zu. Ich bin von Haus aus sicherlich kein ängstlicher Typ und weiß mich durchaus zu wehren, aber die Tiefgarage erscheint mir im Moment alles andere als willkommen. Lieber lasse ich das Auto stehen.

Ich steige hinten in das erstbeste Taxi ein. Der hübsche junge Fahrer, wahrscheinlich ein Student, legt die Abendzeitung zur Seite und lächelt mir freundlich zu. Ich nenne ihm meine Adresse. Das Licht reflektiert von seiner Nickelbrille, während er mich im Rückspiegel betrachtet. Selbstverständlich betrachtet er mich im Spiegel. Das machen die Männer immer: Glotz, glotz! Und warum wohl? Genau, weil sie immer das Gleiche von einer schönen Frau wollen und heimlich davon träumen, mit ihr alles zu machen, was sie mit ihrer eigenen Freundin oder Ehefrau nicht machen dürfen.

»Sie erkennen mich nicht wieder, Frau Fenske, gell?«

Erkennen? Woher hätte ich ihn kennen sollen? Ich betrachte sein Gesicht genauer im Spiegel. Kann schon sein, dass ich ihn von irgendwoher kenne. Soll ich mir etwa jeden hübschen Kerl merken? Er hat mich mit Nachnamen angesprochen. Das sagt mir mindestens, dass wir nicht intim miteinander waren.

»Öh, sollte ich?«

»Simon, Simon Heinzle. Ich war vor drei Jahren in Ihrem Englisch-Leistungskurs.«

Ah, ein ehemaliger Schüler. Ja, jetzt erinnere ich mich. Simon war ein eher ruhiger, introvertierter Schüler gewesen. Ich weiß aber noch, wie er mich öfters tief in Gedanken anstarrte. Ich glaube, mit seinem Blick hätte er mich damals am liebsten ausgezogen. Gaffte er nicht oft genug meinen Busen an? Seinen ständigen Blicken im Rückspiegel nach zu urteilen, ist er weiterhin von meiner Oberweite fasziniert. Na warte, Bursche, bei mir bist du genau richtig. Ich kann dir Sachen zeigen, von denen du nicht einmal geträumt hast! Meine Gedanken werden schärfer. Vor nicht einmal zehn Minuten hatte ich eine Heidenangst vor einem unsichtbaren Verfolger. Wollte er mich überfallen, ausrauben, vergewaltigen? Ich spüre nun keine Angst mehr. Ich spüre was anderes, das andauernde Verlangen überkommt mich wieder.

Ich befehle dem Fahrer, auf einen großen, leeren Parkplatz bei einem Supermarkt zu fahren. Ich weiß genau, was ich will, und ich werde dafür sorgen, dass er dieses Erlebnis bis zu seinem Tode bestimmt nicht vergessen wird.

Sonntag, 2. Juni
7.08 Uhr
Ich drehe das Radio etwas lauter. «What's love got to do with it?" Ich mag das Lied von Tina Turner. »Was hat die Liebe damit zu tun?« Meine Worte. Ich bin kein sonderlicher Musikfan, aber ich mag Soul. Viele der alten Sachen, wie Barry White mit seiner absolut geilen tiefen Bassstimme, und ich meine geil im ursprünglichen Sinne und nicht neudeutsch, wie die Jugend es zu jedem zweiten Wort sagt. Genau das mag ich an Soul, wenn nicht lang um den heißen Brei gesungen wird, sondern es genau genannt wird, wie es ist: James Brown und »Sex Machine«.

Ich bin heute früh aufgestanden und bin gejoggt. Endlich ist das Wetter schön und warm geworden. Ich genieße es richtig. Es ist auch eher die Ausnahme, dass ich an einem Sonntag schon vor sechs Uhr auf den Beinen bin, aber ich war auch nicht, wie sonst am Samstagabend, auf der Pirsch gewesen. So ist nun einmal der monatliche Fluch der Frauen, der zur Zwangspause führt. Ich bin froh, dass die Tage herum sind. Es hat wieder einmal ganz schön gepuckert.

Ich lege das Handtuch von meinen frisch geduschten Haare zur Seite und tunke das warme Croissant mit der rechten Hand in die Kaffeetasse. Ich blase dann leicht auf die Fingernägel der linken Hand, damit der frisch aufgetragene Nagellack schneller trocknet. Ich sage mir immer, dass das i-Tüpfelchen eines jeden Make-ups gepflegte, lackierte Nägel sind. Deswegen präpariere ich meine Nägel vor dem Auftragen eines Nagellackes sehr sorgfältig. Erst wenn die Nägel in die richtige Form gefeilt wurden und ich die Nagelhaut entfernt habe, beginne ich mit dem Lackieren. Glättender Unterlack gleicht feine Unebenheiten aus, verleiht dem Lack besseren Halt und ist somit die ideale Unterlage. Ich lackiere die Nägel vom Nagelbett zum Nagelrand in zügigen Strichen, wobei ich immer bewusst in der Mitte des Nagels mit dem Lackieren beginne. Das hat den Vorteil, falls ich aus Versehen etwas zu viel Lack erwischt habe, kann ich ihn dann noch gut verteilen. Dann male ich mit dem restlichen Lack am Pinsel links und rechts von der gezogenen Mittellinie den ganzen Nagel an. Nach dem Trocknen lackiere ich die Nägel zum Abschluss mit einem Überlack.

Mit der rechten Hand spiele ich mit einem Butterflymesser. Nicht gerade das typische Spielzeug für eine Dame, aber auch nicht das Spielzeug für einen zwölfjährigen Schüler. Vor etlichen Jahren, in meiner Referendarzeit, habe ich solch einem Zwölfjährigen das Messer abgenommen und irgendwo verlegt. Später habe ich es bei einem Umzug gefunden. Es ist immer wieder faszinierend, wie schnell sich mit einer geschickten Drehung des Handgelenks der stählerne Handgriff auseinander klappen lässt und die doppelschneidige Klinge hervorspringt. Oft habe ich aus Langeweile damit gespielt und habe diese Technik geradezu perfektioniert. Ich schneide mit der extrem scharfen Klinge eine Banane zu meinem Müsli. Es ist typisch für mich, dass ich während des Frühstücks mehrere Sachen gleichzeitig mache. Ich habe mir für heute nichts Besonderes vorgenommen.

Ich denke an den Taxifahrer vom Montagabend. Er war gar nicht so gut gewesen, wie ich erhofft hatte. Das sind die Männer aber leider oft. Deswegen denke ich aber nicht an ihn, sondern weil in der Sonntagszeitung ein Bericht über mehrere Mordfälle im Stuttgarter Raum steht. Das letzte Opfer war eben am Montagabend ein Taxifahrer gewesen. Sie wurden alle mit aufgeschlitztem Hals gefunden und hatten laut Zeitungsmeldung alle kurz vor ihrem Tod Geschlechtsverkehr.

Ich fahre erschrocken hoch, als es plötzlich an der Tür läutet. Jetzt um diese Zeit am Sonntag, das kann doch wohl nicht wahr sein, was ist denn das für ein Penner! Ich stehe auf und halte den weißen Bademantel zu. Den Gürtel habe ich gerade vor zehn Minuten in das Waschbecken in Waschlauge zum Einweichen gelegt, nachdem ich ihn mit Erdbeerkonfitüre vollgekleckert habe.

Ich schaue durch das Spionloch an der Wohnungstür. Michael und Zoran! Das gibt es doch nicht, was wollen die beiden hier, und überhaupt: um diese Zeit? Ich überlege, da klingelt es wieder. Scheiße, ich bin wütend, aber irgendwie doch neugierig, was sie wollen. Ich beschließe aufzumachen.

»Michael Barthel, Zoran Ristic, was fällt euch ein, hier herumzuklingeln, und das auch noch am Sonntagmorgen?«, fahre ich beide scharf an.

Die beiden treten leicht erschrocken zurück.

Zoran fängt an zu schwäbeln: »Mir waret gerad in der Nähe und da han mir gedenkt, mir gucket bei unserer Lehrerin vorbei. Mir wollet mit Ihnen nur schwätzen, was ganz Wichtiges, verstandet Sie. Unser Kumpel Sven hat ein Problem, verstandet Sie, und mir denket, dass Sie da helfen könnet. Dürfet mir nei kommet?«

Oh Gott, was wollen diese Pissköpfe? So wie sie nach Rauch und Bier riechen, haben sie irgendwo die Nacht durchgemacht, bis sie hier gelandet sind. Hereinlassen werde ich die beiden bestimmt nicht, aber was das mit Sven sein soll, weckt doch mein Interesse. Ich habe aber keine Lust, nur mit Slip und Bademantel bekleidet hier im Flur stehen zu bleiben und mit diesen Idioten zu quatschen.

»Nein, ihr dürft nicht hereinkommen. Ihr bleibt einen Moment da und ich ziehe mir gerade was anderes an. Dann könnt ihr mir erzählen, was angeblich so wichtig ist. Ich hoffe für euch, dass es auch wirklich wichtig ist, sonst kriegt ihr verdammt viel Ärger, das könnt ihr mir glauben.«

Ich lehne die Tür an und gehe ins Schlafzimmer. Ich lasse den Bademantel zu Boden gleiten. Ein pinkfarbenes T-Shirt, Jeans und BH von gestern Abend liegen auf dem

Stuhl neben dem Bett. Schnell ziehe ich den goldbraunen BH an. Ein leises Geräusch lässt mich erschrecken. Ich drehe mich wie der Blitz um. Die beiden stehen an der Schlafzimmertür und schauen mich lüstern an. Ich bin außer mir vor Wut und schreie sie zornig an, was ihnen einfällt, meine Wohnung zu betreten und mich so anzugaffen. Die beiden lächeln nur und betreten das Schlafzimmer. Zoran macht die Tür hinter sich zu.

»Sven hat uns genau erzählt, was zwischen euch war. Zoran und ich sind der Meinung, dass eine Lehrerin alle Schüler gleich behandeln soll, und nun sind wir hier!«

Michael und Zoran schreiten vor. Das Gefühl von Wut hat sich bei mir ganz schnell geändert. Angst ist das, was ich spüre. Ich fange an zu zittern. Michael stürzt sich auf mich und schubst mich nach hinten auf das Bett. Er liegt auf meinem Oberkörper und drückt mich fest nach unten. Seine Hände greifen nach meinem Busen. Brutal fassen seine Hände unter die Cups des Büstenhalters und entblößen meine Brüste. Ich spüre, wie Zoran kräftig an meinem Slip zieht, bis er ihn zerreißt. Zunächst mit seinen Fingern und dann mit seinem Glied versucht er in mich einzudringen, dabei drückt er fest meine Beine auseinander. Es schmerzt. Es hat keinen Zweck, mich gegen die beiden zu wehren. Ich öffne meine Beine breit und lasse das Martyrium über mich ergehen.

Ich liege in der Badewanne. Das Wasser ist inzwischen kühl. Ich weiß nicht, wie lange ich schon hier liege. Ich habe überhaupt kein Zeitgefühl mehr. Ich habe so gewünscht, dass sie aufhören, und habe sie auch angefleht, aber sie wollten nicht aufhören. Sie lachten mich aus und beschimpften mich als geile Hure, die es nicht anders verdient hätte. Sie wollten mir suggerieren, dass es mir Spaß machen würde. Dies tat es aber ganz und gar nicht! Sie wechselten ihre Stellungen mehrmals und nahmen mich immer wieder. Ich wurde nicht nur zu vaginalem Sex gezwungen, sondern musste auch Zoran oral befriedigen, während Michael mit mir Analverkehr hatte. Sie warfen mehrfach Pillen ein, vermutlich Ecstasy, was scheinbar ihre Ausdauer beflügelte. Eine ganze Flasche dieser Scheißpillen hatten sie dabei und verschütteten sie über mein Bett, so zugedröhnt waren sie. Die Schmerzen und die völlige Erniedrigung nahm ich irgendwann gar nicht mehr wahr. Ich war wie in Trance, das Hirn schaltete sich aus. Ich ließ die Perversität über mich ergehen, was blieb mir anderes übrig. Irgendwann sind sie gegangen. Ich habe mich übergeben und mich dann in die Wanne gelegt.

Das Wasser ist inzwischen kalt, ich steige aus und schaudere, während ich mich abtrockne. Ich gehe ins Esszimmer, schenke mir einen großen Grappa ein und schlucke ihn herunter. Es schüttelt mich, wie der Alkohol im Hals brennt. Langsam schaltet sich das Hirn wieder ein. Es fängt an zu rasen. Die körperlichen Schmerzen halten sich jetzt nach dem Bad in Grenzen, auch wenn meine Scheide und mein After noch leicht brennen, und es sind noch hellrote Stellen unterhalb meiner Brüste zu sehen, wo die Bügel vom BH gedrückt haben. Ich bin heftigen Sex gewohnt und habe es mehrmals mit zwei Männern gleichzeitig getrieben. Nur, da habe ich es gewollt und habe es bisher immer genossen. Das hat aber nichts mit der jetzigen Situation zu tun. Diese absolute

Erniedrigung, die völlige Unterwürfigkeit meiner Person, es besteht eine totale Ohnmacht. Ich nehme noch einen Grappa. Diese Bastarde haben gewusst, dass sie mich vergewaltigen können, und ich würde mich nicht wehren können. Sie wissen auch, dass sie jederzeit wiederkommen können, und ich bin mir sicher, dass sie das auch machen werden. Ich werde nicht zur Polizei gehen, das wissen sie. Sven, dieser Trottel, hat ihnen alles erzählt. Ich kann nichts weitererzählen, sonst ist es aus mit meiner Stelle. Die Presse würde sich wie die Geier auf die Story stürzen. Ich sehe schon die Schlagzeilen: »Lehrerin in Sexorgie mit Schülern!« Es wäre mein völliger Ruin. Das Gefühl der Ohnmacht verwandelt sich in Zorn und Hass, tiefen, abgründigen Hass und ein Gefühl der Rache. Ich blicke zum Butterflymesser, das auf dem Esstisch liegt. Sven, Michael und Zoran, alles Schweine. Abgeschlachtet gehören sie!

Ich muss mich noch einmal übergeben. Ich stelle die Flasche Grappa zur Seite. Ich vertrage ihn jetzt nicht. Ich creme mich mit Bodylotion ein. Es lindert die Druckstellen am Busen, an den Schamlippen und am Gesäß. Es dauert noch eine Weile, bis ich mich endlich anziehe. Den Slip, den Zoran zerrissen hat, kann ich wegschmeißen. Auch die aufwändige Spitze am Rand des BHs ist eingerissen. Ich fluche, es sind kostspielige Dessous von Simone Pérèle, die ich erst letzte Woche gekauft habe. Ich bin aber heilfroh, dass diese Schweine mich nicht geschlagen haben und sonst keine äußeren Spuren der Vergewaltigung zu sehen sind. Hätte ich mich gewehrt und nicht alles Widerliche gemacht, was sie mir befahlen, wäre es wohl um einiges schlechter um mich bestellt gewesen. Dafür sitzt der Seelenschmerz viel tiefer.

Ich brauche jetzt jemanden, mit dem ich reden kann, wo ich mich ausheulen kann. Ich habe niemand – *niemand!* Freunde oder Freundinnen habe ich keine und hatte ich auch nie. Ich habe sie nie gebraucht, wozu denn auch? Um meine Lust zu stillen, hatte ich meine Partner und ab und zu auch eine Partnerin. Figuren in einem Spiel voller physischer Begierde, einzig und allein mit dem Zweck, meinen Appetit zu stillen. Freunde waren sie keine.

Jetzt fühle ich mich elend. Was diese perversen Dreckskerle mit mir gemacht haben, schmerzt mich, quält mich. Ich erblicke wieder das Messer. Gedanken kommen mir in den Sinn, bösartige Gedanken, diabolische Gedanken!

Ich hebe das Butterflymesser hoch und mit einer schnellen Drehung des Handgelenks lasse ich die Klinge in den Griff schnappen. Ich nehme mein Nokia und rufe Dr. Beierle an. Ich weiß, dass es Pfingstsonntag ist, und mache mir keine Hoffnungen, dass sie den Anruf entgegennehmen wird. Umso erfreulicher ist meine Überraschung, als sie sich wider Erwarten doch meldet.

Montag, 3. Juni
23.30 Uhr
Ich liege im Bett, das Licht habe ich gerade gelöscht. Von draußen schimmert der Mondschein durch die dünnen Vorhänge herein. Irgendwo in der Ferne quaken Frösche. Ansonsten ist es ganz leise. Es ist ganz befremdend, keine der gewohnten Geräusche der Stadt zu

hören: Autos, Motorräder oder Passanten. Es ist wie in meiner Kindheit, als ich auf dem Land in Niedersachsen nicht unweit von Bremen aufwuchs. Nur dass die Landschaft im Schwarzwald natürlich völlig anders ist als in Norddeutschland. Ich denke an den gestrigen und den heutigen Tag. Nach meiner Vergewaltigung habe ich in meiner Verzweiflung bei Dr. Beierle, oder Anita, wie ich sie jetzt mit Vornamen nenne, angerufen. Ich habe ihr geschildert, was passiert ist, wobei ich während des Telefonats in Tränen ausbrach und gar nicht weiterreden konnte. Daraufhin ist sie zu mir nach Hause gefahren. Anita schlug mir vor, sie für ein paar Tage auf ihr Landhaus im Schwarzwald zu begleiten. Ihre Praxis hat diese Woche zu, aber sie erkannte meine Not und wäre bereit, mich in dieser Zeit privat zu therapieren. Nachdem ich aufgrund der Pfingstferien keinen Unterricht hatte, war ich über dieses Angebot froh. Ursprünglich wäre ich diese Woche an die Côte d'Azur gefahren, aber das war, bevor diese Schweine mir das angetan haben.

Den ganzen Tag lang haben wir geredet, das heißt, hauptsächlich habe ich geredet. Ich habe nie so viel mit jemanden geredet wie mit Anita. Sie bot mir das »Du« an und meinte, so ließe es sich freier und vertrauensvoller sprechen. Ich weiß nicht, ob das ungewöhnlich für ein Patienten-Therapeuten-Verhältnis ist. Woher denn auch? Was weiß ich schon über Therapien? Wer weiß es denn überhaupt schon, der noch nie eine Therapie gemacht hat. Aber es stimmte, ich hatte das Gefühl, mich bei Anita frei aussprechen zu können, und sie nahm mich ernst.

Es war wirklich etwas Außergewöhnliches für mich,

dass sich jemand um mich kümmerte. Meine Mutter hat sich nicht um mich gekümmert. Ich war ihr nur immer im Weg. Ich erinnere mich, wie ich dauernd im Kinderzimmer eingesperrt wurde, als sie Besuch von einem »Onkel« bekam. Das laute Knacksen des Betts, das laute Atmen meiner Mutter und der Onkel. Geräusche, die ich damals nicht verstand. Genauso wenig verstand ich es, als ich zu meiner neuen Familie weggebracht wurde. Meine Pflegeeltern, ich habe sie so gehasst, dass ich ihren Namen seit Jahren nicht erwähnt habe. Gott – oder das, was sie unter dem Begriff Gott verstanden haben – haben sie mir vorgepredigt. Nachdem ich aber Gott nicht verstehen konnte, wie sie wollten, versuchten sie, Gott in mich hineinzuprügeln. Welche Enttäuschung war ich dann wohl für sie, als ich mit 14 vom katholischen Gymnasium für Mädchen St. Hildegard verwiesen würde. »Ungebührliches Benehmen« hat die Schulleitung es genannt. Auf einer Plattenparty in der Schule hatte ich mit einem Jungen aus einer benachbarten Schule auf der Toilette Verkehr. Welche Schande für meine biedere, gottesfürchtige Pflegefamilie! Als ich denen erzählte, dass ich bereits ein Jahr zuvor von ihrem 17-jährigen Sohn Alex entjungfert wurde, war das Maß für meine ach so liebevolle Pflegefamilie voll. Das Jugendamt hat mich in ein Heim gesteckt. Es war gar nicht einmal so schlecht im Heim. Es gab dort genau das Einzige, wofür ich mich wirklich interessierte: Jungs. Da ich gut in der Schule war, besuchte ich nicht wie die meisten anderen die heiminterne Schule, sondern durfte das Gymnasium in Bremen besuchen. Die anderen Mädchen in der Schule lehnten mich, die Schlampe aus dem Heim, völlig ab. Die Jungs, die sahen es selbstverständlich anders. Ich sah gut aus, schminkte mich mehr als die anderen Mädchen, kleidete mich möglichst cool und ich war heiß. Verdammt heiß – unersättlich heiß! Das machte mich nicht gerade beliebter bei den anderen Mädchen. Das war mir egal, ich hatte mit den Jungs meinen Spaß.

Mit 17 kam ich nach einem Vorfall mit zwei Zivildienstleistenden, ich kann mich überhaupt nicht an ihre Namen erinnern, in ein anderes Heim und durfte eine andere Schule besuchen. Es war toll: Wieder neue Jungs. Irgendwann wurde mein Interesse, für die Schule zu lernen, immer geringer, aber ich musste nicht mehr viel lernen. Mein neuer Klassenlehrer Herr Müller hatte ein »besonderes Interesse« an mir. Dem armen, unterprivilegierten Mädchen aus dem Heim musste doch geholfen werden, dachte er wohl. Ich brauchte nur hin und wieder bereitwillig den hübschen Hintern hinzuhalten, und gleich gab es gute Noten. Was so gut mit Herrn Müller klappte, sollte im Studium mit manchen Dozenten genauso gut funktionieren. Neulich las ich einen Artikel in der Zeitung, wonach laut einer Umfrage des Playboy-Magazins angeblich jeder achte Student oder Studentin eine Affäre mit einem Dozenten oder Dozentin an einer Uni hatte. Jede vierte mit dem Ziel, bessere Noten zu bekommen. Ich halte das Ergebnis der Umfrage für einen ziemlich übertriebenen Quatsch, aber bei mir traf es hundertprozentig zu.

Warum ich letztendlich Lehrerin geworden bin, weiß ich nicht einmal so genau. Ich war gut in Englisch und in Sport. Es erschien mir der leichteste Weg zu sein. Als Lehrerin an einem Gymnasium wusste ich, wenig arbeiten zu müssen, um einigermaßen gut zu verdienen. Vor allem der Gedanke an die vielen Ferien war es, was mich reizte.

Ich habe heute Anita alles ganz ausführlich erzählt. Sie fragte immer wieder nach, besonders was meine Kindheit mit meiner Mutter und mit der Pflegefamilie betraf. Ich kann mich aber kaum an meine Mutter erinnern. Nachdem ich zu der Pflegefamilie kam, sah ich sie vielleicht noch zwei oder dreimal. Ich weiß noch, dass ich viel weinte und ins Bett machte. Ich wurde aber nicht getröstet, sondern mit mir wurde immer geschimpft, weil ich das Bett nass gemacht hatte und dies scheinbar nicht dem Willen Gottes entspräche. Als ich im Heim war, wollte die dumme Tussi vom Jugendamt, dass ich erneut Kontakt zu meiner leiblichen Mutter knüpfe. Ohne mich. Sie hatte sich nicht um mich gekümmert und ich kümmerte mich jetzt weder um sie noch um sonst jemanden.

Alles, was ich erzählte, hatte ich bisher niemandem erzählt. Ich hatte auch bereits vieles verdrängt und es kam erst wieder, als ich Anita dies anvertraute. Es war ein eigenartiges Gefühl, all diese alten Sachen zu besprechen. Oft musste ich schmunzeln, ja sogar lachen, als ich an manche Situationen dachte, wie an den geradezu grotesk witzigen Gesichtsausdruck von meinem Lehrer Herrn Müller, als ich ihm das erste Mal anbot, ihm einen zu blasen, wenn er mir statt der Fünf eine Eins in Mathematik geben würde. Andererseits stimmte mich das lange Gespräch schon etwas traurig. Warum erzählte ich so viel? Bisher hatte ich niemanden, mit dem ich etwas besprechen konnte. Anita sprach mich auf das Wort »Vertrauen« an. Vertrauen? Die Einzige, auf die ich bislang vertrauen konnte, war ich selbst und meine Fähigkeit, mich mit meiner sexuellen Energie bei den Männern durchzusetzen und sie ausschließlich für meine Zwecke zu benutzen. Diese Energie gab mir Macht. Eine Macht, die ich genoss. Dann kamen Michael Barthel und Zoran Ristic. Sie zerstörten diese Macht, als sie mich so erniedrigten.

Seit einer halben Stunde liege ich im Bett. Es ist warm und stickig, obwohl das Fenster auf ist. Ich kann nicht schlafen. Vielleicht kein Wunder, nachdem ich so aufgewühlt bin. Ich versuche, nicht an gestern zu denken und auch nicht daran, was in den letzten Wochen war. Ich denke an meine Pflegefamilie. Ich denke an Alex. Ich denke daran, wie es das erste Mal war. Alex war drei Jahre älter als ich. Alex hatte eine Freundin. Tina hieß sie und sie war 16 oder 17. Wenn die Pflegeeltern nicht zu Hause waren, kam sie ihn besuchen und sie gingen in sein Zimmer. Mir war mit meinen 14 Jahren schon klar, was sie machten. Ich sah Tina öfters spärlich bekleidet ins Badezimmer hüpfen. Ich fand, dass sie körperlich nicht weiter entwickelt war als ich. Ich hatte bereits einen ordentlichen Busen. Jedes Mal, wenn Tina kam, ging ich neugierig zur Tür von Alex' Zimmer und schaute durch das Schlüsselloch. Ich konnte sehen, wie sie miteinander poppten. Ich mochte Alex nicht besonders und auch Tina nicht. Es gefiel mir aber zuzusehen, was sie miteinander machten. Dass es Alex gefiel, überraschte mich nicht. Sex war auf eine recht doofe und platte Art das Thema Nummer eins für alle pubertären Jungs. Die meisten Mädchen in der Schule sprachen auch über Jungs, aber mehr darüber, wer süß war, und weniger konkret über Sex. Herumgeknutscht, an den Busen fassen lassen und vielleicht ein bisschen Petting, das war's dann schon, aber ich glaube nicht, dass eines der Mädchen schon richtigen Sex hatte. Ich war direkt verwundert zu sehen, welchen Spaß Tina offensichtlich hatte. Ich war bis dahin der Meinung gewesen, dass die Frau immer nur auf dem Rücken liegen und die Beine spreizen würden. Das tat Tina zwar auch, aber sie tat viel mehr: Sie setzte sich auf ihn und schaukelte wild, sie kniete sich hin und ließ Alex sie wie einen Straßenköter von hinten nehmen. Ich sah auch, wie Tina das Glied von Alex in den Mund nahm. Alles, was Tina machte, wollte ich auch. Es kribbelte am ganzen Körper und mein Slip wurde beim Spionieren immer ganz nass.

Nach ein paar Monaten machten Alex und Tina Schluss miteinander. Alex fand nicht so schnell eine neue Freundin. Ich fand es schade, denn ich hatte nichts mehr zu spionieren. So dachte ich zunächst einmal. An einem Wochenende, als die Pflegeeltern verreist waren, schaute ich spaßeshalber wieder einmal durch das Schlüsselloch. Alex lag nackt auf seinem Bett und schaute in eine Zeitschrift. Mit der rechten Hand massierte er sein erigiertes Glied. Das Kribbeln war bei mir wieder da. Ich wollte dieses Glied spüren, ich wollte das erleben, was Tina immer fühlte. Ich zog schnell meine Kleidung aus und betrat nackt den Raum. Alex erschrak so, er wäre am liebsten in den Boden versunken. Er zog schnell die Decke über sich. Ich sagte ihm, er brauche sich nicht zu verstecken, ich wüsste, was er immer mit Tina gemacht hat. Ich hob die Decke hoch und legte mich zu ihm.

Ich fasste sein Glied an. Alex stotterte etwas davon, dass ich erst 14 und seine Schwester wäre. Ich erwiderte ihm, eindeutig nicht seine Schwester zu sein, drückte meinen Busen in sein Gesicht und befahl ihm, mich auf der Stelle vom Mädchen zur Frau zu machen.

Während ich an das erste Mal mit Alex denke, mache ich kreiselnde Bewegungen mit meinen Fingern über meine Klitoris. Ich stehe auf und gehe zu meiner Reisetasche. Ich hole den kleinen Vibrator heraus, den ich immer auf Reisen dabeihabe. Ich lege mich hin, öffne meine Beine und fange an zu spielen. Ich schließe die Augen. Mm, das tut gut. Das tut verdammt gut. Ich liebe dieses Spielzeug, es hat mich nie im Stich gelassen. Ich wälze mich im Bett herum und gebe leises Stöhnen von mir. Es kribbelt, und wie es kribbelt. Mir ist am ganzen Körper warm. Der Schweiß tropft herunter. Die Zeit rennt davon. Oh, ich will mehr. Mit einem jetzt eindeutig lauteren Stöhnen komme ich zum Höhepunkt. Ich öffne die Augen und staune nicht schlecht, als ich sehe, dass Anita an der Tür steht.

»Wie lange stehst du schon da?«, frage ich leicht außer Atem.

Anita betritt das Zimmer. Ich meine, ein Lächeln auf ihrem Gesicht zu sehen, bin mir aber nicht sicher, da ich im Mondlicht nicht viel mehr als ihre Silhouette erkennen kann. Sie setzt sich auf die Bettkante.

»Lange genug, liebe Yvonne, lange genug.«

Sie streichelt meine nackten Waden. Es ist angenehm. Ich schaue sie an. Der weiße Satinstoff des Nachthemds glänzt im Mondschein. Eng umhüllt es ihren Körper. Die Brustwarzen drücken sich deutlich gegen den dünnen Stoff ab. Die großen Brüste sind ganz fest und rund. Das erstaunt mich ein bisschen. Anitas großer Busen ist mir zwar gleich beim ersten Treffen aufgefallen, aber ich hätte gedacht, wenn er nicht vom Büstenhalter gehalten wird, würden die Brüste etwas hängen, was sie jedoch nicht im Geringsten tun. Klar, jetzt dämmert es mir, sie sind bestimmt mit Silikon gefüllt. Anita hat sich ihren Busen kosmetisch vergrößern lassen! Auf diese Idee wäre ich vorher eigentlich nie gekommen. Warum aber auch nicht? Irgendwo müssen die Tausende von Frauen in Deutschland sein, die an sich herumschneiden lassen,.

Langsam fährt Anita mit ihrer Hand weiter über das Knie zum Oberschenkel. Ich bin noch heiß. Was ich jetzt am liebsten hätte, wäre ein gut aussehender Mann mit einem kräftigen Liebespfahl. Aber eine Frau wäre auch nicht schlecht. Ich habe lesbischen Sex ausprobiert und durchaus auch genossen. Frauen wissen in der Regel besser mit ihrer Zunge umzugehen als Männer. Sie kennen doch genau die Stelle, wo ich geleckt werden will, obwohl es auch durchaus sehr geschickte männliche Liebhaber gibt. Anita zu haben, hätte ihren Reiz. Gerade diese großen Brüste haben etwas Anziehendes an sich. Sie machen mich neugierig, ob sie sich genauso wie ein »normaler« Busen anfühlen. Ich fahre mit den Fingern meiner rechten Hand über den dünnen Stoff ihres Nachthemds. Die Brustwarzen sind hart. Die großen Brüste sind wirklich unglaublich fest. Anita lächelt, es gefällt ihr, wie ich sie liebkose. Ihre Hand berührt sanft meinen Venushügel, jene leichte Wölbung der weiblichen Scham oberhalb des Geschlechtsorgans, die nach der römischen Liebesgöttin benannt ist. Bereitwillig spreize ich die Beine. Mit der linken Hand fasse ich Anita an ihrem Gesäß und schiebe den dünnen Stoff des Nachthemds hoch. Die Hand fährt zwischen ihren Beinen zum Intimbereich. Sie ist feucht. Ich drücke sie zu mir. Sie senkt ihren Kopf zwischen meine Schenkel.

Draußen ist ein tiefes Donnergrollen zu vernehmen. Es kündigt sich ein Sommergewitter an.

Dienstag, 4. Juni
12.45 Uhr

»Perfekt, genauso würde ich dich gerne malen.«

Ich nehme einen Schluck aus der Bierflasche. Eigentlich mag ich Bier gar nicht besonders. Aber es gibt nichts anderes zu trinken und ich habe Durst. Ich schaue zu Hugo. Es muss ungefähr eine halbe Stunde her sein, als ich seinen Laden betreten habe. Ich habe am Vormittag einen Spaziergang zum nahe gelegenen Dorf gemacht. Anita musste aus irgendwelchen privaten Gründen, die sie nicht näher erläutert hat, nach Stuttgart fahren. Sie wollte erst am Abend zurückkehren. Das Gewitter hatte zunächst die Luft deutlich abkühlt und der Himmel war mit Wolken bedeckt, sodass ich mich nach Musterung der Wolken entschlossen habe, eine kurze pflaumenfarbige Bolerojacke aus Lederimitat mit Krokoprägung und passender Hose anzuziehen. Ich lief eine gute halbe Stunde bis zum Dorf und schlenderte zwischen einigen kleineren Touristengeschäften und Gasthöfen umher. Die Wolken rissen auf und die Sonne schien. Die Wasserpfützen dampften. Es wurde unerträglich schwül. Es war ein Fehler gewesen, die Jacke anzuziehen. Ich konnte sie auch nicht ausziehen, da ich darunter nur meinen BH trug. Die feuchtwarme Luft war sehr unangenehm. Ich stand vor einem Laden und betrachtete ein paar Bilder. Der Besitzer sprach mich an. Ich wollte ihn zunächst ignorieren, denn ein besonderes Interesse für die Bilder hatte ich nicht.

Zunächst warf ich einen Blick auf seine Gemälde. Das meiste war ein Haufen Kitsch für die Touristen: Motive aus dem Schwarzwald, Jagdszenen mit Auerhähnen und Fasanen usw. Die Bilder haben mich gelangweilt. Der große schlanke Künstler umso weniger. Seine schwarzen Locken, die er bis zu seinen Schultern trug, waren hinten zu einem Zopf gebunden. Das kurzärmelige hellblaue Jeanshemd, fast bis zum Bauch offen, zeigte seine drahtigen Muskeln. Ich schätzte ihn auf Mitte dreißig. Er musterte mich, während ich langsam durch den Laden schlenderte und Eistee trank, den er mir freundlicherweise angeboten hat. Sein Blick war ganz unmissverständlich. Diesen Blick habe ich oft genug bei Männern gesehen. Ich schaute ihn an, er blickte schnell weg. Er wollte nicht gaffen, sie wollen nie gaffen, aber sie tun es doch immer wieder. Männer! Diese Witzfiguren, die sich in Gegenwart einer betörenden Frau immer wieder lächerlich machen. Glauben sie, wir sind wirklich so blöd und merken nicht, wie sie uns mit ihren Augen förmlich ausziehen? Wie sich ihre gierigen Blicke auf den Busen richten oder wie er mich jetzt anstiert, genau auf meinen Schritt, wo sich der glänzende Stoff der eng geschnittenen Hose gegen die zwei kleinen Wölbungen des Spalts meines Schambergs drückt.

Ich wusste nur zu gut, was er dachte und was er wollte. Es war wohl kein großes Geheimnis. Sicherlich hatte er er schon in seinen tiefsten Fantasien davon geträumt, dass eines Tages eine Frau mit solch einer erotischen Ausstrahlung wie ich seinen Laden betreten würde und seine schmutzigen Vorstellungen wahr werden würden. Er sah ganz gut aus, ein bisschen zu schlaksig vielleicht. Für meine Zwecke allemal ganz passabel. Ich fragte, wie er heiße.

Nachdem er geantwortet hatte, stellte ich den Eistee zur Seite und sagte: »Nun, Hugo, sei ein braver Junge und schließe die Ladentür ab. Wir wollen doch nicht, dass jemand uns beim Ficken stört.«

Jetzt will er ein Bild von mir malen. Ich nehme noch einen Schluck Fürstenberger. Schade, dass der Eistee leer ist, er wäre mir lieber als das Bier. Hugo ist erwartungsgemäß gleich auf meine eindeutige Aufforderung eingegangen. Und wie eilig er es hatte, runter mit der Hose und rein, nicht einmal meine Jacke habe ich beim Sex ausgezogen. Mir ist nun heiß und ich habe Durst. Hugo dreht sich einen Joint. Haschisch und sonstige Drogen sind das Allerletzte, was ich mir vorstellen kann zu konsumieren. Aber ich habe es oft genug erlebt, dass nach einer heißen Nummer zunächst ein Joint geraucht wird. Ebenso ekelhaft wie Zigaretten, finde ich.

»Du willst von mir ein Bild malen? Was soll das für ein sentimentaler Scheiß sein? Wir haben gerade eine Nummer geschoben, ein Quickie, na und, was soll's? Es war auch nicht gerade berauschend«, sage ich, während ich an der goldenen Gürtelschnalle meiner Hose herumfummele.

Ich nehme noch einen kleinen Schluck aus der Bierflasche.

»Hat es dir nicht gefallen? Okay, es war ein bisschen schnell, aber du hast mich auch ganz schön geil gemacht. Ich würde dich gerne malen. Ein schöneres Aktmotiv finde ich nicht so schnell. Wir könnten danach wieder ficken. Komm, was hältst du davon?«

Er legt seine Hand auf meinen Arm.

»Ich halte gar nichts davon, weder dass du von mir ein Bild malst, noch habe ich Lust auf einen weiteren Fick, jedenfalls nicht mit dir. Und jetzt sei ein artiger Junge, nimm deine Hand weg und schließ die Tür wieder auf.«

Ich drücke meinen Busen in dem Büstenhalter zurecht und ziehe den Reißverschluss der Jacke bis zum Dekolleté hoch. Ich schaue zu Hugo, der mich leicht am Arm festhält. Er drückt entschlossener zu.

»Was meinst du mit, mit mir würdest du jedenfalls nicht ficken? Mit einem anderen schon, oder was? Du bist vielleicht ein saugeiles Luder. Meinst du etwa, ich könnte es dir nicht noch einmal besorgen? Vielleicht sollte ich dich richtig hernehmen, ob du willst oder nicht.«

Hey, spinnt der Kerl? So schnell, wie er drin war, war er wieder draußen, und das mit einem der kleinsten männlichen Geschlechtsteile, das ich jemals gesehen habe. Glaubt er, Don Juan zu sein? Diese ewigen Machos, je beschissener sie im Bett sind, desto größer das Mundwerk.

»Ich werde jetzt aber sauer, Hugo, nimm deine Hand weg, ja? Wir hatten unseren Spaß, es war nett. Das war's, mehr gibt's nicht, basta. Ich habe keine Bedenken, dass du noch einmal könntest, aber wenn ich ehrlich bin, glaube ich nicht, dass du es mir richtig besorgen könntest. Weiß du, in der Regel mag ich es doch ein bisschen länger als eine Minute – oder waren es doch zwei? Nun ja, mit der Länge, oder sollte ich besser Kürze sagen, hast du offensichtlich sowieso deine Probleme. Weißt du, wenn dein Schwanz nur halb so groß wie dein Mund wäre …«

»Miststück!«

Ich sehe die Hand kommen und drehe mich instinktiv. Die Rückhand trifft mich an der linken Seite des Kopfs. Ich taumele nach hinten und falle über einen Stuhl nach hinten. Hugo versucht, sich auf mich zu stürzen. Ich trete nach oben und treffe ihn am Bauch. Er schlägt nach mir, aber ich kann ihn mit beiden Beinen wegdrücken, sodass der Schlag mich nur an der Schulter trifft.

»Du Drecksau, na warte!«, schreit er und packt meine Beine.

Mit einem Ruck dreht er mich auf den Bauch. Er drückt mich mit seinem Körper nach unten, während ich versuche, mich loszureißen. Die Bierflasche liegt neben meiner rechten Hand. Ich ergreife sie und schlage nach dem Angreifer. Ich treffe ihn am Kopf. Ich kann mich von ihm ziehen und rolle mich zur Seite. Hugo blutet am Kopf. Er schlägt mich mit der Faust und trifft mich an der Hüfte. Ich schlage erneut mit der Flasche. Er versucht auszuweichen. Die Flasche trifft ihn am Hals. Das Blut spritzt. Ein Glasteil hängt ihm im Hals. Ich steche ihm mit der abgebrochenen Flasche wieder in den Hals. Er bricht zusammen und fällt nach unten. Ich stehe auf und schaue, wie er regungslos daliegt. Unter ihm wird die Blutlache immer größer. Ich habe ihn wohl genau an der Halshauptschlagader getroffen. Ich trete ihm kräftig in die Seite. Er bewegt sich nicht, er wird sich nie wieder bewegen.

Ich schnaufe tief durch und gehe auf die Toilette. Als ich meine Hose ausziehe, merke ich, dass ich bereits in meinen Slip uriniert habe. Gott, habe ich Angst gehabt. Ich ziehe den nassen Stringtanga aus. Auf der Jacke und Hose sind Blutspritzer. Sie lassen sich vom Lederimitat mit einem nassen Handtuch ganz gut entfernen. Kopf, Schulter und Bein tun da, wo ich Schläge abgekommen habe, etwas weh. Ich schaue in den Spiegel: Keine Spuren im Gesicht. Bin ich froh! Ich kämme meine Haare und trage Lippenstift auf. Ich muss schmunzeln, als ich den Lippenstift in meine Handtasche stecke und die obligatorischen Ersatzstrümpfe sehe. Hätte ich einen Rock und Strümpfe an, hätte ich bestimmt wieder eine Laufmasche.

Ich schaue mich noch einmal in dem Laden um. Ich gehe zur Kasse und mache sie auf. Es liegen einige Euro-Scheine darin. Ich hole sie heraus. Der Tote braucht sie nicht mehr. Ich verlasse die an den Laden angebaute Wohnung durch den Hinterausgang. Es hat mich keiner bemerkt. Ich laufe zurück zu Anitas Ferienhaus. Oh, bin ich blöd: Den nassen String habe ich in der Toilette liegen lassen! Na, da werde ich ganz bestimmt nicht mehr zurückgehen. So ein Mist, es ist bereits der zweite Stringtanga, den ich in so kurzer Zeit vergessen kann. Und warum? Nur wegen so bekloppter Männer. Dafür hat Hugo seine gerechte Strafe bekommen, und Michael Barthel und Zoran Ristic werde ich es auch noch heimzahlen. Darauf können sie ihre Ärsche verwetten!

Bis ich ankomme, bin ich ganz durchgeschwitzt.

Ich dusche mich ab und ziehe mir ein marinefarbiges schmales Kleid aus sommerlich leichtem Crêpe mit einem eleganten Wasserfallausschnitt im Rücken und beschwingtem Volant am Saum und dazu farblich passende Riemchensandaletten aus fein glänzendem Nappaleder an. Ich zähle das Geld: 370 Euro. Damit lässt sich der Verlust des Stringtangas gut verschmerzen. Ich denke über den Schlamassel nach, in den ich in den letzten Wochen hineingeraten bin. Zunächst die Geschichte mit Sven in der Schule, die Vergewaltigung und nun der Tod von Hugo. Ich wollte seinen Tod nicht, aber es berührt mich auch nicht im Geringsten. Wieso musste der Schwachkopf auch so grob werden? Am besten ist, dass ich ihn einfach vergesse. Aber mir ist bewusst, dass dieser ganze Ärger doch nur eine Folge meiner Promiskuität ist. Das ständige Verlangen nach Sex wird noch mein Ruin sein. Mit Sven habe ich beinahe beruflichen Kamikaze begangen. Jede Würde, die ich besaß, hat die Vergewaltigung mir genommen. Vielleicht hätte Hugo mich getötet, wenn ich nicht die Flasche gehabt hätte. Ich bin so schwach, einfach machtlos, und unterliege völlig meinem Sexualtrieb. Ich denke an gestern Abend. Anita wusste genau, was sie wollte, als sie zu mir ins Zimmer kam, und sie wusste, dass ich nicht widerstehen würde. Ich hatte ihr von meinen lesbischen Erfahrungen erzählt, die ich hauptsächlich im Heim gesammelt habe. Ich war nicht das einzige Mädchen, das ein sehr starkes Interesse an Sex hatte. Aber in der Mädchengruppe war es nicht immer einfach für uns so genannte »schwer erziehbare Mädchen«, Kontakt mit den Jungs zu haben. Wir haben dann natürlich untereinander sinneslustig experimentiert. Ich erinnere mich besonders an Sonja, mit der ich ein Jahr lang ein Zimmer geteilt habe. Aber es gab auch andere Mädchen. Besonders einprägsam war es, als Manuela stolz mit dem gestohlenen Vibrator ihrer Mutter aus einem Heimfahrwochenende zurückkehrte. Mit 15 war sie das jüngste Mädchen der Gruppe und wollte uns 16-Jährigen imponieren. Zu viert oder zu fünft haben wir mit dem Dildo herumgespielt und ihn uns gegenseitig eingeführt. Manuela habe ich mit diesem Spielzeug entjungfert. Keine von uns war aber eine Lesbierin, sondern Jugendliche, die einfach einen geilen Spaß haben wollte.

Neulich las ich im Internet über eine Umfrage des Hamburger GEWIS-Instituts von 1003 befragten Frauen und Männern. Danach träumt fast jede dritte Frau von erotischen Erlebnissen mit einer anderen Frau. Der Umfrage zufolge haben tatsächlich zwölf Prozent der 20- bis 39-Jährigen, genauso wie ich, diese Fantasien schon ausgelebt. Von den Frauen zwischen 40 und 60 waren es sogar drei Prozent mehr. Nur ein knappes Drittel aller befragten Frauen und Männer lehnt homoerotische Begegnungen als pervers ab. Inzwischen sei Bisexualität auch ein häufiges Thema in der Sexualberatung geworden, hieß es. Es sei angeblich wissenschaftlich bewiesen, dass jeder Mensch gleichgeschlechtliche Neigungen latent mehr oder weniger stark in sich habe.

Aber Anita ‚was ist mit ihr? Gestern Abend habe ich nicht darüber nachgedacht, ob sie eine Lesbe ist oder nicht. Ich war geil und war froh, sie als Spielgefährtin zu haben. In dieser Situation war ich total empfänglich für jede Art von sexueller Erregung. Wobei Cunnilingus eine Form von Sex ist, die ich besonders liebe. Die lateinischen Worte cunnus für die weibliche Scham und lingere für lecken haben dem Begriff sein Namen gegeben. Den Venushügel einer Frau mit Mund und Zunge zu liebkosen und zu reizen, wird von mir genauso wie von den allermeisten Paaren als sehr großer Lustgewinn für beide Partner empfunden. So ist es nicht verwunderlich, dass wohl viele Frauen durch Cunnilingus schneller und sicherer zum Orgasmus kommen als beim klassischen Geschlechtsverkehr. Nach dem, was ich gelesen habe, sollen zahlreiche Frauen sogar nur mit dieser Technik zum Orgasmus kommen. Für andere indes ist, um bei meinem Beruf als Pädagogin zu bleiben, »das Mündliche« eine harte Prüfung. Sie empfinden die Klitorisstimulation als zu direkt. Ich selber genieße es zu lecken. Aber auch ebenso, wenn die fremde Zunge der Cunnilinctrix, wie die ausführende Frau, oder des Cunnilictors, wie der ausführende Mann in der Fachwelt heißt, bei mir auf Entdeckungstour geht, von sanft bis fordernd, langsam oder schnell, mal mit der Spitze den Kitzler umspielend oder … Oh, ich lasse mich einfach von meinem Gefühl und meiner Geliebten leiten. Seit ich diese Lust am Riechen und Schmecken einer Partnerin entdeckt habe, habe ich meine Technik stetig verfeinert und perfektioniert. Ich habe mal irgendwo und irgendwann einen sachlich-nüchternen Bericht zu diesem Thema gelesen. Interessant fand ich die Feststellung, dass man sich bezüglich des Austausches von Bakterien bei dieser Spielart nicht einmal große Sorgen machen muss. Die weiblichen Geschlechtsorgane verfügen über einen biologischen Schutz, der sie zum einem bakterienfreier macht als z. B. Mund und Speichel des Partners und sie andererseits auch vor fremden Bakterien schützt. Dass sich diese Spielart gerade zwischen lesbischen Frauen besonderer Beliebtheit erfreut, bedarf wohl keiner Erklärung. Diese Variante wird als Lesbolingus bezeichnet, was ich witzig finde, da es mich irgendwie an Asterix und die alten Römer erinnert.

Ich frage mich aber jetzt schon, was das für eine Beziehung zwischen mir und Anita ist. Immerhin ist sie meine Therapeutin! Mit der Frage habe ich mich bisher nicht beschäftigt, aber eine sexuelle Beziehung zwischen Therapeutin und Patientin erscheint mir genauso fragwürdig wie die Beziehung zwischen Lehrkraft und Schüler.

Es interessiert mich, mehr über Anita zu erfahren. Ich gehe in ihr Zimmer. Sie wird erst am Abend zurückkehren, da habe ich Zeit herumzustöbern. Das Zimmer ist ordentlich aufgeräumt. Es stehen ein Bett, ein Nachttisch, eine Kommode und ein Kleiderschrank im Raum. Ich hebe das Buch hoch, das auf dem Nachttisch liegt: »Der Azteke« von Gary Jennings – das habe ich auch mal gelesen. Ich lege das Buch zur Seite und mache die Schubladen der Kommode auf. Ich habe überhaupt keine Skrupel, in ihren Privatsachen herumzuschnüffeln – warum auch? In den beiden obersten Fächern gibt es nichts Besonderes. Nur exquisite Dessous. Ich stelle fest, dass einige Stücke, genau die Gleichen sind, die ich auch habe. Im untersten Schubfach finde ich diverse Wäschestücke aus Lack und Leder, was ich doch nicht unbedingt erwartet hätte. Ich gehe zum dreitürigen Kleiderschrank. In den ersten Schrankteilen hängt ganz normale Kleidung, hauptsächlich verschiedene

Kostüme, wie ich es von Anita gewohnt bin, und auch legere Kleidung wie Jeans und T-Shirts. Als ich die dritte Tür öffne, bin ich doch sehr erstaunt. Kleider, Korsagen und Handschuhe aus Latex und Leder, Highheels und Lackstiefel. Ich fasse einige Stücke an. Ich bin sowohl verwundert als auch fasziniert. Ein bisschen Leder oder Lack, nun ja, das wäre nicht so außergewöhnlich, ist es zurzeit doch geradezu modisch und viele Frauen ziehen so was an. Aber in diesem Maße – es erscheint gerade so, als ob Anita ein gewisses Faible dafür hätte, Domina zu spielen. Ich für mein Teil habe bestimmt kein Interesse darin, eine Sklavin zu spielen. Vieles törnt mich an, aber irgendein Sadomasmo-Scheiß gehört hundertprozentig nicht dazu. Was für ein Spiel spielt Anita? Zuerst fängt sie ein lesbisches Spiel mit mir an und dann entdecke ich ihre Kleidung aus Lack und Leder. Wir reden immer über meine sexuellen Neigungen, und was ist mit ihren?

Etwas anderes fiel mir bei unserem heißblütigen nächtlichen Spiel auf. Anita hatte komplett alle Schambehaarung entfernt. Ich entferne auch sämtliche Haare um meine Schamlippen herum, aber der Venusberg oberhalb der eigentlichen Lippen und des Kitzlers ist noch mit fein säuberlich geschnittenen Haaren bedeckt. Bei der Anzahl der Männer, mit denen ich verkehre, ist diese Maßnahme der Haarentfernung auch hygienisch notwendig. Ich habe bei Anita die ganze Schamgegend geleckt, kein einziges Haar war da, was sicher angenehmer war, als wenn ich ständig Haare im Mund gehabt hätte. Anita scheint darauf vorbereitet zu sein, geleckt zu werden. Wenn sie kommt, werde ich sie auf ihre lesbische Neigung ansprechen.

Erst in den letzten Tagen habe ich entweder im »Spiegel« oder »Focus« einen Bericht über Schwule und Lesben in Deutschland gelesen. Demnach ist bisher immer von ungefähr zehn Prozent Homosexuellen in der Gesamtbevölkerung ausgegangen worden. Diese Zahlen wurden aber bei einer Untersuchung in Deutschland weit unterschritten. Anscheinend sind es bei den Schwulen lediglich 0,8 und bei den Lesben 0,5 Prozent. Der Anteil der Bisexuellen wäre bei Männern 2,5 und bei Frauen 2,8 Prozent. Ich frage mich, ob ich zu diesen 2,8 Prozent gezählt werde. Vermutlich schon, ich habe da schon etliche Erfahrungen gehabt und würde Sex mit einer attraktiven Frau nie ablehnen. Aber ich verspüre bei Frauen nicht diese gleiche Gier nach Befriedung wie bei Männern. Ich meine auch nicht nur, wenn ein Mann mich nimmt und kraftvoll in mich stößt. Genauso wie ich Cunnilingus liebe, liebe ich Fellatio. Welcher Mann wünscht es sich nicht, von der Partnerin bis zum Abschuss mit den Lippen verwöhnt zu werden? Anders als viele Frauen scheue ich dieses scharfe Lusterlebnis nicht. Ein schönen steifes Glied zu lecken und daran zu saugen, bietet immer einen besonderen Genuss. Der Trick dabei ist, den Penis langsam in den Mund gleiten zu lassen, sodass nicht das Gefühl aufkommt, ersticken zu müssen, was schnell Würgereize auslöst. Meist reicht es schon, lustvoll an der Eichel zu nuckeln und diese mit der Zunge zu umkreisen. Am schönsten ist natürlich, wenn der Partner gleichzeitig meine Vagina stimuliert, am besten ebenfalls mit flinker Zunge. Sollte er aufhören, mich zu lecken, halte ich auch inne, das wirkt oft Wunder. Ein Liebespfahl mit Nuss-Nougat-Creme,

Vanillesoße, Schlagsahne oder sonst was Süßem schlecke ich mit einer besonderen Wonne ab. Für den richtigen Hochgenuss sollte mein Partner aber schon vorher sorgen, indem er seine Ernährung ein wenig umstellt und einige Stunden vorm Sex auf Knoblauch, Zwiebeln und scharfe Gewürze verzichtet, sonst schmeckt sein Samen leicht bitter. Einen angenehmen Geschmack bekommt Sperma allerdings, wenn er vorher etwas Süßes sowie viel Obst und Gemüse isst.

Ich schließe die Schranktüren und durchstöbere den Nachttisch. Ich finde ein Foto von Anita und einem Mann. Er kommt mir bekannt vor, aber ich weiß nicht mehr woher. Das Foto wurde in Athen mit der Akropolis im Hintergrund aufgenommen. Es ist ein paar Jahre alt. Ich schätze Anita auf Mitte zwanzig ein. Sie hat Shorts und ein enges T-Shirt an. Im Vergleich dazu, wie ich sie kenne, ist sie flachbrüstig. Ich hatte Recht mit meiner Vermutung über die Brustvergrößerung. Für mich wäre so etwas nie in Frage gekommen. Mit der BH-Größe 75 C sind meine Brüste groß genug. Sie sind auch schön fest, ohne dabei hart zu sein wie die Brüste von Anita. Das macht wohl den Unterschied zwischen natürlichen und mit Silikon gefüllten Brüsten aus. Ich bin auf meine wohlgeformten Brüste stolz, so wie ich mit dem Rest meines Körpers höchst zufrieden bin. Die vielen Stunden im Fitnessstudio haben dafür gesorgt, dass kein Gramm Fett zu viel an meinem Körper ist. Ich starre das Bild eine Weile an und grübele darüber nach, wer der Mann neben Anita ist. Sie haben eine gewisse Ähnlichkeit miteinander. Womöglich sind sie Geschwister. Es fällt mir aber nicht ein, woher ich ihn kenne. Egal, wer braucht sich schon an Männer zu erinnern? Ich finde nichts Interessantes mehr und gehe in mein Zimmer.

Kurzer Zeit später ruft Anita an und teilt mir mit, dass sie länger in Stuttgart bleiben muss als erwartet. Sie kommt erst am nächsten Tag. Sie fragt, wie es mir geht und ob es irgendetwas Besonderes gab. Ich antworte mit Nein. Nach dem Telefonat muss ich lachen. »... ob es etwas Besonderes gab?« Nein, überhaupt nicht. Ich habe bloß einen Mann umgebracht! Obwohl es erst ein paar Stunden her ist, habe ich überhaupt nicht weiter darüber nachgedacht. Jetzt lege ich mich auf dem Gästebett hin, schließe die Augen und denke nach. Es war doch Notwehr, oder? So sehe ich das. Würde die Polizei es auch so sehen? Der erste Schlag mit der Flasche war sicherlich wild in seine Richtung geschlagen. Ich habe dann aber die abgebrochene Flasche ganz gezielt in seinen Hals gerammt. Dass dieser Schlag tödlich sein würde, war mir klar, und es war mir egal. Es ist mir immer noch schlicht weg egal. Ich werde ganz sicher nicht zur Polizei gehen. Sie werden mich auch nie finden. Wieder einmal ein ungelöster Mordfall. Wie sollten sie auch jemals auf mich kommen? Sie haben überhaupt keine Hinweise auf mich. Nun ja, das stimmt natürlich nicht. Spuren habe ich genug hinterlassen. Meine Fingerabdrücke müssen überall sein. Aber meine Fingerabdrücke sind nirgendwo gespeichert, also brauche ich mir keine Sorgen zu machen. Und mein Stringtanga? Es ist verdammt ärgerlich, ihn vergessen zu haben, aber irgendwas Besonderes an einem String in der Größe 38 gibt es wohl nicht. Also, für mich ist die ganze Sache bereits vergessen.

Donnerstag, 6. Juni
10.03 Uhr
»Hans und David, schaut euch dieses Fax an. Das kam vorhin von unseren Kollegen aus Freudenstadt.«

Die beiden Kriminalbeamten lasen das Fax durch, das ihr Kollege ihnen überreichte. Kommissar David Baur runzelte die Stirn.

»Siehst du einen Zusammenhang mit unserer Mörderin?«

Hauptkommissar Hans Fledderer nickte.

»Es spricht einiges dafür. Ich kenne den Kollegen Müller von der Kripo Freudenstadt. Einfach so würde er uns nicht um unsere Meinung bitten. Es erscheint sinnvoll, dass wir in den Schwarzwald fahren.«

Die beiden Stuttgarter Kripobeamten trafen sich mit ihrem Kollegen Hauptkommissar Fritz Müller von der Kripo Freudenstadt im Geschäft des verstorbenen Hugo. Die Stelle, wo die Leiche gelegen hatte, war mit weißer Kreide markiert. Ein großer dunkelbrauner Fleck von getrocknetem Blut war deutlich sichtbar.

»Vermutlich traf ihn die abgebrochene Bierflasche in die Hauptschlagader. Das erklärt das viele Blut. Fingerabdrücke waren am Flaschenhals noch zu erkennen. Sie stammen eindeutig von einer Frau. Sie werden mit den vielen Fingerabdrücken, die beim Taximord gefunden wurden, verglichen. Mit einigen der vielen Spuren in dem Taxi wurde eine Übereinstimmung festgestellt. Fest steht auch, dass beide Ermordeten unmittelbar vor ihrer Ermordung Geschlechtsverkehr hatten. Ein benutztes Kondom mit frischen Spermaspuren wurde gefunden. Wir haben auch einen Damenslip gefunden. Er wird im Labor noch untersucht. Deutliche Spuren von Körperflüssigkeit der Besitzerin und Sperma waren zu erkennen. Eine Haaranalyse von den Schamhaaren wird noch gemacht. Ich möchte darauf wetten, dass eine Übereinstimmung mit den Haaren aus dem Taxi gefunden wird.«

»Was war das für ein Slip und warum hat die Täterin ihn zurückgelassen?«, fragte Kommissar David Baur.

Hauptkommissar Müller schaute in sein Notizbuch. Er lächelte zum ersten Mal bei dieser Begegnung.

»Sie hat ihn voll gepinkelt. Der Slip war mit Urin durchtränkt. Er lag am Waschbecken im Bad nebenan. Ah ja, da habe ich es: ein Stringtanga der Marke Marie Jo, Modell ,Georgia', Größe 38, Farbe Irisblau.«

Hauptkommissar Hans Fledderer runzelte die Stirn, so wie er es immer tat, wenn er nachdachte. Sein Kollege schaute ihn an und wartete. Er wusste aus Erfahrung, dass Hans gleich etwas sagen würde. Allerdings war er sich nicht sicher, ob es etwas besonders Schlaues sein würde. Der junge Kommissar war es gewohnt, dass sein Chef die wildesten Vermutungen anstellte. Er hatte das Gefühl, dass er sich immer ein bisschen zu arg in den Vordergrund drängte, um bei anderen Kollegen oder Vorgesetzten als besonders schlau dazustehen.

»Voll gepinkelt? Eigenartig. War die Mörderin so aufgeregt oder hat sie gar aus Erregung gepinkelt? Ich kann mich an einen Fall vor Jahren erinnern. Da hat ein Triebtäter nach jeder Ermordung in seine Hose geschifft. Es verschaffte diesem Perversling eine zusätzliche Befriedigung. Sollte es sich bei dieser Mörderin um ein und dieselbe Frau handeln, was durchaus wahrscheinlich erscheint, müssen wir uns schon fragen, ob sie nicht eine Art Triebtäterin ist, die eine sexuelle Befriedigung beim Ermorden findet.«

»Eine weibliche Sexualverbrecherin? Also, ich weiß nicht, Hans. So was habe ich noch nie gehört. Wie kommst du denn darauf? Es gibt viele Gründe, warum sie hätte töten wollen. Okay, sie hat mit dem Ermordeten vorher Sex gehabt. Vielleicht hat sie das gemacht, um die Männer aus irgendeinem Grund anzulocken. Womöglich kannte sie ihre Opfer und hatte mit ihnen eine Rechnung offen. Vielleicht handelt es sich auch um eine Nutte und es gab Streit wegen der Zahlung, oder es könnte viele andere Gründe geben.«

David Baur schaute die beiden Hauptkommissare an. Er hielt genauso wenig von der Idee einer Triebtäterin wie der Kollege aus Freudenstadt, aber David kannte seinen Chef. Irgendeinen Grund wird er gehabt haben, warum er das gesagt hatte. Vielleicht war es nur Klugscheißerei, vielleicht hatte er tatsächlich irgendeinen Verdacht. Oft genug hatte er ihn doch mit seinen eigenartigen Gedankengängen verblüfft und hatte, auch wenn der Kommissar es nicht immer wahrhaben wollte, Recht behalten.

»Wahrscheinlich hast du Recht, Fritz. Ich spinne wieder meine Gedanken und verstricke mich in meine Ahnungen. Aber was haben wir neulich bei dieser Fortbildung auf der Polizeischule in Wertheim wieder einmal gehört: Es sind Fakten, die zählen, und nicht Ahnungen. Und Fakt ist, dass wir mindestens zwei Morde haben, die mit hoher Wahrscheinlichkeit von der gleichen Täterin begangen wurden. Ich sage bewusst *mindestens* zwei Morde, da es bereits vorher drei unaufgeklärte Morde im Großraum Stuttgart gab, wobei manches darauf hindeutet, dass sie von einer Frau begangen wurden. Durch die Laboruntersuchung des Stringtangas werden wir schnell sehen, ob es sich um die gleiche Frau handelt.«

Zwei Handys klingelten fast gleichzeitig. Sowohl Kommissar David Baur als auch Hauptkommissar Fritz Müller traten etwas zur Seite und nahmen jeweils ihre Gespräche an. Als Erster drehte sich Fritz Müller zu Hauptkommissar Hans Fledderer um.

»Hans, das war das Labor. Die Analyse der Körperflüssigkeiten und Schamhaare in dem Stringtanga waren eindeutig positiv übereinstimmend mit den Schamhaaren beim Taximord.«

David Baur wandte sich jetzt zu den beiden Kollegen und schaute besorgt zu seinem Handy.

»Das ist nicht alles. Es scheint so, als ob die Lady wieder zugeschlagen hat, und zwar gleich zweimal!«

Montag, 10. Juni
7.15 Uhr
Konrektor Maximilian Schmid ist ein kleiner, untersetzter Mann. Der typische Pykniker. Er ist Mitte fünfzig und hat eine Halbglatze, die mehr und mehr zur Vollglatze wird. Er putzt die dicken Gläser seiner Brille mit einem großen Taschentuch, setzt sie auf und schaut sich die Lehrerschaft des Goethe-Gymnasiums an. Mit dem Tuch wischt er noch die Schweißperlen von seiner Glatze und der Stirn ab. Sein Blick hat etwas sehr Ernsthaftes, gar Trauriges an sich. Aufgeregt schaut er zu den bei-

den Männern, die neben ihm sitzen. Er steht auf und räuspert sich, so wie er es immer tut, wenn er vor vielen Leuten spricht. Man sollte meinen, nicht nur als Lehrer, sondern auch als langjähriges Mitglied und Sprecher des Ortsverbands der GEW sei er es gewohnt, aber das Nervenflattern überkommt ihn jedes Mal, wenn vor einer größeren Gruppe spricht.

»Liebe Kollegen und Kolleginnen, ich habe euch hier als Vertretung für unseren Chef Herrn Eberle, der leider krank ist, vor dem Unterricht versammeln lassen. Ich habe euch etwas Schreckliches mitzuteilen. Ihr habt sicherlich alle aus den Nachrichten erfahren, dass letzte Woche zwei junge Menschen im Großraum Stuttgart mit durchgeschnittenen Kehlen aufgefunden worden sind. Es handelt sich hierbei um die beiden Schüler Michael Barthel und Zoran Ristic aus der zwölften Klasse.«

Ein lautes Raunen geht durch den Raum. Maximilian Schmid klopft laut auf den Tisch, um die Aufmerksamkeit wieder auf sich zu lenken.

»Ich weiß, ich weiß, liebe Kollegen und Kolleginnen. Es ist ganz schlimm, aber wir müssen die Ruhe bewahren. Zuerst darf ich euch die Kommissare Fledderer und Baur von der Kripo vorstellen. Sie führen die Ermittlungen in diesem Fall. Sie befragen alle Personen, die irgendeine Verbindung zu Michael und Zoran hatten. Bevor sie die Schulkameraden befragen, wollen sie die Lehrer und Lehrerinnen, die die beiden unterrichteten, befragen. Um die Befragungen möglichst schnell über die Bühne zu kriegen, habe ich bereits den Herren von der Polizei eine Liste der in Frage kommenden Kollegen und Kolleginnen mit den Personalien gegeben. Sie werden im Laufe des Tages auf die entsprechenden Kollegen und Kolleginnen zukommen. Wir werden alle selbstverständlich der Polizei jegliche Unterstützung geben, die sie braucht. Ich bitte euch, jetzt in die Klassenzimmer zu gehen. Jede Lehrerin und jeder Lehrer hat genügend Zeit und die Möglichkeit mit seiner Klasse und mit den Kollegen und Kolleginnen über dieses tragische Ereignis zu diskutieren. Der Unterricht muss zunächst aber weitergehen. Yvonne, bleibst du bitte noch hier? Nach dem Alphabet bist du die Erste, die an der Reihe ist. Ich werde deine Klasse so lange unterrichten.«

Die beiden Polizisten warten, bis der Lehrerzimmer sich geleert hat. Ich schaue Maximilian hinterher. Das letzte Mal, als er meiner Klasse Englischunterricht gab, hat er ihnen etwas vom Vietnamkrieg und der Studentenbewegung erzählt. Schwer zu glauben, wenn man Maximilian jetzt mit seinem Wohlstandsbauch und der Halbglatze sieht, dass er ein 68er-Revoluzzer war. Na ja, wenigstens ist er seinen Gewerkschaftsidealen treu geblieben.

Der Ältere der beiden Kripobeamten deutet auf den Stuhl. Er blickt stur. Er gehört wohl zu den Menschen, die nie lächeln können und ihre Arbeit als das Wichtigste auf dieser Welt ansehen.

»Bitte, Frau Fenske, setzen Sie sich. Wie Herr Schmid gesagt hat, sind wir für jede Unterstützung dankbar, die wir bekommen können.«

Ich lege meinen schwarz-weißen Glencheckblazer über die Rückenlehne eines Stuhls und setze mich vor die beiden hin. Es fällt mir natürlich auf, wie der Jüngere der beiden mich genau beobachtet. Der Blick seiner Augen bleibt nicht auf mein Gesicht fixiert, sondern wandert ständig vom Oberkörper zu den Beinen, die übereinander geschlagen sind. Er kann sich nicht entscheiden, ob sich der Blick mehr auf meine Brüste oder Schenkel richten soll. Mir ist selbstredend bewusst, wie das ärmellose eng anliegende fliederfarbene Stricktop und der gerade geschnittene Glencheckrock meine weiblichen Reize betonen. Geradezu krampfhaft schaut er weg zu seinem Notizblock, während er Notizen macht. Er ist auch nicht zu verachten. Jung, athletisch, schlank. Kurze, ganz hellblonde Haare. Auffallend glatt rasiert. Ganz bestimmt eine Nassrasur. Gillette Mach 3 wird er zu Hause im Bad stehen haben – das haben sie immer, diese so glatt rasierten Typen. Mit einem geschmackvollen hellen Sommersakko, schwarzem Polohemd und weißen Jeans bekleidet, sieht er verflixt blendend gut aus. Wer weiß, vielleicht lege ich ihn irgendwann einmal flach.

Der andere ist für mich uninteressant. Er scheint sich mehr auf seine Arbeit zu konzentrieren. Das habe ich nicht anders erwartet, mein erster Blick hat mich nicht getäuscht. Er stellt Fragen. Fragen, lauter endlose und dumme Fragen, die mich nicht interessieren. Ich beantworte sie alle brav. Ich erzähle das, was sie meiner Meinung nach hören wollen. Ich erzähle vom Englischunterricht. Ich erzähle nicht, welche Arschlöcher die beiden waren. Ich sage, dass das letzte Mal, als ich sie sah, vor den Pfingstferien war. Ich werde einen Teufel tun und irgendetwas von meiner Vergewaltigung erzählen. Wie sie mich gepeinigt haben und wie sie gedroht haben, es wieder zu tun. Sie sind tot – gut, eine Sorge weniger. Ich spucke auf ihre Gräber!

Endlich sind sie fertig. Der Jüngere gibt mir seine Karte: Kommissar David Baur. Ich solle mich melden, falls mir noch etwas einfällt. Ja, das werde ich, ganz bestimmt. Ich verabschiede mich mit einem freundlichen Lächeln.

15.26 Uhr
Die Dusche hat gut getan. Ich habe mit den Mädchen Volleyball gespielt. Es hat Spaß gemacht. Im Leistungskurs Sport sind einige wirklich gute, sehr gute Volleyballspielerinnen, die aktiv im Verein spielen. Sie können einen ganz schön fordern. Ich ziehe mich rasch an. Der Spanner am Guckloch ist heute gar nicht da. Ich lasse die Tür zum Lehrerinnenumkleideraum hinter mir zufallen und laufe den langen unterirdischen Gang entlang. Am Ende des Korridors macht jemand die Tür auf und kommt mir entgegen. Es ist Sven. Ich merke, wie ein Gefühl des Unbehagens mich plötzlich überfällt. Ich kann gar nicht beschreiben wieso. Er bleibt stehen. Ich gehe, ohne ihn anzuschauen, an ihm vorbei.

»Frau Fenske, ich muss mit Ihnen reden«, sagt er.

»Ich wüsste nicht, was wir miteinander zu bereden hätten, Sven«, antworte ich und laufe weiter.

Er packt mich leicht am Arm. Nicht fest, aber so, dass ich stehen bleibe und ihn wütend anschaue. Bevor ich etwas sagen kann, redet er weiter.

»Es ist wegen Michael und Zoran. Ich weiß, was sie Ihnen angetan haben. Sie haben es mir erzählt. Ich wollte das nicht, ehrlich.«

Er senkt leicht den Kopf. Er schämt sich. Diesem Drecksskerl habe ich es zu verdanken, dass die beiden bei mir aufgetaucht sind, und jetzt schämt er sich. Na toll, dafür kann ich mir jetzt was kaufen. Diesen Idioten ist wohl offensichtlich nicht klar, was für eine Erniedrigung eine Vergewaltigung ist und was das alles bei mir ausgelöst hat. Aber ich habe wirklich kein Interesse daran, mich mit ihm darüber zu unterhalten.

»Okay, war's das? Nun sind sie tot. Ich werde ihnen bestimmt keine Träne nachweinen. Vergessen wir es.«

»Genau darüber wollte ich mit Ihnen reden. Michael und Zoran haben Sie vergewaltigt, und nun sind sie tot. Sie wurden ermordet, und es heißt, dass die Polizei davon ausgeht, dass sie von einer Frau ermordet wurden.«

»Aha, und weiter? Was meinst du damit genau?«, murmele ich und runzele die Stirn.

»Was ich meine oder denke, ist doch egal. Was würde die Polizei meinen und denken, wenn sie das wüsste, was ich weiß? Von mir muss aber niemand etwas erfahren. Das hängt alleine von Ihnen ab. Wir sind alleine. Ich will es mit Ihnen machen, nur noch einmal, wie neulich im Klassenzimmer.«

Das war es also. So etwas Ähnliches habe ich mir gleich gedacht. Das Schwein geht zur Polizei, erzählt von der Vergewaltigung und sie werden mir sehr unangenehme Fragen stellen. Womöglich noch eine Verbindung zu der Leiche von Hugo herstellen. Das wäre natürlich außerordentlich prekär. Sein Schweigen soll ich mit Sex bezahlen. Mit was denn sonst?

»Hör zu, Sven. Das eine Mal noch. Und du hältst deine Klappe, ist das klar!«

»Ja, ich schwöre es. Von mir wird keiner etwas erfahren.«

Wir machen kehrt und laufen zurück zum Umkleideraum. Ich verschließe die Tür hinter mir. Ich drehe mich weg von Sven und ziehe den Glencheckblazer und den dazu passenden knielangen geraden Rock aus. Ich hänge das Kostüm am Kleiderhaken auf. Das fliederfarbene Top ziehe ich hoch über die noch ein wenig feuchten Haare. Ich schiebe zuerst den linken, dann den rechten Cup des champagnerfarbigen Balconette-BHs nach unten und hebe meine Brüste heraus. Vorsichtig streife ich den Stringtanga über die Strapse, die ultradünnen anthrazitfarbigen Nylons und die Pumps. Ich habe keine Lust, viel Zeit mit Sven zu verbringen, darum lasse einen Teil meiner Wäsche an. Während ich mich ausziehe, spreche ich Sven auf seine Freundin an.

»Was ist mit deiner Freundin Tanja? Hast du ihr gegenüber kein schlechtes Gewissen, wenn du mit mir Sex hast?«

Ich drehe mich zu Sven um. Er ist komplett nackt. Seine Kleidung liegt unordentlich auf den Boden. Sein erigiertes Glied verrät, wie erregt er ist.

»Lassen Sie Tanja meine Sorge sein. Sie ist nur eine blöde Zicke, die zum Flachlegen gut ist. Aber so gut wie Sie ist sie nicht. Jetzt genug gequatscht, ich will, dass Sie mir zunächst einen blasen, dann will ich Sie von hinten nehmen«, sagt er, stellt sich vor mich und fasst meine Brüste an.

Scheiße, was soll's, denke ich mir. Die Situation ist beschissen, mache ich halt das Beste daraus. Ich setze mich auf die Bank und ziehe seinen Körper zu mir. Sven ist zwar ein Riesenarschloch, aber wenigstens ein gut aussehendes mit einem halbwegs ordentlichen Liebespfahl zwischen seinen Beinen. Ich streife ihm ein Kondom über. Er selber hatte keines dabei. Typisch Mann! Wie viele Männer habe ich schon erlebt, die keinen Gummi dabeihatten, da ist es schon gut, dass ich immer eine ausreichende Menge in meiner Tasche dabeihabe. Ich nehme sein Glied, schließe meinen Mund um die Eichel und masturbiere ihn eine Weile mit meiner Hand. Ich mache es recht lustlos und eher gleichgültig. Seinem Stöhnen nach ist es dennoch wahrscheinlich der beste Oralverkehr, den er bisher erlebt hat. Er hat keine Ahnung, wie es ist, wenn ich jemanden wirklich verwöhne. Ich hoffe, dass er gleich vorzeitig kommt, aber er fordert mich zum Stellungswechsel auf. Während ich mich auf die Bank hinknie und mich an den Kleiderhaken festhalte, nimmt er mich mit festen Stößen im Stehen »a tergo« – vom Rücken her, wie der Lateiner zu sagen pflegt. Es ist mir eigentlich ganz recht, wenn ich schon mit ihm Sex haben muss, brauche ich nicht noch dazu sein triumphierendes Gesicht dabei anzuschauen. Besonders geübt scheint Sven mit dieser Stellung nicht zu sein. Der Rhythmus seiner Stöße ist sehr ungleichmäßig. Unter anderen Umständen könnte mir das Ganze Spaß machen, aber ich will bestimmen, wann ich Sex habe, und will es mir nicht aufzwingen lassen. In welche Teufelsküche bin ich hineingeraten, wo ich mich von einem Schüler zum Sex erpressen lasse? Je mehr ich darüber nachdenke, desto saurer werde ich. Ich kann nicht locker bleiben und verkrampfe, es schmerzt leicht. Ich bin stinkwütend. Es ist bloß die Frage, ob ich mich mehr über mich aufrege, weil ich mir selber die Suppe eingebrockt habe, oder über diesen Dreckskerl, der mich sexuell so ausbeutet, wie es ihm gerade passt. Es ist das letzte Mal, dass er mich bespringt. Das schwöre ich. Nur weil ich meinen sexuellen Bedürfnissen ungehemmt nachgehe, hat es nicht zu bedeuten, dass ich sexuelles Freiwild bin. Anscheinend wollen die Männer es nicht so sehen. Weder Michael und Zoran noch Hugo wollten das kapieren. Nun sind sie tot. Häufig wird behauptet, wenn jemand stirbt, sieht er sein Leben im Schnelldurchlauf. Auch die Fehler, die er begangen hat. Ich für mein Teil habe hierzu keine Meinung, sollte es aber stimmen, besteht vielleicht die Möglichkeit, dass diese Miststücke es wenigstens im Angesicht des Todes kapiert haben. Sollte Sven es nicht verstehen, dass ich mich heute zum letzten Mal von ihm zu irgendetwas nötigen lasse, dann kann er bald mit seinen Freunden ein Wiedersehen in der Hölle feiern.

Nachdem wir fertig sind, sage ich Sven klipp und klar, was Sache ist und wie ernst ich es meine. Er nickt und verspricht kleinlaut, weder etwas weiterzutratschen noch mich jemals wieder zu belästigen. Er zieht den Reißverschluss seiner Hose zu und verschwindet. Als ich gehe, habe ich noch ein ganz komisches Gefühl im Bauch. Es ist nicht nur wegen Sven. Es ist etwas anderes, das mich beunruhigt. Während Sven mich zum Sex zwang, hatte ich das Gefühl, beobachtet zu werden. So als ob der heimliche Spanner von nebenan doch erschienen wäre und uns beobachtet hätte.

17.00 Uhr
Ich habe noch einen Termin bei Anita. Es gibt einiges mit ihr zu besprechen. Die Wut, die ich jetzt verspüre,

muss raus. So hat sie es mir geraten. In der vorherigen Woche sahen wir uns zum letzten Mal, als sie mich vom Schwarzwald abholte und wir nach Stuttgart zurückfuhren. Aus irgendwelchen Gründen, über die Anita nicht reden wollte, musste sie den Aufenthalt im Schwarzwald abbrechen. Über das lesbische Spielchen sprachen wir nicht. Mir war es letztendlich gar nicht sonderlich wichtig, und Anita, denke ich, sah es ebenso.

Während ich mich auf die Couch lege, berichte ich vom heutigen Tag. Von Michael und Zoran, von der Polizei und von Sven. Anita fragt nicht nach, ob ich etwas mit dem Tod meiner Vergewaltiger zu tun habe, wie Sven andeutete, sondern bespricht mit mir den Unterschied meiner Gefühle, im Vergleich zum ersten Mal, als ich mit Sven im Klassenzimmer Sex hatte, zum heutigen Tag. Ich erkläre, dass es nicht nur die Erpressung an sich war, was mich stört, sondern auch die Tatsache, dass ich überhaupt ein zweites Mal mit Sven Sex hatte. Es kommt selten vor, dass ich mit demselben Partner zu einem späteren Zeitpunkt nochmals Verkehr habe. Es sei denn, ich schlafe ganz gezielt mit jemandem, um etwas zu erreichen, z. B. früher mit meinem Lehrer. Ansonsten suche ich immer einen neuen Partner. Es erregt mich ungemein, immer wieder einen neuen Körper zu erforschen und zu spüren. In diesem Zusammenhang spreche ich Anita doch auf unser Spielchen an. Es war wirklich geil und erregend, ihre festen Silikonbrüste zu spüren und die feuchte Muschi zu lecken. Ich verspüre aber kein weiteres Bedürfnis, das Spiel zu wiederholen. Dazu sagt sie nichts und lässt die Aussage einfach stehen. Was sie denkt, weiß ich nicht und es ist mir auch egal.

Dienstag, 11. Juni
19.00 Uhr

Ich schaue mich kritisch im Spiegel an. Ja, jetzt passt es. Ich habe mich bereits dreimal umgezogen. Wie so oft kann ich mich nicht entscheiden, was ich anziehe. Am späten Nachmittag hat der junge gut aussehende Kommissar Baur mich angerufen, da er noch einige Fragen habe und ob es gegen 19.30 Uhr bei mir zu Hause passen würde, da er vorher zufällig in der Gegend andere Ermittlungen anstellen müsse. *Zufällig?* Zufällig kommen Männer nie zur mir. Ich weiß genau, was sie wollen. Ich weiß auch ganz genau, was ich will. Polizist hin oder Polizist her, das ist mir egal. Sexy und knackig ist er und ich will ihn haben. Zunächst habe ich ein schwarzes Korselett mit Strapsen und schwarzen Nylons und darüber ein durchsichtiges Negligé angezogen. Das wäre aber doch zu provokativ, habe ich entschieden. Dann zog ich einen Minirock aus rotem Leder an. Schließlich entscheide ich mich, das Korselett wegzulassen. Ich ziehe überhaupt keine Wäsche an, lediglich schwarze halterlose 20-den-Stümpfe mit Hochferse und Ziernaht und darüber ein eng anliegendes Kleid aus dünner dunkelblauer Seide. Dazu die passenden schwarzblauen Highheels. Ich drehe mich hin und her, während ich mich in dem großen Spiegel am Schlafzimmerschrank betrachte. Das Kleid schmiegt sich an meinen Körper an und verrät alle meine weiblichen Reize. Ich gehe ins Badezimmer, wo ich meine Haare hochstecke, mit einem dunkelroten Lippenstift über meine Lippen fahre und einen Hauch Esprit de Parfum am Hals und der Innenseite meiner Oberschenkel versprühe. Ich atme den intensiven, schweren Duft des Poison von Christian Dior tief ein. Ich bin gewappnet. Der Mann, der sich jetzt nicht verführen lässt, ist entweder schwul oder total verrückt.

Ich habe noch etwas Zeit. Ich setze mich an den Esstisch. Ich bin ungeduldig. Ich nippe an einem Glas Prosecco. Ich spiele mit einer Kiwi. Ich lege die Frucht zur Seite und nehme das Butterflymesser, das neben der Obstschale liegt. Mit flinken Bewegungen lasse ich die Klinge ein- und ausfahren. Es klingelt. Ich lege das Messer hin und gehe zur Tür. Es ist der Kommissar. Ich begrüße ihn mit einem freundlichen Lächeln und bitte ihn herein. Ich laufe die kurze Diele entlang, die sich in den Essbereich öffnet, und am Tisch vorbei zur Ledercouch. Ich bin vor ihm und ich kann förmlich spüren, wie er elektrisiert auf den offenen Rücken und auf meinen Po schaut. Ich laufe ganz bewusst den Catwalk und setze einen Fußschritt direkt vor dem anderen ab, wie ein Mannequin am Laufsteg. Dieser Schritt mit den hohen Absätzen lässt meine Hüften mit jeder Bewegung langsam und lasziv schwingen. Mir ist ganz bewusst, wie jede Bewegung der Pobacken an dem dünnen Seidenrock zu sehen ist. Dass ich keinen BH trage, ist an dem offenen Rücken deutlich zu erkennen, und wenn er ein geübtes Auge hat, sollte er auch erahnen, dass ich keinen Slip trage.

»So, Herr Baur, nehmen Sie bitte Platz«, sage ich und deute auf die Couch.

Ich setze mich in den Ledersessel gegenüber und gieße ihm etwas Prosecco ein.

»Sie trinken doch sicherlich etwas Kühles, auch wenn Sie noch im Dienst sind?«

Er nickt ganz flüchtig. Er ist nervös. Klar, wie sollte er auch ruhig bleiben, wenn er auf mich blickt. Offensichtlich bemüht er sich, mir normal ins Gesicht zu schauen, aber ich merke natürlich, wie er meinen Körper mustert, so ähnlich wie er es bereits bei unserer ersten Begegnung im Lehrerzimmer tat. Ich schmunzele. Er erwidert das Lächeln und fängt an zu reden.

»Frau Fenske, schön, dass Sie mich empfangen haben. Ich will Sie auch nicht lange stören.«

»Ach, Sie stören mich überhaupt nicht. Ich habe Zeit. Den ganzen Abend, oder auch die ganze Nacht, wenn es sein muss«, antworte ich und nehme ein kleines Schlückchen aus dem Glas.

… auch die ganze Nacht – das hat gesessen. Er schaut herunter zu seinem Notizblock und blättert aufgeregt herum.

»Ja, öh, ja, warum ich hier bin. Sie haben gestern erzählt, dass das letzte Mal, als Sie die beiden ermordeten Schüler gesehen haben, vor den Pfingstferien in der Schule war. Das muss Freitag, der 1. Juni, gewesen sein. Nun, bei einer Befragung verschiedener Mitschüler und Freunde der beiden wurde gesagt, dass die zwei in der Nacht vom Samstag, dem 2., auf Sonntag, den 3., in einer Diskothek geäußert haben, dass sie zu Ihnen gehen wollten, und von einem Bekannten tatsächlich mit dem Auto mitgenommen wurden. Er hat sie ein paar Straßen von hier entfernt an der Kreuzung der Hauptverkehrsstraße zum Wohngebiet herausgesetzt. Jetzt ist meine Frage: Waren die beiden tatsächlich hier?«

»Bei mir? Nein. Um wie viel Uhr soll das gewesen sein?«

Der Kommissar blättert sichtlich nervös in seinen Unterlagen.

»Es muss nach 6.00 Uhr morgens gewesen sein.«

»Tja, sonntags gehe ich früh immer joggen. Vielleicht waren sie tatsächlich hier, aber ich war unterwegs. Aber was hätten die beiden auch bei mir gewollt?«

»Nun ja, ich habe gehofft, dass Sie mir das sagen können. Äh, die Zeugen aus der Disko, die sie gefahren haben, haben die gleiche Frage an die beiden gestellt. Daraufhin soll Michael Barthel geantwortet haben, äh, bitte verzeihen Sie, ich zitiere jetzt: ‚Wir werden es der geilen Sau richtig besorgen!‘ Und Zoran Ristic erwiderte: ‚Ja, wir werden die Alte ficken!‘ Die gleichen Zeugen haben am Sonntagabend den Zoran Ristic getroffen. Er soll gesagt haben, ich zitiere wieder: ‚Wir haben es ihr richtig besorgt.‘ Äh, Frau Fenske, das ist mir ganz peinlich, aber ich muss Sie noch einmal fragen: Waren die beiden hier und hatten Sie mit ihnen Geschlechtsverkehr?«

Oh, Scheiße! Yvonne, strenge dein Gehirn an. Erzähle einfach eine Lüge, das ist für mich nichts Neues. Lenk ihn vom Thema ab. Ich lache laut.

»Aber so ein Blödsinn, das glauben Sie wohl doch nicht ernsthaft. Hirngespinste, Männerfantasien! Dass die beiden gerne mit mir Sex gehabt hätten, glaube ich aufs Wort. Ich kann mir vorstellen, welche sexuellen Fantasien ich bei manchen Schülern auslöse. Gerade die Vorstellung vom Sex mit einer Lehrerin ist anscheinend besonders erregend und für erotische Träumereien anregend. Zöglinge, die in ihre Gouvernante vernarrt sind, waren schon immer ein Stoff für die Literatur. Aber glauben Sie mir, mit der Realität hat es nichts zu tun.

Wissen Sie, es ist nicht immer so leicht, eine so attraktive Frau zu sein. Männer sehen mich gerne nur als ein Objekt ihrer Begierde. Seien Sie ehrlich, es geht Ihnen auch nicht anders, stimmt's?«

Ich schlage die Beine übereinander, sodass der Saum meines Kleides über die Spitze meines Strumpfes rutscht. Ich lehne mich zurück und schlage die Beine wieder zurück. Der Blick meines Gegenüber fällt sofort zwischen meine Schenkel. Für einen kurzen Augenblick hat er einen freien Blick auf meine Pussy. Was Sharon Stone kann, kann ich schon lange. Er öffnet leicht den Mund, sagt aber nichts. Ich tue so, als ob ich nicht bemerken würde, dass seine Augen förmlich aus seinem Gesicht springen.

»Wissen Sie, die Geschichte mit Michael und Zoran hat einen Haken. Egal was sie fantasiert haben mögen, das Allerletzte, was ich machen würde, wäre, mit einem Schüler eine sexuelle Beziehung anzufangen. Und mit den beiden erst recht nicht. Wenn Sie es genau wissen wollen: Ich konnte weder Zoran noch Michael leiden. Ich bin sehr wählerisch, was Männer angeht, und ich suche mir genau aus, mit wem ich Sex habe und mit wem nicht. Vergessen Sie nicht, dass ich keine Prostituierte bin, sondern eine Pädagogin!«

Ich schließe meine Beine und schenke noch etwas Prosecco nach.

»Sie nehmen noch einen Schluck. Prosecco ist genau das Richtige an einem lauen Sommerabend, stimmt's? Herr Kommissar, haben Sie noch weitere indiskrete Fragen, was mein Sexualleben angeht?«

Ich lehne mich in den Sessel zurück und fahre langsam

mit dem Proseccoglas über meine Brüste. Die Brustwarzen reagieren sofort auf die Kälte und recken sich sichtbar unter dem dünnen blauen Stoff. Ich verziehe keine Miene und beobachte ihn. Es ist gerade zu lachhaft, wie er versucht, seine Contenance zu bewahren.

»Äh, ich wollte nicht indiskret sein. Ich musste diese Frage stellen, wissen Sie. Bei der Polizei müssen wir allen Hinweise und Ungereimtheiten nachgehen. Besonders bei so einem brisanten Fall wie diesem, der von der Presse auf Schritt und Tritt verfolgt wird. Äh, Entschuldigung nochmals.«

»Ach, Sie brauchen sich nicht zu entschuldigen. Ich verstehe, dass es ihr Job ist. Dass die Medien Sie nerven, kann ich gut glauben. Irgendwo im Großraum Stuttgart lauert eine – Moment, wie nannten sie es gestern im Fernsehen – ‚männermordende Geistesgestörte‘ auf ihre Opfer, und Sie müssen diese Geistesgestörte zur Strecke bringen. Das ist ja richtig aufregend. Sie wären ein richtiger Held, wenn Sie diesen Fall lösen würden. Ich sitze also hier in meiner Wohnung ganz allein mit einem wahren Helden. Das ist wirklich spannend. In der Zeitung stand, dass die Polizei noch völlig im Dunkeln tappt, was die Morde angeht. Jede Frau in Baden-Württemberg könnte die Täterin sein, also auch ich, stimmt's?«

»Nun, äh, so würde ich es nicht gerade sehen.«

Ich lecke einen Tropfen vom Rande des Glases weg und hebe das rechte Bein über die Armlehne des Sessels. Der leichte Stoff des Seidenkleids fällt zu meinem Bauch. Jetzt ist der Blick auf meinen Intimbereich nicht nur flüchtig, sondern ganz offen zu sehen: Die dunklen

Haare oberhalb des Venushügels und der frisch enthaarte Bereich um die glänzenden Schamlippen.

»Schade, dass Sie mich nicht in Verdacht haben. Ich würde mich allzu gerne von Ihnen verhören lassen. Vielleicht fesseln Sie mich mit Ihren Handschellen und zwingen mich zu einer Aussage. Na, wäre das was?«

Das war genug der offenen Provokation. Er kommt zu mir rüber und legt seine Hand in meinen Schoß. Ich ziehe ihn zu mir.

Die Entdeckungsreise über einen neuen männlichen Körper ist für mich nicht nur immer wieder hochinteressant, sondern macht auch noch sehr viel Freude. Mit Händen und Mund seine sensiblen, delikaten Stellen zu erkunden und ihm wollüstige Laute zu entlocken – nicht zuletzt mit dem eigennützigen Hintergedanken, er lässt dasselbe dann auch mir angedeihen. Leider bleibt das Ganze bei vielen Männern meist nur ein Wunschdenken und retour kommt die übliche Nummer: Diverse Zungenküsse, derweil wird meist der Busen begrapscht und dran rumgeknetet, der Intimbereich befingert, der Feuchtigkeitsgrad überprüft und dann rein mit seinem besten Stück. Ein Quickie ist zwischendurch schon okay, aber er soll bitte kein Dauerzustand sein. Dabei kann ein bisschen mehr Einsatz und Interesse der Männer für meine erogenen Zonen eine Menge bringen, nämlich eine Frau, deren Lust langsam hochkocht, deren ganzer Körper zu einer einzigen erogenen Zone heranwächst, die anschließend zum schärfsten Sex bereit ist, den sich ein Mann vorstellen kann.

Den Männern zu erklären, ob sie nicht erst einmal

meine erogenen Zonen auskundschaften könnten, damit sie für das Vorspiel mehr als eine Variation auf Lager haben, darauf habe ich keinen Bock und das macht mir keinen Spaß. Richtig prickelnd fühlt es sich nur an, wenn sie von selbst darauf kommen und Eigeninitiative ergreifen. Dann wird's mir heiß und ich gebe das Heiße an den Mann, der mich so behandelt, mit ganzem Einsatz wieder zurück.

Ein guter Liebhaber muss den Körper einer Frau kennen, einfühlsam küssen können, und ich meine damit nicht nur meinen Mund, sondern den ganzen Körper: mein Gesicht, meinen Hals, meine Brüste, meinen Bauch und so schön die Knospe zwischen meinen Beinen. Er muss wechseln können – zwischen dem, was man im Allgemeinen als Liebemachen beschreibt, und dem wilden Sex. So sehr ich es auch genieße, einen Penis in mir zu spüren – das alleine reicht mir nicht.

Nur zu oft habe ich Sex mit Männern gehabt, die nichts davon verstanden, was mich richtig anmacht. Oft habe ich die Aussage gelesen, dass für uns Frauen Zärtlichkeit und Nähe das Wichtigste am Sex sei und ein Orgasmus nur das Sahnehäubchen ist, auf das Frau auch gut verzichten kann, wenn die Beziehung ansonsten stimmt. Das mag für viele Frauen zutreffen, darüber will ich nicht urteilen, aber für mich trifft die Aussage ganz und gar nicht zu. Seit ich im zarten Alter von 15 Jahren mein erstes orgiastisches Feuerwerk erlebte, will und kann ich darauf nicht mehr verzichten. Warum auch? Wenn ein Mann mir keinen Höhepunkt verschaffen kann, kommt er als Partner nicht in Frage. Punkt. Doch mittlerweile und glücklicherweise hat es sich in der

Männerwelt schon herumgesprochen, dass die Klitoris kein Bauwerk aus dem antiken Griechenland ist und dass man mit diesem Teilchen viel mehr anstellen kann, als es nur ehrfürchtig zu bestaunen. Welches Einfühlungsvermögen, Geschick und Gefühl die Männer haben, um mir lustvolle Freude zu spenden, ist leider doch sehr, sehr unterschiedlich und oft genug erbärmlich. Immerhin haben einige Männer aufgeschnappt, dass Frauen untenrum geküsst werden wollen. Also arbeiten sie sich mal zu meiner Vagina vor, um ihr geradezu todesmutig zwei bis fünf Küsschen aufzudrücken, bevor sie mir ihren Schwanz reinstecken. Aber es gibt auch Männer, die auf Cunnilingus stehen, was nicht gleich bedeutet, dass sie es verstehen. Die alten Griechen bezeichneten Männer, die ihren Frauen auf diese Weise Freude bereiteten, geringschätzig als »Scheidenlecker«. Obwohl in keinster Weise prüde, galt ihnen der Cunnilingus als »weibisch«, was letztlich damit zu tun hatte, dass Frauen keine besonders geachtete Stellung innehatten. Folglich gehörte ihre Befriedigung nicht zum Aufgabenbereich echter Kerle. Leider hat sich hier bis zur heutigen Zeit bei einigen der so genannten Herrn der Schöpfung nicht unbedingt etwas verändert.

Einmal hatte ich einen Bodybuilder in einem Fitnesscenter kennen gelernt, der sich einbildete, er sei ein Oralwunder, und motivierte mich durch diesbezügliche Verheißungen, mit ihm zu schlafen. Als es dann aber so weit war, bearbeitete er meine empfindliche Perle entschlossen mit 60 bis 100 Zungenanschlägen pro Minute, als wäre es ein Fitnessgerät für seine Zungenmuskulatur. Völlig verschreckt drückte ich ihn zurück. Er aber machte verbissen weiter und merkte nicht, dass ich keineswegs vor Wonne stöhnte, sondern stattdessen immer mehr von ihm wegrückte. Oder noch so ein weiterer Idiot nuckelte mal so stark an meiner Pussy herum, als wollte er sie durch einen Strohhalm in seinen Mund saugen. Autsch!

Und dann gibt es Männer wie der Herr Kommissar David Baur. Er war eine Wucht. Er hat einen perfekten Körper – kein Gramm zu viel, sportlich-muskulös, jedoch natürlich und nicht wie Bodybuilder mit Testosteron aufgepumpt. Er verstand genau, was ich wollte, und er gab es mir. Er wusste genau, wann er zwischen zart und wild zu wechseln hatte. Dabei verwendete er seine Hände, Lippen und Zunge genauso wie sein Glied, und das hatte es an sich. So wie er alle, ja wirklich alle meine erogenen Zonen erforschte, ergründete ich sie bei ihm.

Bei Recherchen im Internet habe ich festgestellt, dass interessanterweise Cunnilingus für viele Menschen in Deutschland eine fortgeschrittene Spielart darstellt, während sie in den USA fast so etwas wie die Einstiegsdroge zum Sex ist, weil sie nicht zum Verlust der Jungfernschaft führt. Damit ähnelt der Cunnilingus seinem Pendant, der Fellatio. Über die hat uns ja bereits der Ex-Präsident Bill Clinton mit seiner Zigarrengeschichte belehrt, dass sie kein wirklicher Sex sei.

Die alte Frage, die anscheinend für Männer die wichtigste Frage des Universums ist, ob es wahr ist, dass der Orgasmus der Frau umso größer wird, je länger der Penis ist, kann ich ganz sicher mit Nein beantworten. Ein sehr langer Penis, der hoch in meine Vagina eindringt, verursacht mehr Schmerz als Lust. Meine sexuell empfindlichsten Stellen liegen am Anfang der Scheide und an der Klitoris. Also nicht dort, wohin ein langer Penis vorstößt. Wenn es denn also ein ideales Befriedigungsmaß gibt, dann schon eher im Hinblick auf die Dicke. Wie ich gelesen habe, soll der längste Penis aller Zeiten satte 49 Zentimeter messen! Der Arzt Robert Dickinson stellte diese Länge Anfang des 20. Jahrhunderts bei einem seiner Patienten fest. So ein Ungeheuer in mir, ganz auf keinen Fall! Es kommt zwar mehr darauf an, was ein Mann mit seinem Liebespfahl macht, aber das heißt nicht, dass die Größe mir völlig egal wäre. Bei 14 Zentimetern soll europaweit die Durchschnittsgröße des erigierten männlichen Gliedes liegen, und das kann durchaus ausreichend sein, aber ich finde, ein paar Zentimeter mehr können auch nicht schaden. Zentimeter sind für mich natürlich völlig unwichtig, ich messe die Größe nicht in Zentimeter ab, sondern im Handmaß. Weil ich Fellatio besonders liebe, habe ich gerne einen größeren Phallus, so etwa zwei Hände und zwei Finger lang, den ich mit Zunge und Lippen verwöhne. Die Natur hatte den Herrn Kommissar mit genau so einem Prachtstück ausgestattet.

Aus dem Abend wurde Nacht und wir liebten uns weiter und immerzu. Es war phänomenal. Nicht nur, dass ich mehrfach einen Orgasmus hatte, wir kamen sogar beide gleichzeitig zum Höhepunkt. Diese Eupareunie war einfach sensationell. Unsere Ekstase in dieser Nacht übertraf alles, was ich bis dahin sexuell erlebt hatte. Völlig erschöpft schliefen wir in meinem Bett ein.

Mittwoch, 12. Juni
6.00 Uhr
Der Wecker klingelt gnadenlos. Ich bin noch hundemüde, aber schaffe es trotzdem, unter die Dusche zu gehen. Das Wasser tut so gut. Was für eine Nacht! Ich spritze mich mit eiskaltem Wasser ab. Ich trockne mich ab und ziehe ein champagnerfarbiges Negligé an, bevor ich aus dem Bad gehe. Der Duft von Kaffee kommt mir entgegen. David hat Frühstück gemacht. Ein Mann hat mir in meiner Wohnung Frühstück gemacht! Das hat es noch nie gegeben. Es kommt überhaupt ganz selten vor, dass ich jemanden zu mir nach Hause abschleppe, und noch seltener kommt es vor, dass er bei mir übernachtet. Um genau zu sein, war es bisher nur einmal, als ich zwei französische Tramper mitnahm und mit ihnen meinen Spaß hatte. Sie hatten keine Bleibe für die Nacht, aber ich habe sie gleich am nächsten Morgen rausgeschmissen. Und jetzt das: David hat Frühstück gemacht.

»Guten Morgen, Yvonne. Das war vielleicht eine Nacht. Ich bin ganz geschafft.«

Er steht vor mir und gibt mir einen zärtlichen Kuss auf die Wange. Sein knackiger Hintern und seine Genitalien sind mit schwarzen Retro-Shorts bedeckt. Die enge Unterhose hat seitlich einen Netzeinsatz, worauf ein chinesischer Drache mit roten Augen gestickt ist. Gestern, als ich die Shorts herunterzog, fiel er mir gar nicht auf; es interessierte mich auch mehr, was sich darunter verbarg. Er sieht wirklich sexy aus, wie er da steht: Der braun gebrannte, durchtrainierte Körper. Seine Muskeln sind nicht übermäßig groß, aber deutlich ausgeprägt, so wie jeder einzelne Muskel an seinem Waschbrettbauch zu sehen ist. Er muss einen regelmäßigen Work-out machen, vermutlich übt er einen Kampfsport wie Karate aus.

»Mmh, ja, ich auch, aber es war gut, verdammt gut«, antworte ich leicht irritiert durch den Kuss.

Zärtliche Berührungen, die nicht beim Liebesakt geschehen, sind mir fremd. Ich setze mich und nehme einen Schluck Kaffee, es tut gut gegen die Müdigkeit. Ich kippe etwas Müsli in eine Schale und nehme einen Apfel und das Butterflymesser. Mit der geübten Umdrehung des Handgelenks klappt die Klinge heraus. Ich schnippele den Apfel zum Müsli. David beobachtet mich. Ich halte das Butterflymesser hoch.

»Du fragst dich sicherlich, wie ich zu einem solchen Messer komme. Ich bekenne mich schuldig, vor Jahren habe ich es einem Schüler abgenommen und nie mehr zurückgeben. Da habe ich mich bestimmt strafbar gemacht. Musst du als Polizeibeamter mich jetzt verhaften?«

Er lacht und stellt die Kaffeetasse hin. Er streckt seine Hand aus und ich überreiche ihm mit einem Grinsen das Messer.

»Du kannst geschickt mit ihm umgehen«, sagt er, während er die Schärfe der Klinge studiert. »Ein ganz schön gefährliches Spielzeug. Du spielst wohl öfters damit herum. Ich glaube, die Geschichte ist inzwischen verjährt und eine Verhaftung nicht mehr notwendig. Allerdings, wenn ich es mir genau überlege, sollte ich dich vielleicht doch verhören. Dann bringe ich meine Handschellen mit und fessele dich an dein Bett. Was hältst du davon?«

»Das klingt vielversprechend. Aber ein anderes Mal. Ich weiß nicht, wie es bei dir aussieht, aber ich muss zur

Arbeit«, erwidere ich und esse das Müsli auf. Er nickt und steht auf.

»Du kannst dich duschen. Im Bad liegt ein frisches Badetuch.«

Während David ins Badezimmer verschwindet, gehe ich ins Wohnzimmer, wo seine Aktentasche steht. Ich mache sie auf und durchstöbere sie. Ich finde seinen Notizblock und durchblättere ihn schnell. Ich finde, was ich suche. Die Namen der Zeugen, die gesagt haben, dass Michael und Zoran zu mir wollten: Sven Brüderle und Tanja Boltov. Ich lege den Notizblock wieder zurück und gehe ins Schlafzimmer, um mich anzuziehen. Zu einem sandfarbigen Rock aus Leinen ziehe ich über den weißen Büstenhalter eine Weste mit einem pastellfarbenen Blumendruck an.

David betritt frisch geduscht das Zimmer. Er geht an mir vorbei zu seiner Kleidung und betatscht dabei kurz meinem Po. Ich gebe ihm einen leichten Klaps auf den nackten Hintern. Wir lachen beide.

»Du siehst wirklich unglaublich hinreißend aus«, sagt er, während er seine Hose anzieht und mich dabei beobachtet.

»Danke«, erwidere ich und gebe das Kompliment zurück, »aber du bist auch nicht von schlechten Eltern.«

»Hör zu, Yvonne, ich habe unter der Dusche über heute Nacht nachgedacht. Es war wirklich klasse. Ich weiß nicht, wie deine Einstellung zu einem One-Night-Stand ist. Ich habe im Moment keine feste Verbindung und suche auch keine Verpflichtungen in einer festen Beziehung. Aber mit dir war es so verdammt gut, ich hätte schon Lust, dich wieder zu treffen, quasi zu einem zweiten One-Night-Stand. Was hältst du davon?«

Ich lache laut.

»Entschuldigung, dass ich lache. Ich bin, wie du weißt, Englischlehrerin und ein ‚zweiter One-Night-Stand' ist eine ziemliche Verballhornung der Sprache. Jedoch immerhin besser als ein ‚Two-Night-Stand' oder ‚Three-' oder ‚Four-Night-Stand' und so weiter und so fort. Ja, weißt du, ich will schon meine egoistische Ungebundenheit und Freiheit im sexuellen Bereich. Aber wie du bereits vorhin sagtest: Es war gut, es war verdammt gut! Ich hoffe, dass es nicht nur Sprüche von dir waren, dass du mich mit Handschellen fesselst und mich einem Verhör der besonderen Art unterziehst. Nein, ich glaube nicht, dass du mich enttäuschst, du nicht.«

David, der inzwischen komplett angezogen ist, tritt vor mich, umfasst mich an den Pobacken und drückt unsere Körper aneinander.

»Wir werden Spaß haben, viel Spaß. Da bin ich mir sicher.«

Wir küssen uns mit einem leidenschaftlichen Zungenkuss. Die Körper sind eng aneinander gedrückt. Müssten wir nicht beide zur Arbeit, würden wir uns nicht loslassen, und wir wissen genau, wohin es führen würde. Aber wir müssen leider unsere Brötchen verdienen und bändigen unser sexuelles Verlangen. David verabschiedet sich. Ich gehe ins Badezimmer um mich zu schminken. Es ist komisch, denke ich, mich mit einem Mann ein zweites Mal zu treffen ist nicht meine Art. Okay, ich mache es, weil David ermittelnder Kommissar ist, und bei den Mordfällen wird er mir sicherlich nützlich sein. Noch dazu kommt sein knackiger Hintern und der Rest seines Körpers, der mich mehr befriedigt hat als jeder

Mann zuvor. Es kommt aber noch etwas dazu, was mir besonders rätselhaft erscheint: Ich mag ihn.

13.00 Uhr
»Tanja, würdest du bitte noch einen Augenblick dableiben? Danke.«

Die Schülerin bleibt an ihrem Platz stehen und ordnet ihr Englischbuch in ihre Tasche, während die anderen den Klassenraum verlassen. Ich trete zu ihr.

»Die neue Frisur steht dir – wirklich sehr hübsch«, sage ich und lächle sie freundlich an. »Und was macht denn dein Liebesleben?«

Sie lächelt etwas verlegen zurück. Zunächst lächle ich auch, dann werde ich ernst.

»Tanja, du hast mit der Polizei gesprochen. Du und Sven, ihr habt über mich gesprochen. Du hast der Polizei erzählt, dass Michael und Zoran zu mir nach Hause gegangen sind. Und was sollen sie gesagt haben, wie war die Formulierung noch einmal:

‚Wir werden es der geilen Sau richtig besorgen!' Und: *‚Wir werden die Alte ficken!'* Das sind keine netten Worte, oder? Nein, findest du auch nicht? Und am nächsten Abend habt ihr Zoran wieder getroffen und er soll gesagt haben, ich zitiere: ‚Wir haben es ihr richtig besorgt.' Das ist genauso wenig nett, stimmt's? Michael und Zoran waren nämlich mit hundertprozentiger Sicherheit nicht bei mir, und ‚besorgt', wie ihr es ordinär ausdrückt, haben sie sich's höchstens selber. Tja, Tanja, ich finde es ganz und gar nicht witzig, dass du dies der Polizei erzählt hast. Die beiden sind ermordet worden. Das ist dir doch klar. Die Polizei muss Ergebnisse bringen, recherchiert

wild los und verdächtigt jeden. Wie peinlich, glaubst du, war es mir, als ich befragt wurde. Wie kannst du solche Lügen verbreiten? Willst du, dass ich unschuldig in den Mordfall verwickelt werde?«

»Es tut mir Leid, Frau Fenske, es war Sven, der das erzählt hat. Ich wollte gar nichts sagen. Wir waren an dem Abend bis in die frühen Morgenstunden im Maxim. Michael und Zoran waren total voll drauf; alkohol- und ecstasymäßig, wissen Sie. Sie redeten die ganze Zeit einen nervigen Stuss. Michael war besonders nervig. Er versuchte mich die ganze Zeit zu begrapschen. Der Sven unternahm auch nichts, er fand es sogar lustig. Die drei haben sich ganz unmöglich betragen und ständig primitiv über Sex geredet. Ich war stinksauer und verschwand auf die Tanzfläche. Wir sind irgendwann gegangen und Sven hat uns alle gefahren. Michael und Zoran waren immer noch blöd drauf und inzwischen war Sven auch genervt. Er sagte sogar zu Michael, der mich ein paarmal am Busen betatschte, dass er ihm eine aufs Maul haut, wenn er nicht aufhört. Da sagten Michael und Zoran, dass sie es der, entschuldigen Sie, ‚geilen Sau besorgen werden'. Wir haben sie irgendwo herausgelassen und ich habe Sven gefragt, wo sie hinwollten. Da sagte er, zu Ihnen. Ich weiß gar nicht, ob er es ernst meinte oder nicht. Ich war hundemüde und es war mir ehrlich gesagt zu dem Zeitpunkt egal. Am nächsten Abend kam Zoran zu Sven nach Hause und sagte das, was Sie vorhin sagten. Weiter haben sie nicht geredet, da noch ein paar Freunde kamen, und wir sind alle gemeinsam weggegangen. Wie gesagt, ich hätte zu dem Polizisten gar nichts gesagt, denn ich war immer noch auf Michael und Zoran sauer. Sven plapperte aber los und erzählte die Geschichte. Zu mir sagte er immer: ‚Stimmt's, Tanja?' Da habe ich halt Ja gesagt. Ich wollte natürlich nicht, dass Sie irgendwelche Schwierigkeiten bekommen. Aber, na ja, so hemmungslos wie die zwei drauf waren, hätte ich ihnen zugetraut, dass sie zu Ihnen gegangen wären.«

Ich schaue Tanja ganz streng an. Braves Mädchen, du erzählst mir alles. Genau wie es sich gehört.

»Also, du hast den zweien zugetraut, dass sie zu mir gehen. Was meinst du wohl, was sie bei mir gemacht hätten, wenn sie mich am frühen Morgen angetroffen hätten?«

Tanja schaut verlegen nach unten und schweigt. Sie wird leicht rot dabei.

»... ‚*Wir werden die Alte ficken!*', war die Formulierung der Polizei. Also, glaubst du, sie wollten mit mir verkehren? Und ich würde mir das einfach mir nichts, dir nichts gefallen lassen, oder was hast du gedacht?«

»Nein, natürlich nicht«, schluchzte Tanja kleinlaut, »aber ich hätte den beiden zugetraut, dass sie Sie vergewaltigen. Als Zoran das dann am nächsten Abend erzählte, habe ich gedacht, sie hätten es wirklich getan. Da habe ich richtig Angst gehabt. Angst, dass Ihnen etwas Schlimmes passiert wäre.«

Ich nehme zart die Hand von Tanja und drücke sie sanft. Mit der anderen Hand hebe ich den immer noch hängenden Kopf hoch, sodass sie mir in die Augen schaut. Ihre Augen glänzen, gerade so, als ob sie jeden Moment losheulen würde. Sie hat wirklich Angst um mich gehabt – wie rührend. Die Angst war bekanntlich berechtigt, die Dreckskerle haben mich ja tatsächlich sexuell geschändet. Das werde ich aber bestimmt nicht Tanja erzählen.

»Aber nein, Tanja. Wie ich schon sagte, Michael und Zoran waren nicht bei mir. Das heißt, vielleicht wollten sie tatsächlich zu mir und wollten mir Schreckliches antun, aber ich war nicht da. Ich war beim Jogging. Um sein Gesicht nicht zu verlieren, hat Zoran dem Sven einen Bären aufgebunden.«

Sie schaut schamvoll weg. Sie glaubt mir. Natürlich glaubt sie mir, sie würde mir alles glauben und alles machen, was ich sage. Wenn ich sagen würde, sie solle in den Neckar springen, würde sie es machen.

Tanja verlässt vor mir das Klassenzimmer. Nach ein paar Minuten gehe ich auch. Als ich den Korridor entlanggehe, sehe ich Tanja bei Sven stehen und reden. Tanja geht auf die Mädchentoilette. Ich beachte Sven nicht, während ich an ihm vorbeilaufe.

»Also, wenn das nicht der geilste Hintern der Stadt ist!«, sagt er und gibt mir einen Klaps auf das Gesäß.

Ich drehe mich blitzschnell um und steche ihm mit der Zeige- und Mittelfinger in die Augen. Er schreit auf vor Schmerz. Kommentarlos mache ich kehrt und laufe weiter. Dreckskerl, das wird ihm eine Lehre sein.

15.00 Uhr

Während meines Lehrerstudiums habe ich einen Schein in Psychologie gemacht. Paradoxerweise habe ich dennoch von Psychologie nicht den blassesten Schimmer. Im Grunde genommen ist das nicht weiterhin verwunderlich. Ich besuchte die Vorlesungen so gut wie nie. Den Schein habe ich mir von dem Professor auf andere

Weise ‚erarbeitet'. Ich erinnere mich vage an Freud und seine Theorien. Ich habe in dem Psychologiebuch über Psychoanalyse gelesen. Einiges ist mir dennoch sehr theoretisch und ziemlich unklar, in welchem Zusammenhang mit meiner Hypersexualität, wie Anita es so schön ausdrückte, die Freud'sche Theorie zu sehen ist. Nun bin ich bei Anita und höre ihr zu.

»Also, Yvonne, Sigmund Freud erklärte individuelle Unterschiede mit der Annahme, dass die einzelnen Menschen ihre fundamentalen Triebe, die bei jedem Menschen von Geburt an vorhanden sind, auf verschiedene Weise bewältigen. Er nannte sie Eros, den Sexualtrieb, und Thanatos, den Lebenstrieb. Zur Erklärung dieser Unterschiede zeichnete er das Bild eines ständigen Kampfes zwischen zwei Teilen der Persönlichkeit, nämlich dem ‚Es' und dem ‚Über-Ich', wobei einem dritten Aspekt des Selbst, dem ‚Ich', eine Vermittlerrolle zukam. Das Es wird als der primitive und unbewusste Anteil der Persönlichkeit verstanden, als das ‚Reservoir' der fundamentalen Triebe. Es arbeitet irrational; Impulse drängen nach Ausdruck und Befriedigung ‚ohne Rücksicht auf Verluste' und ohne zu erwägen, ob das Triebziel realisierbar oder moralisch vertretbar ist. Hier siehst du sicherlich Parallelen zu deinem Sexualverhalten. Im Über-Ich sind die Wertbegriffe eines Individuums einschließlich seiner durch die Gesellschaft vermittelten moralischen Haltungen verankert. Das Über-Ich entspricht in etwa dem Gewissen; es entwickelt sich, wenn das Kind die Verbote der Eltern und anderer Erwachsener internalisiert. Das Über-Ich beinhaltet auch das Ich-Ideal, das sich entwickelt, wenn das Kind die Wunschvorstellungen anderer über die Form und Richtung seiner Persönlichkeitsentwicklung verinnerlicht, d. h. sich zu Eigen macht. So steht das Über-Ich als Repräsentant der Gesellschaft im Individuum häufig im Konflikt mit dem Es, dem Repräsentanten des Überlebens. Das Es will lediglich das, was angenehm ist, während das Über-Ich darauf besteht, das zu tun, was ‚richtig' ist. Ich hoffe, dass du mir so weit folgen kannst.«

»Ja, doch. So weit ist mir das klar.«

»Gut, denn deine sexuellen Bedürfnisse stehen in einem krassen Gegensatz zu den Vorstellungen, die von der Gesellschaft akzeptiert werden. Genau so, wie ich dir das bei unserem ersten Treffen erklärt habe. Ich denke, du erinnerst dich noch.«

Ich nicke.

»Nun kommt bei Freud in diesem Konflikt das Ich dazu. Das Ich spielt eine Schiedsrichterrolle. Es repräsentiert das Bild des Individuums, von dir also, von der physischen und sozialen Realität, d. h. deine Vorstellung darüber, was zu was führt und welche Dinge in der tatsächlich wahrgenommenen Welt realisierbar sind.«

»Aha, verstehe«, sage ich, obwohl ich mich ziemlich konzentrieren muss, um Anita zu folgen.

Sie lächelt, als ob sie genau merken würde, dass die kleine Nachhilfe im Sachen Psychoanalyse schwierig zu verstehen ist.

»Zum Teil besteht die Aufgabe des Ich darin, Handlungsweisen zu finden, die die Es-Impulse zwar befriedigen, aber unerwünschte Konsequenzen vermeiden. Ich nenne dir ein Beispiel: Nehmen wir an, du würdest den Wunsch haben, von einer Brücke herunterzuspringen, um zu fliegen. Das Ich würde wahrscheinlich den Impuls blockieren und durch Fallschirmspringen oder Achterbahnfahren ersetzen. Geraten Es und Über-Ich in Konflikt, versucht das Ich im Allgemeinen einen Kompromiss zu finden, der beide zumindest teilweise zufrieden stellt. Dann kann es einen oder mehrere unbewusste Abwehrmechanismen einsetzen.«

»Und dieses Es, Über-Ich und Ich, wie soll ich das für meine Person verstehen?«

»Nun, Yvonne, die Frage ist natürlich, wie stark sind das Es, Über-Ich und Ich bei einem Menschen ausgeprägt. Von dem, was du mir erzählt hast, deutet einiges darauf hin, dass deine Mutter eine Prostituierte war. Das an sich hat natürlich nichts zu sagen. Viele Frauen gehen diesem Gewerbe nach und kümmern sich sehr liebevoll um ihre Kinder. Bei dir und deiner Mutter war es allem Anschein nach jedoch nicht der Fall. Du wurdest in einer Pflegefamilie untergebracht und danach hat deine Mutter sich auch nicht mehr um dich gekümmert. Ich weiß nicht, was du in den ersten Jahren deiner Entwicklung alles erlebt hast, aber vieles deutet darauf hin, dass deine Wertbegriffe, die in moralischen Haltungen verankert wurden, quasi dein Gewissen, oder das Über-Ich, sich nicht so entwickelt haben wie bei den meisten Menschen. Durch die Konfrontation mit den streng puritanischen Werten der Pflegefamilie, die in einem extremen Gegensatz zu deinem bis dahin Erlebtem standen, bildete sich das Ich nicht so stark aus. Das Es zeigt sich sehr dominant in der Befriedigung deiner sexuellen Bedürfnisse.«

»Ah ja, ich verstehe. Aber wie ist das mit den Abwehrmechanismen, von denen du sprachst?«

»Abwehrmechanismen? Ach so, Freud sprach von mehreren Abwehrmechanismen. Verleugnung, Verschiebung, Projektion, Regression oder Sublimierung, um nur ein paar zu nennen. Ich will dir gar nicht alle diese Abwehrmechanismen erklären, zumal ich keine ausgesprochene Psychoanalytikerin bin, obwohl ich Psychoanalyse durchaus als wichtig für das Erklären von menschlichem Verhalten sehe. Es ist aber so, dass inzwischen einige Bereiche der Psychoanalyse sehr kritisch betrachtet werden müssen. Nehmen wir gerade den Abwehrmechanismus der Sublimierung. Es kommt von dem lateinischen Wort ‚sublimis‘, was auf deutsch ‚erhaben‘ bedeutet. Darunter wird die Befriedigung nicht erfüllter sexueller Bedürfnisse durch Ersatzhandlungen, die von der Gesellschaft akzeptiert werden, verstanden.«

»Wie soll ich das genau verstehen?«

»Also, Yvonne, um es anders auszudrucken, handelt es sich um die Entwicklung eines kulturell höher bewerteten Triebes aus einem primitiven. Also werden sexuelle Triebimpulse in geistig-kreative Fähigkeiten umgewandelt. Danach führt nach den Ansichten von Freud ein sexuell ungehemmtes, ausschweifendes Leben, wie du es führst, zu Unproduktivität, während umgekehrt sexuelle Enthaltsamkeit die geistige Produktivität eines Menschen erhöht. In früherer Erziehung führte auch dieser Denkansatz vermutlich zur Unterdrückung sexueller Handlungen junger Menschen, die dazu angeleitet werden sollten, sich auf die wichtigen Dinge des Lebens zu konzentrieren. Die Sublimierungstheorie wird durch moderne Forschungen eindeutig widerlegt. Auch die Ansicht, wonach Sportler oder Sportlerinnen durch sexuelle

Aktivitäten kurz vor Wettkämpfen nicht zu Höchstleistungen fähig seien, ist unhaltbar. Gegenteilig wissen wir inzwischen, dass körperlich und geistig aktive Menschen oft auch ein sehr aktives Sexualleben haben. Ich glaube, du bist der beste Beweis dafür.«

Anita lacht kurz und ich muss mitlachen.

Freitag, 14. Juni
19.15 Uhr
Freitag, es ist endlich Freitag. Es ist erst zwei Tage her, dass ich David gesehen habe. Es kommt mir wie eine halbe Ewigkeit vor. Ich sehne mich danach, ihn zu sehen, vielmehr ihn zu spüren. Ich glaube, dass es ihm nicht viel anders geht. Wir wollten uns für den Mittwochabend verabreden, aber es ging nicht. Ich hatte an der Schule einen Elternabend. Am Donnerstag ging es auch nicht. David hatte Taekwondo-Training. Wie er mir erzählte, ist er da sehr aktiv in einem Verein tätig und leitet eine Jugendgruppe. Er müsse seine Jugendmannschaft für einen wichtigen Wettkampf vorbereiten. Wir haben am Mittwoch und Donnerstagabend lange und sehr lüsterne Telefonate miteinander geführt. Jetzt ist es aber endlich Freitag.

Ich stehe vor dem Spiegel im Bad und schminke mich, als es klingelt. Ich werfe einen Blick auf die Uhr. Er ist zu früh dran. Wir haben ausgemacht, dass er mich kurz vor acht abholt und wir essen gehen. Zu Luigi, seinem Lieblingsitaliener. Wahrscheinlich dort, wo er bisher immer mit seinen neuen ‚Eroberungen' hinging. Mir soll's recht sein, ich freue mich schon auf den Nachtisch. Dass er jetzt schon hier ist: Womöglich denkt er an eine kleine prickelnde Vorspeise. Mmh, das würde ich auch nicht verachten.

Ich mache die Tür auf und erschrecke. Es ist nicht David, sondern Sven. Energisch wuchtet er die Tür ganz auf und schiebt mich in die Wohnung hinein. Er schlägt die Tür hinter sich zu.

»Jetzt bist du fällig, du geile Schlampe!«, zischt er.

Ich mache einige schnelle Schritte nach hinten zum Esstisch und greife nach dem Butterflymesser. Er ist dabei, sich auf mich zu stürzen, bleibt angesichts des glänzenden Metalls der Klinge aber stehen. Er macht einen kleinen Schritt nach hinten und erblickt wohl den Regenschirm in dem Schirmständer schräg neben ihm an der Garderobe. Er ergreift ihn und schlägt mit dem Schirm nach meiner rechten Hand, mit der ich das Messer halte. Er verfehlt mich knapp. Wir starren uns gegenseitig in die Augen. Mein Herz rast. Er scheint geradezu besessen zu sein. Ich bin wild entschlossen, mich bis aufs Letzte zu verteidigen. Er hält den Schirm mit beiden Händen fest und sticht damit nach vorne. Ich weiche ihm aus und versuche mit der linken Hand den Schirm zu ergreifen und schwinge mit dem Messer nach Sven. Es gelingt mir nicht, den Schirm festzuhalten, und er rammt den Schirm in meinen Bauch. Ich weiche zurück an die Wand. Er drückt mich fest an die Wand mit dem Schirm. Die Spitze drückt sich schmerzhaft in meinen Bauch. Das Messer will ich auf keinen Fall fallen lassen und versuche mit der linken Hand den Schirm wegzudrücken, was mir aber nicht gelingt. Ich steche mit dem Messer nach vorne, aber Sven hält mich mit einem zu großen Abstand. Ich versuche mich zur Seite zu wenden, was mir nur zum Teil gelingt. Ich gebe einen kräftigen Tritt nach vorne und treffe ihn tatsächlich mit etwas Glück am Unterleib. Er zieht sich leicht zurück, sodass der Schirm mich nicht mehr ganz fest an die Wand presst. Ich trete wieder und diesmal gezielter nach Sven. Er lässt den Schirm fallen und packt mich kräftig am Bein, bevor ich ihn treffen kann. Auf einem Fuß stehend lasse ich mich nach hinten fallen. Die Wand stützt mich und damit kann ich nicht umfallen. Sven fällt nach vorne näher zu mir. Ich steche mit dem Messer nach ihm und treffe ihn an der Schulter. Sein Griff um mein Bein wird lockerer. Ich steche erneut zu und treffe seinen Arm. Er lässt mich los und ich stürze mit dem Messer fest im Griff nach vorne. Er versucht seine Hände schützend vor sich zu halten, während er sich rückwärts bewegt. Mit schnellen kurzen Schwüngen schneidet die Klinge links und rechts in seine Arme. Er stößt an die gegenüberliegende Wand. Ich packe ihn mit der linken Hand an der Kehle. Seine Hände fassen meine Hand. Mit voller Wucht ramme ich das Messer zwischen seine Rippen in ihn hinein. Ich ziehe die Klinge heraus und steche mehrfach mit ganzer Kraft zu. Er sackt zusammen. Ich sehe das Entsetzen in seinen Augen, wie er stirbt. Er versucht etwas zu sagen, aber es kommt nur Blut aus seinem Mund, als er die letzten Atemzüge macht.

Ich trete zurück und schaue den leblosen Körper an. Ich wische mit meiner Hand den kalten Schweiß von meiner Stirn. Es ist unglaublich, wie schnell alles ging. Ich kann es gar nicht fassen. Tief durchatmen, Yvonne, tief durchatmen. Ich gehe ins Bad und mache ein Handtuch nass, das lege ich dann auf mein Gesicht. Ich gehe zurück und schaue Sven an. Mist, das ganze Blut. Ich lege das Handtuch auf seinen Oberkörper und versuche das weitere Fließen des Bluts zu verhindern. Gleich kommt David, und das Allerletzte, was ich jetzt gebrauchen kann, ist ein Kripobeamter in meiner Wohnung.

Das Handy klingelt. Es ist David. Er entschuldigt sich, dass er sich etwas verspäten wird. Gut, David, du weißt nicht, wie süß diese Nachricht in meinen Ohren klingt. Ich blicke zu Sven hinunter. Ich fasse seine leblose Hand. Mich schaudert. Ich verstelle seine Armbanduhr auf 9.00 Uhr. Mit dem Knauf des Messers schlage ich ganz fest auf das Glas. Es zerbricht. Ich schlage erneut zu. Die Uhr bleibt stehen. Die Leiche muss weg. Scheiße, wohin mit dem Mistkerl? Ich nehme ein paar Bettlaken und wickele ihn damit ein. Ich stecke den eingewickelten Körper jeweils von oben und von unten in einen gelben Sack. Während ich das mache, schmiere ich mich mit Blut voll. Ich rolle die eingewickelte Leiche zur Seite und wische das Blut von dem weißen Kachelboden auf. Ich ziehe mein Kleid aus und wasche schnell das Blut ab. Ich schlüpfe in eine kurze Hose und ziehe mir ein T-Shirt über. Ich fasse die Leiche an. Er ist schwer, aber auf dem Boden lässt er sich gut ziehen. Ich ziehe ihn bis zur Haustür vor. Ich gehe aus der Wohnung hinaus und fahre die fünf Stockwerke hinunter zur Tiefgarage. Die Tiefgarage ist genauso leer wie der Fahrstuhl. Ich fahre mein Auto so nah wie möglich rückwärts an den Fahrstuhl heran. Ich öffne den Kofferraum und fahre wieder hoch. Ich ziehe Sven in den Lift und fahre hinunter zum Auto. Es ist alles ganz ruhig im Haus. Mein Herz pocht so laut und schnell, dass es im ganzen Haus und in der

Nachbarschaft zu hören wäre. Ich hieve Sven in den Kofferraum. Er ist schwer und es dauert eine Ewigkeit, bis ich ihn endlich drinnen habe und den Kofferraum zumachen kann.

Ich blicke zu meiner Armbanduhr. Die Zeit rast davon. Ich muss mich beeilen. Ich transpiriere ganz stark. Schnell muss ich mich duschen und mich fertig machen, bevor der Herr Kommissar meine Wohnung betritt.

20.00 Uhr
»Du siehst einfach umwerfend aus, Yvonne«, sagt David.

Er drückt mich an sich und gibt mir einen Kuss. Dabei gleiten seine Hände über mein Kleid. Sanft fasst er mich am Po. Seinen Körper drückt er gegen meinen, sodass ich am Unterleib spüre, was er im Schritt für mich bereithält. Ich drücke ihn sanft zurück.

»Komm, gehen wir. Ich habe Hunger. Wir haben nachher genug Zeit für andere Sachen.«

Samstag, 15. Juni
3.15 Uhr
Der Abend war herrlich. Das Essen war gut und David hielt mich mit guten Witzen und lustigen Anekdoten bei Laune. Nach dem Essen waren wir bei mir zu Hause. Er hatte nicht nur gescherzt, als er meinte, seine Handschellen mitzubringen. Ich ließ mich von ihm am Bettpfosten anketten. Damit war ich ihm ausgeliefert – und liebte jede Sekunde davon! Um drei ging David nach Hause. Er hatte am Samstagmorgen mit seiner Jugendmannschaft ein Turnier und wollte deswegen nicht bei mir

übernachten. Kaum war er gegangen, ging ich ins Bad und duschte mich kalt ab. Ich zog eine Jeans und ein Sweatshirt an.

Es ist kühl, als ich aus dem Auto aussteige. Die Sterne funkeln am klaren Himmel. Alles ist still. Ich blicke zu den Schatten der Bäume. Das Scheinwerferlicht am BMW habe ich ausgemacht. Meine Augen gewöhnen sich an die Dunkelheit. Ich gehe zum Kofferraum und mache ihn auf. Die Leiche ist schwer und es dauert eine Weile, bis ich sie herauszerren kann. Ich packe Sven an den Füßen und ziehe ihn durch das Gras zu den Bäumen neben dem Feldweg. Ich stolpere fast an einer Baumwurzel. Verflucht, warum habe ich bloß nicht an eine Taschenlampe gedacht? Ich ziehe Sven noch ungefähr zwei Meter weiter in den Wald. Unter einem Strauch rolle ich ihn aus dem Bettlaken und den gelben Säcken heraus. Ich nehme das Bettlaken mit, laufe zurück zum Auto und werfe es mit den Gummihandschuhen, die ich trage, in den Kofferraum. Ohne zurückzublicken fahre ich den Feldweg zurück.

22.45 Uhr

Ich massiere mit sanften kreisenden Bewegungen den Rücken von David, während er nackt auf meinem Bett liegt.

»Erzähl mir etwas von deiner Arbeit, Schatz. Was machen eure Ermittlungen? Der Zeitung nach scheint die Polizei ziemlich im Dunkeln zu tappen, was diese Morde angeht.«

»Ja, was die Zeitungen alles so schreiben. Welche liest du denn: die Stuttgarter Nachrichten oder die Stuttgarter

Zeitung? Egal, die haben keine Ahnung und berichten sonst was, nur damit sie eine Story haben – Journalisten halt. Obwohl ich sie nicht alle über einen Kamm scheren will. Es gibt auch welche, die polizeifreundlich berichten. Auf jeden Fall haben wir schon einige Fortschritte gemacht. Der Taxifahrer, der auf dem Supermarktparkplatz gefunden wurde, hatte mit derselben Frau Sex wie der Ermordete aus dem Schwarzwald. Das haben die verschiedenen Laboruntersuchungen eindeutig festgestellt. Auch die zwei Schüler hatten wohl ganz eindeutig, kurz bevor sie ermordet wurden, Sex. Allerdings hatten sie nicht mit der gleichen Frau Sex wie die anderen beiden. Dennoch ist ein Zusammenhang nicht auszuschließen. Diese Zusammenhänge sind wie ein Puzzlespiel. Langsam, mit viel Geduld fügen sie sich zusammen, und wenn wir genügend Puzzleteile haben, werden wir den Fall lösen.«

»Ah ja«, sage ich, während ich die schönen breiten Schultern weitermassiere.

»Und was sind das für Laboruntersuchungen, die da gemacht werden, bzw. wovon macht ihr die Untersuchungen überhaupt?«

»Das ist unterschiedlich. Das vermeintlich Einfachste sind Fingerabdrücke. Aber in einem Taxi, mit dem täglich zig Personen fahren, ist es natürlich ziemlich sinnlos, nach Fingerabdrücken zu suchen. Es werden Analysen von Haaren, gerade in diesem Fall von Schamhaaren, gemacht und miteinander verglichen. Auch mit der DNA-Analyse sind heutzutage die unglaublichsten Dinge möglich. Stell dir vor, an der Außenhaut eines benutzten Kondoms kann die Körperflüssigkeit der Frau genau festgestellt werden. Die Mörderin hat es uns auch noch besonders leicht gemacht. Sie hat bei dem Mord im Schwarzwald ihren Slip zurückgelassen. Und schau, da versuchen wir jetzt ein Profil der Frau zu erstellen. Profiling, wie es im Englischem heißt. Wir wissen allein durch diesen Slip, ein Stringtanga der Marke Marie Jo, Modell ‚Georgia', Farbe irisblau, dass die Mörderin Größe 38 trägt. Sie bevorzugt eher teurere und modische Wäsche, die sie mit ziemlicher Sicherheit in einem Fachgeschäft gekauft hat. Allein diese Tatsache sagt uns, dass die Frau mit sehr großer Wahrscheinlichkeit nicht aus der Arbeiterschicht oder unteren Mittelschicht kommt. Trägt sie solche Wäsche, trägt sie sicherlich auch entsprechende Oberbekleidung. Sie ist sicherlich in ihrem gesamten Erscheinungsbild gepflegt. Was wissen wir weiter von dem Slip? Ein Schamhaar wurde entdeckt. Es handelt sich bei der Täterin um eine Frau mit dunkelblonden oder brünetten Haaren. Ausgesprochene Blondinen, Schwarzhaarige und Rothaarige können ausgeschlossen werden. Und wir wissen noch viel mehr. Wir wissen sogar, welche Blutgruppe sie hat, nämlich B+. Die Täterin hatte sich in die Hose gemacht und aus dem Urin lässt sich leicht die Blutgruppe bestimmen.«

»Das ist ja interessant, was ein Stringtanga alles aussagt, aber es muss Tausende von Frauen geben, die dunkelblond sind, Größe 38 haben und gepflegt gekleidet sind. Und ich weiß nicht, wie du dich mit Damenwäsche auskennst, aber Marie Jo ist wirklich eine der bekanntesten Marken. Ich trage sie auch gerne und die Beschreibung passt sonst auch auf mich, aber ich könnte, ohne groß nachzudenken, eine Hand voll anderer Frauen nennen, auf die diese Beschreibung auch passt. Wie wollt ihr da die Täterin finden?«

David dreht sich zu mir hin und streichelt die Innenseite meiner nackten Oberschenkel. Ich hebe das rechte Bein leicht an. Seine Hand gleitet zu meinem Schamberg. Sein Zeigefinger rotiert auf meiner Liebesknospe, während der Mittelfinger sich sanft zwischen meine Schamlippen schiebt. Ich seufze leise.

»Wie ich schon sagte: Es ist ein Puzzle. Ein Teil, egal wie klein, fügt sich in ein anderes ein.«

Er lächelt. Ich beuge mich über ihn und wir küssen uns. Er öffnet den Mund, während ich meine Zunge zwischen seine Lippen schiebe. Er duftet so gut. Diese Mischung aus seinem Rasierwasser mit dem leichten Parfum von Sandelholzöl, Moschus und noch anderen Gerüchen, die ich nicht identifizieren kann, vermischt mit dem natürlichen Geruch seiner Haut. Ich atme tief ein. Er rollt mich auf den Rücken und besteigt mich wieder einmal. Die Unterhaltung und kleine Pause waren nett, aber jetzt wollen wir da weitermachen, wo wir vorhin aufgehört haben und warum wir hier zusammen sind. Während ich mit breit geöffneten Beinen daliege und sein harter Liebespfahl in mich hineindringt, muss ich daran denke, wie unkompliziert es mit ihm ist. Ein Lächeln und ich weiß genau, was er will. Es ist erst unsere dritte Nacht zusammen, aber was für herrliche Nächte waren das. Wir haben uns sogar darauf geeinigt, auf Kondome zu verzichten, etwas, was ich sonst nie tue, aber David hat geschworen, ganz sauber zu sein, und ich fühle mich bei ihm da sicher. Sicherheit, ausgerechnet bei dem Mann, der mich als Mörderin sucht. Schöne verrückte Welt, die ich bis zur Ekstase genießen will.

Es ist inzwischen spät oder besser gesagt früh am Sonntagmorgen, als ich das Licht ausknipse. Ich bin müde und erschöpft, aber ich bin auch absolut befriedigt und glücklich. Ich schmiege mich an David. Er legt seinen Arm um mich. Noch nie zu vor hat mich ein Mann so saturiert wie David. Es ist auch nicht nur das Sexuelle, was mir so an ihm gefällt. Obwohl er da einfach der beste Liebhaber ist, den ich je hatte. Woher nimmt er nur dieses Durchhaltevermögen und diese Potenz? Es ist aber mehr, viel mehr, nämlich einfach *alles* an ihm. Ich fühle mich wie im siebten Himmel. Etwas, was ich noch nie bisher verspürt habe. Ich schlafe schnell ein.

Sonntag, 16. Juni
7.30 Uhr
»Dann wollen wir mal los. Wie viele Kilometer läufst du in der Regel?«, fragt David und schaut zu mir, während wir die Wohnung verlassen.

»Lass dich überraschen«, gebe ich zur Antwort und grinse.

Mehr als fünf Kilometer werden es heute nicht werden. Ich werde David genau an die Stelle führen, wo die Leiche von Sven liegt. An sich ist es schade, dass unsere erste Joggingrunde so ein abruptes Ende finden wird. Es ist ungewohnt, nicht alleine zu laufen. Ich gehe seit meiner Jugend regelmäßig joggen, und das schon immer alleine. Häufig laufe ich einfach von zu Hause los, ein paar Straßen entlang, dann fangen schon die Felder an. Manchmal fahre ich mit dem Auto zunächst raus aus der

Stadt. Am liebsten nördlich von Stuttgart in der Gegend von Löwenstein, »die schwäbische Toskana«, wie sie auch genannt wird. Da geht es wirklich powermäßig ab in den Weinbergen. Das geht in die Beine und gibt eine irre Kondition. Zur Abkühlung springe ich am Schluss in den Breitenauer See. Es geht mir aber nicht nur darum, mich fit zu halten. Vielmehr geht es mir beim Laufen darum, dass ich dabei mental richtig abschalten kann. Es hat geradezu einen meditativen Effekt. Nach einer bestimmten Distanz ist es so, als wurde ich mich in einer Trance befinden. Der monotone Bewegungsablauf des Joggens und die Ausschüttung der Glückshormone Oxytozin, Vasopressin, Dopamin und DHEA ist wohl die Ursache dafür. In den letzten Jahren haben Forscher herausgefunden, wie wichtig das Hormon Dehydroepiandroteren, oder kurz gesagt DHEA, das in den Nebennieren, im Gehirn und der Haut produziert wird, insbesondere für Frauen ist. Es erhält die Haut straff und zart, hilft beim Abbau des Cholesterinspiegels, erleichtert die Fettverbrennung, stärkt die Knochen und steigert die Lust auf Sex. Angeblich soll Jogging gar süchtig nach diesen Hormonen machen. Vielleicht trifft es auch auf mich zu, wobei meine Lust auf Sex wohl nicht noch mehr zu steigern ist. Irgendwann habe ich sogar gelesen, dass die Glücksgefühle, die beim Laufen entstehen würden, mit einem Orgasmus vergleichbar wären. Nun, da habe ich aber doch erhebliche Zweifel. Der Verfasser hatte offensichtlich nie einen richtigen Orgasmus.

Eigentlich hat das Langstreckenlaufen auch einen entscheidenden Einfluss auf meine Berufswahl gehabt. War ich in der Schule schon immer ganz gut in Englisch gewesen, war es das Buch »The Loneliness of The Long-Distance Runner« des englischen Autors Alan Sillitoe gewesen, das mein Interesse für das Anglistikstudium weckte. Ursprünglich zog mich der aus meiner Sicht etwas ungewöhnliche Titel des Buches an. Es war das erste Buch, das ich mir auf englisch aussuchte zu lesen und um ein Referat darüber zu schreiben. Gewisse Parallelen zwischen dem einsamen Heimjungen und seiner Verachtung der Autoritäten zu mir und meinen Gedanken konnten nicht verleugnet werden.

Ich freue mich direkt, mit David zu laufen. Nicht im Entferntesten wäre mir jemals zuvor in den Sinn gekommen, nach einer Liebesnacht gemeinsam mit meinem Partner am nächsten Morgen einen Langlauf zu machen. Wieder eine ganz neue und angenehme Erfahrung, die ich mit David mache. Es tut mir wirklich Leid, dass in kürzester Zeit der Lauf ein jähes Ende finden wird. Bedauerlicherweise wird der schöne Sonntag schnell futsch sein. Wie wird die Leiche aussehen? Fängt die Verwesung schon nach einem Tag an oder wird sie von Würmern angefressen? Ich habe keine Ahnung. Das sind auch nicht Fragen, mit denen ich mich normalerweise beschäftige. Auf jeden Fall will ich die Leiche gar nicht lange anschauen, wenn ich sie »entdecke«.

»An was denkst du?«, fragt mich David, als wir die Häuser hinter uns lassen und auf dem Feldweg weiterlaufen.

»An dich, mein Schatz, und an mich und an die letzten paar Tage und Nächte. Aber legen wir noch einen kleinen Zahn zu. Du bist doch fit genug, oder?«

Ich lächele ihn an und streichele kurz seinen Arm,

während ich an ihm vorbeilaufe. Unglaublich, ich habe ihn tatsächlich »mein Schatz« genannt. Ich habe noch nie einen Mann so genannt. Es war gar nicht vorgespielt, sondern kam mir ganz spontan. Yvonne, Yvonne, Mensch was geht vor in dir? Ich habe keine Zeit, jetzt darüber nachzudenken. Das Waldstück taucht rechts vor uns auf. Zur Orientierung, wo ich die Leiche hingezerrt habe, dient ein Bildstock am Feldwegrand. Geradezu sarkastisch, Sven unter der Obhut der heiligen Madonna und ihres Kindes zu hinterlassen.

»David, wir müssen kurz beim Wald anhalten. Ich habe so einen Druck auf der Blase. Ich kann einfach nicht weiterlaufen.«

Ich gebe ihm einen flüchtigen Kuss auf die Wange und gehe die paar Meter zu den Bäumen. Ich steige über die Baumwurzel, über die ich nachts gestolpert bin. Es sieht bei Tag hier alles anders aus. Ich blicke mich um. Wo liegt nun Sven? Links ein paar Meter vor mir sehe ich sein Bein. Ich lasse einen schrillen Schrei los.

»Yvonne, Yvonne! Was ist?«

David rennt mit lauten Getöse in den Wald zu mir. Ich drehe mich zu ihm und versuche dabei so aufgeschreckt wie nur möglich auszusehen. Ich laufe ihm zwei Schritte entgegen und lege meine Arme um ihn. Er umarmt mich instinktiv beschützend, ohne den Grund meines Aufschreis zu wissen. Ich deute hinter mich, ohne den Kopf zu drehen, der Wange an Wange an David anliegt, mit meiner Hand zur Leiche. Er lässt mich langsam los und geht zur Leiche. Ich stelle mich an einen Baum und beuge mich vor. Ich mache unüberhörbare Geräusche, als ob ich mich übergeben würde. Ich richte mich auf und schaue zu David, der wieder zu mir kommt. Er hat mein realistisches Schauspiel miterlebt. Er umarmt mich, streichelt mir ganz sanft über die Wange und dreht mich von der Leiche weg.

»Schau nicht hin, Yvonne. Eine Leiche ist kein Anblick für dich. Hier vor Ort kann ich nichts tun. Ich muss die Sache melden und ermitteln. Wir müssen schnell zurück zu dir, damit ich meine Kollegen anrufen kann«, sagt er mit einer beruhigenden Stimme.

Wir laufen in hohem Tempo zurück. Eine Weile schweigen wir, während wir laufen. Am Horizont tauchen die ersten Häuser des Wohngebiets auf. Wir legen ein ziemliches Tempo vor. Dennoch fällt mir das Sprechen nicht schwer.

»Was wirst du deinen Kollegen sagen?«, frage ich.

David blickt verständnislos zu mir und läuft weiter. Er denkt nach und verzieht keine Miene.

»Ich meine nur. Willst du Ihnen erzählen, dass wir gemeinsam beim Jogging waren und ich hätte die Leiche entdeckt? Klar, das ist die Wahrheit und ich hätte kein Problem damit, eine Aussage zu machen. Aber was ist, wenn dein Chef nachfragt, wieso du frühmorgens bei mir warst? Du warst vor ein paar Tagen bei mir, um mich wegen deiner Ermittlungen zu befragen. Vergiss das nicht. Ich weiß nicht, ob dein Chef es so gut findet, wenn er erfährt, dass wir gemeinsam joggen. Und das noch am Sonntag früh zu einer Zeit, zu der die meisten Leute noch schlafen.«

David stutzt und läuft langsamer. Es dämmert ihm, welche Schwierigkeiten er bekommen könnte. Während der Ermittlung mit einer der Befragten einen Kontakt aufzubauen, der über das Dienstliche hinausgeht, und noch dazu mit einer ausgesprochen hübschen Frau, macht sich nicht gerade gut in der Personalakte. Geschweige denn, was passieren würde, wenn das intime Verhältnis herauskäme. David sah Yvonne keinesfalls als eine Verdächtige an. Er wusste aber, dass Hauptkommissar Hans Fledderer während einer Ermittlung grundsätzlich *alle* als verdächtig ansah. Er atmet tief aus und verlangsamt den Schritt, bis er nicht mehr rennt, sondern geht.

»Hm, ich verstehe was du meinst. Und was meinst du, was ich nun machen soll? Ich muss ja den Todesfall melden. Nicht nur das, ich werde in dem Fall ermitteln müssen. Ich sah mir die Leiche an. Ich brauche da keine Obduktion, um zu sehen, dass der junge Mann erstochen wurde.«

Wir erreichen meine Wohnung. Ich mache die Tür hinter uns zu und hole eine Flasche Mineralwasser. Wir trinken schweigend. Ich schaue zu David. Der junge Kriminalkommissar sieht alles anders als glücklich aus. Ich setze mein Glas ab.

»Ich bin mir auch nicht sicher, David, aber vielleicht wäre es besser, wenn wir gar nicht erzählen, dass wir gemeinsam beim Jogging waren. Vielleicht ist es besser, wenn ich überhaupt nicht erwähnt werde. Wenn du mit dem Auto zu dem Parkplatz fährst, wo die Felder anfangen, könntest du erzählen, dass du von da aus losgelaufen wärst. Du hättest die Leiche gefunden und dann wärst du zurück zum Auto gelaufen und hättest von dort aus mit deinem Handy die Meldung gemacht. Dann wartest du am Auto, bis deine Kollegen eintreffen.«

David zögert. Er ist es, anders als ich, sicher nicht gewohnt, Lügengeschichten zu erzählen. Diese hübsche kleine Geschichte habe ich mir bereits gestern ausgedacht und ich versuche, sie nicht zu flüssig zu erzählen. Er soll denken, dass sie mir gerade jetzt einfällt. Ich nehme noch einen kleinen Schluck Wasser. Ich lege meine Hand auf seinen Arm und fahre fort.

»Obwohl, ich weiß auch nicht, Schatz …«

»Doch, doch. Klingt eigentlich vernünftig. Ob ich die Leiche finde oder du, macht keinen Unterschied«, antwortet er gleich.

Er trinkt sein Wasser mit einem kräftigen Schluck aus und steht auf. Er holt sich seine Tasche, wo er seine Sportsachen drinhatte, und legt seine Straßenkleidung sorgfältig hinein. Wir verabschieden aus mit einer Umarmung und einem langen Zungenkuss. Unsere nass geschwitzte Sportkleidung reibt aneinander.

»Meldest du dich, sobald du Zeit hast?«

David nickt.

»Versprochen?«

»Versprochen.«

Noch einmal drücke ich mich an ihn und gebe ihm einen letzten Kuss. Ich schaue vom Küchenfenster zur Straße, wo er in seinen silbergrauen Audi einsteigt und davonfährt. Ich gehe mich duschen. Im Spiegel merke ich, wie ich grinse.

19.15 Uhr
David meldet sich noch telefonisch. Er werde keine Zeit haben, um vorbeizukommen. Er müsse noch einige Berichte machen, er sei müde und wolle nur schlafen. Ich kann ihn verstehen. Ich habe ihm seinen freien Sonntag

vermiest. Auch mein Tag war vermiest. Ich habe Sehnsucht nach David und seinem Körper. Es ist noch früh am Abend. Ich überlege mir, ob ich mich auf die Pirsch nach einem anderen Objekt meiner Begierde machen soll. Sonntagabend ist nicht gerade die beste Zeit, um auf Männerjagd zu gehen. Dennoch finde ich in der Regel immer jemanden. Habe ich erst einmal eine entsprechende Jagdbeute gefunden, ist es nur eine Frage dessen, wie aggressiv und forsch ich an die Sache herangehe. Es gibt dann kein Entkommen mehr. Die Männer sind hilflos meinen Reizen und Verführungskünsten ausgeliefert. Für mich ist die Frage, würde meine Beute mit David ernsthaft konkurrieren können? Die Wahrscheinlichkeit, einen wirklichen Ersatz für ihn zu finden, ist realistisch gesehen doch eher sehr gering. Ich bin aber auch zu faul, mich aufzuraffen und wegzugehen. Auch kein Problem, ich habe schließlich meine kleinen elektrischen Spielzeuge, die ich für genau solche Fälle parat habe, wenn ich wieder einmal diese Lust verspüre, aber keinen Mann dahabe. Was sie leisten können, habe ich schon öfters ausprobiert und habe es immer genossen. So geschieht es auch an diesem lauwarmen Abend.

Montag, 17. Juni
15.20 Uhr
Ich steige aus der Dusche heraus und trockne mich mit einem dicken Frotteehandtuch ab. Der Ablauf in der Schule war wie jeden Montag. Der Tod von Sven hatte sich noch nicht herumgesprochen. Wahrscheinlich wusste die Polizei obendrein gar nicht seine Identität. Und wenn sie ihn dann identifizieren, werden mein

Kommissar und seine Kollegen wieder in der Schule auftauchen. Ich ziehe meinen weißen Stringtanga an. Ich habe nichts zu befürchten. Ich streife ein T-Shirt über meine nackten Brüste. Wer wird mich mit dem Tod von Sven in Verbindung bringen? Ich greife in meine Sporttasche. Hat mich jemand mit Sven gesehen, wie er mich auf dieser Bank nahm? Noch halb bekleidet springe ich zur Tür. Blitzschnell sprinte ich zu der nächsten Tür im Flur und reiße sie auf. Vor mir gestreckt halte ich eine Gaspistole und richte sie auf die Person, die in dem ehemaligen Heizungsraum steht.

»Du?«, frage ich fassungslos und nehme die Waffe herunter.

Ich kann es nicht glauben. Ich habe mir schon einige Male meine Gedanken dazu gemacht, wer mein heimlicher Beobachter ist. Es fielen mir schon verschiedene pubertierende Schüler ein, die gerne einen Blick auf meine nackte Haut werfen würden. Ich gab auf, weiter darüber nachzudenken. Im Grunde genommen würden *alle* Jungs mich splitternackt sehen wollen und sich dabei aufgeilen wollen. Ich weiß nicht, wen ich erwartet habe. Denjenigen, der jetzt vor mir steht und mich völlig erschrocken anstarrt, während er versucht, sein Glied in seine Hose zu stecken, habe ich aber ganz sicher nicht erwartet: Konrektor Maximilian Schmid!

Maximilian und ich sind beide konsterniert. Maximilian ist der Spanner, der mich seit Monaten, während ich ihm dieses lustvolle Schauspiel darbiete, beobachtet. Er ist vor Scham ganz rot geworden. Eine peinliche, eine verdammt peinliche Situation für ihn. Tja, dumm gelaufen, alter Wichser! Und für mich? Das Schauspiel, das ich veranstalte, wenn ich mit meinen Händen über meinen Körper fahre und die erogenen Zonen erforsche. Ist das peinlich? Für mich nicht. Maximilian wird es wohl kaum weitererzählen, sonst müsste er beichten, wie er dazu kommt, sich als Voyeur zu betätigen. Und die Sache mit Sven. Ich bin mir ganz sicher, dass er uns beobachtete. Was hat denn der kleine Spanner dabei gedacht? Bestimmt, dass er am liebsten das Gleiche mit mir machen würde. Welcher Mann würde das nicht? Dieser Gedanke hat den lieben Konrektor bestimmt einige schlaflose Nächte gekostet. Sven ist nun tot – abgeschlachtet wie eine Sau. Maximilian wird es, wie alle anderen, bald genug erfahren. Was Maximilian denken wird, wenn er es erfährt, ist mir einerlei. Was er machen wird, nicht. Eine Lehrerin, die ein geiles Techtelmechtel mit einem Schüler hat, ist eine Sache. Wenn der gleiche Schüler eine Woche später ermordet aufgefunden wird, eine ganz andere.

»Steck deinen Schwanz hinein und komm mit!«

Ich gehe zurück zum Umkleideraum. Maximilian folgt mir, ohne einen Ton zu sagen.

»Du beobachtest mich schon eine ganze Weile, stimmt's?«, frage ich, während ich meine anthrazitfarbenen Stay-up-Strümpfe anziehe.

Er nickt ganz verlegen. Ich ziehe meine restliche Kleidung an. Dazu muss ich zunächst mein T-Shirt wieder ausziehen, um darunter den weißen Push-up anzuziehen. So wie der alte Bock aus naher Distanz auf die nackten Brüste starrt, hat er bestimmt wieder einen Steifen. Rasch ziehe ich erneut das T-Shirt und dann den Rock an.

»Ich mache dich ganz schön an, gell, Max? Ich wette, du denkst an mich, wenn du mit deiner Alten vögelst. Sie hat aber nicht so feste Brüste und keinen so knackigen Hintern wie ich, deswegen willst du es viel lieber mir besorgen. Statt hinter einem Guckloch abzuspritzen, würdest du alles geben, um meine Muschi zu besprengen. Du warst letzte Woche auch hier und hast mich beobachtet, habe ich Recht?«

»Ja, Yvonne. Du und Sven. Wie konntest du mit einem Schüler …?«

Maximilian spricht den Satz nicht zu Ende. Da unterbreche ich ihn schon.

»Wie ich mich mit einem Schüler einlassen konnte? Du hast Nerven, mich zu kritisieren – stehst hinter einer Wand und holst dir wie ein pubertierender Jüngling einen runter. Ich werde es dir aber sagen, wenn du es genau wissen willst: Ich bin für alles offen, was Sex betrifft. Du als alter 68er müsstest wissen, wie das mit der offenen Liebe ist. Ich will sexuell ein bisschen experimentieren. Heute mal mit einem jungen Hüpfer, morgen mit einem alten Hasen, wie mit dir. Das wäre doch was, oder?«

Da fallen Maximilian fast die Augen aus dem Kopf. Er macht den Mund auf, aber kriegt keinen Ton heraus. Inzwischen bin ich in meine Pumps geschlüpft. Ich laufe an ihm vorbei zur Tür.

»Um 19.00 Uhr bei mir zu Hause. Sei pünktlich und bringe genügend Kondome mit.«

18.55 Uhr
Wieder einmal stehe ich vor dem großen Spiegel am Schlafzimmerschrank. Manchmal denke ich, dass ich

die Hälfte meiner Zeit damit verbringe, mich im Spiegel zu betrachten. So ist es nun einmal mit der Eitelkeit. Ich finde einfach Gefallen daran, mich selbst zu beschauen. Jetzt noch mehr als sonst. Ich richte die Perücke mit den langen, glatten schwarzen Haaren zurecht. Der eng anliegende Stringbody aus Latex schimmert im Licht. Er hat lange Ärmel und ist am Hals hochgeschlossen. Am Busen ist er offen. Meine nackten Brüste werden durch zwei Busenheber nach oben und vorne angehoben, mit dem Effekt, dass sie noch üppiger wirken. Die schwarzen Overknees aus Lackleder runden mein Outfit ab. Die Stiefel haben Absätze, die geradezu schwindelerregend hoch sind. Nun, zum Wandern sind diese Art Stiefel auch nicht geschustert worden. Diese Domina-Verkleidung habe ich meinem alten Klassenlehrer Herrn Müller zu verdanken. Damals, als es auf die Abiturprüfung zuging, brauchte ich im Vorfeld etwas »Nachhilfe« in Mathematik, die er nur zu gerne gab. Dabei fand er es besonders geil, mich in verschiedener Reizwäsche zu nehmen. Er zeigte sich für meine Dienste großzügig und schenkte mir neben guten Noten auch einiges an Wäsche, unter anderem diese Lack- und Ledermontur. Heute heißt es wieder »back to the roots«. Vögelte ich damals mit 18 einen Lehrer, der um die 20 Jahre älter war als ich, wird sich wie damals heute das gleiche Spiel ereignen. So wie ich damals nicht aus purem Vergnügen heraus das geile Spielchen spielte, sondern ein klares Ziel verfolgte, wird es mit Maximilian sein.

Es klingelt. Er ist superpünktlich. Er wird es kaum erwarten können. Wenn er seine Kollegin in diesem Nuttenkostüm sieht, wird seine Hose gleich platzen. Ich habe noch einen schwarzen Kimono über mein Outfit gezogen. Ich schaue vorsichtshalber durch das Guckloch. Nicht dass ausgerechnet jetzt der alte Greis vom Erdgeschoss vorbeikommt, da er sich wieder im Stockwerk geirrt hat – ich will ja nicht an einem Herzinfarkt schuld sein. Ich schließe auf.

»Yvonne!«

Geistreich, wie er nun mal ist, fällt Maximilian nichts Besseres ein, als nur meinen Namen zu sagen und seinen Mund vor lauter Erstaunen offen zu lassen. Ich schreite in meinen Highheel-Stiefeln voraus. An der offenen Schlafzimmertür bleibe ich stehen und bedeute ihm mit einer Geste der Hand, er möge eintreten.

»Hast du die Kondome dabei, Max? Leg sie auf das Bett. Zieh dich aus und setz dich dort auf die Bettkante. Ich mag Männer nicht, die beim Sex reden, also schweig. Du machst genau das, was ich befehle, und ich werde es dir noch besser besorgen, als du je zu träumen gewagt hast.«

Ich warte, bis er nackt vor mir sitzt, dann betrete ich das Zimmer. Ich löse den Gürtel am Kimono und lasse ihn zu Boden gleiten. Er stöhnt vor meinem Anblick. Ich laufe zu ihm und knie mich vor ihn. Ich nehme sein erigiertes Glied in meine Hand, ziehe ein Kondom darüber und führe es in meinem Mund. Seine Frau bläst ihm bestimmt nie einen. Ich könnte mir vorstellen, dass Maximilian schon des Öfteren in einem Bordell war und sich von den Nutten so bedienen ließ. Aber wahrhaftig von der eigenen Kollegin, das sprengt jeden Sinn für Realität. Ich klettere auf das Bett und knie mich darauf. Ich öffne den Verschluss des Stringbodys, spreize die Beine breit und recke meinen Hintern hoch. Maximilian stellt sich hinter mich. Die Schamlippen meiner Vagina habe ich vorher gut mit Vaseline geschmiert, damit flutscht er ganz leicht hinein und ich spüre ihn fast überhaupt nicht. Kaum ist er drin, hat er schon abgespritzt und zieht sein Freundchen heraus. Ich habe nicht viel anderes als diese jämmerliche Vorstellung erwartet. Ich klettere nach hinten, stehe auf und hole vom Nachtisch eine Packung Kleenex. Ich wische mich zwischen den Beinen ab und reiche die Tücher weiter.

»Und wie war's?«, frage ich.

»Oh, Yvonne, ich kann es immer noch nicht fassen. Du in dieser scharfen Aufmachung und mit mir. Es war sensationell. Einfach surrealistisch.«

Surrealistisch? Klar, was denn sonst. Das ist eines seiner Lieblingswörter. Wahrscheinlich hat er vor über 30 Jahren zu viel gekifft und hat sich in die Gemälde von Dali vernarrt. Sensationell? Das auch noch. Der arme Kerl weiß anscheinend wirklich nicht, was guter Sex ist.

»Okay, zieh dich an. Wir können das surreale Erlebnis ein anderes Mal wiederholen.«

Ich schließe die Wohnungstür hinter Maximilian. Ich blicke auf die Uhr. Es ist gerade zwanzig nach sieben. Ich gehe ins Schlafzimmer, mache die Schranktür auf und schalte den digitalen Camcorder aus. Ich laufe ins Wohnzimmer, wo ich die Digitalkamera an den Fernseher anschließe. Ich lasse den Film von Anfang an laufen. Ich ziehe währenddessen die Overknees aus und lege die Perücke zur Seite. Der Film beginnt und zeigt das große

Bett in meinem Schlafzimmer. Einer der großen Vorteile der digitalen Technik ist, dass sie im Vergleich zu den alten Videokameras keine zusätzliche Beleuchtung braucht. Als ich früher zu meiner Studienzeit versteckte Aufnahmen gemacht habe, war es mit der klobigen Super-8-Kamera schon wesentlich schwieriger, gute Aufnahmen zu machen. Nach einer Weile betritt Maximilian den Raum. Er zieht sich aus und setzt sich, sichtlich auf etwas wartend, auf die Bettkante. Sein Gesicht ist ganz deutlich zu erkennen. Von hinten sieht man eine Domina mit langen schwarzen Haaren, die den Raum betritt und sich vor Maximilian hinkniet. Offensichtlich befriedigt sie ihn oral. Sein Gesichtsausdruck ändert sich deutlich, so wie er die Behandlung genießt. Die Domina krabbelt hoch auf das Bett. Maximilian steht auf und koitiert mit ihr von hinten. Nach kurzer Zeit ist er fertig und zieht sich zurück. Sie krabbelt rückwärts herunter vom Bett. Sie dreht sich dabei leicht in Richtung Kamera. Dabei fallen die langen glatten Haare über die Seite des Gesichts. Es bleibt dadurch weiterhin verborgen. Die Frau geht zum Nachttisch und holt etwas. Sie dreht sich um. Erst jetzt bin ich zu erkennen. Ich halte den Film an. Perfekt! Ich schiebe eine leere VHS Kassette in den Videorecorder und mache mich gleich an die Arbeit, zwei Kopien von dem Film zu machen. Dabei lasse ich jeweils den Anfang und den Schluss des Films weg. Es ist ein Kinderspiel. Oft genug habe ich Filme mit sehr kompromittierendem Inhalt gedreht. Böse kleine Yvonne, so böse ... Oh, weiß ich doch, aber schließlich muss ich doch sehen, wo ich bleibe. Verheiratete Männer, die auf einen Seitensprung aus waren, haben mein Studium finanziert.

Erst nachdem ich fertig bin, ziehe ich den engen Latex-Stringbody aus. Er klebt richtig an der Haut. Ich gehe mich duschen. Der Duschkopf ist der beste Freund der Frau, soll irgendein Schlaumeier gesagt haben. Morgens begrüßt er sie als Erster. Er weiß genau, was Frauen wollen, und mit seinen Massagestrahlen legt er eine Geschicklichkeit an den Tag, um die ihn so mancher Kerl beneidet. Ich genieße, wie der Druck des Wassers mich zwischen den Beinen massiert. Viel besser als diese lächerliche Nummer mit Maximilian. So gegen Maximilian Schmid als Konrektor kann ich eigentlich nichts sagen. Er macht seine Sache ganz gut und ist ein gewisser Puffer zwischen dem Rektor und den anderen Lehrern und Lehrerinnen. Der Rektor, Herr Eberle, ist nämlich manchmal ein ziemlich launischer Arsch. Als Liebhaber ist Maximilian dagegen eine Witzfigur. Wenn ich daran denke, dass es mich wirklich angemacht hat zu wissen, dass ein Voyeur mich bei meinen exhibitionistischen Handlungen in der Umkleidekabine beobachtet, ist es gegenwärtig undenkbar und direkt abstoßend.

Ich habe schon, nachdem ich von dem unheimlichen Beobachter berichtete, mich mit Anita über das Thema Voyeurismus auseinander gesetzt. Wie immer wusste sie auch zu diesem Thema bestens Bescheid und erklärte mir alles, was ich wissen wollte. Der Voyeurismus ist eine sexuelle Praktik, bei der das heimliche Beobachten fremder Personen beim Entkleiden oder beim Sex im Vordergrund steht. Meist wird im Zuge der Beobachtung masturbiert. Die Definition zeigt schon deutlich das Problem des Voyeurismus. Ist das heimliche Beobachten bekleideter Menschen auch Voyeurismus? Und:

Wo liegt der Unterschied zwischen lustvollem Sehen und Spannertum? Unbestritten ist, dass Menschen und besonders Männer sexuell sehr stark auf visuelle Reize ansprechen. Gewissermaßen basiert die gesamte Pornoindustrie auf dem Bedürfnis, sich optisch an den sexuellen Handlungen anderer zu befriedigen. Und ein großer Teil des Internets zielt ebenfalls auf diese Art von Bedürfnisbewältigung. Voyeuristische Tendenzen sind bei allen Menschen zu finden. Denn wer würde wegsehen, wenn er zufällig Zeuge würde, wie sich die Nachbarin oder der Nachbar von Gegenüber auszieht? Ich sicherlich nicht. Das lustvolle Betrachten des eigenen Partners beim Sex muss letztlich nämlich auch als eine Form des Voyeurismus gelten. Damit wird deutlich, dass die meisten Ausprägungen voyeuristischer Neigungen keinen Anlass zur Sorge darstellen. Jedenfalls, solange die Rechte anderer nicht eingeschränkt werden, respektive die voyeuristischen Handlungen nicht zwanghaft werden. FKKler empfinden es zum Beispiel als grenzwertig, wenn sie aus der Ferne mit Fernglas beobachtet werden, obwohl ihnen dadurch kein messbarer Schaden entsteht. Manche Paare lassen sich bewusst beim Sex beobachten – etwa auf Parkplätzen oder an bestimmten Stränden. Ich habe mich schließlich auch nicht anders in der Umkleidekabine verhalten, es törnte mich gar regelrecht an. Das Charakteristische am Voyeur ist allerdings, dass er seine Beobachtungen heimlich vornimmt. Der Reiz besteht also darin, ohne das Wissen der beobachteten Personen in deren Intimsphäre einzudringen. Im Gegensatz zum Exhibitionismus ist Voyeurismus kein Straftatbestand, so viel weiß ich. Zivilrechtlich kann man freilich auf

Unterlassung klagen, wenn der Nachbar ein Hubble-Teleskop auf das eigene Schlafzimmer richtet. Es gab aber auch schon den umgekehrten Fall, dass ein Mann einer Frau verbieten wollte, dass sie dauernd nackt in ihrer Wohnung herumläuft. Da musste ich laut lachen, als Anita mir dies erzählte. Das hätte direkt auf mich zutreffen können. Bekennende Voyeure behaupten daher mit gewissem Recht, dass Voyeur und Exhibitionist Hand in Hand arbeiten. Aber vielleicht ist das eine Definitionsfrage.

Der Gedanke an Maximilian, wie er mir zuschaute und dabei wie ein Debiler onanierte – es widert mich jetzt einfach nur an!

Ich habe in der Vergangenheit durch mein promiskuitives Sexualverhalten sehr häufig in Swingerclubs in Form von Gruppensex Geschlechtsverkehr mit ständig wechselnden Partnern mit einer x-beliebigen Partnerwahl betrieben. Dabei waren Typen, die auch nicht unbedingt attraktiver waren als Maximilian. Dennoch habe ich trotzdem einen geilen Kick bekommen. Ich habe auch nicht deswegen aufgehört, Swingerclubs regelmäßig zu besuchen, weil ich etwa so wählerisch bin, mit wem ich Sex habe, sondern vielmehr, weil bestimmte Idioten immer noch meinen, ohne Gummi Sex haben müssen. Dass promiskuitives Sexualverhalten auch bei geschütztem Geschlechtsverkehr ein hohes Aids-Risiko birgt, ist mir klar, und dann noch ohne Gummi … Nee, mit mir nicht.

Einen sexuellen Reiz habe ich während der ganzen Aktion überhaupt nicht verspürt. Es lag aber gar nicht an Maximilian. Normalerweise spätestens dann, wenn ich einen dicken Phallus in meiner Muschi spüre, giere ich nach mehr in der Erwartung der Ekstase. Es war nicht Maximilian. *Ich* war es. Ich hatte einfach keine Lust. Ich kann es nicht fassen – ich hatte einfach keine Lust. Ich hatte die Show mit der Domina natürlich inszeniert, aber gerade so eine Inszenierung trägt zu einer Erhöhung des Geilseins bei. Dass ich bei der Vergewaltigung und bei der sexuellen Nötigung in der Umkleidekabine nicht angetörnt war, ist selbstredend. Da war meine Geilheit durch andere wesentlich heftigere Emotionen überlagert. Die Situation mit Maximilian war nicht unbedingt etwas Neues und Aufregendes für mich. Einen Mann in eine Falle zu locken, um ihn für meine Zwecke zu benutzen, das habe ich oft genug gemacht. Gerade die Mischung zwischen Sex und die Ausnutzung des Unbedarften hat immer einen prickelnden Genuss bei mir hervorgebracht. Und jetzt nichts, einfach nichts. Ich werde zweifelsohne meinen Spaß haben, wenn ich Maximilian den Film vorlege, aber sexuell spüre ich jetzt genauso wenig wie in dem Moment, als sein Freundchen zwischen meinen Beinen steckte. Vielleicht fange ich doch an, mehr Eigenkontrolle über mein Sexualverhalten zu bekommen, und bin nicht mehr eine Sklavin meiner Triebe. Dies werde ich an der nächsten Sitzung bei Anita thematisieren.

21.30 Uhr
Das Telefon klingelt. Ich drehe das Fernsehgerät leise. Es ist David. Ich freue mich, seine Stimme zu hören. Er teilt mir mit, dass sie die Leiche jetzt definitiv identifiziert haben. Er meint, dass es womöglich ein Schreck für mich wäre. Es handele sich nämlich um einen Schüler

von mir: einen gewissen Sven Brüderle. Ich mime am Telefon die schwer Betroffene. David wird morgen in der Schule sein. Wir sehen uns dann und am Abend wollen wir uns treffen.

Dienstag, 18. Juni
7.25 Uhr
»Guten Morgen, Yvonne, das war gestern sensationell ...«

Maximilian Schmid kann den Satz nicht zu Ende sprechen, da unterbreche ich ihn ganz barsch.

»Max, halt's Maul und hör mir zu. Sven Brüderle wurde ermordet. Die Polizei wird hier erscheinen und noch mehr Vernehmungen durchführen, als sie schon bei Michael Barthel und Zoran Ristic gemacht haben. Du hast mich *nie* mit Sven in der Umkleidekabine gesehen! Darüber wirst du kein Wort weiter erzählen, und ich meine auch: absolut gar nichts. Ist das klar? Und irgendwelche Gedanken, die du hast, dass zwischen uns etwas läuft oder sich wiederholen könnte, wirst du ganz schnell aus deinem Kopf streichen. Ich habe hier eine kleine Überraschung für dich. Schau es dir in Ruhe an.«

Ich übergebe ihm eine Videokassette.

»Was, was ist das?«, stottert er sichtlich verdutzt von meinem scharfen Ton.

»Das? Nun, es zeigt dich in voller Aktion mit irgendeiner schwarzhaarigen Nutte. Du bist wunderbar getroffen. Du solltest nach Hollywood. Wenn du irgendetwas machst oder sagst, was mir nicht passt, landet eine Kopie des Videos bei deiner Frau und eine andere Kopie beim Oberschulamt. Kapiert?«

»Ja, aber …«

»Nichts aber, mein Lieber. Du wirst die Schnauze halten. Kein Wort zu den Bullen. Es gibt keine Verbindung zwischen mir und Sven, verstanden. Ich könnte noch ein paar Kopien des Films hier in der Schule kursieren lassen. Das Thema ist erledigt. Übrigens, bloß damit du es weißt, du bist der erbärmlichste Ficker, den ich kenne.«

Puh, das saß aber tief. Ich drehe mich um und laufe zum Klassenzimmer. Ich weiß, dass die Polizei bald erscheinen wird und die Nachricht über Svens Tod wie ein Lauffeuer herumgehen wird. Waren bereits nach der Ermordung von Michael Barthel und Zoran Ristic einige Presseleute hier erschienen, wird die Medienwelt wie die Geier auf die Schule stürzen. Ich meine auch nicht nur die Lokaljournalisten; für die Yellowpress und die privaten TV-Sender ist es ein gefundenes Fressen: Drei Schüler derselben Schule in kürzester Zeit ermordet. Welche Horror-Story verbirgt sich dahinter? An Unterricht wird nicht mehr zu denken sein. Viele der Schüler und Schülerinnen sind noch von dem Tod der beiden anderen Mitschüler mitgenommen. Jetzt noch Sven, da werden viele erschüttert sein. Sven war beliebt. Er hatte schon etwas Charismatisches an sich, das muss ich schon zugeben, auch wenn ich erlebt habe, was für ein Ekel er sein konnte. Er sah schon verdammt gut aus, schließlich hatte auch mich seine erotische Ausstrahlung angezogen und zu der misslichen Lage geführt, in deren Folge er auch den Tod fand.

Kaum hat der Unterricht begonnen, betritt der Konrektor das Klassenzimmer. Er ist kreidebleich. Begleitet wird er von Hauptkommissar Hans Fledderer. David ist nicht dabei. Ich bin nicht nur die Lehrerin in dem Leistungskurs Englisch für die Oberstufe, sondern auch die Klassenlehrerin von Sven. Das sind hier seine Klassenkameraden und -kameradinnen. Natürlich wird die Befragung hier beginnen.

»Ich habe etwas Schreckliches zu berichten. Euer Mitschüler Sven Brüderle wurde ermordet.«

Zuerst ein Sekundenbruchteil der absoluten Ruhe. Würde eine Stecknadel fallen, könnte man sie hören. Alle sind so perplex. Dann bricht das Chaos aus. Ein wildes Durcheinander von Stimmen und Schluchzer. Der Unterricht ist für heute dahin, keine Frage.

Der Hauptkommissar führt die Befragung alleine durch. Ich frage mich, wo David ist. Der Hauptkommissar ist mir unsympathisch. Wahrscheinlich ist es lediglich die jahrelange Routine lästiger Fragen über Fragen, die den Hauptkommissar so wie einen Roboter erscheinen lässt. Er stellt mir seine Fragen mit der Trockenheit eines Knäckebrots. Meine Weiblichkeit lässt ihn kalt. Als ich irgendwann mein Bein über das andere schlage, merke ich kurz, wie seine Augen dorthin blitzen. Genauso schnell bewegt sich sein Blick wieder zu mir, ohne jedes Anzeichen einer natürlichen männlichen Regung zu zeigen. Im Gegensatz, ich bilde mir ein, eine gewisse Verachtung bei ihm zu merken.

Ja, natürlich bin ich schockiert, sind wir das nicht alle? Ja, Sven war ein durchschnittlicher Schüler. Ja, er war beliebt. Nein, ich weiß nicht, was er in seiner Freizeit machte. Sicher weiß ich, wer seine Freundin war. Nein, ich weiß gar nichts zu seinem Tod, usw. Ich beantworte jede Frage, die der Hauptkommissar mir stellt. Es fällt mir leicht zu lügen. Es gibt keine Widersprüche in in meiner Aussage. Die Befragung ist bald zu Ende.

16.00 Uhr

Ich bin wieder einmal bei Anita. Auf der Fahrt hierher habe ich an Sven gedacht, nicht an seinen Tod, sondern wie er mich in der Umkleidekabine zum Sex nötigte. Auch darüber, wie Maximilian uns beobachtete. Ich habe Anita bereits von dem Spanner erzählt und auch, wie es mich durchaus reizte, mich vor ihm exhibitionistisch zu betätigen. Die Vorstellung, dass es ihn scharf machte, mich zu sehen, spornte meine sexuelle Fantasie an. Andererseits, nachdem ich wusste, wer dahinter steckte, ekelte es mich an. Diese Widersprüchlichkeit meiner Gefühle macht mich ganz ruhelos. Diese Ruhelosigkeit habe ich vor Jahren in einer ähnlichen Konstellation erlebt. Als ich noch eine Jugendliche war, baten mich zwei Jungs, dass wir gemeinsam einen Pornofilm anschauen. Dabei sollte ich ihnen zeigen, wie ich mich selbst befriedige. Ich sollte dabei auch zusehen, wie sie sich selbst befriedigen. Nachdem meine Neugier durch ihr langes Anflehen geweckt wurde, willigte ich schließlich ein. Während ich dem Film und ihnen zuguckte, wie sie onanierten und ihre Blicke immer öfters gierig von dem Pornostreifen zu meinem offenen Venusberg wanderten, wurde es mir immer wärmer und feuchter. Später fand ich die ganze Sache eher sehr geschmacklos. Ich erzähle Anita diese Ambivalenz meiner Gefühle.

»Weißt du, die sexuelle Erregung bei Mann und Frau ist ein höchst interessanter Bereich der Psychologie. Im Grunde genommen gab es Jahrtausende hindurch bei allen, das heißt sowohl in primitiven als auch hoch entwickelten Zivilisationen, unterschiedliche Verhaltensnormen für die Beziehungen zwischen Mann und Frau. Wir finden in der Geschichte eine große Anzahl außergewöhnlicher Methoden, mit denen die Männer die Einstellungen, den Glauben und das Verhalten der Frauen beherrschten und kontrollierten. Der ständige Vormarsch der Frauen in Richtung auf sexuelle Gleichberechtigung jedoch hat diese Verhaltensnormen untergraben und nun ist man, oder neudeutsch gesagt frau, endlich dabei, die geistigen Keuschheitsgürtel ein für alle Male abzuschaffen.«

»An mir soll es nicht liegen, wenn sich auf dem Sektor der sexuellen Gleichberechtigung nichts tut«, sage ich lakonisch und gebe ein leises Lachen von mir. Anita lächelt, lässt sich aber nicht in ihrer Ernsthaftigkeit ablenken.

»Jeder Mensch hat eine spezielle Vorliebe beim Sex. Das nennt man Idiosynkrasie. Der eine steht auf einen heißen Strip, den anderen erregt ein gemeinsames Bad oder er liebt Reizwäsche über alles. Eine klassische Idiosynkrasie ist die Fixierung auf einen bestimmten Körperteil, typischerweise bei den Männern auf den Busen oder den Po. Als eine häufige weibliche Idiosynkrasie wird das Dinner bei Kerzenschein oder das Liebkosen der männlich-starken Brust gesehen.«

»Ha! Von dieser Fixierung der Männer auf meinen Busen und Po könnte ich ein Lied singen.«

»Einer der sexuelle Erregung auslösenden Außenreize ist die taktile Reizung der erogenen Körperzonen. Andere sind visuelle und verbale erotische Stimulationen und Bilder sowie individuelle Fantasien. Es wird häufig behauptet, Männer würden durch visuelle Reize leichter erregt, z. B. durch nackte oder teilweise nackte Körper, oder wie ich gerade sagte, der Blick auf den Busen. Du hast sicherlich schon die allgemein verbreitete Ansicht gehört, dass dies bei Frauen nicht zuträfe? Glaubst du, dass es wahr ist? An was denken wir Frauen, wenn wir einen gut aussehenden Burschen mit einem knackigen Hintern sehen? Warum, glaubst du, können solche Ansichten aufrechterhalten werden?«

Oh, ich weiß ganz genau, an was ich denke, wenn ich einen richtig knackigen Hintern sehe. Ich behalte aber meine Gedanken für mich und lasse Anita weitererzählen.

»Yvonne, es wird häufig suggeriert, Männer würden davon träumen, einmal mit einer so genannten Traumfrau wie Jennifer Lopez, Pamela Anderson oder Julia Roberts eine Nacht zu verbringen. Die Stars aus der Showbranche gelten als die wahren Traumfrauen. Aber was macht denn eine Traumfrau aus? Prof. Dr. Kluge und Dr. Sonnenmoser vom Institut für Sexualwissenschaft und Sexualpädagogik der Uni Landau haben rund 1500 Frauen und Männer über ihre Wunschvorstellung vom Aussehen des Partners befragt. Danach waren die meistgenannten Merkmale nicht etwa eine perfekte Figur mit prallem Busen, sondern Natürlichkeit, Gepflegtheit und Gesundheit. Das heißt aber nicht, dass den Befragten egal wäre, wie die Partnerin aussieht. 83 Prozent wünschten sich, dass sie gut aussieht. Hier muss aber deutlich unterschieden werden, was für die Männer der Begriff ‚Traumfrau‘ bedeutet. Sie wollen, dass sie für ihn sorgt und dass sie ihm das gibt, was er braucht. Ich meine damit weniger den Sex, sondern dass sie seine Mahlzeiten zubereitet und seine Wäsche wäscht. Die sexuelle Fantasie ist etwas anderes. Hast du dir jemals die Frage gestellt, warum die Pornoindustrie so erfolgreich ist?«

»Wenn du mich so direkt fragst – nein eigentlich nicht. Aber wenn du mir die Frage beantworten kannst, dann nur zu.«

»Okay, in den achtziger Jahren während meines Studiums nahm ich an einer Untersuchung darüber teil, ob die visuelle Darstellung nackter Körper oder erotischer Aktivitäten Männer und Frauen in gleicher Weise erregen würde. Die meisten Ansichten darüber basieren gewöhnlich auf Intuition und unkontrollierter Beobachtung, die zudem noch von Meinungen und Vorurteilen behaftet sind, und nicht auf empirischen Studien. Die Anregung für diese Art der Forschung ergab sich im Wesentlichen aus juristischen Fragen, die mit der Zensur von obszönem und pornografischem Material zusammenhängen. Die steigende Anzahl von Sexualvergehen zusammen mit einem immer leichteren Zugang zu pornografischen Filmen und Zeitschriften ließ damals viele Leute einen Zusammenhang zwischen diesen beiden Umständen vermuten. Aufgrund des Einflusses pornografischen Materials, durch die damals zunehmende Verbreitung von Videogeräten und einschlägigen Videos, gab es neue Untersuchungen, die sich mit der sexuellen Erregung von Männern und Frauen befassen und Aufschluss darüber geben, ob diese Vermutung wirklich gerechtfertigt ist.«

»Aha, da bin ich gespannt.«

»Nun, die ersten Studien, die genau die Folgen der kontrollierten Darbietung solcher erotischen Reize untersuchten, wurden bereits 1971 an der Universität von Hamburg durchgeführt. Bei einer Studie an 99 männlichen Universitätsstudenten, die erotische Diapositive und Filme gesehen hatten, stieg die Masturbationsrate bei ca. 25 Prozent der Probanden an. Diese Daten wurden 24 Stunden vor und 24 Stunden nach der Darbietung der Filme und Dias erhoben. In einer anderen Studie, in der 128 männliche und 128 weibliche Universitätsstudenten ebenfalls erotische Filme sahen, berichteten beide Geschlechter über einen Anstieg der masturbatorischen Aktivität am folgenden Tage. Bei den jungen Frauen zeigte sich außerdem ein geringer, aber signifikanter Anstieg im Hinblick auf Petting und Geschlechtsverkehr. In einer weiteren Studie berichteten 72 Prozent der Studentinnen über physiologische Erregung, nachdem sie erotische Filme gesehen hatten. In Dänemark und in den USA wurden Untersuchungen an Ehepaaren vorgenommen, um festzustellen, ob pornografische Reize die Anzahl heterosexueller wie autoerotischer Reaktionen erhöhen.«

Ich kann für mich nicht gerade behaupten, jemals ein sonderliches Interesse gehabt zu haben, Pornos anzuschauen, obwohl, wenn ich welche ansah, sie mich durchaus angeregt haben. Fantasiert habe ich eher, in einem Pornofilm aktiv mitzumachen. Von daher interessiert es mich zu hören, wie Pornografie auf Frauen wirkt. Ich lasse Anita weiter erzählen.

»Junge Ehepaare in Studentenheimen der Kopenhagener Universität nahmen freiwillig an einer Untersuchung teil, die sich mit der Wirkung erotischer Reize auf ihre Einstellungen, ihre Wahrnehmung und ihr Verhalten befasste. Mehr als die Hälfte von ihnen hatte noch nie einen pornografischen Film gesehen, aber viele zeigten daran Interesse. Während des einstündigen Versuchsdurchgangs sahen die 70 Teilnehmer dieser Untersuchung zwei 15 Minuten lange erstklassige harte pornografische Filme, lasen 15 Minuten lang pornografische Zeitschriften und hörten 15 Minuten lang einen Vortrag, der sich mit Pornografie befasste. Die Reaktionen wurden anhand von Fragebögen erfasst, die vor dem Versuch, unmittelbar nach dem Versuch und dann wieder nach vier und zehn Tagen ausgefüllt werden mussten.

Insgesamt gesehen lösten die Versuchsbedingungen keine starken affektiven Reaktionen aus, abgesehen von Enttäuschung und Langeweile. Auch die Einstellung gegenüber sexuellem Vorgehen änderte sich nicht. Die Mehrzahl der Teilnehmer empfand keine sexuelle Erregung, das Masturbationsverhalten änderte sich nur wenig, etwa elf Prozent zwischen dem Vor- und dem Nachtest. Der Geschlechtsverkehr nahm zu bei 29 Prozent der Teilnehmer, war unverändert bei 70 Prozent der Teilnehmer und nahm bei einem Prozent der Teilnehmer ab. Ein Vergleich beider Geschlechter ergab, dass die Männer mit höheren Erwartungen zum Versuch gekommen waren als die Frauen. Am Ende der experimentellen Sitzungen berichteten etwa 25 Prozent der Männer und der Frauen über Gefühle sexueller Erregung und Lustgefühle. Der Forscher kam zu dem Schluss, dass während des Versuchs sich eine Tendenz zu höherer Erregung bei den Frauen abzeichnete, obwohl die meisten, genau genommen 75 Prozent, von ihnen unberührt blieben, während bei den Männern die Erregung eher gedämpft wurde. Trotz dieser und anderer ähnlicher Ergebnisse kam der Versuchsleiter zu dem Schluss, dass insgesamt gesehen die Frauen das dargebotene pornografische Material in den Experimenten weniger mochten als die Männer und dass sie auch über weniger sexuelle Erregung berichteten. Allen Ergebnissen zum Trotz – so auch in der Psychologie – bleiben Vorurteile erhalten!«

»Tja, typisch. Wie immer scheinen Männer uns Frauen nicht verstehen zu wollen. Besonders dann nicht, wenn es um das Thema Sexualität geht.«

»Soll ich dir von weiteren Studien berichten oder langweilt dich das nur?«

»Doch, bitte, ich finde es recht interessant. Ich denke, je mehr Hintergrundinformationen ich habe, desto mehr kann ich meine eigene Lage verstehen.«

»Also gut. Eine der umfassendsten Studien über die Wirkung von Erotika auf das Sexualverhalten stammt aus Amerika. Die Forscher Mann, Sidman und Starr untersuchten über einen langen Zeitraum die Reaktionen von 85 Ehepaaren auf erotische und nichterotische Filme. Die Versuchsteilnehmer, die sich auf Zeitungsannoncen hin freiwillig gemeldet hatten, waren typische Vertreter der amerikanischen Mittelklasse. Sie waren mindestens zehn Jahre miteinander verheiratet, der Großteil der Frauen war als Hausfrauen, die meisten Männer als mittlere Angestellte tätig. Zum überwiegenden Teil waren sie mit ihren Ehen und ihrem Geschlechtsleben zufrieden und verurteilten Partnertausch und Gruppensex. Vom Alter her lagen die Versuchspersonen zwischen 30 und

64 Jahren, im Durchschnitt etwa bei Mitte vierzig. Alle Versuchsteilnehmer füllten 84 Tage lang täglich einen Berichtsbogen aus. Jeweils vor, während und nach Darbietung erotischer Filme. Es ergab sich, dass das Ansehen erotischer Filme im Vergleich zum Ansehen nichterotischer Filme oder gar keiner Filme zu keinen signifikanten Verhaltensänderungen führte. Es zeigten sich keine lang andauernden Wirkungen auf das Sexualverhalten des Einzelnen, obgleich die sexuelle Aktivität an den Abenden, an denen erotische Filme gezeigt wurden, anstieg. Viele der Männer und Frauen reagierten ähnlich auf die erotischen Filme; die wesentlichsten Unterschiede bezogen sich auf die Bewertung von Sexualpraktiken in den einzelnen Szenen der Filme. Was die physiologischen Reaktionen anbetrifft, so waren diese bei den Frauen – im Vergleich zu den Männern – bei sieben von acht Variablen größer nach dem erotischen Film, der ihnen am besten gefallen hatte. Die grundlegende Frage also, ob Frauen durch die visuelle Darbietung nackter Körper oder erotischer Aktivitäten erregt werden können, wird von den Ergebnissen dieser Studie positiv beantwortet. Sie zeigt, dass 60 Prozent der Frauen sexuelle Erregung verspürten, wenn sie einen Film über Gruppensex ansahen.«

Mmh, Gruppensex – das ist ein Stichwort, das mich an meine Besuche im Swingerclub erinnert. Diese Gedanke allein genügt, um eine gewisse Wärme in meinem Schoß auszulösen. Anita ahnt nicht, welche Gedanken in meinem Kopf herumschwirren. Sie berichtet weiter von den Studien.

»Allerdings, so informativ diese Untersuchungen auch

sein mögen, so gibt es bei ihnen doch eine Reihe methodologischer Probleme, ganz abgesehen von moralischen und ethischen. So berichteten die Teilnehmer der amerikanischen Studie, dass sie durch das Ausfüllen der täglichen Fragebögen am meisten erregt wurden, weil diese sie stärker als die erotischen Filme für sexuelle Inhalte sensibilisierten. Dasselbe Problem ergab sich möglicherweise auch bei der dänischen Studie, bei der die Teilnehmer sich zehn verschiedene Koituspositionen ansahen und diejenige heraussuchen sollten, die ihnen am besten gefallen hatte und die sie selbst ausprobieren wollten.«

Ich male mir aus, welche meine Lieblingspositionen sind. Trotz des sachlichen Vortrags von Anita lasse ich meiner Fantasie freien Lauf. Mein Schoß ist nicht nur warm, mein Slip ist schon etwas feucht. Anita merkt nichts davon.

»Nirgendwo machte sich das Heisenberg'sche Prinzip der Unschärfe, was bedeutet, dass die Messung eines Prozesses den Prozess selbst schon verändern kann, mehr bemerkbar als bei der sexuellen Erregung: Die Messung beeinflusst das gemessene Konstrukt, es wird gehemmt oder gefördert. Ein weiteres wesentliches methodologisches Problem tritt bei der Benutzung indirekter, subjektiver Berichte auf, die nach der Darstellung der erotischen Reize angefertigt werden. Es wäre besser, während der Darbietung der Reize physiologische und Verhaltensreaktionen zu messen. Wir wissen inzwischen auch, dass sexuelle Reaktionen von der Situation schlechthin abhängen. Sie sind also in einer wissenschaftlichen Gruppensituation anders als im privaten Bereich.«

Ich stelle mir vor, in einem Experiment mit jemandem Sex zu haben, während Wissenschaftler in weißen Kitteln um uns herumschwirren und mit allen möglichen Geräten physiologische und Verhaltensreaktionen messen. Das wäre bestimmt nicht gerade der Hit und holt mich schnell von meiner sexuellen Fantasie in die Realität zurück.

»Diese Forschungsversuche zur Sexualität in der Psychologie lassen hoffen, dass es über kurz oder lang gelingt, präzise Schlussfolgerungen über die menschliche Sexualität zu ziehen. Es zeigt aber, wie wir schon einmal über das Thema Exhibitionismus und Voyeurismus gesprochen haben und darüber, was normal und nicht normal ist, die Komplexität des ganzen Themas Sexualität.«

»Ja, ich erinnere mich«, antworte ich und muss daran denken, wie ich, bis ich Anita getroffen habe, Sex als die einfachste Sache der Welt angesehen habe. Ich habe nie gedacht, dass es eine Wissenschaft für sich sei.

»Yvonne, die Ambivalenz deiner Gefühle bei deinen exhibitionistischen Handlungen ist in deinen Grundvorstellungen verankert. Du erinnerst dich noch daran, was ich über das Ich, Über-Ich und Es gesagt habe. Weißt du, sexuelle Aktivität kann bei manchen Kindern bereits von Geburt an beobachtet werden und kann bis weit ins Greisenalter andauern. Bei den Männern fordert das Alter jedoch seinen Tribut in der Weise, dass der männliche Geschlechtstrieb zwischen Pubertät und den frühen Zwanzigerjahren seinen Höhepunkt erreicht und danach stetig abnimmt. Für Frauen trifft in etwa die gleiche Verallgemeinerung zu, wobei jedoch kulturelle Faktoren die Sache komplizieren. Die Abnahme des Geschlechtstriebes mit zunehmendem Alter ist teilweise eher auf eine schlechte Gesundheit und schnellere Ermüdung zurückzuführen als auf eine sich natürlich ergebende Abkühlung des Blutes. Schlechte Ernährung vermindert den Sexualtrieb genauso wie übermäßiger Alkohol- oder Drogengenuss. Ähnlich hemmend wirken sich belastende persönliche Probleme, Angst vor den Folgen oder eine Überbewertung der Sexualität als Leistung aus. Obwohl die Androgene mit zunehmendem Alter abnehmen, wird in der berühmten Sexualuntersuchung ‚Kinsey-Report' von Fällen berichtet, in denen Männer in den Fünfzigern durchschnittlich 14-mal pro Woche geschlechtlich verkehrten. Ich weiß nicht, ob du die alte Filmdiva Mae West kennst, aber sie konnte mit 80 Jahren immer noch auf ihren Sexappeal stolz sein.«

Mae wer? Ja, ich erinnere mich, von ihr gehört zu haben, obwohl ich keine Filme von ihr kenne. Ich richte mich von der Couch auf und schaue zu Anita.

»Okay, du hast mir einiges über das Sexualverhalten der Frauen erzählt. Ich kann dir sagen, dass Pornografie mich durchaus erregt, genauso wie die Vorstellung sexueller Handlungen. Bleiben wir bei dieser Filmdiva Mae West. Von dem, was ich über sie weiß, muss sie ein sehr aktives Sexualleben geführt haben, so wie ich. Vielleicht werde ich mit 80 Jahren auch noch Sexappeal habe. Das heißt, falls ich überhaupt so alt werde.«

Ich lache laut.

»Wer weiß?«

Sie sagt es auf eine eigenartige Art und Weise und mit einem Grinsen, welches ich nicht richtig einzuordnen weiß. Leicht irritiert spreche ich weiter.

»Ich habe inzwischen auch etwas über Nymphomanie nachgelesen. Als Nymphomanie wird doch der krankhaft gesteigerte Geschlechtstrieb bei Frauen bezeichnet. Dieser abnorm gesteigerte, exzessive Sexualtrieb, der ein Symptom einer neurotischen Störung oder seelischen Erkrankung sein soll, ist sicherlich bei mir vorhanden. Der Nymphomanin wird nachgesagt, dass sie ständig erregt sei und auf ständiger Suche nach sexueller Befriedigung und daher zwanghaft immer wieder auf Suche nach neuen Partnern ist.«

»Ja, das stimmt.« Anita nickt.

»Nymphomaninnen sollen aber selten einen Höhepunkt erleben, da sie nicht in der Lage sind, eine innere Beziehung zum Partner aufzubauen. Sie würden immer einen neuen Partner suchen in der unbewussten Hoffnung, bei ihm endlich Erfüllung zu finden. Und das ist genau der Punkt, was mich stört. Ich bin unersättlich und suche immer neue Partner, aber ich bekomme regelmäßig heftige Orgasmen. Egal, ob mit einem Mann oder mit einer Frau, oder ob ich selbst mit mir spiele, wie du bereits miterlebt hast. Ich bin einfach süchtig nach Sex.«

»Weißt du, Yvonne, du hältst dich wieder mit Begriffen auf. Ich will es dir erklären. Im Volksmund wird eine Nymphomanin als mannstoll bezeichnet. Echte Nymphomanie aber ist sehr selten. Dagegen werden oftmals fälschlicherweise Frauen als mannstoll angesehen, die sich offen zu ihrer sexuellen Lust bekennen und bei der Partnerwahl die Initiative ergreifen. Dies ist eine Folge veralteter Moralvorstellung. Nach ihr empfanden Frauen weniger sexuelle Lust als Männer und mussten zudem ihr Begehren nach einem Mann verbergen. Genau das habe ich versucht, dir anhand der Untersuchungen zu verklickern. Es ist aber nicht etwa so, als ob es die Nymphomanie nicht gäbe. Aus der Geschichte wissen wir von berühmten Beispielen. Von Zarin Katharina der Großen wurde dies berichtet. Aber zweifellos die berühmteste Nymphomanin war Valeria Messalina. Sie war eine römische Kaiserin. In der Tat wird ihr Name, der Messalina-Komplex, benutzt, um Nymphomaninnen zu bezeichnen. Ihr unersättlicher Sexualappetit führte sie in die Welt der Prostitution und Verführung. Mit 16 heiratete sie den römischen Kaiser Claudius. Allerdings hatte sie bereits mit 13 oder 14 Jahren ihre erste sexuelle Erfahrung hinter sich. Wenn sie einen bestimmten Mann begehrte, besorgte Claudius ihr ihn.«

»Na, wenn das nicht äußerst praktisch war, mit einem Kaiser verheiratet zu sein!«

»Dio Cassius berichtete, dass Messalina immer genügend Hausmädchen für ihren äußerst lasziven Mann besorgte. Sie selber vergnügte sich oft im örtlichen Bordell. Ob sie dabei nicht zum Orgasmus kommen konnte, ist nicht verbrieft und eher zweifelhaft, oder?«

»Ja, aber woher kommt denn die Aussage, dass Nymphomaninnen keine Orgasmen erleben?«

»Die Aussage, dass Nymphomaninnen selten einen Höhepunkt erleben, ist wissenschaftlich nicht empirisch nachgewiesen und deshalb nicht haltbar. Denn erstens gibt es darüber keine repräsentativen Untersuchungen und zweitens erleben die meisten Frauen den Orgasmus sehr unterschiedlich. Ich glaube, du weißt ganz genau, wovon ich spreche. Du empfindest deine Orgasmen auch nicht immer auf gleiche Art und Weise. Oft begleiten verschiedenste Gefühle den Orgasmus. Es können Gefühle von Freude, Liebe, Lust und Genuss, aber auch Scham, Angst, Schmerz oder Trauer sein. Diese Gefühle können sich in entsprechendem Verhalten ausdrücken. Ein intensiver Orgasmus umfasst Klitoris und Vagina. Es gibt aber auch Orgasmen, die entweder an der Klitoris oder der Vagina entstehen. Es gibt auch viele Frauen, die selten, und welche, die nie einen Orgasmus haben.«

»Arme Frauen. Zu denen gehöre ich ganz bestimmt nicht«, lache ich.

»Nun, das habe ich auch nicht andeuten wollen, Yvonne. Damit du dies alles richtig verstehen kannst, erkläre ich dir die grundsätzliche Frage nach der sexuellen Erregung der Frau und des weiblichen Orgasmus. Sexualität und sexuelles Begehren sind Grundbedürfnisse wie Hunger und Durst. Eine Kraft, die für Menschen lebensspendend, genussvoll, aber auch krank machend sein kann. Sexuelle Bedürfnisse sind bei jedem Menschen unterschiedlich ausgeprägt. Häufig entwickelt sich die sexuelle Lust zwischen Mann und Frau nicht gleichzeitig. So können durchaus Berührungen, Bewegungen, Gespräche, Bilder, Erinnerungen, Träume und Fantasien bei Frauen sexuelle Erregung auslösen, wie ich vorhin zu erklären versuchte. Rein wissenschaftlich betrachtet wird die sexuelle Erregung der Frau in vier Phasen eingeteilt.«

»Also, ich muss gestehen, dass ich nie auf die Idee gekommen wäre, Orgasmen in Phasen einzuteilen, geschweige denn, einen wissenschaftlichen Hintergrund zu sehen.«

»Nun, Yvonne, das glaube ich dir gerne, aber dennoch ist es so. Es gibt die Erregungs-, Plateau-, Orgasmus- und Entspannungsphase. Bewusst magst du nicht darüber nachgedacht haben, aber sicherlich kennst du diese Phasen nur allzu gut. Die Erregung beginnt mit einem lebendigen Gefühl, das sich im ganzen Körper ausbreitet. Meistens ist es mit der Lust verbunden, den anderen zu spüren. Die Erregung der Frau lässt sich, wie du sicherlich weißt, besonders durch Berührung der erogenen Zonen, z. B. Brust, Hals, Schenkel, Scheidenbereich, steigern. Gleichzeitig erhöhen sich Puls und Blutdruck, die Scheidenfeuchtigkeit nimmt ebenfalls zu.«

»Ja, ich weiß ganz genau, was du meinst. Mir reicht schon die Vorstellung von Sex, dass mein Slip ganz feucht wird.«

Anita lächelt. Ich vermute, dass sie genau das gleiche Gefühl eines mit Liebessaft durchnässten Slips kennt. Es hält sie aber nicht davon ab, weiter wissenschaftlich über das zu referieren, was mir das größte Vergnügen bereitet.

»Wenn es zu vermehrter sexueller Spannung kommt, verhärten sich die Brustwarzen. Im Beckenbereich steigt die Muskelspannung und der Scheidenbereich wird stärker durchblutet. Schamlippen und Klitoris vergrößern sich und die Gebärmutter spannt sich an. Die Natur hat die Scheidenmuskulatur der Frauen so geschaffen, dass sie besonders ausgeprägt und flexibel ist, damit sie sich also einem Penis unterschiedlicher Form und Größe anpassen kann.«

Wenn ich nur an die Anzahl der männlichen Glieder denke, die in mir waren, und welche Größenunterschiede es da gegeben hat, hat Anita natürlich wieder Recht, denn – oh Wunder – sie haben alle gepasst!

»Weitere sexuelle Stimulation kann, wie bei dir sicher oft genug passiert, zum Orgasmus führen, der von Muskelkontraktionen begleitet wird. Sie können wenige Sekunden oder, verbunden mit weiteren rhythmischen Kontraktionen, einige Minuten dauern. Nach dem Orgasmus entsteht ein Gefühl von Entspannung und Wärme, das den ganzen Körper durchflutet. Je nach Lust und Stimulation kann die Frau weitere Orgasmen erleben, die häufig sogar an Intensität zunehmen. Du, liebe Yvonne, hast nun mal das Glück, zu diesen Frauen zu gehören.«

Anita grinst schelmisch und ich muss das Grinsen erwidern. Die Erinnerung an die Nacht mit Anita ist noch frisch.

»Ich komme aber auf das zurück, was du gesagt hast: Nymphomaninnen wären nicht in der Lage, eine innere Beziehung zum Partner aufzubauen. Sie suchen immer nach einem neuen Partner in der unbewussten Hoffnung, bei ihm endlich Erfüllung zu finden. Nun, bei manchen Männern gibt es das, was als Haremskomplex bezeichnet wird. Darunter versteht man den Wunsch, eine große Anzahl von Frauen zu besitzen und über sie verfügen zu können. Umgekehrt kann aber auch eine Frau den Wunsch nach mehreren Männern haben. Nebenbei bemerkt gab es im 17. Jahrhundert in Italien die legalisierte Institution des Hausfreunds mit dem Privileg, freien Zutritt bei einer verheirateten Frau zu haben. Cicisbeo nannte man diesen Hausfreund, der alle sexuellen Rechte hatte, aber ohne Pflichten war. Wäre es nicht schlecht im Zeichen der Emanzipation, wenn in unserer Zeit jede Frau noch das Anrecht auf einen Cicisbeo hätte?«

Ich bin mir nicht sicher, ob Anita wirklich eine Antwort auf diese Frage erwartet. Nachdem sie gleich weiterspricht, bevor ich antworten kann, wohl eher nicht.

»Wenn aus diesem Wunschdenken nach mehreren Männern jedoch eine Zwangsvorstellung wird, kann dies sogar dazu führen, dass solche Menschen nicht in der Lage sind, eine Zweierbeziehung aufzubauen. Ich denke, gerade du hast, was den Aufbau einer Zweierbeziehung angeht, erhebliche Schwierigkeiten. Diesen Punkt würde ich gerne noch mit dir in der nächsten Sitzung besprechen. Denn dafür haben wir heute leider keine Zeit.«

Ich blicke auf die Uhr.

»Schade, Anita, ich habe gar nicht gemerkt, dass es so spät ist.«

»Doch, Yvonne, aber zum Abschluss unserer heutigen Sitzung will ich kurz auf deine letzte Aussage eingehen, nämlich dass du einfach süchtig nach Sex wärst. Der Begriff Sexsucht oder auch Sexaholic wird heutzutage nur allzu gerne als eine neuere Bezeichnung für Nymphomanie und Don-Juan-Komplex verwendet. Dabei wird die Ansicht zugrunde gelegt, dass ein übersteigerter Sextrieb vergleichbar mit anderen Süchten, z. B. Alkohol oder Drogen, sei. Jeden Nachmittag kannst du den Fernseher einschalten und kannst eine Talkshow schauen, die voll von Menschen ist, die von sich behaupten, sexsüchtig zu sein. Doch wo liegt die Grenze und wann ist man sexsüchtig? Ist dreimal in der Woche oder dreimal am Tag normal? Nun, Yvonne, aus wissenschaftlicher Sicht habe ich da eine klare Aussage: Eine Sucht liegt nur dann vor, wenn man stoffgebunden abhängig ist, also Nikotin, Alkohol oder sonstige Drogen konsumiert und dieser Konsum krank macht oder gar zum Tod führt. Dagegen kann von Sex ja nicht unbedingt behauptet werden, dass er die Menschheit dahingerafft hätte. Stattdessen sehe ich den Grund, jemanden als sexsüchtig zu bezeichnen, eher darin, dass die Menschen ein solches Bedürfnis nach Sex nicht nachvollziehen können. Um mich zu wiederholen und um es zu betonen, weil es gegen veraltete Normen verstößt, oder aber auch, weil diese Menschen selber nicht so ein hohes Verlangen nach der schönsten Sache der Welt haben. In jedem Fall bleibt festzuhalten, dass jeder für sich selbst entscheiden muss, wie viel Sex er benötigt. Eine Sexsucht gibt es in diesem Zusammenhang allerdings nicht. Yvonne, es ist ja nicht der Sex an sich, oder wie oft du Sex hast, der dich schädigt, sondern die Folgen aus deinen sexuellen Eskapaden.«

22.00 Uhr
David liegt auf dem Rücken nackt neben mir. Er kam kurz nach 19.00 Uhr. Er war gierig nach mir. Zur Begrüßung küssten wir uns innig mit einem langen Zungenkuss. Er drückte meinen Körper gegen den Esszimmertisch. Er hob den engen schwarzen Rock über die roten Strapse. Seine Hand strich den Strumpfhalter entlang. David hatte am ersten Abend gebeichtet, wie sehr ihn Strapse und Nylons anmachen. Wer war ich, ihm diesen Gefallen nicht zu erweisen? Ich hatte schon immer ein Faible für exklusive und sexy Dessous. Ich verbringe genauso viel Zeit damit und habe genauso viel Spaß daran,

Wäsche wie Schuhe zu kaufen. Interessanterweise haben Dessous in Deutschland im Vergleich zu Ländern wie Frankreich, Italien oder auch Großbritannien jahrelang ein Mauerblümchendasein gefristet. Ich musste geradezu schmunzeln, als ich in einem Modemagazin las, dass, nachdem Nicole Kidman in dem Film »Moulin Rouge« mit Strapsen herumgetanzt ist, dies nun den Maßstab für den Dessoustrend in Deutschland gesetzt hat. Als eine besonders feminine Stilrichtung, geprägt durch Korsagen in Korsettoptik mit Schnürungen, Schleifen und Strapsen und ergänzt durch viel Spitze bei Büstenhaltern, viel Tüll sowie Netzstrümpfe, wurde diese »neue« Mode angepriesen. Neu? So etwas ziehe ich seit Jahren an. Die Hand schob sich zu meinem Slip. Ich drückte die Beine zusammen. Er wollte mich befingern, aber ich ließ ihn nicht.

»Später, mein Schatz, später …«, flüsterte ich in sein Ohr.

Ich hatte ihn zum Essen eingeladen. Ich hatte ein Spezialität von mir zubereitet und es sollte nicht kalt werden. Teufelshähnchen nannte ich es. Die Zutaten waren ein frisches, bratfertiges Hähnchen, Zwiebeln, rote und gelbe Paprika, Knoblauchzehen, Olivenöl, Worcester-Soße, Balsamico-Essig, als Kräuter neben Salz, Pfeffer und Paprika noch Majoran und Thymian, brauner Zucker, dunkles Bier, Mais, Kichererbsen und weiche Butter. Zunächst achtele ich die Zwiebeln und schneide die Paprika in größere Stücke. Das Olivenöl erhitze ich in einem großen Bräter, worin ich die Zwiebeln, Paprika und gepresste Knoblauchzehen zehn Minuten bei mehrmaligem Umrühren anbrate. Worcester-Soße,

Balsamico-Essig, Majoran, Thymian, braunen Zucker und Bier füge ich hinzu und lasse die Flüssigkeit ca. fünf Minuten kochen. Den Mais und die Kichererbsen gebe ich in den Bräter dazu. Die Butter, der edelsüße Paprika, Salz und Pfeffer werden dann gut vermischt und anschließend wird das Hähnchen mit der Mischung bestrichen. Das Hähnchen lege ich auf einer Brustseite liegend zum Gemüse in den Bräter. Bei 200° C wird das Ganze ca. eineinhalb Stunden gebraten. Dabei lege ich das Hähnchen nach 20 Minuten auf die andere Brustseite für weitere 20 Minuten. Schließlich wird es für die restliche Bratzeit auf den Rücken gelegt. Dazu serviere ich Country-Kartoffeln.

Ich kann gut kochen, ich weiß es, aber selten habe ich die Gelegenheit, meine Kochkünste bei einem Gast auszuprobieren. Das heißt, um genau zu sein, habe ich zuvor noch nie einen Gast zum Essen eingeladen. Wenn ich etwas gelernt habe bei meiner Heimerziehung, war es, selbstständig für mich zu sorgen, und dazu gehörte eben auch zu kochen. Das Jugendamt zahlte mir bis zu meinem Abitur mit 19 eine Unterstützung. Betreutes Jugendwohnen nannte sich das. Ich hatte meine eigene Wohnung. Anfangs drei- und dann später zweimal die Woche kam eine Sozialarbeiterin zu mir. Monika hieß sie. Sie war Ende vierzig und eigentlich ganz nett. Insbesondere war sie eine super Köchin. Bevor sie studiert hatte, hatte sie irgendeine hauswirtschaftliche Ausbildung gemacht. Monika hat mir viel beigebracht. Jahre später habe ich erfahren, dass sie und ihre ganze Familie bei einem Zugunglück in Frankreich ums Leben kam. C'est la vie.

David hat das Essen ausgezeichnet geschmeckt. Er war von dem einzigartigen würzigen Geschmack sehr angenehm überrascht. Nach dem Essen hatten wir Sex. Es war wie immer herrlich. Auf Wunsch von David ließ ich dabei meine Strümpfe samt Halter an. Nun liegt David neben mir. Er streichelt zärtlich meinen Bauch. Ich fahre mit meinen langen Fingernägeln vorsichtig über sein schlaffes Glied. Es ist warm und weich, aber immer noch groß und dick. Mein Finger kreist über die Eichel. Es war mir beim ersten Mal natürlich aufgefallen, dass David beschnitten war.

Als ob David meine Gedanken lesen kann, fragt er: »Du willst wissen, warum ich beschnitten bin? Irgendwann kommt der Punkt, dass alle Frauen diese Frage stellen. Es ist ganz einfach: Ich bin Jude, das heißt, ich war Jude. Ursprünglich hieß ich gar nicht Baur, sondern Goldberg – David Goldberg –, sehr jüdisch klingend, gell? Meine Eltern waren Juden. Sie ließen sich aber scheiden, als ich klein war. Meine Mutter hat wieder geheiratet und hat sich und mich zum evangelischen Christen taufen lassen.«

»Tut es weh?«

»Nee, ein paar Spritzer Wasser auf den Kopf …«

Ich haue David ganz leicht.

»Haha, du weißt genau, was ich meine. Die Beschneidung – nicht die Taufe!«

David grinst. Es gefällt ihm mich, zu veräppeln. Normalerweise lasse ich mich nicht verarschen, aber bei David ist es in Ordnung. Es ist irgendwie anders – alles ist bei David anders.

»Na ja, ich gehe davon aus, dass es recht schmerzhaft

ist. Die Zirkumzision, wie die Beschneidung heißt, findet im Judentum ohne Betäubungsmittel statt. Jüdische Rabbis machen den Vorhautschnitt am achten Tag nach der Geburt beim Bris-Milah-Fest als Zeichen des Eintritts in die Religionsgemeinschaft. Die Beschneidung geht auf eine Überlieferung im Alten Testament zurück, nach der Gott mit Abraham ein Bündnis schloss: Das Volk Israel sollte sich von anderen Stämmen unterscheiden. Weil sich später logischerweise niemand an seine eigene Beschneidung erinnern kann, gibt es bei den Juden auch heute praktisch keine Beschneidungsgegner. Die Beschneidung ist aber ein Brauch vieler Völker, weibliche und männliche Jugendliche in ihre Gemeinschaft oder in die Erwachsenenwelt aufzunehmen. Bei männlichen Jugendlichen oder Kindern wird dabei die Penisvorhaut entweder entfernt oder eingeschnitten, das nennt man übrigens Inzision. Im Islam wird die Vorhautbeschneidung unterschiedlich vorgenommen: kurz nach der Geburt, im Kindesalter oder erst im Alter der Geschlechtsreife.«

»Ist doch ganz schön brutal, oder?«

David zuckt mit den Schultern.

»Sicher, irgendwie schon, aber ich denke, dass es Schlimmeres gibt. Weißt du aber, was wirklich brutal ist? Das Beschneiden der Mädchen! Insbesondere die in vielen Teilen Afrikas noch heute praktizierte Infibulation fügt ihnen schwere Verletzungen zu. Den sieben- bis achtjährigen Mädchen werden dabei die äußeren Geschlechtsteile abgetrennt. Das Beschneiden von inneren Schamlippen und Kitzler hat weder hygienische noch ästhetische Gründe. Es dient lediglich der Lustverhinderung. Das Entfernen des Lustorgans bei den Mädchen soll verhindern, dass sie sich selbst befriedigen.«

»Oh ja, die Vorstellung allein lässt mich schaudern.«

»Weißt du, dass geschätzte 100 Millionen Frauen in Asien, Südamerika und Afrika genital amputiert sind? Häufig kommt es zu lebensgefährlichen Infektionen. In Ägypten praktizierten Extrem-Moslems, dass die Scheide nach dem Abtrennen von Kitzler und Schamlippen zusammengenäht wird, sodass nur eine kleine Öffnung bleibt. Eine Art Jungfräulichkeitsgarantie, die arabische Männer offenbar zu schätzen wussten. Zum ehelichen Verkehr wurde die Scheide dann wieder aufgetrennt. Nach abgeschlossener Gebärtätigkeit konnte der Mann seine Frau erneut verschließen lassen. Aber auch die Römer versiegelten die Scheide ihre Sklavinnen mit Spangen. Nicht um sie vor sexuellen Übergriffen der Hausherren zu schützen, sondern um zu verhindern, dass ihre Arbeitskraft infolge einer Schwangerschaft ausfiel.«

»Hey, David, das ist doch der reinste Horror, den du da erzählst.«

»Ja, aber alles wahr, und als ob diese Sachen nicht schon übel genug wären, gibt es Steigerungen. Noch brutaler traf es die australischen Aboriginies. Die Stammesältesten rissen den Mädchen teilweise mit bloßer Hand die Scheide auf. Um gute Passform zu garantieren, wurden die Mädchen gleich im Anschluss von mehreren Männern penetriert. Den Jungs ging es nur unwesentlich besser. Ihnen wurde bei der so genannten Ariltha der Penis auf der Oberseite der Länge nach bis zur Harnröhre aufgeschnitten. Die Wunde hielt man einige Tage offen, damit sich möglichst viel Narbengewebe bildete.

Immerhin, wenn der Jüngling nicht verstarb, hatte er hernach einen prächtig breiten Schwanz.«

»Das ist wirklich brutal mit den Mädchen. Ich habe schon einen Bericht davon im Fernsehen gesehen. Es lässt einen richtig schaudern.«

Ich streichele das Glied von David noch ein bisschen fester. Es regt sich leicht.

»Du bist aber kein Aborigine, obwohl du auch einen prächtig breiten Schwanz hast.«

David grinst wieder.

»Danke, Yvonne. Ich nehme an, dass so eine sexy Frau wie du wohl schon etliche Schwänze gesehen hat.«

Ich nicke. Darauf könne er wetten. David könne sich aber sicher nicht vorstellen, wie viele Schwänze ich tatsächlich nicht nur gesehen, sondern in mir gehabt habe. Der prächtigste aller Phallen liegt jetzt in meiner Hand und wird durch mein Streicheln immer dicker und steifer. Ich drehe mich zu David und beuge mich über ihn. Meine Brüste sind vor seinem Gesicht. Er fasst sie an und reckt seinen Kopf hoch, um die Brustwarzen zu küssen und zu lecken. Ich liebe es, wenn er das tut. Die Nippel werden hart wie Kirschkerne und stehen hervor, wie kleine Antennen auf Empfang. Ich hebe das rechte Bein über David, der noch auf dem Rücken liegt. Den prächtigsten und schönsten Liebespfahl der Welt lasse ich in mich gleiten. Ich fange an mit meinem Liebesritt. Oh, das tut so gut! Der Deckenventilator lässt die Luft von der offenen Balkontür herein. Die Schreie der Wollust dringen in die schwüle Nacht. Es ist mir egal, ob die Nachbarn mich hören. Die ganze Stadt oder die ganze Welt von mir aus soll meinen Orgasmus miterleben.

Freitag, den 21. Juni
20.00 Uhr
David ist auf die Minute genau pünktlich. Er sieht in dem hellen Sommeranzug und der Krawatte recht elegant und vornehm aus. Heute Abend haben wir etwas ganz anderes vor. David hat mich gebeten, ihn auf eine Party zu begleiten.

»Du siehst bezaubernd aus«, sagt er, umarmt mich und gibt mir einen Kuss.

»Danke schön«, erwidere ich das Kompliment.

Ich habe ein langes schwarzes Abendkleid mit Pailletten an. Das Kleid hat Spaghettiträger und links und rechts einen bis zu den Oberschenkeln reichenden hohen Schlitz. Das runde Dekolleté ist sehr tief ausgeschnitten und offenbart den oberen Teil meines Lilienhügels. Der Rücken ist bis zur Taille offen und wird durch Träger kreuzweise eng zusammengeschnürt. Wegen des offenen Rückens habe ich auf das Tragen eines BHs verzichtet. Nachdem es in den letzten Tagen sehr heiß war und es wieder so ein warmer Abend ist, habe ich ebenfalls keine Strümpfe angezogen. Tja, Pech für David, den Straps- und Nylonfetischisten. Ich trage lediglich einen winzigen schwarzen String unter dem Kleid. Die hochhackigen offenen Riemenschuhe haben Pfennigabsätze. Um meiner Erscheinung einen Farbtupfer zu geben, trage ich eine kurze, mit kleinen Rubinen besetzte Halskette. Das Rot der Edelsteine entspricht genau der Farbe meiner Lippen und der lackierten Zehen- und Fingernägel. Meine Haare habe ich locker hochsteckt. Links und rechts fallen zwei lange Haarsträhnen nach unten. Durch diese Frisur kommen die mit Rubinen besetzten Goldohrringe gut zur Geltung.

»Ich hoffe, dass es nicht zu steif zugeht auf der Party«, sagt David, während wir in seinem Auto Richtung Bad Cannstatt fahren.

»Steif?«, frage ich lachend und lege meine Hand zwischen seine Beine.

»So habe ich das nicht gemeint. Du bist einfach unmöglich, Yvonne«, antwortet er und lacht mit. »Weißt du, diese Partys bei meiner großen Stiefschwester Lydia können manchmal ziemlich förmlich sein. Andererseits trifft man ab und zu auch ganz interessante Leute. Ziemlich prominente sogar. Gerald, das ist der Ehemann meiner Schwester, ist Schönheitschirurg. Er kennt sehr viele Leute, vor allem sehr viele reiche Leute. Es sind immer andere Gäste da. Ich bezweifele, dass Gerald mich überhaupt einladen würde. Er kann ein ziemlich arrogantes Arschloch sein, besonders wenn er etwas getrunken hat. Die Einladungen macht aber Lydia. Sie meint wohl, es gehört sich, ihren armen jüngeren Bruder einzuladen, auch wenn ich als Polizist wohl nicht dem Niveau ihres Standes entspreche. Es ist mir eigentlich egal, das Essen ist auf jeden Fall immer fantastisch und der Champagner und Wein vom Feinsten. Ich bin auf jeden Fall froh, dass du mich begleitest.«

Wir verlassen die Stadt auf der B10 Richtung Plochingen. David biegt von der autobahnähnlichen Bundesstraße ab. Ich genieße die Fahrt in dem TT-Sportwagen. David biegt vor einem großen Tor ab und fährt die Auffahrt in einen kleinen Park zu einem riesigen, ja fast wie ein Schloss anmutenden Haus. Neben ein paar Porsches und BMWs sieht man eindeutig, dass wir im Ländle sind. Mercedes, vornehmlich von der S-Klasse, beherrschen das Bild auf dem Parkplatz.

»Oh, David Darling, toll, das du kommen konntest. Aber welche Schönheit hast du mitgebracht?«

Lydia lächelt uns mit einem Lächeln wie aus einer Zahnpastawerbung an. Sie ist eine große, schlanke Blondine. Ihre 45 Jahre, die sie mit dem heutigen Tag wird, sieht man ihr nicht an. Ihr Gesicht ist gänzlich ohne Falten – weggeglättet und geliftet. Genauso unecht wie der üppige Silikonbusen, der aus dem Ausschnitt ihres roten Abendkleides quillt.

»Alles Gute zum Geburtstag, liebes Schwesterherz! Darf ich dir meine Freundin Yvonne Fenske vorstellen?«

Freundin? Darf ich meine Freundin vorstellen? So bin ich nie vorgestellt worden. Klingt gut. Lydia mustert mich von Kopf bis Fuß. Nicht nur ihr Körper ist falsch, die ganze Frau ist falsch!

»Nonchalance. Gerald, komm bitte hierher. David ist hier mit seiner durchaus entzückenden Freundin.«

Dr. Gerald Gebhard ist eher klein und schmächtig. Seine Frau überragt ihn mit ihren hohen Absätzen um einige Zentimeter. Er reicht mir seine Hand. Seine Hände sind sichtbar feingliedrig. So müssen wohl die Hände eines Chirurgen sein. Während David mich vorstellt, mustert er mein Gesicht und dann meinen Körper penibel genau. Er lächelt. Er und Lydia sollten in der gleichen Werbung auftreten.

»Reizend, sehr reizend. Yvonne – ich darf doch Yvonne sagen? –, es freut mich sehr, Sie in unserem bescheidenen Haus zu begrüßen.«

Mit einem »Oh, Darling ...« lässt Lydia uns stehen und wendet sich neuen Gästen zu. Ihr Ehemann geht mit ihr.

David führt mich durch einen riesigen Saal nach draußen auf die Terrasse, die zu dem parkähnlichen Garten führt.

»Holen wir erst ein Glas Champagner und dann schauen wir, wer noch hier ist«, meint David und geht zu einer großen Theke, hinter der eine Kellnerin steht.

»Dein Schwager hat mich ganz schon angeglotzt. Ich gefalle ihm wohl?«

»Tja, Yvonne, ich würde sagen, dass er brennend daran interessiert ist zu wissen, ob deine Brüste aus Silikon oder echt sind. Die Schönheit, oder wenigstens das, was er meint, darunter zu verstehen, ist nicht nur sein Beruf, sondern schon Religion – und er spielt dabei Gott.«

Wir nippen etwas von dem kalten Champagner. Es sind wirklich sehr viele Gäste da. Mehrere hundert, würde ich auf Anhieb raten. Viele grüßen David höflich und lächeln uns zu. David hält seinen Arm ganz locker um meine Taille. Es gefällt ihm, dass ich seine Begleiterin bin. Warum sollte er auch anders als all die anderen Männer sein?

Eine junge, höchstens 23-jährige, hübsche und sehr schlanke und großgewachsene Rothaarige in einem weißen Kostüm schlendert mit einem sehr auffälligen Hüftschwung bei jedem Schritt auf uns zu. Sie hat die Figur eines Models, die mir zu knöcherig ist. So wie sie ihr Jackett trägt, offen bis zum Bauch und nichts darunter, sodass ihre nahtlos gebräunten nackten Brüste mit jeder Bewegung zum Vorschein kommen, könnte man meinen, sie befände sich tatsächlich auf dem Laufsteg. Sie umarmt David und gibt ihm einen Kuss auf die Wange. Die Klunker an ihrer Halskette und ihre

Ohrringe glitzern. Ich frage mich, ob sie aus Strass oder echte Diamanten sind.

»Hallo, Iris. Nett, dich zu sehen. Darf ich dir Yvonne vorstellen?«

Wir begrüßen uns. Iris scheint eine frühere Freundin von David zu sein. Sie unterhalten sich über gemeinsame Bekannte. Ich verfolge das Gespräch, aber nach kurzer Zeit langweilt es mich, irgendetwas von Personen, die mir völlig unbekannt sind, zu hören. Iris erscheint mir auch eine ziemliche oberflächliche und ziemlich uninteressante Person zu sein. Mein Blick wandert von den beiden zu den anderen Gästen. Da erblicke ich ein mir bekanntes Gesicht.

»Entschuldige mich für einen Augenblick«, sage ich und wende mich von den beiden ab.

Anita unterhält sich mit Gerald und einem anderen Mann, der mir bekannt vorkommt.

»Guten Abend, Yvonne. Also, wenn das kein Zufall ist. Was um alles in der Welt machst du hier?«

»Ihr kennt euch?«, fragt Gerald erstaunt und fährt fort, bevor ich antworten kann. »Yvonne, wie war der Nachname wieder? Also, Yvonne ist mit David hier. Sie kennen doch den Bruder meiner Frau. Nun, Stiefbruder, um genau zu sein. Quasi aus der zweiten Ehe von Lydias Vater. Prächtiger Kerl. Er ist bei der Kriminalpolizei. Leider nicht auf einem besonders hohen Posten …«

Der andere Mann unterbricht den Redeschwall von Gerald.

»Nun, wir wurden uns noch nicht vorgestellt. Obwohl wir uns schon begegnet sind. Ich bin Andreas Beierle. Der Bruder von Anita. Der Zwillingsbruder – nicht der Stiefbruder.«

Er zwinkert leicht mit einem Auge und lächelt. Die Beschreibung und die dabei nicht zu überhörende Geringschätzung von David schien ihn nicht zu interessieren. Ich erkenne Andreas von dem Foto, das ich in der Ferienwohnung von Anita angeschaut habe. Dass wir uns schon begegnet sind, ist mir neu. Habe ich ihn irgendwann zu einer heißen Nummer aufgegabelt? Sicherlich nicht, das wüsste ich. Aber vielleicht aus einem Swingerclub? Ich kann mich beim besten Willen nicht an jeden erinnern, mit dem ich Gruppensex hatte.

»Es fällt Ihnen nicht ein, wo wir uns begegnet sind. Es war vor ein paar Wochen. Sie sind aus der Praxis meiner Schwester gekommen, da sind wir unglücklich zusammengestoßen. Als Entschuldigung übergab ich Ihnen eine Rose. Sie waren aber so verärgert, dass Sie die Rose ablehnten. Was ich aufgrund meines Ungeschicks gut nachvollziehen kann. Sie sind aber hoffentlich nicht nachtragend und auch nicht mehr auf mich böse.«

Natürlich, jetzt ist mir klar, woher ich ihn kenne. Na, besser so als doch irgendeinen Johnny aus einem Swingerclub. Ich lache.

»Nein, ich bin Ihnen nicht mehr böse.«

Andreas lächelt wieder ganz breit. Das kleine Grübchen in seinem Kinn zieht sich auseinander. Er hat etwas Lustiges und Sympathisches an sich.

»Also, wenn ich Ihnen wieder einmal eine Rose schenke, lehnen Sie es bestimmt nicht ab?«

»Bestimmt nicht.«

Jetzt lachen alle. Bis das Plappermaul Gerald wieder anfängt.

»In der Praxis von Anita habt ihr euch getroffen?

Yvonne, du leidest wohl nicht auch unter Vaginismus, wie meine Frau?«

»Gerald, ich bitte dich. Ich glaube kaum, dass das jetzt ein Thema ist, das wir hier zu diskutieren brauchen.«

»Vaginismus, was ist denn das?«, frage ich neugierig.

Ich weiß tatsächlich nicht, was das Wort bedeutet, bzw. ich kann mich nicht einmal erinnern, es jemals zuvor gehört zu haben. Zweitens, weil es mich doch interessieren würde, warum Lydia eine Psychotherapeutin aufsucht. Anita wird sicher keine Geheimnisse über Lydia erzählen, aber Gerald schon. So redselig, wie er ist.

Eine Kellnerin mit einem Tablett Champagnergläser läuft vorbei. Wir nehmen alle ein Glas. Gerald kippt sein Glas mit einem großen Schluck herunter und nimmt ein zweites. So wie er trinkt, wird mir seine Redeseligkeit jetzt klar.

»Vaginismus? Scheidenkrampf nennt man das. Es ist eine Abwehrreaktion gegen Berühren des Scheideneingangs oder gegen das Einführen vom Penis in die Scheide. Die ganze Muskulatur am Scheideneingang und Beckenboden verkrampft sich und die Frau presst die Beine zusammen. Krankhafte seelische Störungen sind Ursache für Vaginismus. Sagen wir, wie es ist. Lydia hat einen Knall und lässt mich nicht rein. Deswegen geht sie zu Anita zur Therapie.«

Anita schaut Gerald ziemlich böse an. Sie findet es offensichtlich nicht gut, dass er so offen über seine Frau und ihre Probleme redet. Mich amüsiert es und ich will mehr wissen.

»Anita, ist das so mit dem Vagnismus, wie Gerald sagt?«

»Nun ja, nicht ganz. Als Vaginismus wird eine von der Frau nicht kontrollierbare Verkrampfung der Scheidenmuskulatur bezeichnet, die das Eindringen in die Vagina erschwert oder unmöglich macht. Insoweit hat Gerald als Arzt sicher Recht. Bei dieser Form der Verkrampfung handelt es sich – im Unterschied zu einer einfachen Anspannung der Scheidenmuskulatur, zu der es vorübergehend aufgrund von Angst oder Aufregung kommen kann – um eine komplexe, jedoch heilbare Krankheit. Vaginismus tritt in verschiedenen Formen und unterschiedlichen Schweregraden auf. In leichten Fällen kann die Frau in der Lage sein, Tampons oder Finger einzuführen, in schweren Fällen ist sogar das unmöglich. Manchmal kann noch nicht einmal eine vaginale Untersuchung beim Frauenarzt durchgeführt werden. Geschlechtsverkehr ist in schweren Fällen unmöglich, in leichteren Fällen jedenfalls extrem schmerzhaft.«

»Klingt auf jeden Fall nicht gerade sonderlich angenehm. Erzähl mehr davon. Ich höre heute zum ersten Mal davon.«

»Okay, Yvonne, vielleicht habt ihr von dem so genannten ‚Penis captivus'-Fall gehört: Ein Penis wird beim Geschlechtsverkehr zwar in die Vagina eingeführt, kann dann aber aufgrund einer plötzlichen Muskelverkrampfung nicht mehr zurückgezogen werden.«

»Ja, davon habe ich schon gelesen«, antwortet Gerald ganz enthusiastisch.

Anita lächelt.

»Nun, das kommt in der Realität nicht vor und ist ein modernes Märchen. Diese Geschichte hat sich vor über hundert Jahren ein Journalist der Philadelphia Medical

News ausgedacht, um sich über einen Kollegen, der kurz zuvor einen seriösen Artikel über Vaginismus veröffentlicht hatte, lustig zu machen. Leider wirkte sein in Form eines Leserbriefs unter einem Pseudonym eingereichter ‚Erfahrungsbericht eines Arztes' so überzeugend, dass der Artikel nicht nur damals in Universitäten und Krankenhäusern verbreitet wurde, sondern auch heute, lange nachdem die Geschichte als Fälschung enttarnt wurde, immer noch als reales Ereignis durch die medizinische Literatur geistert und, was noch viel schlimmer ist, sogar von Frauenärzten teilweise mit Vaginismus verwechselt wird. Oder anscheinend von Schönheitschirurgen auch, nicht wahr, Gerald?«

Ich muss über die spitze Bemerkung von Anita schmunzeln. Gerald scheint es nicht zu stören, als ob er es von Anita nicht anders erwartet.

»Ja, gibt es denn Behandlungsmethoden bei dir als Psychotherapeutin? Handelt es sich bei Vaginismus denn nicht um ein rein medizinisches Problem«, frage ich recht erstaunt.

»Nein, Yvonne, genauso vielfältig wie die Ursachen für Vaginismus sind auch die Behandlungsmethoden. Was einer Frau hilft, kann bei einer anderen vollkommen ineffektiv sein. Deshalb ist es für jede Betroffene wichtig, die für sie richtige Therapieform zu finden. Frauenärzte fühlen sich für die Behandlung von Vaginismus im Allgemeinen nicht zuständig. Schönheitschirurgen wie unser Gerald übrigens auch nicht. Stimmt's Gerald?«

»Ja, schon gut, Anita, veräppele mich nur.«

Anita grinst. Es macht ihr offenbar Spaß, Gerald auf den Arm zu nehmen. Sie erzählt weiter.

»Den Patientinnen wird meistens undifferenziert zu einer Psychotherapie geraten. Aber du hast Recht, Yvonne, psychische Probleme stellen allenfalls mittelbare Ursachen für Vaginismus dar. Den Vaginismus in irgendeiner Form durch eine Psychotherapie zu behandeln, ist jedoch nicht möglich. Eine effektive Behandlung des Vaginismus muss vielmehr direkt an der verkrampften Vaginalmuskulatur ansetzen. Dann bleibt doch deine Frage, Yvonne, warum kommen Frauen zu mir? Ganz einfach, viele Frauen empfinden eine Psychotherapie als begleitende Maßnahme zur Behandlung des Vaginismus als sinnvoll und hilfreich, weil ihnen so die Gelegenheit gegeben wird, sich mit eventuellen psychischen Problemen auseinander zu setzen. Dies kann sich auf das allgemeine Befinden der Frau positiv auswirken und sie so auch erst zu einer Behandlung des Vaginismus ermutigen.«

Ich muss an meine eigenen Besuche bei Anita denken. Natürlich leide ich nicht an irgend so etwas wie diesem Vaginismus, aber es tut mir gut, mit Anita zu sprechen und mich mit meinen psychischen Problemen auseinander zu setzen. Also kann ich diese Frauen verstehen. Eine seltsame Vorstellung, dass ich mir überhaupt Gedanken über die Probleme anderer Leute mache.

Andreas, der bisher kommentarlos neben seiner Schwester steht und mich beobachtet hat, beteiligt sich das erste Mal an der Unterhaltung.

»Na, Schwesterherz, dann sind diese Frauen wohl genau richtig bei dir.«

»Ja, aber stellt euch vor, es gibt Frauen, die behaupten, grundsätzlich wäre für die Behandlung des Vaginismus überhaupt keine professionelle Therapie erforderlich! Sie meinen, jede Frau wäre in der Lage, die Vaginalmuskulatur langsam und schrittweise durch ein Vaginaltraining zu lockern bzw., wenn der Vaginismus als Reflex auftritt, diesen Reflex nach und nach auszuschalten. Dies geschieht durch das Einführen von Gegenständen in die Vagina, wobei der Durchmesser dieser Gegenstände nach und nach gesteigert wird. Als Übungsgegenstände eignen sich dabei sowohl die eigenen Finger als auch Dildos und Vibratoren.«

Ich muss mir ein Lachen verkneifen. Wenn das so ist, dann laufe ich sicher keine Gefahr, jemals an Vaginismus zu leiden. Andreas und Gerald grinsen mich an, als ob sie meine Gedanken lesen könnte. Nun, ich kann ganz sicher ihre Gedanken lesen, so wie ich die Gedanken der Männer, die mich angrinsen, immer lesen kann. Sie würden liebend gern etwas in mich einführen. Anita scheint von den Blicken und diesem Gedankenspiel nichts mitzubekommen.

»Professionelle Hilfe benötigt eine Frau dagegen, wenn bei ihr schwere psychische Störungen vorliegen, die sich in der Weise äußern, dass die Frau aufgrund ihrer psychischen Konstitution überhaupt nicht in der Lage ist, etwas in ihre Vagina einzuführen, und daher gar nicht fähig ist, ein Vaginaltraining durchzuführen. In diesen Fällen muss zunächst einmal abgeklärt werden, ob die Frau tatsächlich Vaginismus hat oder ob es nur ihre Ängste sind, die sie davon abhalten, etwas in ihre Vagina einzuführen. Unabhängig davon ist diesen Frauen aber jedenfalls zu einer Verhaltenstherapie zu raten. Die Verhaltenstherapie, die ich anbiete, wird meistens in Form einer Partnertherapie durchgeführt. Diese Therapie besteht einerseits aus einer Psychotherapie, in der sowohl auf Probleme in der Partnerschaft als auch auf individuelle Probleme der beiden Partner eingegangen wird, zum anderen aus Übungen eines Vaginaltrainings, das die Partner zusammen durchführen mit dem Ziel, dass irgendwann der Penis des Partners eingeführt werden kann. Aber, lieber Gerald, wie du weißt, habe ich dich nicht zu einer Partnertherapie eingeladen. Also wäre ich ein bisschen vorsichtiger mit deinen Äußerungen über Lydia. Vergiss nicht, dass sie eine meiner ältesten und besten Freundinnen ist.«

Gerald nimmt noch einen Schluck von seinem Champagner und murmelt etwas.

»Okay, ist schon gut. Aber da gibt man ihr den strafften Hintern und schönsten Busen, den man sich vorstellen kann, und gibt ihr ihr jugendliches Gesicht zurück, und was ist der Dank? Sie lässt mich nicht in sich rein.«

Ich gehe zum Buffet und hole mir einen Teller mit Häppchen von Lachs und Shrimps. Andreas und Anita begleiten mich. Wir stellen uns an einen Stehtisch. David ist mit der Rothaarigen noch tief in ein Gespräch verwickelt. Sie stehen sehr eng aneinander. Iris spielt ständig an ihren langen Haaren herum.

»Sie ist ein ziemlich wilder Feger«, sagt Andreas und beißt in einen Kräcker mit Kaviar.

»Hm, wer?«, erwidere ich etwas ratlos.

»Iris von Ährenfeld, die Rothaarige. Sie ist die Tochter einer stinkreichen Adelsfamilie aus dem Badischen. Sie ist auf jeder Party zu treffen. Sie hat nicht nur den Ruf, mit jedem ins Bett zu hüpfen, sie macht es auch tatsächlich.«

Das kommt mir irgendwie bekannt vor. Ich frage mich, ob sie schon mit Andreas im Bett war. Sicher, er ist ungefähr 20 Jahre älter als Iris. Iris ist fünf oder sechs Jahre jünger als ich. Ich hatte des Öfteren Verkehr mit älteren Männern. Wenn Iris so ein heißer Feger ist, sicherlich auch. Andreas ist schon äußerst attraktiv. Sein Aussehen gefiel mir damals auf Anhieb, als wir uns das erste Mal so unglücklich begegneten. Wäre ich damals in einer anderen Konstitution gewesen, hätte unsere erneute Begegnung sicherlich nicht erst hier stattgefunden. Ich war damals entgegen meinen Gewohnheiten alles andere als in der Stimmung für Sex. Jetzt? Warum nicht? Ich schaue rüber zu David und zu Iris. Sie lacht und schüttelt ihre Locken nach hinten. Flirten sie miteinander? Ich wende mich Andreas zu.

»Ach ja, woher wollen Sie das wissen? Sind Sie auch auf jeder Party zu finden?«

»Nun, auf jeder Party vielleicht nicht, aber doch sehr häufig, ja. Ich bin Rechtsanwalt und viele meiner Mandaten sind hier, bzw. auf anderen Partys und sonstigen gesellschaftlichen Veranstaltungen. Durch den informellen Austausch wird manch gutes Geschäft eingefädelt. Haben Sie einen Anwalt, dem Sie hundertprozentig vertrauen können? Nein, bestimmt noch nicht. Moment: Hier, meine Karte. Jetzt haben Sie den besten Anwalt in Stuttgart, wenn Sie einen brauchen.«

Andreas geht zum Buffet. Ich lache und wende mich zu Anita.

»Ist dein Bruder immer so?«

»Ja, wenn es um seine Mandanten geht, ist er sehr geschäftstüchtig. Er ist auch sehr erfolgreich. Aber was ganz anderes: Wie bist du mit David zusammen? Woher kennst du ihn?«

»Dass er Polizist ist, weißt du. Kommissar bei der Kripo, um genau zu sein. Er ermittelt in den Mordfällen an den Schülern bei mir im Gymnasium. Da haben wir uns kennen gelernt. Du kennst mich ja. Ein Ding führte zum anderen, und schwuppdiwupp fanden wir uns im Bett. Aber weißt du, Anita, es ist mehr. Viel mehr – ich entwickele Gefühle für David. Gefühle, die ich bisher noch nicht gekannt habe und nur schwer erklären kann.«

Anita schaut mich ganz merkwürdig an. Dann bricht sie in Lachen aus.

»Gefühle, die du nicht erklären kannst? So etwas gibt es jeden Tag, zu jeder Minute und zu jeder Sekunde auf der Welt. Dafür gibt es eine ganz einfache Erklärung: Das ist Liebe, Yvonne. Du bist verliebt!«

Verliebt, ich? Ich, die jedes Gefühl für Liebe bisher für sentimentalen Schwachsinn und Verschwendung von Zeit und Energie betrachtet habe? Anita hat Recht. Im Prinzip habe ich es auch gewusst, aber konnte es mir einfach nicht eingestehen. Ich liebe David. Ja, ich liebe David. Ich finde es auch gar nicht gut, dass er so viel Zeit mit dieser reichen Schlampe verbringt statt mit mir. Kaum denke ich diesen Gedanken fertig, trennen sich die beiden und David kommt auf uns zu. Er gibt mir einen liebevollen Kuss auf die Wange.

»Es tut mir Leid, dass ich dich habe warten lassen. Iris findet einfach kein Ende, wenn sie erzählt. Ich hoffe, dir war es nicht langweilig.«

»Langweilig? Nein, ich habe mich ganz wunderbar mit

Anita und Gerald über deine Schwester und das Thema Vaginismus unterhalten.«

»Vaginismus? Was in Gottes Namen ist denn das, eine Schönheits-OP an der Vagina? Hat Lydia nicht schon genug an sich herumschnipseln lassen?«

Anita, Andreas und Gerald, die sich inzwischen wieder zu uns gesellt haben, brechen in Gelächter aus. Ich lege meinen Arm um David.

»Nein, Schatz. Vaginismus ist etwas ganz anders, aber darüber brauchen wir jetzt wirklich nicht mehr zu reden. Reden wir über etwas anderes.«

»Brüste. Reden wir über schöne Brüste. Darüber rede ich am liebsten«, lallt Gerald und stellt sein Glas hin.

Mann, der scheint ein ziemliches Problem mit Alkohol zu haben. Kein Wunder: Er erschafft durch seine zahlreichen Operationen seine Traumfrau und sie verweigert ihm den Sex. Reichtum alleine scheint doch nicht das Glück zu garantieren. Völlig ungeniert fragt er mich: »Yvonne, wie sieht es mit deinen Brüsten aus, sind sie echt?«

»Was habe ich gesagt«, meint David. »Er brennt darauf, dir diese Frage zu stellen, seitdem du hier bist. Du brauchst sie nicht zu beantworten.«

»Lass gut sein, David. Es ist schon in Ordnung. Ich habe keine Geheimnisse über meinen Körper. Meine Brüste sind echt und sie sind perfekt rund und fest. Auch der Rest meines Körpers ist das Resultat der Natur und vieler Stunden im Fitnessstudio. Überrascht, Dr. Gebhard? Ja, es gibt Frauen, die von Natur aus so gebaut sind und keine Messerschnitte benötigen.«

»Aber natürlich, liebe Yvonne. Meine Neugier solltest

du auch nicht als einen Affront auffassen. Schönheit ist nun einmal mein Beruf und meine Leidenschaft. Ist eine Frau von Natur aus so schön wie du, ist es ja perfekt. Aber nicht alle Frauen haben das Glück. Ich kann ihnen jedoch zu ihrem Glück verhelfen. Du bist auch noch jung, aber was ist, wenn du älter wirst? Wenn die Brüste erschlaffen? Die Brust, musst du wissen, enthält keine Muskeln, ist jedoch von feinen Bändern aus Bindegewebe durchflochten, die von der Haut ausgehen und Höhe und Form der Brust bestimmen. Die weibliche Brust besteht aus 15 bis 20 Milchdrüsenläppchen, die in Fettgewebe eingebettet sind. Bei einer erwachsenen Frau verändert sich die Größe und die Form der Brust in Abhängigkeit vom Menstruationszyklus, während der Schwangerschaft und nach den Wechseljahren. Oder was ist, wenn der Po und die Oberschenkel dicker werden, die Falten im Gesicht zunehmen? Das Alter kann man nicht aufhalten, aber ich kann dafür sorgen, dass es nicht sichtbar wird.«

»Okay, Gerald. Wenn du über Brüste und Schönheitsoperationen reden willst, warum nicht«, sage ich und spreche ihn bewusst mit »du« an, wenn er meint, mich duzen zu können. »Ich habe vor nicht allzu langer Zeit einen Bericht im SWR 3 zum Thema Schönheitsoperationen gehört. Demnach geben Deutsche 100 Millionen Euro pro Jahr für Schönheitsoperationen aus. Noch beeindruckender ist, dass Produzenten von Sprays, Cremes und Puder acht Milliarden Euro umsetzen. Junges und fittes Aussehen hat in unserer Gesellschaft einen hohen Stellenwert. Ich wäre die Letzte, die behaupten würde, nicht auf mein gutes Aussehen zu achten. Ich denke, das sieht man ganz deutlich.«

Ich halte kurz inne und lasse mich von den Anwesenden betrachten. Ich sehe verdammt gut aus und heute ist mein Outfit besonders sexy. Ich weiß es, und das tun auch alle, die um mich herumstehen.

»Ist es nicht so, Gerald, dass immer mehr Frauen und Männer aller Altersgruppen und verschiedenster Kreise aus kosmetischen Gründen eine plastisch-chirurgische Operation an sich durchführen lassen wollen? Nicht nur Frauen im fortgeschrittenen Alter geben ihre Ersparnisse für ein paar schlanke Oberschenkel aus. Auch Berufsanfänger, die sich gut verkaufen wollen und Karriere machen wollen, verschulden sich für ein perfektes Gesicht. Desgleichen bei reiferen Männern. Um ein paar Haare mehr auf dem Kopf zu haben, lassen sie sich Haare implantieren. Die Schönheitschirurgie wird zunehmend als Lösung persönlicher Probleme gesehen bzw. sie wird dementsprechend verkauft. In der Presse werben immer mehr Privatkliniken und plastische Chirurgen für ihre Kunst, den Menschen schöner und jünger zu machen. Seien wir ehrlich, sie denken dabei aber in erster Linie an den Umsatz.«

Anita lacht.

»Da hast du Recht Yvonne, für die Lösung persönlicher Probleme sollten eigentlich wir Psychotherapeuten zuständig sein.«

Die Anwesenden lachen und ermuntern mich, weiter meine Meinung zum Thema Schönheitschirurgie zu äußern.

»Ich habe gelesen, dass eine Frauenzeitschrift in den USA 3000 Frauen zum Thema Schönheitschirurgie befragt hat. Dabei waren zwei Drittel der Frauen mit ihrem Aussehen so unzufrieden, dass sie bereits eine Schönheitsoperation erwogen haben. 90 Prozent gaben an, dass ihr mangelhafter Körper oft schlechte Laune bei ihnen verursacht. Fast zwei Drittel sagten, dass sie glauben, ihr Sexleben würde sich verbessern, wenn sie einen schöneren Körper hätten. Es wurden auch Frauen gefragt, die schon eine Schönheitsoperation hinter sich haben. Sie gaben an, dass sich ihr Leben seit der Operation verbessert habe. 71 Prozent würden sich sofort wieder operieren lassen. Eine beeindruckende Zahl, nicht wahr? Aber die Umfrage ergab auch, dass vier von zehn Frauen fanden, dass das Resultat der Operation nicht ganz ihren Erwartungen entsprochen habe. Es soll ganz schön Verhunzungen bei Operationen gegeben haben. Und was ist mit den Gesundheitsrisiken? Ich habe Berichte über platzende Silikonimplantate gehört. Und das alles zu einem ganz schön hohen finanziellen Preis. Was sagst du dazu, Gerald?«

»Nun ja, Yvonne, deine Kritik ist durchaus gerechtfertigt. Um mehr über die Schönheits-OP zu verstehen, bedarf es, denke ich, einer gewissen Erklärung. Nicht jeder kann zur Schönheits-OP. Voraussetzung für eine Schönheitsoperation ist natürlich, dass man gesund ist. Wer ein Herz-Kreislauf- oder Nervenleiden hat, sollte auf den Rat eines Internisten hören und gegebenenfalls auf eine Beauty-OP verzichten. Wegen des erhöhten Gesundheitsrisikos sollten Raucher am besten vorher eine Entwöhnungskur machen. Gestresste Menschen sollten sich eine OP ganz genau überlegen, denn für Heilungsphase und Nachbehandlung braucht man Zeit und Ruhe. Zwischen Arzt und Patient muss ein Vertrauensverhältnis da sein. Wenn die Chemie zwischen beiden nicht stimmt, hat eine kosmetische Operation wenig Sinn. Der Patient sollte sich dann einen anderen Chirurgen suchen, denn das Verhältnis zwischen beiden muss harmonisch sein.«

»Harmonie, sagst du. Schönheitschirurgie ist anscheinend wirklich mehr als nur ein Beruf für dich, sondern eher eine Passion.«

»Passion, ja, liebe Yvonne, Passion ist eine passende Bezeichnung. Ich liebe meinen Beruf und sehe ihn als Berufung. Nehmen wir doch Brustoperationen. Brustoperationen gehören zu den häufigsten kosmetischen Eingriffen. Die Patientinnen sollten mindestens 18 Jahre alt sein, da sonst der Busen noch nicht vollständig entwickelt ist. Gibt es nicht etwas Vollkommeneres, Schöneres als zwei perfekte weibliche Brüste? Dabei gibt es nicht nur Brustvergrößerungen, sondern auch Brustverkleinerungen. Bei Brustvergrößerungen mit Implantaten wird über einen möglichst kleinen Hautschnitt in der Achselhöhle, durch den Warzenvorhof oder in der Hautfalte der Brust ein Zugang geschaffen. Anschließend wird eine Art Tasche hinter der Brustdrüse angelegt, in die dann das Implantat eingesetzt wird. Dabei kann Silikon oder auch Kochsalz verwendet werden. Darüber hinaus gibt es immer wieder neue Füllmaterialien, die sich aber alle noch langfristig bewähren müssen. Silikon kommt vom Tastgefühl der natürlichen Brust am nächsten. Silikonbrüste sind zehn bis 15 Jahre haltbar. Ich gebe zu, das Kissen erschwert die Krebsvorsorge, denn das Gel lässt keine Röntgenstrahlen passieren. Aber Kochsalz hingegen ist relativ risikofrei. Falls das Implantat reißen sollte, nimmt der Körper die Salzlösung einfach auf. Der Nachteil ist ein weniger natürliches Tastgefühl. Kochsalzimplantate halten acht bis zehn Jahre. Ich will gar nicht verschweigen, dass es auch Risiken geben kann. Da wären Nachblutungen, Infektionen, asymmetrische Brustform oder Gewebeverhärtung zu nennen. Da ist es schon ein Unterscheid, ob der Schönheitschirurg ein schlechter oder ein guter Chirurg ist. Bei meinen Patientinnen treten solche unangenehmen Nebenwirkungen nicht auf. Wie schön eine Brustvergrößerung ist, kannst du hier bei Anita sehen. Das ist vier oder fünf Jahre her, oder nicht, Anita? Sie wird bestätigen, dass es keinerlei Komplikationen gab, gell?«

Ohne auf eine Antwort von Anita zu warten, fährt Gerald fort: »Wie ich sagte, Yvonne, was ist, wenn eine Frau täglich ihr Fitness macht und unzählige Diäten hinter sich hat und der Körper einfach nicht schlanker und straffer werden will? Da hilft nur eins: Liposuction, also Fettabsaugung, das ist ein chirurgischer Eingriff, um unter der Haut liegendes Fettgewebe mit der Absaugmethode zu entfernen. Mit einer Nadel wird eine Lösung, die das Fett auflockert, in den Körper eingebracht. Danach wird eine spezielle Saugkanüle unter die Haut geschoben. Die Kanüle wird nun an die Problemzonen geführt und per Vibration saugt eine Pumpe sanft das Fettgewebe aus dem Körper. Bis zu drei Liter Fett kann auf diese Weise entfernt werden. Bei größeren Mengen ist manchmal eine zweite Sitzung notwendig. Diese Methode ist ursprünglich nur für die Hüften und den Bauch entwickelt worden. Sie wird jetzt überall dort am Körper angewandt, wo Fettdepots vorhanden sind.

Ich denke, du wirst mir Recht geben, dass diese Frauen sich nach einer Behandlung mit ihrem ansehnlichen Körper wesentlich wohler fühlen werden. Nicht alle Frauen haben das Glück, so einen makellosen Körper zu haben wie du. Nicht nur einen schönen Busen und Po, sondern auch einen so flachen Bauch. Da kann ich aber natürlich ebenso nachhelfen. Bei Hautüberdehnung, die zum Beispiel durch Gewichtsreduzierung nach einer Diät bzw. Krankheit oder einer Schwangerschaft hervorgerufen wurde, empfehle ich eine Bauchdeckenstraffung. Bauchdeckenstraffungen gehören heute zum Standard der kosmetischen Chirurgie und die Erfolge sind beachtlich. Art und Ausmaß des Hautüberschusses entscheiden über die Schnittführung. Vom Schnitt ausgehend wird die Bauchhaut einschließlich des Fettgewebes von der Muskulatur getrennt, anschließend nach unten gezogen und so weit gekürzt, bis sie wieder straff anliegt. Der Bauchnabel bleibt auch nach der Operation an seiner ursprünglichen Stelle. Er kann während des Eingriffs neu eingesetzt werden. Bei erschlafften Bauchdecken werden diese durch gezielte Nähte gestrafft. Ich denke, Yvonne, ich muss dich nicht mit solchen Sachen wie Nasenkorrekturen oder Ähnlichem langweilen. Es gibt noch etliche Bereiche und Möglichkeiten einer Schönheitsoperation. Tja, und wie ich sagte: In meiner Klink wird nicht gepfuscht, sondern erstklassige Arbeit geleistet. Das hat natürlich seinen Preis. Es soll Klinken geben, die eine Brustvergrößerung mit Implantaten bereits ab 2000 € anbieten. Bei solchen Dumpingpreisen ist beste Qualität einfach nicht zu erwarten. Ab 4000 € inklusive Krankenhaus, Narkose, Spezial-BH oder -mieder und alle Nebenkosten muss in meiner Klink schon gerechnet werden. Eine Fettabsaugung von Ober- und Unterbauch oder Taille beginnt ebenfalls ab 4000 €. Die Vor- und Nachbetreuung ist selbstverständlich im Preis inbegriffen. Also, Yvonne, wenn in einigen Jahren deine wunderschön großen Brüste erschlaffen sollten, zögere nicht, dich bei mir zu melden. Dir würde ich auch einen besonderen Freundschaftspreis anbieten.«

Ich frage mich, was er wohl ganz genau unter einem Freundschaftspreis versteht. Ich verzichte aber darauf, die Frage laut zu äußern. Allmählich langweilt mich das Thema.

Lydia ruft Gerald zu sich, damit er sich um die anderen Gäste kümmern soll. Es gesellen sich verschiedene andere Gäste zu uns, die David mir vorstellt. Ärzte und auch Lokalpolitiker mit ihren Gattinnen. David und ich unterhalten uns mit ihnen und mit Andreas und Anita. Wir reden über alles Mögliche, Urlaub und sonstige belanglose Dinge, wobei es mir vorkommt, als würde sich David mit Andreas nicht sonderlich gern unterhalten wollen, so als ob er irgendetwas gegen ihn hätte. Irgendwann fällt das Stichwort Provence und ich erzähle von einem tollen Restaurant in St. Rémy de Provence. Da war ich mal auf einer Studienreise auf den Spuren meines Lieblingsmalers Vincent van Gogh. Während ich davon schwärme, muss ich noch an die tolle Nacht mit Jacques und François denken. David und Andreas? Nein, ich verrate meine Gedanken nicht. Der Gedanke macht mich aber an. Ich hauche David ins Ohr, dass wir gehen mögen.

Samstag, 22. Juni
1.00 Uhr
Wir fahren nach Leonberg zur Wohnung von David, wo ich übernachte werde. Wir sind heiß – so heiß. Das Vorspiel lassen wir weg und kommen gleich zur Sache. Kaum bin ich aus meinem Kleid geschlüpft, nimmt mich David a tergo im Doggy-Style, wobei ich mich auf seinem Bett auf Knie und Ellbogen stütze und ihm den Rücken zukehre. Er kniet hinter mir und penetriert mich von hinten. Er hält meine Pobacken fest im Griff, während er in einem festen, gleichmäßigen Rhythmus, wie der Kolben eines Motors, mir genau das gibt, wonach ich mich sehne. David ist einfach kein Vergleich zu den anderen zwei Stümpern, Sven und Maximilian, die mich zuletzt so nahmen. Der eine war völlig ungestüm und hatte überhaupt kein Gefühl für Rhythmus und der andere spritzte, kaum dass er mich penetriert hatte. Während der Kopulation hebt David meinen Po leicht hoch und kreiselte mit einem Finger am After. Langsam und vorsichtig schiebt er den Finger tief hinein. So verengt sich meine Scheidewand und ich spüre seinen Liebeshammer so intensiv an meinem G-Punkt, jenem hochempfindlichen Lustpunkt an der Vorderwand der Scheide unmittelbar hinter dem Schambein, der nach dem deutsch-amerikanischen Gynäkologen Dr. Ernst Gräfenberg benannt ist. Die Spitze von Davids gewaltigem Penis stimuliert den G-Punkt so, dass ich zu einem intensiven Orgasmus komme. Bei diesem Höhepunkt der Höhepunkte spüre ich, wie sich die Scheidenmuskeln rhythmisch zusammenziehen und die Klitoris stark anschwillt. Angereizt vom Pudendusnerv nimmt der Pubo-

coccygeus-Muskel die Erregung des Scheideneingangs, der Schamlippen, des Kitzlers und des Anus wahr. Ich habe das Glück, dass dieser Muskel, im Gegenteil zu den meisten Frauen, bei mir sehr stark ausgebildet ist. Angefangen von einem leichten Kitzeln im Schambereich, breitet sich das Wohlgefühl am ganzen Körper aus. Die Härchen der Haut stehen hoch. Meine Brustwarzen werden ganz hart. Das herrliche Gefühl steigert sich so stark, bis der ganze Körper bebt. Ich spüre, wie die orgiastische Manschette der ganzen Schamgegend anschwillt. Pulsfrequenz und Blutdruck erhöhen sich. Die zahlreichen Glückshormone entfalten ein rauschartiges Wechselspiel. Mein heftiges Atmen und Stöhnen brechen aus in einem Schrei. Es passiert das, was so selten passiert: dass ich eine Ejakulation habe. Gleichzeitig, wie ich zu diesem gewaltigen Orgasmus komme, fließen meine Liebessäfte, die in den Skene-Drüsen produziert werden, aus mir heraus.

Der Orgasmus ist für mich nicht nur der Gipfel der sexuellen Empfindung, sondern das Höchste der Gefühle überhaupt. Diese heftigen, gelegentlich auch krampfartigen Zuckungen verschiedener Muskeln oder wie heute des ganzen Körpers begleiten meine Höhepunkte und leiten gleichzeitig die Entspannungsphase ein. Hierin unterscheiden sich die Orgasmen von Männern am deutlichsten von denen der Frauen. Denn unabhängig von der individuellen Heftigkeit zeichnet sich der männliche Orgasmus dadurch aus, dass er nur wenige Sekunden dauert. Sofort im Anschluss sinkt die Erregung rapide ab. Oftmals ist diese Phase durch Erschöpfung gekennzeichnet, was ich nicht selten beklagt habe. Das

Schlimmste ist, kurz nach dem Verkehr einen fest schlafenden Mann neben mir zu finden. Selbst wenn Männer nicht einschlafen, benötigen sie zumindest eine regenerative Phase. Erst danach ist der Mann wieder erektions- und damit orgasmusfähig. Ich dagegen bin in der Lage, nach einem Orgasmus ohne lange Pause weiter Sex zu genießen, um dann weitere multiple Orgasmen zu erleben. Wie ich weiß, gehört David nicht zu den Männern, die eine lange Verschnaufpause brauchen.

Langsam zieht er sich aus mir heraus. Von irgendwo zaubert er Kleenex-Tücher hervor. Während ich noch auf allen vieren kauere, wischt er sanft unsere Liebessäfte um meine Schamgegend ab. Er steht auf und geht aus dem Zimmer hinaus. Ich liege inzwischen auf dem Rücken. Durch den intensiven Erregungszustand der gerade erlebten Ekstase waren mein Empfinden und Wahrnehmungsvermögen stark eingeschränkt. Alle meine Sinne waren auf mich gerichtet. David nahm ich irgendwann gar nicht mehr wahr. Wer einmal solch eine Ekstase wie ich erlebt hat, wird sie als rauschartiges Glücksgefühl immer wieder neu zu erreichen versuchen. Das entspannte Gefühl nach dem Orgasmus, der so genannte Detumeszenztrieb, der durch das Abschwellen der durch die Erregung angeschwollenen Geschlechtsteile erzeugt wird, tritt ein. Die leichte Gänsehaut, die ich am ganzen Körper hatte, geht zurück und meine Brustwarzen werden wieder weich. Mein Atem und der Puls normalisieren sich.

Ich blicke mich in dem Zimmer um. Auf dem Nachttisch steht eine geöffnete Dose Vaseline. Jetzt wird mir klar, wie Davids Finger so leicht in mein Löchlein gleiten konnte. Ich höre die Dusche. Über dem Bett hängt ein Bild. Die Ferse einer Frau in Nahtstrümpfen ist zu sehen. Der Fuß steckt in einem rot glänzenden Highheel. Der hochhackige Absatz steht auf einer Farbtube und drückt gelbe Farbe aus. Das Bild habe ich schon des Öfteren gesehen. Es amüsiert mich, besonders weil ich genau solche roten Highheels und die passenden schwarzen Strümpfe mit Naht gelegentlich anziehe. Gegenüber vom Bett steht ein Bücherregal. Ich bin zu faul, um aufzustehen und die Bücher genauer zu betrachten, aber ich erkenne von meiner Position aus jede Menge Bücher mit seltsamen Titeln. Ich bin mir nicht sicher, welche fernöstliche Kampfsportarten beschreiben und welche fernöstliche Philosophien. Karate und Taekwondo sind mir klar, ebenso wie Zen und Buddhismus. Was aber Kwan Um Zen oder Qi Gong bedeuten, habe ich keine Ahnung.

David kommt herein. Er hat einen schwarzen Kimono angezogen. Ein Drache mit feuerroten Augen ist darauf gestickt. In der Hand hält er eine Flasche Sekt und zwei Gläser. Ich nippe am Sekt. Es tut gut, diese kühle prickelnde Nässe im Mund und Hals zu spüren.

»Du warst unglaublich, Yvonne. Noch nie habe ich eine Frau erlebt, die einen so gewaltigen Orgasmus hatte. Ich habe zwar davon gelesen, aber dass eine Frau tatsächlich ejakuliert, hielt ich ehrlich gesagt für ein Märchen.«

Ich lächele, während ich mich an meinen Liebhaber ankuschele, den Kopf auf seine Schulter lege und seinen muskulösen nackten Oberkörper streichele. Ihn zu fühlen und zu berühren löst sowohl ein körperliches als auch seelisches Wohlbefinden bei mir aus.

»Schön, David. Ich bin leidenschaftlich und bin froh, ziemlich schnell einen Orgasmus zu bekommen. Einen so guten Liebhaber wie dich, bei dem ich immer komme, habe ich dennoch noch nie gehabt. Weißt du, neulich habe ich in einer Frauenzeitschrift, entweder ‚Marie Claire' oder ‚Elle', glaube ich, gelesen, dass nur 20 Prozent der Frauen und 41 Prozent der Männer noch nie einen Orgasmus vorgetäuscht haben. Es glauben noch dazu fast jede zweite Frau und jeder dritte Mann, dass alle Frauen gelegentlich einen Orgasmus vortäuschen. Anscheinend gehören nach Meinung von 55 Prozent der Frauen und 59 Prozent der Männer Liebe und Sex unbedingt zusammen. 54 Prozent der Männer und der Frauen finden angeblich nach einer Umfrage, dass Sex auch ohne Orgasmus befriedigend sein kann. Jeder zweite Befragte meint, dass der Orgasmus generell viel zu wichtig genommen wird. Für lediglich 28 Prozent der Frauen, aber für 42 Prozent der Männer ist er das Schönste am Sex. Ich gehöre eindeutig zu diesen 28 Prozent und brauche bei dir und deinen sexuellen Qualitäten bestimmt nichts vorzutäuschen.«

»Tja, Yvonne, bei uns scheint Yin und Yang zu stimmen.«

»Yin und Yang?«, frage ich leicht verdutzt und blicke zu David hoch.

»In der alten chinesischen Philosophie gibt es das kosmologische Prinzip, dem alle Wesen zugeordnet sind. Danach entspricht Yin dem Weiblichen und steht für Erde, Mond, Wasser, aber auch für Schönheit. Yang dagegen entspricht dem Männlichen, also Himmel, Sonne, Feuer und Stärke. Es galt, zwischen den Kräften Yin und

Yang einen Ausgleich herzustellen. Was die Sexualität im alten China anging, beeinflusste Yin-Yang sie sehr stark. Der gängigen Vorstellung zufolge strömten beim Orgasmus zwischen Mann, also Yang, und Frau, also Yin, Körpersäfte, die dem Partner Kräfte zur Lebensverlängerung zukommen ließen. Geschlechtsverkehr wurde daher als außerordentlich gesundheitsfördernd angesehen. Für den Mann galt, dass er einerseits bei vielen Frauen Yin sammeln konnte, sein Yang aber nicht unnötig vergeben, sondern für eine besondere Frau, bei den Chinesen also seine Ehefrau, aufsparen sollte. Die Chinesen entwickelten daher Liebestechniken, bei denen der Mann während des Geschlechtsverkehrs nicht zum Orgasmus kam. Diese Techniken variierten besonders durch eine Vielzahl von Sexstellungen. Stell dir vor, bereits um 2700 v. Chr. beschrieb der chinesische Kaiser Huang-Ti eine Vielzahl von Stellungen samt ihrer medizinischen Wirkung. Er gab ihren allen mehr oder minder skurrile Namen, beispielsweise ‚Tiger im Urwald'. Dabei hockt Yin, also die Frau, sich hin, den Kopf auf die Hände gelegt, die auf dem Bett ruhen. Hinter ihr führt der große Yang, quasi der Mann, fünf flache und sechs tiefe Stöße 100-mal aus. Am Schluss dieser Übung wird die Jadeblume derart feucht sein, dass sie alle Alltagssorgen wegwäscht. Nach den Schriften des alten Kaisers ist diese Stellung ebenfalls dem Herzen und der Leber zuträglich. Es war üblich, dass der Mann der besonderen Frau viel Yang gab, das heißt Geschlechtsverkehr mit Orgasmus.«

»Aha, und du bist das Yang und ich bin die besondere Frau, also das Yin. Das hört sich interessant an. Du interessierst dich wohl ziemlich für fernöstliche Philosophie?«, frage ich.

»Ja, weiß du, wenn man sich mit Taekwondo und anderen fernöstlichen Kampfsportarten auseinander setzt, wird das Interesse zwangsläufig geweckt. Nur, zum Thema Sex, vor allem sexuelle Stellungen, gibt es ziemlich viel Niedergeschriebenes aus den alten Kulturen des asiatischem Raumes. Über die Anzahl sexueller Stellungen wird von 69 bis in den dreistelligen Bereich spekuliert. Die frühesten überlieferten Zeugnisse von der Auseinandersetzung mit diesem Thema stammen aus China und Indien. Von dem indischen Kamasutra hast du sicherlich schon gehört oder gelesen.«

»Ja, eine ziemliche geile Sache.«

Ich lächele und überlege, wie es wäre, alle Positionen mit David auszuprobieren. Er lächelt zurück. Hat er den gleichen Gedanken?

»Nun ja, Kamasutra ist für uns heute fast gleichbedeutend mit Stellungsvielfalt. Fakt ist, dass es weniger eine Anleitung zu gemeinsamen Turnübungen ist als ein Text, der verschiedene Arten des sexuellen Begegnens beschreibt. Die ihm zugeschriebenen 64 Stellungen sind durchaus streitbar, weil die Variationen allein davon abhängen, ob bei einer bestimmten Stellung gebissen oder gekratzt wird. Tatsächlich unterscheiden sich aber weder die chinesischen noch die indischen Stellungen großartig von der heutigen Praxis. Nimm doch die heutzutage gebräuchlichsten sexuellen Spielarten, Yvonne. Ich weiß, dass du einige davon kennst. Missionarisch, wobei die Frau mit angezogenen gespreizten Beinen auf dem Rücken liegt und der Mann liegt oben und stützt sich auf Knien und Ellbogen ab. Oder rittlings, wobei der Mann auf dem Rücken liegt. Sie sitzt auf ihm und wendet ihm entweder Gesicht oder Rücken zu und bestimmt natürlich den Rhythmus. Beidseitig Französisch, 69, wie es auch heißt. Er liegt auf dem Rücken und sie bäuchlings auf ihm, sodass die Partner sich gegenseitig oral stimulieren. A tergo, wobei der Mann sie von hinten penetriert, aber nicht unbedingt anal. Dies kann in Löffelchenstellung geschehen, wobei beide auf der Seite liegen, oder wie wir es gerade gemacht haben im Doggy-Style. Diese A-tergo-Varianten sind natürlich im Stehen oder im Sitzen möglich. Alle diese Varianten waren bei den alten Chinesen und Indern auch vorhanden, nur hatten sie andere Namen. Heutzutage haben sie auch eigenartige Namen. Hast du gewusst, dass es, wenn die Frau den Penis zwischen ihre Brüste nimmt, vornehm ausgedrückt nicht Tittensex, sondern spanischer Verkehr heißt? Oder, wenn der Mann mit seinem Penis in die Achselhöhle eindringt, von italienischem Verkehr die Rede ist? Bei der Wiener Auster liegt die Frau auf dem Rücken und hebt ihre Beine bis über den Kopf hoch und der Mann ...«

»Sch ...«, zische ich leise, während ich meine Zeigefinger auf Davids Lippen lege und ihm dann ins Ohr flüstere: »Rede nicht so viel, mein Schatz. Fick mich einfach!«

9.30 Uhr
Ich wache auf und spüre wie David zärtlich meine Wange streichelt. Er lächelt mich an und erzählt etwas davon, dass Frühstück fertig sei. Ich strecke mich und gehe ins

Bad. Während ich unter der Dusche stehe, denke ich an den gestrigen Abend und an die Gespräche über Schönheit und künstliche Brüste. Dr. Gerald Gebhard meinte, ich sei noch jung, jetzt hätte ich noch einen schönen Busen, was ist aber, wenn ich älter werde und die Brüste erschlaffen? Wenn es um das Selbstbewusstsein geht, dann ist für die Mehrheit aller Frauen der Busen der wichtigste Körperteil, da bin ich auch keine Ausnahme. Allerdings sind über die Hälfte unzufrieden mit ihrem Busen. Sie wünschen ihn sich entweder größer, straffer oder kleiner. Das wiederum trifft auf mich nicht zu. Ich bin stolz darauf, einen so großen und festen Busen zu haben. Vielen Frauen ist es wohl nicht bewusst, dass es aber nicht nur mit Schönheitsoperationen, sondern auch mit vielen natürlichen Behandlungen gelingen kann, den Busen in Bestform zu bringen. Ja, vielleicht habe ich Angst davor, dass mein Busen irgendwann nicht mehr so schön sein könnte. Gerade weil ich einen großen Busen habe, sehe ich die Gefahr der Erschlaffung. Werde ich mich eines Tages an einen Schönheitschirurgen wenden, um meinen Busen heben zu lassen? Vielleicht beantwortet sich diese Frage von selbst, weil ich im Frauenknast in Schwäbisch Gmünd sitze. Aber sowohl die Frage nach einer Inhaftierung als auch die Erschlaffung meines Busens werde ich so lange wie möglich aufhalten. Ich starte jeden Morgen mit einer kühlen Dusche. Das regt den Stoffwechsel an und sorgt dafür, dass Schlacken im Unterhautfettgewebe des Busens abtransportiert werden. Den oberen Brustbereich brause ich mit einem sanften Strahl und kreisenden Bewegungen mehrere Minuten ab. Dabei wechsele ich kalt und warm mindestens dreimal hintereinander ab. Im Fitnessstudio mache ich spezielle Übungen für meinen Busen. In den wärmeren Jahreszeiten gehe ich weniger ins Fitnessstudio. Dafür mache ich täglich Gymnastik mit dem Impander. Dazu stelle ich mich locker hin, spanne Po und Bauch an und presse den Impander mit beiden Händen in Brusthöhe zusammen. Fünf Sekunden halte ich so den Impander und entspanne mich dann. Bis zu 20-mal wiederhole ich diese Übung. Dazu kommt noch Hanteltraining, wobei die Arme gestreckt gehoben und mit der Hantel langsam nach vorn gesenkt werden, anschließend ebenso langsam nach oben gewechselt. Nun ja, jetzt bin ich nicht zu Hause und habe keinen Impander dabei. Eine hautstraffende Körperlotion, die ich nach dem Duschen am Busen immer auftrage, habe ich im Beauty-Case eingepackt. Pflegeprodukte wirken noch intensiver, wenn sie mit einer kleinen Massage verbunden werden. Deshalb schließe ich die Augen und stelle mir ein Kreuz zwischen meinen Brüsten vor. Ich streiche die Körperlotion von hier aus mit der linken Hand nach rechts aufwärts aus und umgekehrt. Ich schaue in den Spiegel. Dafür, dass die Nacht so kurz war, sehe ich recht ordentlich aus. Ich trage einen Lipgloss in Pink und Mascara auf. Ich trockne meine nassen Haare mit einem Handtuch ab. Bloß nicht zu fest rubbeln, das ist für die Haarstruktur und den Glanz gar nicht gut. Ich gehe ins Schlafzimmer, bei dem warmen Wetter werden sie ohne Fönen schnell trocknen. Ich schlüpfe in einen weißen String und ziehe einen sehr kurzen Minirock mit rosafarbenem Schlangenmuster darüber. Ich suche in meiner Tasche und stelle fest, dass ich meinen BH vergessen habe. Na, was soll's?

Ich streife mein weißes T-Shirt über meinen nackten Oberkörper. Während meiner Freizeit ziehe ich mich gerne leger an. Zur Schule würde ich mich nie so kleiden. David, der bereits am Frühstückstisch auf mich wartet, lächelt. Dass sein Blick automatisch meinem T-Shirt gilt, wo sich die dunklen Brusthöfe auf dem dünnen hellen Stoff abdrücken, ist doch klar: Typisch Mann!

15.00 Uhr
David hat mich nach Hause gefahren. Er hat am Nachmittag einen Wettkampf mit seiner Jugendmannschaft. Wir haben uns für heute Abend verabredet. Ich habe versprochen, wieder etwas zu kochen, nachdem David so von meinen Kochkünsten begeistert war. Nachdem ich mein schwarzes Kleid mit der Hand glatt gebügelt habe, hänge ich es zum Lüften auf. Ich ziehe mich aus und stelle mich nackt vor den großen Spiegel an meinem Schlafzimmerschrank. Ich hole meine Hanteln und mache ein paar Übungen für den Busen, Po und die Schenkel. Dabei betrachte ich ganz genau jede Bewegung und Zuckung der Muskelpartien. Das sind aber nicht die einzigen Übungen, die ich machen will. Seit einiger Zeit beschäftige ich mich auch mit asiatischem Training, allerdings nicht mit Martial Arts, sondern mit tantrischem Sextraining.

Ich setze mich auf mein Bett und nehme eine bequeme Sitzhaltung ein. Ich betrachte meine Vagina im Spiegel vor dem Bett. Ich nehme Zeigefinger und Daumen und greife die linke Schamlippe oben, wie wenn es eine Uhr wäre, »kurz nach zwölf«. Ich presse dreimal leicht und lasse wieder locker. Dies jeweils zwei Sekunden lang. Ich wandere auf diese Weise dreimal rund ums »Zifferblatt«. Nun nehme ich beide Zeigefinger. Zwischen den Innenseiten der Zeigefinger presse ich beide Schamlippen aneinander. Auf diese Weise wandere ich dreimal die Vagina aufwärts und abwärts.

Ich reibe die Hände aneinander, bis sie leicht erwärmt sind. Bedecke dann mit den Handflächen meinen Schamhügel bis hinunter zur Vagina. Ich presse dreimal leicht und lasse wieder locker. Dies jeweils wieder zwei Sekunden lang. Ich wiederhole dies dreimal. Dann lege ich meine linke Hand entspannt auf die Bauchmitte. Mit dem Zeigefinger der rechten Hand kreise ich genussvoll im Uhrzeigersinn um meine Klitoris, insgesamt dreimal eine Minute lang, mit kurzen Zwischenpausen.

Ich bringe mich durch sanfte Stimulierung in meine Lust hinein. Ich warte einen Augenblick, atme dreimal tief und töne beim Ausatmen: »Aaaaahhh.« Dann lege ich einen Finger an die Öffnung meiner Vagina, spanne die Muskeln von Vagina und After an. Dann lasse ich wieder locker. Der an der Vaginaöffnung wartende Finger gleitet ein kleines Stückchen in die Vagina hinein. Dann spanne ich im Wechsel Vagina- und Aftermuskel an und lasse wieder locker, so lange, bis der Finger ganz in meiner Vagina ist. Zwei weitere Minuten lang mache ich dieses Anspannen und Loslassen. Abschließend entspanne ich mich ein paar Minuten. Dann wiederhole ich die Übung zwei weitere Male.

Das hat gut getan. Ganz so dem Zufall will ich es nicht überlassen, ob ich einen Orgasmus bekomme oder nicht. Diese Übungen sind eine große Hilfe, um das Gefühl der Sinnlichkeit zu erhöhen. Ich lege mich zurück in mein Bett. Ich bin hundemüde.

18.00 Uhr
Nachdem ich den halben Nachmittag gepennt habe, bin ich endlich irgendwann aufgestanden. Es war zu heiß, um zu joggen, was ich ursprünglich für diesen Samstagnachmittag geplant hatte. Stattdessen legte ich ein Badetuch auf dem Liegestuhl aus, nahm ein Buch und sonnte mich.

Es ist schön, dass mein Balkon keinen Einblick für Neugierige von außen gewährt und ich mich von daher splitternackt auf dem Liegestuhl räkeln kann. Das Buch, das ich lese, ist »Bridget Jones Dairy« von Helen Fielding. Ich sehe es als meine Pflicht als Englischlehrerin an, mindestens einmal im Monat ein Buch auf englisch zu lesen. Noch dazu macht es einfach mehr Spaß in der Originalsprache. Eigentlich komisch, dass ich das Buch erst jetzt lese, obwohl es seit einigen Jahren auf dem Markt ist. Besonders amüsant finde ich den ewigen Kampf zwischen Bridget und ihrer Waage. Vielen Frauen geht es wohl tatsächlich so. Diät, Diät, Diät! Ich brauche keine Diät. Bei dem vielen Sport, den ich treibe, kann ich ruhig essen und trinken, was ich will und im Grunde genommen auch so viel wie ich will. Nicht, dass ich unbedingt ein großer Esser wäre noch ein besonderes Faible für Süßigkeiten oder für besonders kalorienreiche Knabbersachen habe. Wobei – halt! Um bei der Wahrheit zu bleiben: Bei einer guten Mousse au Chocolat und auch bei einer roten Grütze sage ich nicht Nein. Heute Abend gibt es als Nachtisch rote Grütze. So wie ich vorhabe, sie zu servieren, wird sich David sicher begeistern. Bevor ich den Nachtisch mache, muss ich allerdings das Hauptgericht zubereiten. Ich schaue zum Wecker neben meinem Bett, den ich von meiner Position aus durch die geöffnete Balkontür erspähen kann. Es wird Zeit, mit dem Kochen zu beginnen. Nachdem ich neulich für David gekocht habe und es ihm so gut geschmeckt hat, freue ich mich, schon wieder etwas für ihn zu kochen. Immer das Single-Kochen tagein, tagaus ist wirklich langweilig. Ich habe heute beschlossen, etwas Italienisches zu machen. Es passt ja auch zum Wetter. Bereits am Mittag, nachdem David mich direkt nach Hause gefahren hatte, war ich einkaufen.

Ich nehme mein Klappmesser und steche mehrere tiefe Einschnitte in ein Stück Kalbsbraten hinein. Eigenartig, wofür so ein Messer benutzt werden kann. Als Tod bringende Waffe oder als Küchenutensil. Auf jeden Fall – beides nützlich. Ich wische etwas Kalbsblut von der Klinge ab. Dann hole ich vom Balkon ein paar Rosmarinzweige, zupfe die Blätter ab und werfe sie mit zwei Knoblauchzehen in die Moulinette, wo sie klein zerhackt werden. Die Rosmarin-Knoblauch-Mischung stopfe ich in die Einschnitte des Bratens. Eine grob geviertelte Zwiebel wird ebenfalls in der Moulinette gehackt und anschließend in einer großen Bratpfanne in Olivenöl gebraten. Bacon Bits füge ich dazu und lasse beides eine Weile braten, bis ich das Kalb ebenso dazugebe. Aus dem Streuer gebe ich einen kräftigen Stoß weißen Pfeffer hinzu. Nachdem die Unterseite des Kalbsbratens leicht gebräunt ist, wird er umgedreht. Ich überlege, welcher Wein dazu passt, und mustere einen Soave und einen Frascati. Schließlich entscheide ich mich für den leichten, spritzigen Soave und gieße ein Glas des Weißweins zu dem Braten. Einen kleinen Schluck des Weines probiere ich gleich. Er mundet nicht schlecht, ist aber eindeutig zu warm. Die offene Flasche und den Frascati stelle ich in den Kühlschrank. Jetzt gehören Flaschentomaten überbrüht, abgezogen, entkernt und in kleine Stücke geschnitten, aber dazu bin ich zu bequem. Stattdessen mache ich zwei Packungen Pomito auf. Der Wein in der Pfanne ist inzwischen stark reduziert. Ich kippe die fertigen kleingehackten Tomaten hinzu, lege den Glasdeckel auf die Pfanne und senke die Temperatur, damit der Braten in der Tomatensoße schmoren kann.

Den Liegestuhl auf dem Balkon räume ich zur Seite und decke den kleinen Balkontisch. Bei so einem schönen Abend wie diesem werden wir nicht in der warmen Wohnung dinieren wollen. Die Sonne hat sich um das Haus gedreht und knallt nicht mehr so heiß herunter. Galileo Galilei hatte Unrecht. Nicht die Welt dreht sich um die Sonne, sondern das ganze Universum dreht sich um mich. Soll ich einen Aperitif einschenken? Es wäre sicher nicht verkehrt, solange die Nudeln kochen und wir unsere Vorspeise essen. Ich habe Campari, Ramazzotti und Cynar. Ich überlege, woher ich die Flasche überhaupt habe. Dem Etikett nach ist er anscheinend aus Artischocken gemacht. Ich meine, ihn einmal mit Prosecco gemischt getrunken zu haben. Es war ein eigenartiger, aber doch leckerer Geschmack. Ist das aber nun ein Aperitif oder Digestif? Artischocken sollen angeblich potenzsteigernd sein, so habe ich es wenigstens gelesen, also eindeutig Aperitif. Ja, das nehme ich.

Ich gehe zurück in die Küche und schneide Champignons in Scheiben und schmore sie in Butter. Ein Blick zur Uhr: 19.45 Uhr. Viel Zeit bleibt mir nicht. Ich wasche den Ruccola und tue ihn in eine Salatschüssel. Schnell rühre ich ein einfaches Salatdressing aus Olivenöl und Balsamico zusammen.

Ich stelle die große Pfanne von der heißen Platte zur Seite und nehme mit einer Fleischgabel den Kalbsbraten heraus. Es duftet ganz intensiv nach dem Essen. Mit einem großen, sehr scharfen Küchenmesser schneide ich den Braten in mundgerechte Würfel. Das Fleisch ist innen drin noch leicht rosa. Das Schneiden geht schnell. Ich bin ja mit dem Messer sehr geübt und geschickt. Die Würfel kippe ich zurück zu der Tomatensoße und füge auch die Pilze hinzu. Mit dem Deckel darauf lasse ich das Ragout noch durchziehen.

Ich ziehe meine Schürze aus. Ich habe darunter sonst nichts an. Ich grinse. Wäre das nicht gerade das ideale »Drehbuch« für einen billigen Pornostreifen: Hausfrau, nur mit Schürze bekleidet, steht in der Küche und wartet, bis ihr Mann nach Hause kommt und … Blödsinn, Yvonne. Sex, ja Sex können wir und werden wir sicherlich haben. Aber später, viel später. Ich will essen, quatschen und einen schönen Abend mit David verbringen. Ich dusche mich in Rekordzeit mit eiskaltem Wasser ab. Mir geht es hauptsächlich darum, den Essensgeruch zu vertreiben. Ich sprühe einen Spritzer Samsara auf meine Oberschenkel, mein Dekolleté und hinter die Ohrläppchen. Schnell ziehe ich einen dunkelblauen Stringtanga und passenden Bügel-BH aus hauchzartem, transparentem Tüll mit einer filigranen Blümchenstickerei von Passionata an. Darüber ziehe ich ein schlichtes körperenges Minikleid mit Spaghettiträgern in Königsblau an. Das Zopfband, das ich beim Kochen und Duschen anhatte, mache ich weg und bürste meine Haare kräftig durch. Ich lasse sie offen. Etwas Lidschatten, Wimperntusche und einen kräftigen roten Lippenstift trage ich noch auf. Zuletzt lege ich eine Halskette aus Swarovsky-Kristallglas in drei verschiedenen Blautönen und passende Ohrringe an. Die einzelnen Kristallsteine und die silberne Fassung funkeln und glitzern ganz hell.

19.59 Uhr und 30 Sekunden. Schuhe? Wo sind meine Schuhe? Schnell in die blauen Sandaletten, die ich im gleichen Laden in Garda gekauft habe, wo ich das Kleid herhabe. 56 Sekunden, 57. Er ist bestimmt pünktlich. 58, David ist die personifizierte Pünktlichkeit. 59, 20.00 Uhr. Es klingelt.

Sonntag, 23. Juni
1.00 Uhr
Viereinhalb Stunden. Tatsächlich viereinhalb geschlagene Stunden alleine zusammen mit David, und wir haben keinen Sex miteinander. Hey, Yvonne, wenn das kein Rekord ist!

Während wir das Kalbsragout mit reichlich kühlem Weißwein genossen, erzählte mir David alles Mögliche über orientalische und fernöstliche Kulturen. Ich war erstaunt und zugleich fasziniert darüber, was er alles wusste. Zum Beispiel, nachdem er mich zur Begrüßung geküsst hatte und den Duft meines Parfüms erkannte hatte – was an sich für die meisten Kerle eine unlösbare Aufgabe ist, außer wenn sie schwul sind –, vertraute er mir an, was Samsara eigentlich bedeutet. Nämlich das unendliche Rad des Lebens. Es handelt sich dabei um einen geheimen, heiligen Ort, wo Orient und Okzident aufeinander treffen. Samsara ist das Symbol der Harmonie und der völligen Osmose zwischen einer Frau und ihrem Parfüm. Dabei stellt sie eine geistige Reise zur inneren Zufriedenheit dar. Eine sehr schöne Beschreibung, wie ich finde.

Ferner klärte er mich noch viel mehr über die verschiedensten Philosophien auf, insbesondere Zen. Gerade von einigen Zeitschriften über Beauty und Lifestyle habe ich durchaus vernommen, dass Zen hip ist und seit einigen Jahren die Asia-Welle boomt. Tatsächlich weiß ich aber nicht sonderlich viel über die eigentliche Zen-Philosophie. David erklärte, dass im Mittelpunkt des Zen Zazen steht, was so viel wie Meditation bedeutet. Mit aufrechtem Rücken und ineinander gelegten Händen übt man im Lotussitz, den Geist zu sammeln. Dazu sollten die Augen halb geöffnet auf einen Punkt gerichtet sein. Langsam von eins bis zehn zählen oder auch ein Wort wählen, das man immer wieder vor sich hersagt, ein so genanntes Mantra, wie das bekannte lang gezogene »Om«. Das Ziel der Zen-Meditation ist, sich in Einklang mit der Umwelt zu bringen. Durch die Entspannung bekommt man neue Energien und danach soll man auch gleich viel besser aussehen, weil es nach asiatischer Auffassung für die Schönheit und Gesundheit wichtig ist, dass die Lebensenergie Qi frei fließen kann. Im Zen geht es darum, jeden Moment intensiver zu erleben, indem man versucht, achtsam zu sein und sich auf jeden Augenblick zu konzentrieren. Oder wie es

David vereinfacht ausdrückte: während des Autofahrens nur Auto fahren, während des Lesens nicht noch nebenbei eine Unterhaltung führen. Konsequenterweise sollte dies auch bei der Ausübung von Sex praktiziert werden, damit wird die schönste Beschäftigung der Welt noch intensiver erlebt.

Ich fragte David, ob diese Zen-Philosophie tatsächlich aus seiner Sicht die Erklärung für sein unglaubliches Stehvermögen wäre. Dazu grinste er nur so frech-verschmitzt und meinte, er würde viel üben. Wie sich herausstellte, war ich nicht die Einzige, die tantrisches Sextraining machte. David war im Vergleich zu mir geradezu ein Meister darin. Er erklärte mir, dass die altindische Liebes- und Bewusstseinsschule des Tantra die Lehre von der Entfaltung der Liebe im Menschen ist. Damit ist aber entgegen meinen bisherigen Vorstellungen nicht nur die erotische Liebe gemeint, sondern all ihre Facetten, wie das herzoffene Mitfühlen und die ganzheitliche Liebe, die sich auf alle Lebewesen des Kosmos erstrecken soll. Um mit mir ehrlich zu sein, war mir die Gedanke an irgendwelche Liebe bisher gar nicht in den Sinn gekommen. Ich wusste, dass im Tantra die Sexualität als heilige, heilende und einende Kraft gilt. Von daher sah ich sie lediglich als ein Mittel, um durch das Trainieren meines Liebesmuskels meine eigene Befriedigung, verbunden mit höchster Lust und Ekstase, zu finden.

Okay, dann war es irgendwann doch mal so weit. Ich servierte den Nachtisch. Während wir im Bett lagen, ließ ich leckere rote Grütze langsam auf unseren nackten Körper tropfen und jeder leckte genüsslich das süße Fruchtdessert vom anderen ab. Das war ein herrlich zuckriges Vorspiel für ein erneutes phänomenales Sexspielchen.

Nun liege ich entspannt da und erhole mich von dem großartigen Orgasmus. Ich werde von dem tollsten Liebhaber, den ich mir hätte je erträumen können, mit sanften Streicheleinheiten massiert. David fährt mit seinen Fingerspitzen die Konturen meines Körpers nach. Danach gleiten seine Hände mit gleichmäßigen rhythmischen Streichbewegungen über meinen Körper. Diese Zeit der Entspannung erscheint mir genau der richtige Augenblick zu sein, um David auszuhorchen.

»Erzähle mir doch von deiner Arbeit. Was gibt es Neues zum Tod meiner Schüler Sven, Michael und Zoran?«

»Nun ja, die Ermittlungen laufen, da darf ich dir eigentlich gar nicht so viel sagen.«

David zögert. Er massiert meinen Rücken mit der flachen Hand weiter bis zu meinen Pobacken. Ich spreize meine Beine ganz leicht. Eine seiner Hände gleitet kurz über meine Pussy. Er besinnt sich aber anders und fängt an, die Oberschenkel zu massieren.

»Obwohl, früher oder später steht es eh in der Zeitung. Da denke ich, dass ich dir vertrauen kann. Du wirst nichts weitererzählen, okay? Wir sind uns gar nicht so sicher, ob es einen Zusammenhang zwischen diesen Morden gibt oder nicht. Zoran und Michael wurden beide im Haus der Eltern von Michael gefunden. Sie waren genauso niedergestochen wie Sven oder auch wie neulich der Taxifahrer und der Tote im Schwarzwald. Zumindest da gibt es eine Übereinstimmung. Zoran und Michael waren ziemlich mit Drogen voll gepumpt. Wir haben jede Menge Ecstasypillen gefunden, aber auch Poppers.«

»Poppers?«, frage ich etwas verdutzt und drehe mich seitlich zu David.

»Poppers oder Amsterdam-Poppers, wie sie auch genannt werden ...«

Er dreht mich sanft wieder auf meinen Bauch und massiert mich weiter.

»... sind eine synthetische, illegale, flüssige Droge mit sexuell stimulierender Wirkung. Poppers tauchten in den siebziger Jahren vornehmlich in Schwulenkreisen auf, verschwanden dann aber wieder. Mitte der neunziger Jahre erlebte die Droge eine Renaissance, zuerst in den Schwulenkreisen Amsterdams, fand dann aber zunehmend Eingang in die Disko-Szene in Deutschland. Poppers haben nicht nur stark aufputschende und sexuell stimulierende, sondern auch eine halluzinogene Wirkung. Poppers verursachen eine psychische Abhängigkeit. Eine physische Sucht, wie sie unter anderem bei Heroin entsteht, ist nicht gegeben. Der Drogenmix aus Isobutylnitrit oder Amylnitrit wirkt allerdings nur wenige Sekunden nach der Inhalation und wird deshalb in erster Linie als Orgasmus-Booster eingesetzt.«

»Orgasmus-Booster? Mein Orgasmus-Booster liegt direkt neben mir«, lache ich. David lacht ebenso.

»Die beiden Jungs wurden nackt aufgefunden. Der Zusammenhang mit Poppers gab ein erstes Indiz darauf, ob die zwei schwul wären, aber diese Vermutung ist wohl nur heiße Luft. Aus den Spuren, die wir sonst gefunden haben, z. B. Spermaspuren und Schamhaare, geht eindeutig hervor, dass sie vor ihrem Tod ungeschützten Sex hatten. Und zwar mit mindestens einer Frau. Womöglich hat die Frau sie ermordet. Blutiger Mord nach Sex?

Das ist irgendwie wie bei den anderen Morden. Obwohl, und das ist das Frustrierende an der Sache, es wurden unterschiedliche weibliche Schamhaare entdeckt, bzw. bei Sven fanden wir überhaupt keine Schamhaare oder sonstige Anzeichen, dass er vor seinem Tod Sex hatte. Wir wissen nicht einmal, wo er ermordet wurde. Dort im Wald, wo du ihn fandest, wurde er hundertprozentig nicht getötet.«

David hört auf, mein Bein zu massieren. Ich drehe mich wieder einmal auf die Seite zu ihm und streichele ihn liebevoll. Er schaut sorgenvoll, in Gedanken vertieft.

»Der Fall ist für dich sehr wichtig, stimmt's?«

Er nickt.

»Ja, du weißt doch, wie die ganze Sache in der Presse gehandelt wird. Hast du die Überschrift der Bild-Zeitung gesehen? Vermutlich nicht. Ich nehme an, dass du die Boulevardpresse nicht liest. Wenn wir diesen Fall lösen, wird mein Chef, der Hauptkommissar Hans Fledderer, sicher befördert werden. Er strebt schon seit einiger Zeit nach oben. Dann wird sein Posten frei. Es heißt nicht, dass ich automatisch auf seine jetzige Stelle nachrücke, aber schlecht stehen die Chancen nicht. Wenn wir den Fall versieben, sieht es entsprechend weniger rosig aus.«

Ich kuschele mich an David und küsse ihn leicht auf die Wange.

»Vielleicht gibt es einen Zusammenhang zwischen all diesen Morden. Ich verstehe nicht gerade viel von solchen Sachen, aber eine gewisse gute Kombinationsgabe habe ich schon. Nehmen wir einfach an, dass die Morde nicht zufällig sind, sondern tatsächlich zusammenhängen. Also, was haben wir: fünf Männer, alle mit einem Messer getötet. Wir wissen, dass Sven, Zoran und Michael miteinander befreundet waren. Okay, Zoran und Michael wurden zwar zu Hause ermordet und Sven fanden wir im Wald. Gibt es bei Sven und den anderen Toten auch irgendwelche Hinweise auf Drogen? Hast du das überprüft?«

»Bei Sven fanden wir zu Hause schon ein paar Ecstasytabletten. Von dem Taxifahrer und dem Antiquitätenhändler ist mir diesbezüglich nichts bekannt. In Richtung Drogen haben wir nicht ermittelt.«

»Aber vielleicht solltest du. Wer weiß, womöglich handelten meine Schüler mit Drogen, zutrauen würde ich es ihnen. Die waren alles andere als Unschuldslämmer, weißt du. Ich hatte schon mehr als einmal den Eindruck, dass sie zugedröhnt im Unterricht saßen. Wenn ich genau nachdenke, fielen mir Sven, Michael und Zoran einmal auf, das ist gar nicht so lange her, weil sie in der Nähe der Schule an einem Taxi herumstanden und irgendein Päckchen vom Fahrer des Taxis im Empfang nahmen. Als sie mich sahen, verhielten sie sich irgendwie komisch. Du weißt doch, wie das ist, wenn jemand sich auffällig bemüht, unauffällig zu sein. Womöglich war das der Taxifahrer, der ermordet wurde. Es könnte doch sein, dass er ein Kurier war und die Drogen aufs Land schaffte, wo der Antiquitätenhändler ihm die Ware abnahm. Überprüfe doch, ob es eine Verbindung zwischen dem Taxifahrer und meinen Schülern gab. Wenn meine Theorie stimmt, könnte es doch sein, dass sie vielleicht anderen Drogenhändlern in die Quere kamen oder nicht zahlen konnten, deshalb wurden sie liquidiert.«

»Also, ich weiß nicht, Yvonne. Das hier ist immer noch Stuttgart und nicht Miami. Und was ist mit den Frauen?«

»Du meinst die Frauen, mit denen sie vor ihrer Ermordung Sex hatten? Tja, gute Frage. Lass mich mal nachdenken. Lockvögel, klar, sie dienten als Lockvögel, um sie abzulenken, sehr wahrscheinlich waren sie Prostituierte. Du weißt doch, als du mich das erste Mal vernommen hast, hatten Michael und Zoran irgend so etwas erzählt, dass sie ‚die Alte ficken werden und sie es ihr richtig besorgt haben'. Ich sagte dir schon, dass sie nicht bei mir waren. Vielleicht fantasierten sie nicht, wie ich ursprünglich annahm. Womöglich waren sie tatsächlich auf dem Weg zu mir, weil sie in ihren perversen Drogenköpfen sonst was dachten, was ich mir gar nicht ausmalen will. Stattdessen wurden sie von dem Lockvogel abgefangen und hatten mit dieser Unbekannten Sex. Das war die Frau, von der sie später erzählten. Zu dem Zeitpunkt, als sie ermordet wurden, war die gleiche Frau, die sie inzwischen ja kannten, bei ihnen.«

David stutzt ganz sichtlich. Diese Bärengeschichte, die ich ihm aufbinde, klingt schön logisch und lässt ihn grübeln. Nebenbei entlastet sie mich vom Verdacht, irgendetwas Anzügliches mit Zoran und Michael zu tun gehabt zu haben.

10.00 Uhr
Anita Beierle streichelte den nackten Oberkörper ihres Bruders, während er neben ihr in dem großen Doppelbett lag und frühstückte.

»An was denkst du, liebster Bruder?«

Andreas stellte seine Kaffeetasse auf das Tablett und drehte sich zu seiner Zwillingsschwester.

»Ich habe an die Party am Freitagabend gedacht und an Yvonne. Sie ist eine unglaublich schöne und erotische Erscheinung.«

»Haha, sag doch gleich, was du meinst: Du willst sie flachlegen, stimmt's? Am liebsten angekettet und dir vollkommen hörig.« Anita grinste. Sie kannte die sexuellen Vorlieben ihres Bruders nur zu gut. Andreas nickte. Ja, Anita wusste genau, wie er es mochte: hart und sadistisch. »Yvonne ist aber mit Vorsicht zu genießen. Sie ist sehr gefährlich und ich will nicht, dass dir etwas passiert.«

»Gefährlich, sagst du?«, fragte Andreas, hob das Tablett zur Seite und rutschte auf dem Bett herum, sodass er im Schneidersitz vor seiner Schwester saß. Er wiederholte den Satz. »Gefährlich, sagst du? Wie meinst du das? Du hast doch keine Geheimnisse vor mir, Anita?«

»Tja, weißt du, es sind weniger die Geheimnisse, die ich habe, sondern die, die Yvonne hat. Ich habe dir erzählt, dass Yvonne eine sexuelle Beziehung zu einem Schüler hatte. Nun, es handelte sich um den gleichen Jungen, der letztes Wochenende ermordet wurde. Du hast in der Woche zuvor doch in den Nachrichten mitgekriegt, dass zwei andere Jugendliche aus der gleichen Schule ermordet wurden. Yvonne hat mir erzählt, dass diese zwei Jungs sie vergewaltigt haben.«

»Hm, vergewaltigt? Die Glücklichen!«

Andreas lachte ein kurzes widerliches Lachen, um dann die Stirn zu runzeln.

»Ja, vergewaltigt, und sehr brutal sogar, aber das ist

noch gar nicht alles. Du erinnerst dich doch, dass im Schwarzwald auch ein Mord geschah und in den Medien spekuliert wurde, ob zwischen diesem Mord und dem Mord an einem Taxifahrer aus Stuttgart ein Zusammenhang bestehen könnte. Nun, an dem Abend, als der Taxifahrer ermordet wurde, war Yvonne mit einem Taxi unterwegs. Ich weiß es, da sie an diesem Abend bei mir in der Praxis war. Sie war meine letzte Patientin, deshalb bin ich kurz nach ihr gegangen. Ich bin am Taxistand vorbeigefahren und habe gesehen, wie sie in ein Taxi einstieg. Ich habe mir natürlich weder damals noch danach irgendetwas Besonderes dabei gedacht. Warum auch? Als dieser Mord im Schwarzwald passierte, war Yvonne auch in der Nähe. Der Mord passierte ganz in der Nähe von unserem Ferienhaus. Ich war mit Yvonne dort. Das war in der Woche, als du auf Geschäftsreise in Istanbul warst. Als du zurückkamst, hattest du diese furchtbare Darmgrippe und hast mich angerufen. Ich bin morgens vom Schwarzwald zurück nach Stuttgart gefahren. Yvonne blieb dort. Nun, just an diesem Tag wurde der Kerl aus diesem Antiquitäten- und Ramschladen, den kennst du bestimmt auch, Hugo hieß er, wenn ich mich nicht täusche, ermordet.«

»Wow! Du glaubst, Yvonne hat diese Morde begangen?«

Anita zuckte mit den Schultern und nahm einen Schluck Orangensaft, ehe sie nachdenklich antwortete: »Ich weiß es wirklich nicht, aber dass fünf Männer getötet und noch dazu alle aufgeschlitzt wurden und unsere liebe Yvonne entweder vor Ort war bzw. auf irgendeine Art in Verbindung mit ihnen stand, erscheint alles anders als zufällig. Dass die Frau mehr oder weniger sexbesessen ist, habe ich dir schon erzählt. Mit ihrem Schüler hat sie kopuliert. Er hat sie unter Druck gesetzt – das hat ihr nicht gepasst, und zack, hat sie ihn aufgeschlitzt. Die zwei haben Yvonne vergewaltigt, da sie von ihrem Freund erfahren haben, wie schwanzgeil sie ist. Yvonne rächte sich und schlitzte sie auch auf. Wenn ich mich an die Todesanzeige von dem Taxifahrer erinnere, war das ein ganz hübscher Kerl, Hugo auch. Es würde mich gar nicht wundern, wenn Yvonne mit allen Männern Sex hatte. Aus irgendeinem Grund hat sie sie dann ebenfalls aufgeschlitzt. Gestern auf der Party war sie mit David da. Du weißt doch, dass David bei der Kripo ist. Ich habe Yvonne gefragt, wie sie dazu kommt, ausgerechnet mit David zusammen zu sein, da hat sie mir erzählt, dass er in den Mordfällen ermittelt und sie jetzt miteinander ficken. Und weißt du, ausgerechnet das macht mich stutzig. Dass Yvonne David verführt hat, passt genau zu ihr und überrascht mich nicht im Geringsten, aber dass sie anscheinend eine engere Beziehung begonnen hat, das passt ganz und gar nicht zu ihr. Es sei denn, sie nutzt diese Beziehung aus. Quasi durch den Einsatz ihrer erotischen Reize verdreht sie dem Herrn Kommissar den Kopf und verwirrt ihn in seinen Ermittlungen. Horcht ihn aus und legt womöglich falsche Fährten. Raffiniert und klug genug ist sie ja.«

»Und du meinst, Yvonne wäre wirklich in der Lage zu töten? Traust du ihr zu, ein Serienkiller zu sein?«

Anita lächelte geradezu säuerlich ihren Bruder an und gab ein leises höhnisches Lachen von sich.

»Zutrauen? Grundsätzlich halt ich jeden für fähig, jemanden zu töten. Ein Serienkiller? Wer weiß. Die Frau hat sicherlich etwas emotional sehr Kaltes, ja direkt Psychopathisches an sich. Ich traue ihr das auf jeden Fall zu. Aber was heißt zutrauen? Wer, glaubst du, würde uns zutrauen, ein inzestuöses Verhältnis miteinander zu haben? So wie wir unser Geheimnis seit nunmehr über 25 Jahren für uns behalten haben, konnte Yvonne ihre Hypersexualität auch verbergen. Ich bin mir inzwischen aber nicht sicher, ob sie nicht durch ihre nymphomanischen Neigungen in einen gewissen sexuellen Wahn verfällt, worin sie, um ihre Lust zu steigern, ihre Liebhaber tötet. Das wäre theoretisch möglich. Wir wissen doch, dass es so etwas gibt wie die Lust am Töten. Es wäre jedoch etwas anderes denkbar: Weißt du, was mir bei Yvonne besonders auffällt, ist, dass sie immer die Männer verführt und sich nicht von ihnen verführen lässt. Du erinnerst dich doch an den Korb, den du erhalten hast, als du sie das erste Mal trafst? Wenn man ihr zu offensiv kommt oder sie gar zu Sex zwingt, könnte sie sich eiskalt, d. h. sogar mit dem Tod rächen.«

Andreas kratzte sich die Stoppeln an seinem unrasierten Kinn und hielt kurz inne, bis er die Luft kurz durch seine Zähne pustete.

»Puh, ich weiß jetzt, was du mit gefährlich gemeint hast! Aber da fällt mir gerade etwas ganz anderes ein: Du warst mit ihr in unserem Ferienhaus, sagtest du. Das hast du mir nicht erzählt. Du hattest Sex mit ihr, stimmt's?«

Anita nickte und grinste schelmisch. Andreas gab ihr einen Klaps auf die Innenseite ihres nackten Oberschenkels.

»Oh, du Luder. Du hast ihre Muschi geleckt und mir nichts davon erzählt.«

Anita lachte laut und nahm die Hand ihres Bruders.

»Sehr witzig, spiel bloß nicht den Eifersüchtigen. Du lässt mich auch nicht immer an deinen kleinen Abenteuern teilnehmen. Oder willst du mich ernsthaft glauben machen, dass du nicht die eine oder andere Assessorin oder Mandantin hinter meinem Rücken bestiegen hast? Du brauchst es gar nicht zu leugnen. Lydia hat mir schon erzählt, wie du sie an ihrem Bett festgeschnürt hast und stundenlang dein kleines Spielchen mit ihr getrieben hast.«

Jetzt lachte Andreas laut. Es kamen ihm dabei fast die Tränen. Er setzte sich hoch zu seiner Schwester und fasste sie an einer ihren großen, festen Silikonbrüste. Die Brustvergrößerung war seine Idee gewesen und quasi sein Geschenk zum 35. Geburtstag. Er knetete die Brust leicht und küsste Anita sanft auf die Wange.

»Du kennst mich doch zu gut, Schwesterherz. Aber erzähl mir, wie ist Yvonnes Muschi, behaart oder glatt rasiert wie deine?«

Jetzt grinste Anita ganz schelmisch. Klar, es wurmte ihren Bruder, dass sie mit Yvonne im Bett war und er nicht. Sie hielt seine Hand leicht, denn es schmerzte etwas, wie er ihre Brust fest knetete. Sein Griff löste sich leicht und er massierte die Brustwarze ganz sanft weiter.

»Das interessiert dich aber wirklich, stimmt's? Was glaubst du, Andreas, ist Schamhaar-Shaving nur etwas für Pornostars? Tja, das stimmt ganz sicher nicht! Du weißt doch, dass ich als Sextherapeutin alle möglichen

Statistiken sammele, und ich kann dir sagen, dass in Deutschland 41 Prozent der 30- bis 40-jährigen Frauen regelmäßig ihre Schamhaare entfernen beziehungsweise stutzen. Bei den 20- bis 29-jährigen sind es sogar 56 Prozent. Nun, da wird so eine herausgeputzte, scharfe Tusnelda wie unsere Yvonne doch keine Ausnahme sein. Sie ist natürlich glatt, aber oberhalb der Schamlippen hat sie einen feinen, kurz geschnittenen Strich der Schamhaare. So wie ihre Lippen am Mund so voll und rund sind, sind es auch ihre Schamlippen. Es war der reinste Genuss, diese feuchte Muschi zu lecken. Wir sollten einen Weg finden, sie zu zweit zu nehmen, aber wie ich sagte, sie ist mit äußerster Vorsicht zu genießen.«

18.00 Uhr
»Oh, Yvonne, du bist so unersättlich. Ich kann es einfach nicht glauben, wie heiß du auf Sex bist. Ich kann beim besten Willen nicht mehr. Mir tut schon alles weh.«

David rollt sich zur Seite. Ich grinse. Ja, ich bin die Beste, na klar bin ich die Beste. So gefällt es mir. David betrachtet mich eine Weile, ohne etwas zu sagen. Ich lächele. Er fährt sanft mit einem Finger über meine Stirn, Nase, Wange und Lippen.

»Du bist die schönste Frau, die ich je kannte«, sagt er.

»Danke«, antworte ich und glaube, dass er es ehrlich meint und mir mit diesem Kompliment nicht nur schmeicheln will.

»Du stammst aus Norddeutschland, stimmt's? Aber du hast vom Aussehen her überhaupt nichts Hanseatisches an dir. Mit deinen haselbraunen Augen und Haaren und Teint eher etwas Südeuropäisches.«

»Tja, das kommt wohl daher, weil mein Vater ein argentinischer Matrose war.«

Der Finger umkreist inzwischen den dunklen Warzenhof meiner linken Brust.

»Argentinien? Tatsächlich. Erzähl mir von deinem Vater.«

Ich lege meine Hand auf Davids und presse sie leicht auf meine Brust, damit er den Finger nicht mehr kreiseln kann. Mein Vater? Wer hat mich schon mal nach meinem Vater gefragt? In meiner Geburtsurkunde steht: José Ortega aus Buenos Aires. Meine Mutter hat diesen Namen angeben. Ob es stimmt, wusste wahrscheinlich nicht einmal sie.

»Von meinem Vater gibt es nichts zu erzählen. Ich habe ihn nie kennen gelernt. Meine Eltern waren nicht verheiratet.«

»Und deine Mutter?«

Ich drücke Davids Hand heftig und erbost zurück und stehe hastig auf.

»Meine Mutter ist lange tot! Ich gehe mich jetzt duschen. Dann darfst du mich in ein Restaurant einladen – ich habe nämlich Hunger.«

Montag, 24. Juni
10.23 Uhr
Kommissar David Baur legte den Telefonhörer hin, lehnte sich zufrieden zurück und nahm einen Schluck Kaffee. Schwarz und ohne Zucker, aber nicht mehr so heiß, wie er ihn eigentlich mochte. An diesem Morgen hatte er einiges in Erfahrung gebracht.

Simon Heinzle war Germanistikstudent gewesen. Um

sein Studium zu finanzieren, fuhr er nebenbei Taxi. Das war nichts Besonderes. Das machten viele andere Studenten auch. Die bisherigen Ermittlungen zu seinem Tod beschäftigten sich ergebnislos mit der Uni, seinen Kommilitonen und mit dem Taxiunternehmen. Nun hatte David herausgefunden, dass Simon Heinzle vor drei Jahren das Abitur am gleichen Gymnasium gemacht hatte, das Sven Brüderle, Michael Barthel und Zoran Ristic besuchten. Mit 16 und mit 17 Jahren hatte Simon Heinzle kleinere Vergehen gegen das Betäubungsmittelgesetz begangen. Die Verfahren wurden nach dem freiwilligen Ableisten von Arbeitsstunden und einem erzieherischen Gespräch durch die Jugendgerichtshilfe im so genannten Diversionsverfahren durch die Staatsanwaltschaft eingestellt. In einem Mordfall waren das kriminalistisch gesehen kleine, nicht relevante Delikte. So sah es auf den ersten Blick aus.

Hugo Maier, seines Zeichens Antiquitätenhändler und Künstler, war in seiner Jugend mehrfach mit dem Gesetz in Konflikt gekommen. Vorbestraft war er nicht, aber wegen Verstößen gegen das Betäubungsmittelgesetz wurde er zu der Teilnahme an einem sozialen Trainingskurs und zum Absitzen eines Freizeitarrests vom Amtsgericht Freudenstadt verurteilt. Das sah zunächst ebenso unverdächtig aus.

Yvonne war ein kluges Köpfchen. Vielleicht war ihre Theorie ganz und gar nicht so abwegig. Als sie gestern Abend beim Essen waren, sprachen sie weiter über die Mordfälle. David fragte sie, ob sie sich noch mehr an das Treffen der Schüler mit dem Taxifahrer erinnern könne. Nach einiger Überlegung beschrieb sie den Taxifahrer, den sie nur ganz flüchtig sah, als Anfang zwanzig mit kurzen Haaren und einer Nickelbrille. Sie meinte sogar, dass er ihr irgendwie bekannt vorkam, konnte aber nicht sagen woher. Diese Beschreibung passte auf Simon Heinzle. Am Tatort hatte er eine Brille auf, daran erinnerte David sich ganz genau. In der Todesanzeige war er ohne Brille abgebildet. Das war wichtig, denn Augenzeugen erinnern sich häufig an Sachen, die sie tatsächlich nicht bei der Tat sahen, sondern wenn sie zu einem anderen Zeitpunkt diese Sache, z. B. eine Brille, auf einem Foto in der Zeitung sehen, assoziieren sie ganz unbewusst, dass sie diese Sache bei dieser Person, die sie identifizieren wollen, gesehen haben. Yvonne konnte aber nicht wissen, dass der Taxifahrer eine Brille trug, außer wenn sie ihn tatsächlich gesehen hätte. Es passte auch, dass er Yvonne bekannt vorkam. Sie kannte ihn noch von seiner Zeit als Abiturient. Das sprach durchaus dafür, dass sie tatsächlich Simon Heinzle, Sven Brüderle, Michael Barthel und Zoran Ristic zusammen gesehen hatte. Alles, was Yvonne beschrieb, deutete darauf hin, dass sie sie bei einem Drogendeal beobachtet hatte.

Yvonne hatte mit ihrer Erklärung diesem Mordfall eine ganz andere Wendung gegeben. Davids Vorgesetzter, Hauptkommissar Hans Fledderer, schien weiterhin auf dem Trip zu sein, dass die Morde durch eine Art Lustmörderin geschahen. Seitdem seine Frau ihn wegen eines anderen Kerls verlassen hatte, war Hans alles andere als gut auf Frauen zu sprechen. Manchmal hatte es den Anschein, als ob er nicht nur alle Frauen verteufelte, sondern gar eine Verschwörung aller Frauen gegen Männer sah. Hans war ein durchaus sehr kompetenter

Kriminologe, aber David dachte schon seit einiger Zeit, ob es nicht besser wäre, wenn der Hauptkommissar eine Pause mit einem langen Urlaub oder einer Kur machen sollte, um wirklich auszuspannen. An der Theorie einer Lustmörderin hatte David immer seine Zweifel gehabt. Dies schien ihm eher eine Fantasie zu sein, die in Filmen und Kriminalromanen vorkam, aber nicht der Realität entsprach.

Wobei, wenn er an den ersten Besuch bei Yvonne in ihrer Wohnung dachte, hätte er auch nicht glauben können, dass die Begegnung so enden würde. Zugegebenermaßen hatte er es schon gehofft. Schon bei der Vernehmung am Vormittag wurde er in den Bann ihrer erotischen Aura geschlagen. Er war sehr scharf auf sie gewesen, besonders nach den Zeugenaussagen, die seine lüsternen Gedanken noch beflügelten. Wollten Michael Barthel und Zoran Ristic tatsächlich zu Yvonne gehen, um mit ihr Sex zu haben? Yvonne war eine unglaublich lustvolle Frau, daran gab es keinen Zweifel, so eine wie sie hatte David noch nie erlebt. Aber sie war auch eine sehr willensstarke und selbstbewusste Frau. Irgendein Techtelmechtel mit zwei Schülern, und noch dazu drogensüchtigen, würde sie ganz bestimmt nicht wollen und machen. Hätten die zwei versucht, Yvonne zu bedrängen, hätte sie das erzählt. Sie waren nicht bei ihr, sagte sie. Daran zweifelte David für den Augenblick nicht. Es war erst zwei Wochen her, seit er Yvonne kannte. Es hatte gleich zwischen beiden gefunkt. So was hatte er noch nie mit einer Frau erlebt. Sie entsprach allem, was er sich jemals erträumt hatte. Er dachte noch an den gestrigen Abend. Bevor sie essen gingen, hatte er sie beobachtet, während sie sich anzog. Sie wusste genau, dass er nach so viel Sex am Nachmittag absolut platt war. Was machte Yvonne? Sie zog ein enges schwarzes Lederkorselett mit Strapsen und schwarzen Netzstrümpfen an. Dazu lediglich einen engen schwarzen Lederrock und Stiefeletten mit schwindelerregend hohen Absätzen. War das nicht genug, jeden Mann in Wallung zu bringen, sagte sie noch ganz provokativ, dass sie auf einen Slip verzichten würde, damit ihre Pussy abkühlen könne. Die reinste Folter für einen Mann! Nach dem ausgiebigen Abendessen gingen sie wieder zurück zu Yvonne, wo David noch einmal seine ganze Manneskraft mobilisieren musste, um Yvonne das zu geben, wonach sie verlangte. Aber es war nicht nur der Sex. Es war mehr. Alles, was Yvonne tat, jede Bewegung, jedes Lächeln, jede Miene, die sie machte, jede Silbe, die sie sprach, alles hatte etwas magisch Anziehendes an sich. Wenn sie nicht da war, dachte David an sie, sehnte sich nach ihr und freute sich auf das nächste Wiedersehen.

David nahm noch einen Schluck lauwarmen Kaffee. Er musste sich aber jetzt auf seine Arbeit konzentrieren. Einiges deutete bei den Ermordeten auf Drogengeschäfte hin. Tatsächliche Beweise hatte David nicht. Deshalb beschloss er, jetzt nicht voreilig zu seinem Chef zu gehen. Unabhängig davon hatte Yvonne gemeint, dass, wenn er den Fall alleine lösen könnte, *er* die Lorbeeren einheimsen könnte und sie nicht unbedingt teilen müsste. Das war nicht gerade im Sinne des Teamgeists, aber wo Yvonne Recht hatte, hatte sie Recht. Drogengeschäfte könnten der Zusammenhang zwischen den Morden in Stuttgart und bei Freudenstadt sein. Bei Hugo Maier wurde Haschisch in Mengen zum Eigenbedarf gefunden. Die Frage, ob Hugo Maier aktuell in größere Drogengeschäfte verwickelt war, konnten die Kollegen vom Drogendezernat Freudenstadt nicht beantworten. Das hatte David telefonisch abgeklärt. David wusste aber ganz genau, wer sich bestens auf dem Drogenmarkt in Süddeutschland auskannte. Sie würde ihm helfen, da war er sich sicher.

13.30 Uhr
Ich bin über den Anruf von David überrascht. Ob ich reiten könne, hat er gefragt. Sicher, in meiner Zeit in Jugendheimen habe ich recht gut reiten gelernt. Eines der Heime, wo ich war, hatte einen Reitstall. Manche Jugendliche machten therapeutisches Reiten, was auch immer das sein soll. Ich ritt als Freizeitbeschäftigung. In den Sommerferien war ich mit meiner Gruppe sogar einmal in der Camargue. Das waren noch die angenehmen Erinnerungen an die Heimerziehung. Nun meinte David, er würde mich in einer halben Stunde abholen und ich solle mir Kleidung fürs Westernreiten anziehen und etwas für den Abend einpacken. Als ich fragte, ob er nicht arbeiten müsse, meinte er, das wäre Arbeit, und legte auf.

Ich schlüpfe aus meinem Kleid und ziehe meine Wäsche aus. Ein Stringtanga beim Reiten? Autsch, da kann ich mir etwas Bequemeres vorstellen. Ich ziehe einen einfachen schwarzen Slip, Wonderbra und Söckchen an, darüber eine Jeans und ein schwarzes Bustier mit langen Fransen. Dazu werden mein Cowboyhut mit einem Leopardenmuster, den ich wohl in einem Anfall von geistiger Umnachtung auf irgendeinem Markt in Italien gekauft habe, und meine Cowboystiefel passen. Wenn David meint, mit mir Westernreiten gehen zu wollen – ich bin gerüstet.

Kaum bin ich im Bad fertig, kommt David schon. Ich hätte eigentlich heute Nachmittag Korrekturen zu machen, aber das kann ich auch an einem anderen Tag erledigen. Die unterrichtsfreie Zeit einzuteilen, wie es mir passt, ist eine der Freiheiten, die ich mir als Lehrerin leisten kann. Wie David einfach am Nachmittag spontan reiten gehen kann, ist mir ein Rätsel. Er erklärt mir, als wir Richtung A81 fahren, dass wir in den Schwarzwald, nicht unweit von Freudenstadt, fahren werden. Er reklamiert diese Fahrt als eine Dienstfahrt, da er in dem Mordfall an Hugo noch einige Recherchen anstellen muss. Wir werden das Gestüt von Iris von Ährenfeld anfahren und Hugo wird mit ihr ein Plauschen halten. Mir kommt das alles recht spanisch vor, bis David mir erklärt, dass das reiche Party-Girl ein ganz schönes Faible für Kokain und alle synthetischen Drogen, die gerade in sind, hat. Wenn jemand weiß, ob Hugo Maier mit Drogen dealte und meine Schüler darin verwickelt waren, ist es Iris.

Wir biegen nach ungefähr einer Stunde von der Autobahn ab. Die Gegend kommt mir bekannt vor. Kein Wunder, war ich doch erst vor kurzem mit Anita hier gewesen. David kennt den Weg, offensichtlich war er schon öfters hier gewesen. Er biegt in eine schmale Straße ab, die durch einen Wald führt.

»Der ganze Wald und die Ländereien hier herum gehören den von Ährenfelds.«

David gestikuliert mit seinem Arm um sich. Beeindruckend, muss ich sagen. So viel werde ich wohl nie besitzen. Glücklich, wer reich geboren ist oder erbt, oder noch besser beides. Wir erreichen einen großen Reiterhof. Aus der Richtung eines Stalles kommt Iris und uns entgegengelaufen. Wir steigen aus dem Audi aus. Sie umarmt David und gibt ihm einen Kuss.

»Hallo, Yvonne, wir hatten ja schon das Vergnügen. Schön, Sie so bald wiederzusehen. Oder darf ich du sagen? Denn wer eine Freundin von David ist, ist auch eine Freundin von mir.«

Sie streckt mir ihre Hand entgegen. Iris scheint eine Vorliebe dafür zu haben, ihre Brüste zur Schau zu stellen. Hatte sie bei unserer letzten Begegnung dieses Designerjackett an, das mehr zeigte, als es verdeckte, hat sie nun eine dünne transparente Bluse aus roter Spitze an. Als sei die Bluse nicht schon durchsichtig genug, trägt Iris sie bis zum Bauchnabel offen. So ist nicht nur der Brillant – und ich habe keinen Zweifel dran, dass es sich um einen echten Brillanten handelt, den sie als Bauchpiercing trägt – zu sehen. Ihre Brüste sind fest und rund. Die Brustwarzen recken sich nach vorne. So schlank, wie Iris ist, passt ihr sicher Konfektionsgröße 34. Gerade zu dieser Figur erscheinen ihre Brüste mehr als üppig. Dr. Gerald Gebhard hat sehr gute Arbeit geleistet! Zu der Bluse hat sie Jeans an, allerdings keine Wrangler wie ich, sondern Armani. Wie war das mit dem reich geboren?

»Ja, gerne, Iris«, antworte ich mit einem Lächeln und schüttele ihre Hand. »Gehört das ganze Gestüt dir?«, fahre ich fort, während ich den Cowboyhut wegen der heißen und blendenden Sonne aufsetze.

»Ja, meine Familie besitzt seit Generationen eine der größten und, wenn man meinem Vater glauben darf, die beste Pferdezucht in Deutschland. Ich für meinen Teil habe diesen kleinen Reiterhof speziell für die Zucht von Westernpferden. Übrigens ein schöner Hut, den du da hast. Du wirst ihn bei diesem Wetter brauchen.«

Während wir zu dem Stall gehen, überlege ich mir, ob Iris mich nur piesacken wollte mit der Bemerkung über den Hut. Da sie am Eingang des Stalls ebenfalls einen Cowboyhut aufsetzt, glaube ich, dass sie es ehrlich meinte. In dem Stall wartet neben vier Pferden ein Mann, der aus der Marlboro-Werbung hätte stammen können.

»Hi, John, this is David and Yvonne«, sagt Iris und dreht sich zu uns. »John ist Amerikaner und zurzeit auf dem Gestüt beschäftigt. Er ist absoluter Experte, was Mustangs angeht. Du kannst doch Englisch, Yvonne? John versteht nämlich kein Wort Deutsch.«

Der Marlboro-Mann erklärt mir, dass mein Wallach seinen Namen »Flash« von dem weißen Strich zwischen den Augen hat. Ach, wie geistreich und originell. Während wir den Hof verlassen, reiten John und ich vor David und Iris, die sich rege unterhalten. Mich kümmert ihr Gerede nicht und ich wechsele stattdessen ein paar Worte mit John, der einen extrem verwaschenen Dialekt hat, sodass ich mich trotz meiner profunden Englischkenntnisse schwer tue, jedes Wort zu verstehen. Vielmehr genieße ich aber die Landschaft des Schwarzwaldes. Es ist so ein herrliches Gefühl, hoch zu Ross die Welt um sich zu sehen.

Ich merke den zweistündigen Ritt ganz schön am Hintern, als ich absteige. Es sind schon Körperteile, die ich sonst nicht so beanspruche. Kaum daran zu denken, wie es wäre, wenn ich sonst nicht so durchtrainiert wäre. Ich folge Iris zu einer Art Umkleideraum mit drei Duschen. David geht mit John. Wir ziehen die verschwitzten und stark nach Pferd riechenden Kleider aus. Iris holt aus ihrer Tasche einen kleinen Spiegel und streut etwas weißes Pulver drauf. Mit einem kleinen Rohr zieht sie den Stoff in ihre Nase.

»Es geht nichts über einen Ritt mit einem richtigen Hengst, nicht wahr, Yvonne?«, sagt sie ganz süffisant und grinst mich an.

Iris zeigt auf den weißen Stoff und fragt, ob ich auch etwas will.

Wie Iris das mit dem Ritt wohl meint? Ich lehne das Angebot der Kokaineinnahme ab, nehme stattdessen ein Duschgel, stelle mich unter die Dusche und seife mich ein. Iris gesellt sich unter die Dusche neben mir und seift ihre festen Brüste geradezu genussvoll ein. Sie lächelt.

»Das waren kleine Äpfel, bevor Gerald sie in reife Pfirsiche verwandelt hat. Es muss ein schönes Gefühl sein, von Natur aus so einen drallen Busen zu haben wie du. Na ja, ich denke, Gerald hat schon ein kleines Wunder bewirkt. Ich bin so stolz auf meine beiden neuen Freundinnen.«

Freundinnen? Gott, das fehlt noch, dass sie anfängt, mit ihren Silikonimplantaten zu reden. Das kommt wahrscheinlich vom vielen Koks. Ich nicke und lächele. Ich habe keine große Ambitionen, ein Gespräch weder über meine Brüste noch über die Silikonbrüste von Iris zu führen. Mir hat die Unterhaltung mit dem Kosmetikchirurgen neulich fürs Erste gereicht. Wobei ich glaube,

Iris durchaus zu verstehen: Sie hat viel Geld für die Schönheits-OP berappt, jetzt will sie jedem ihren meisterhaften Kunstbau auch zeigen. Iris erzählt tatsächlich weiter über ihre Brüste. Ich höre gar nicht richtig hin und wasche meine Haare. Ich denke über das Verhältnis dieser verwöhnten reichen Göre zu David nach. Iris ist ausgesprochen attraktiv und sexy; das lässt sich sicherlich nicht leugnen. David hat sicherlich mit ihr Sex gehabt. Hat sie so laut gestöhnt und um mehr gewimmert, so wie ich? Sicherlich. Hat er noch ein Verhältnis mit ihr? Vermutlich nicht, sonst hätte er mich nicht gebeten, ihn zu begleiten. Eigenartig, dass diese Gedanken mir überhaupt kommen. Sonst mache ich mir auch keine Gedanken, mit wem meine Lover im Bett waren.

Wir trocknen uns ab und ziehen uns an. Ich habe mir eine kleine Tasche mit frischer Wäsche und eine hellbraun gepunktete Seidenweste und einen Minirock aus cognacfarbenem Wildleder mitgebracht. Ich lasse ganz bewusst meinen BH in der Tasche stecken. Wenn Iris meint, ihre Brüste zur Schau stellen zu müssen, kann ich das schon lange. Der dünne Stoff der Weste schmiegt sich schön an meine Brüste.

Wir treffen uns mit David und trinken noch etwas. Iris fragt, ob wir zum Essen bleiben. Nee, wirklich nicht. Ich täusche vor, Kopfweh von der Sonne zu haben, und bitte David zu fahren.

»Und, hast du etwas erreicht? Konnte sie dir weiterhelfen?«

»Ja, Iris hat bestätigt, dass Hugo Maier Kokain und wohl diverse andere Drogen verkauft hat«, antwortet David zu meiner Verwunderung.

»Oh«, sage ich überrascht und grinse. Die Story mit dem Drogenhandel habe ich doch nur erfunden. Umso besser für mich. Die ganze Mordgeschichte lässt überhaupt nichts auf mich hinweisen, sondern nimmt ihren eigenen Weg mit einer eigenen Dynamik. Ich werde meinen hübschen Kommissarfreund schön an der Nase herumführen und ihm helfen, seinen Fall zu lösen.

»Du grinst so süffisant. Gibt es irgendwas, was du mir verheimlichst?«

»Ja, mein Schatz«, antworte ich, gebe ihm einen Kuss auf die Wange und lege meine Hand auf seinen Oberschenkel.

»Ich habe gar kein Kopfweh, sondern ich will den Abend mit dir alleine verbringen.«

Das war nicht einmal gelogen.

Dienstag, 25. Juni
13.00 Uhr
Ich habe keine Lust, mit einer meiner Schülerinnen nach dem Unterricht zu reden, am wenigsten mit Tanja Boltov. Seit dem Tod ihres Freundes Sven war sie nicht mehr im Unterricht gewesen. Ich habe gehört, sie war im Krankenhaus. Ich bin nicht ihre Klassenlehrerin, also habe ich mich nicht weiter darum gekümmert. Sie kommt auf mich zu. Auch wenn ich nicht erfreut bin, sie zu sehen, lächele ich. Ich weiß schließlich, was sich gehört. Sollen doch die Kollegen und Kolleginnen genauso wie die Schüler denken, meine Freundlichkeit wäre authentisch. *'Sie sind immer so verständnisvoll und nicht so veraltet wie die meisten anderen Lehrerinnen',* waren die Worte, die Tanja einmal verwendet hatte. Nun muss ich noch mehr lächeln.

»Hallo, Frau Fenske. Ich muss unbedingt mit Ihnen reden.«

Die Weise, wie sie *unbedingt* sagt, klingt sehr ernst. Ich habe aber absolut keine Lust, mich mit dieser Göre zu unterhalten, und will es ihr sagen. Bevor ich antworten kann, spricht sie schon weiter.

»Ich habe das Tagebuch von Sven.«

Tagebuch? Was für ein Tagebuch? Dieser Satz elektrisiert mich. Sven hatte ein Tagebuch? Mir wird es ganz heiß. Cool bleiben, Yvonne, bloß ganz cool bleiben. Nur ein stilles Geräusch, ähnlich wie »Aha«, kommt mir über die Lippen.

»Ich habe es gelesen. Ich meine, das mit Ihnen und Sven.«

Sie holt das Tagebuch aus ihrer Tasche und gibt es mir. Ich weiß gar nicht, was ich sagen soll. Sven schrieb ein Tagebuch? Ich dachte, so etwas machen nur noch pubertierende Mädchen.

»Ich weiß auch, was Michael und Zoran mit Ihnen gemacht haben …«

Tanja schluchzt und läuft schnell an mir vorbei zur Tür. Ich schaue ihr verdutzt nach und dann auf das Buch, das sie mir gegeben hat.

14.00 Uhr

… Sie ließ meinen Schwanz in ihre feuchte Möse gleiten. Es war herrlich, wie sie auf mir ritt. So einen guten Fick habe ich noch nie erlebt … Diese Frau ist die echte Geilheit pur … Diese wahnsinnigen Titten … Ich will und werde dieses Luder wieder ficken. Scheiß drauf, was diese alte Hexe Frau Singer sagt … Michael und Zoran werden

verdammt neidisch sein, wenn ich denen von der versauten Fotze erzähle ...

Es las sich wie ein billiger Porno. Gott, was für ein Arschloch war dieser Sven. Es widert mich an, seine Texte in jeder Einzelheit zu lesen, deshalb überfliege ich sie schnell. *... wenn nur die Hälfte stimmt, was Michael und Zoran mir erzählt haben, muss es irre gewesen sein ... Zu zweit haben sie der geilen Sau Fenske das gegeben, was sie verdient ... Wäre ich bloß dabei gewesen ... Die Fotze kriegt noch meinen Schwanz zu spüren ... Ich will sie schreien hören ...'*

Ich will gar nicht weiterlesen, aber ich muss wissen, was er alles geschrieben hat.

... so eine Scheiße mit Michael und Zoran ... Ihr Tod tut mir richtig weh ... War es die Fenske? ...

Weiter lese ich, wie er unsere Begegnung im Umkleideraum beschreibt. Was hat Tanja gedacht, als sie diese Zeilen las?

... Ich kann es einfach nicht fassen, was Tanja mir heute erzählt hat ... Die dumme Pute ist total psycho ... So viel Wind wegen eines Ficks ... Scheißegal, was Michael und Zoran gemacht haben, sie ist total irre!

Heute werde ich mit der geilen Sau Fenske abrechnen. Ich werde sie ficken, bis sie nicht mehr laufen kann!

So endet das Tagebuch. Datum des letzten Eintrags: Freitag, der 14. Juni. Er schrieb es, bevor er in meiner Wohnung starb. Ich verstehe den vorletzten Eintrag nicht. Was hat Tanja erzählt? Was haben Michael und Zoran gemacht? Meine Vergewaltigung ist wohl nicht gemeint. Langsam dämmert mir ein Verdacht: Haben sie Tanja ebenfalls vergewaltigt?

Meine Gedanken werden durch das Läuten des Telefons unterbrochen. Ich bin ganz überrascht, als ich die Stimme von Iris von Ährenfeld höre. Noch überraschter bin ich, als sie mir erzählt, dass sie in Stuttgart ist und mich als »nette Freundin« gerne zum Shopping treffen würde. Die Information, dass wir nette Freundinnen wären, scheint an mir irgendwie vorbeigegangen zu sein, geschweige der Gedanke, dass wir gemeinsam einkaufen gehen, das wäre mir nie in den Sinn gekommen. Allerdings weiß ich gar nicht, was tatsächlich Freundinnen machen. Ich habe keine Freundinnen. Vielleicht ist gemeinsames Shopping etwas, was nette Freundinnen machen. Nun ja, so etwas habe ich natürlich in Filmen gesehen, ohne dass ich jemals nur einen Gedanken daran verschwendet habe, dass ich dies machen könnte. Ich weiß nicht einmal, ob ich Iris überhaupt mag. Aber was soll's? Ich habe heute eh nichts Besonderes vor. Wenn diese verwöhnte Aristokratin meint, ich wäre ihre Freundin, und es dazugehört gemeinsam einzukaufen, warum eigentlich nicht? Vielleicht ist es der Beginn einer tollen Frauenfreundschaft, hahaha.

19.00 Uhr
Ich trinke einen kleinen Schluck Mineralwasser und höre Iris zu. Ich bin fasziniert, wie jemand so viel quatschen kann. Seit Stunden sind wir zusammen und sie hat mehr oder minder ununterbrochen geredet. Wir sind von einer Boutique zur anderen geschlendert. Schuhe, Dessous und exklusive Kleidung waren unsere Ziele, oder besser gesagt die Ziele von Iris. Ich habe mich mitschleppen, ja ich gebe es zu, mit begeistern lassen.

»Wie findest du diese Bluse? Diese Korsage sieht traumhaft aus. Diese Schuhe, sind die nicht der Hit?«

Gefiel es mir? Ich liebte es. Es war witzig wie Iris *vor* einer Umkleidekabine versuchte, mir den besonders effektvollen Vorteil eines sündhaften teuren Push-ups zu verdeutlichen, indem sie zunächst ihre Brüste mit ihren Händen anhob und dann anschließend zum Vergleich ebenso meine Brüste anfasste. Die Blicke der antiquierten Verkäuferin waren zu köstlich. Ebenso der Schuhverkäufer, den wir zur schieren Verzweiflung brachten. Iris tat so, als ob sie beim Schuheanprobieren jede Berührung seiner Hand anmachte. Wir ließen uns auch die einzelnen Schuhe bringen und den jungen Verkäufer vor uns knien. Wir gewährten ihm Blicke unter unsere kurzen Röcke, um anschließend den armen Kerl zu reglementieren, dass er nicht so glotzen solle. Das Mundwerk von Iris war einfach brillant witzig; ständig musste ich lachen. Zwei völlig aufgedrehte Hühner, die bereit waren, Geld auszugeben, und sich deshalb erlauben konnten, sich wie die Herzdamen aufzuführen. Ich kaufte mir lediglich zwei Paar Schuhe und einen Stringbody. Iris gab ein halbes Vermögen aus. Es erschien mir, als würde sie Läden halb leer kaufen.

Nun sitzen wir in einem Straßencafé. Iris quatscht weiter. Das Seltsame ist, dass sie mich überhaupt nicht nervt.

»Woher kennst du eigentlich David?«, fragt sie aus heiterem Himmel.

Ich überlege kurz und sage ihr, wie das war.

»Er hat mich als Zeugin vernommen, und nachdem mir sein Hintern gefiel, beschloss ich, ihn zu vögeln. Wie hast du ihn kennen gelernt?«

Iris bricht in schallendes Gelächter aus.

»Das ist gut, Yvonne. Mir gefiel auch sein Hintern. Aus dem gleichen Grund habe ich auch mit ihm gevögelt. Wir scheinen den gleichen Geschmack zu haben, deswegen mag ich dich. Nur das eine ist nicht so deins, gell?«

Sie fasst sich leicht an die Nase und zwinkert.

»Ich gehe kurz meine Nase pudern. Wenn du mitwillst ...«

Ich lächle, bleibe aber sitzen, während Iris aufsteht. Mir ist egal, ob Iris kokst. Sie ist in Ordnung. Sie mag mich. Seltsam, das zu hören. Ich mag sie auch. Sind wir am Ende doch Freundinnen?

Nachdem Iris vom »Nasepudern« zurückgekehrt ist, führen wir das unterhaltsame Gespräch fort. Ich bin ganz wissbegierig was das frühere Verhältnis zwischen Iris und David angeht. Iris hat auch keinerlei Schwierigkeiten, Intimitäten auszuplaudern. Für sie hat es keinen bösen Nachgeschmack, dass ich die Frau bin, die mit dem Mann liiert ist, den sie mal geliebt hat.

»Also, wenn das nicht die beiden hübschesten Frauen Deutschlands sind!«

Iris und ich blicken von unserem Gespräch hoch. Sie war gerade dabei, mir zu erzählen, wie es sie damals, als sie noch mit David befreundet war, anmachte, wenn David sie mit Handschellen am Bett festmachte.

»Darf ich mich zu euch setzen?«

Ohne auf eine Antwort zu warten, setzt sich Andreas Beierle hin.

»Du hast von kleinen Spielchen mit Handschellen gesprochen, Iris-Schätzchen. Die Rede war wohl nicht von mir, oder?«

»Die Antwort ist: Ja, Andreas, du darfst dich setzen, und nein, die Rede war nicht von dir«, antwortet Iris.

»Danke und schade. Kleine Spielchen hast du immer schon gemocht, nicht wahr, Iris? Aber sage mal, ich habe gar nicht gewusst, dass ihr so gute Freundinnen seid.«

»Tja, Andreas, du musst nicht alles wissen. Wir haben einiges gemeinsam, und besonders gemeinsame Lover schmieden uns Frauen zusammen. Du weißt doch, dass Yvonnes aktueller Lover mein früherer Lover war.«

Iris kichert und ich kichere ein bisschen mit. So habe ich mich bereits an die Vorstellung, dass wir gute Freundinnen sind, gewöhnt.

»Schön, dass es so ist. Hat dir Iris erzählt, dass ich auch einer ihrer ehemaligen Lover war, und zwar lange vor David? Stehen damit die Chancen gut, auch dein Lover zu werden?«

Iris lacht.

»Du änderst dich wohl nie, Andreas. Hör nicht auf ihn, Yvonne.«

Ich lache auch.

»Lass gut sein, Iris. Erzählt mir mehr von eurer Liebschaft. Wer weiß, vielleicht hat Andreas als Lover etwas zu bieten. Nach Alternativen sollte man, oder wie es so schön auf neudeutsch heißt, frau sich umschauen.«

Mittwoch, 26. Juni
13.30 Uhr
Ich parke das Auto in der Tiefgarage. Ich weiß immer noch nicht, wie es gestern Abend dazu kam. Quatsch, Yvonne, das weiß ich ganz genau. Hatte ich wirklich geglaubt, dass nur, weil ich in David so einen tollen Lieb-

haber gefunden habe, ich deshalb immun gegen alle Versuchungen des gegenteiligen Geschlechts bin? Iris hatte mich am Nachmittag mit ihrem Porsche abgeholt, und nachdem sie Richtung Süden fuhr und Andreas Richtung Norden, wäre es doch ein Unsinn gewesen, wenn sie mich nach Hause gefahren hätte und nicht er. So ein Zufall aber auch. So ein Zufall auch, dass Andreas gerne zu mir auf eine Tasse Kaffee hochkam. Genauso ein Zufall war es, dass plötzlich sein Glied in mir steckte. Alles reiner Zufall natürlich. Und was für ein Glied! Andreas hat das gigantischste männliche Organ, das ich je gesehen und gespürt habe. Machte es ihn zum besten Lover, den ich je hatte? Sicherlich nicht. Wir tauschten keine Zärtlichkeiten aus, weder Vor- noch Nachspiel. Andreas hatte, wie manche Männer es an sich haben, etwas sehr Aggressives oder gar direkt unterschwellig Gewalttätiges an sich. Nicht, dass er mich zu irgendetwas zwang, aber Sex mit ihm hatte etwas Hartes und Animalisches an sich. Er nahm mich hart, extrem hart ran. Wenn der obszöne Begriff »genagelt« jemals als Beschreibung des Sexualaktes zutraf, dann auf die Weise, wie Andreas mit mir kopulierte. Warum habe ich mit ihm geschlafen? Ganz einfach, weil ich es wollte. Will ich mich beschweren? Nein, beschweren kann ich mich nicht. Er gab mir im Grunde genommen doch nur das, was ich wollte. Nicht mehr und nicht weniger. Ich habe keine weiteren Ambitionen, mit ihm wieder zu koitieren. Warum verschwende ich überhaupt einen Gedanken daran und denke jetzt darüber nach? Und warum denke ich an David und habe dabei ein flaues Gefühl im Magen?

Ich gehe zum Briefkasten. Ein handgeschriebener Brief

fällt mir auf. Ich erkenne die Handschrift meiner Schülerin.

Hallo Frau Fenske,

wenn Sie diese Zeilen lesen, ist es schon zu spät. Ich kann es einfach nicht mehr ertragen. Ich sehe nur noch schwarz und kein Licht mehr. Michael und Zoran haben mir Furchtbares angetan und ich habe mich dafür gerächt. Schlimmer als die Erniedrigung dieser beiden war, dass Sven gewusst hat, was sie mir antun würden. Sie haben mich betrunken gemacht, bevor sie über mich herfielen. Ich hatte danach so eine Angst und Scham. Dann sah ich das Messer. Michael und Zoran schliefen. Plötzlich hatte ich so eine Wut und einen Hass, da ist es passiert. Und Sven, ich habe ihn geliebt. Sie wissen aber, wie er mich behandelte und was er getan hat. Ich habe gedacht, dass Sie mir helfen könnten. Es war aber alles anders. Ich kann einfach nicht mehr. Ich verstehe nichts mehr. Es hat alles keinen Sinn.

Tanja

»Oh nein!«

Ich schreie laut und renne zum Telefon.

»Frau Boltov, wo ist Ihre Tochter? Hören Sie, ich bin Frau Fenske, eine Lehrerin von Tanja. Tanja war heute nicht in der Schule. Wo ist Tanja?«

»Tanja? Ich nicht gut verstehen Deutsch. Russisch. Schule? Tanja gut Schule, ja. Tanja nicht Schule?«

Es ist zu spät. Es ist zu spät! Ich weiß, es ist zu spät. Ich lege auf und wähle eine andere Nummer.

»Ja, Kommissar Baur.«

»David. Hier Yvonne. Ich muss dich sofort sprechen!«

»Öh, Yvonne, ich bin gerade bei der Arbeit. Jetzt ist nicht der richtige Augenblick.«

»Hör zu, ich weiß, wer Michael und Zoran getötet hat. Tanja Boltov, eine meiner Schülerinnen. Vielleicht kannst du einen Selbstmord verhindern!«

Am anderen Ende höre ich laute Geräusche im Hintergrund, die ich nicht sofort einordnen kann. Es erinnert mich an einen Bahnhof. David schnauft tief durch.

»Tanja Boltov? Scheiße! Ich bin gerade am Rangierbahnhof Kornwestheim. Bist du zu Hause? Ich komme zu dir.«

Ich gehe ins Wohnzimmer und gieße mir einen Grappa ein. Rangierbahnhof Kornwestheim? Es ist zu spät. Mein Handy klingelt nach fünf Minuten. Ich erschrecke richtig, so aufgewühlt bin ich gerade. Es ist nochmals David. Er teilt mir mit, dass er nicht alleine kommt. Ich denke über diesen Satz nach. Ich weiß, was er damit meint. Die letzten paar Male als er bei mir war, habe ich ihn in einer Aufmachung erwartet, die sicherlich nicht passend wäre zum Empfang seines Kollegen Hauptkommissar Fledderer. Ich täusche mich über seinen Kollegen, es handelt sich nämlich um eine junge Kollegin. Sie ist Anfang zwanzig. Ich vermute, dass sie überhaupt erst seit Neuem mit ihrer Ausbildung fertig ist. Sie hat sehr kurze blonde Haare und ein hübsches Gesicht. Sie trägt Jeans und ein T-Shirt. Ich hätte nicht vermutet, dass sie Polizistin wäre. Allerdings, wie stellt man sich vor, wie Polizistinnen aussehen sollen? Wenn sie Uniform tragen, werden sie natürlich als solche erkannt. Wenn sie als Kripobeamten in Zivil sind, sind sie nicht zu erkennen. Das ist auch wohl der Sinn der Sache. David liest das Schreiben und gibt es seiner Kollegin.

»Sind Sie sicher, dass dieses Schreiben von Tanja Boltov ist?«, fragt die Kripobeamtin und beäugt mich ganz streng und kritisch.

»100 Prozent. Das ist einwandfrei die Handschrift von Tanja. Tanja ist bereits tot, stimmt's?«

David nickt.

»Sie hat sich vor eine Lok geworfen. Sie hatte ihren Personalausweis dabei, ansonsten ...«

Er spricht den Satz nicht zu Ende. Der Gedanke daran, wie entstellt sie sein muss, lässt mich schaudern. Ich gieße mir noch einen Grappa ein und nehme einen kräftigen Schluck. Davids Handy klingelt. Er geht aus dem Zimmer. Die Polizistin mustert mich kritisch.

»Trinken Sie immer so viel?«

Trinken Sie immer so viel? Was für eine Frage? Muss ich mir so eine Impertinenz von so einem jungen Ding gefallen lassen? Ist sie überhaupt fertig mit ihrer Ausbildung?

»Klar, immer! Jedes Mal, wenn eine Schülerin sich vor einen Zug wirft und mir vorher einen Abschiedsbrief schickt. Passiert jeden Tag, wissen Sie!«

Das lässt sie schweigen. Stattdessen mustert sie mich von Kopf bis Fuß. David kommt endlich wieder herein. Ich habe gedacht, er lässt mich den ganzen Tag mit dieser Pissnelke allein.

»Wir müssen Sie vernehmen, Frau Fenske. Petra, du schreibst bitte mit.«

Lustig zu hören, wie er mich siezt. Das hat er seit seiner ersten Vernehmung in meiner Wohnung nicht mehr getan. Wie sie endete, wissen wir beide nur zu gut. Denkt David jetzt ebenfalls daran? Vermutlich, aber selbstverständlich behält er seine Contenance vor seiner jungen Kollegin.

15.30 Uhr

»Sie ist auffallend schön. Du kennst Frau Fenske doch schon, oder?«, fragte die Kripobeamtin, als sie in den Zivilstreifen-Mercedes einstiegen.

»Wie kommst du darauf?«

»Du hast doch gleich den Weg hierher gewusst, ohne ein einziges Mal nachzuschauen.«

»Ja, ich habe sie schon mal wegen Barthel und Ristic vernommen, und?«

»Als sie dich am Rangierbahnhof angerufen hat, hast du doch gleich gewusst, wer dran war. Geduzt hast du sie sogar. Das kam mir ein bisschen seltsam vor. Dann hast du sie noch einmal angerufen …«

»Petra, vielleicht wirst du es eines Tages zu einer guten Polizistin bringen. Aber ich wüsste nicht, was es dich angeht, welche Frauen ich kenne und welche ich nicht kenne. Also halt jetzt die Klappe, verstanden!«

16.00 Uhr

Schon seit langem hatte ich Anita nicht mehr so viel zu erzählen wie heute. Der Suizid von Tanja steckt mir noch tief in den Knochen. Es tut gut, darüber zu reden. Ich hatte alles Mögliche erwartet, nachdem sie mir Svens Tagebuch gab, bloß nicht, dass sie sich umbringt. Ich rätsele immer noch, warum sie es mir gab. Und warum hat sie mir ihren Abschiedsbrief geschickt? Sie hatte doch erfahren, dass ich mit ihrem Freund Sex hatte. Ich bin mir völlig im Unklaren, was in ihrem Kopf vor sich ging. Ebenso, dass ich vergewaltigt wurde, so wie sie selber auch. Und dass sie es war, die Michael Barthel und Zoran Ristic ermordet hat. Wollte sie mir mit dem

Schreiben zeigen, dass sie sich für uns beide gerächt hat? Eine weiterer Gedanke geht mir durch den Kopf, den ich jedoch Anita nicht erzähle: Tanja hat wohl geahnt, dass ich Sven getötet habe.

Meine Gedanken sind so unklar. Anita versucht mich zu verstehen und diese Gedanken und meine Gefühle zu sortieren. Ich fühle eine unglaubliche Ohnmacht, was Tanja angeht. Eine Wut über ihre Vergewaltigung und dadurch über meine eigene Vergewaltigung. Ja, Tanja hat mich gerächt. Ich habe mir Mordpläne ausgedacht, aber Tanja ist mir zuvorgekommen. Hätte ich wirklich Michael und Zoran ermordet?

Durch die Ereignisse um Tanja sprach ich die Themen gar nicht an, die ich mir eigentlich vorgenommen hatte, nämlich Iris und Andreas/David. Der vorige Tag hatte etwas Besonderes an sich. Mit Iris habe ich einen wunderbaren Nachmittag und Abend verbracht. Die Zeit mit einer anderen Frau zu verbringen und solch einen Spaß beim Bummeln zu haben und anschließend noch intime Geheimnisse über David zu erfahren, war etwas wirklich völlig anderes. Eine völlig neue Erfahrung: Ich habe eine Freundin!

Und Andreas? Nun, ich habe bestimmt nicht vorgehabt, Anita zu erzählen, dass ich mit ihrem Bruder Sex hatte. Seit ich David kenne, war es das erste Mal, dass ich so Lust auf einen anderen Mann hatte, um mit ihm zu schlafen. Maximilian zählte nicht. Er war der Mittel zum Zweck. Ich hatte lediglich mit ihm Sex, um eine Versicherung zu haben, damit er den Mund hält. Mit Lust hatte es nichts zu tun. Auf Andreas hatte ich aber Lust. Die pure Lust am Sex. Ich fühle mich nicht wohl.

Ich denke an David. Ich dachte nicht an David, als Andreas mich mit seinem Presslufthammer bearbeitete, aber danach habe ich an David gedacht. Habe ich ein schlechtes Gewissen? Ich weiß es nicht. Habe ich überhaupt so etwas wie ein Gewissen? Nun, vielleicht ist es mein Gewissen, das mich plagt. Auf jeden Fall habe ich mir zuvor nie solche Gedanken gemacht, nachdem ich Sex hatte. Da war ich noch ungebunden. Ungebunden? Bin ich nun gewissermaßen gebunden? Ich will nicht gebunden sein. Wieso freue ich mich denn so darauf, David heute Abend zu sehen? Sicher, da ist Lust dabei, weil ich genau weiß, dass wir miteinander schlafen werden. Aber ich freue mich darauf, mit ihm zu reden, mit ihm zu lachen, ihm beim Essen zuzuschauen, ihn zu streicheln, mich von ihm streicheln zu lassen, seinen Atem zu spüren, seinen Duft zu inhalieren, schlicht und einfach alles an ihm. Es ist mehr als Lust, viel mehr. Habe ich einen Zwang verspürt, mit Andreas zu schlafen? Nicht wirklich. Ich wollte es einfach ausprobieren. Vor ein paar Wochen hätte ich vielleicht tatsächlich einen Zwang verspürt. Offensichtlich löse ich mich doch von diesen sexuellen Zwängen. Erst gestern habe ich in der Zeitung einen kurzen Bericht gelesen, wonach das Meinungsforschungsinstitut Forsa bei einer Umfrage feststellte, dass jede dritte Frau mehr Sex mit ihrem Partner haben möchte. Es kam heraus, dass 23 Prozent der Befragten drei- bis fünfmal, 30 Prozent ein- bis zweimal die Woche und sieben Prozent täglich sexuelle Kontakte wünschten. Ungefähr 27 Millionen Frauen entsprechen der Bevölkerung der Bundesrepublik Deutschland in der Altersgruppe der sexuell aktiven Frauen zwischen 15 und 64. Sieben Prozent davon wären grob gerechnet 1,9 Millionen Frauen. Nun ja, angesichts der anderen 1,9 Millionen Frauen war mein Wunsch zu koitieren gar nicht so außergewöhnlich. Und David war gestern Abend nicht da. Wenn er da gewesen wäre, hätte ich schließlich mit ihm und nicht mit Andreas Koitus gehabt. So einfach ist es. Wenn es so einfach wäre, Yvonne, warum zerbreche ich mir trotzdem den Kopf? Das ist zu hoch für mich. Ich brauche dringend noch einen Termin, um alle diese Gedanken mit Anita zu besprechen. Anita bietet mir wieder an, das Wochenende mit ihr in ihrem Haus im Schwarzwald zu verbringen.

21.00 Uhr
David kam gegen 20.00 Uhr. Er duschte sich, während ich die gekühlte Flasche Chardonnay aufmachte, die er mitgebracht hatte. Wir aßen die Antipasti mista, die ich aus Karotten, roten Paprika, Tomaten, Champignons, Artischockenherzen, Anchovis und Oliven kreiert und mit Olivenöl, Zitronensaft, Knoblauch und Basilikum abgeschmeckt hatte. Dazu gab es Baguette.

David sagt, er habe keine Lust auf Sex. Die heutigen Ereignisse beschäftigen ihn zu sehr. Für mich ist das in Ordnung. Wir setzen uns ins Wohnzimmer. Ich lege die CD »Dangerously In Love« von Beyoncé auf.

»Das war ein ziemlicher Schock für dich mit deiner Schülerin, gell?«

Ich nicke und nehme noch einen kleinen Schluck von dem ausgezeichneten Weißwein. Ich habe selten Wein im Haus, denn ich trinke in der Regel fast nie Alkohol ohne Gesellschaft, außer manchmal einen Cognac oder Grappa zur Verdauung.

»Tanja, ist schon die vierte Tote in so kurzer Zeit. Sie war so ein nettes, zurückhaltendes Mädchen. Ich kann es einfach nicht fassen. Dass sie Michael, Zoran und Sven umgebracht hat, ist unglaublich.«

»Hm, das mit Michael Barthel und Zoran Ristic lässt sich aus dem Schreiben herauslesen, aber so eindeutig ist es nicht, dass sie auch den Sven Brüderle getötet hat. Sagen tut sie das jedenfalls nicht. *... und Sven, ich habe ihn geliebt. Sie wissen aber, wie er mich behandelte und was er getan hat,* waren ihre Worte. Einen Hinweis auf seinen Tod geben diese Sätze nicht. Ich denke, dass es sehr waghalsig ist anzunehmen, sie habe Sven getötet. Du erinnerst dich, wo wir Sven gefunden haben. Ich sagte schon, dass er nicht dort am Waldrand getötet wurde. Die Spuren sprechen eindeutig dagegen. Tanja hat doch gar keinen Führerschein, geschweige denn ein Auto. Wie hat sie ihn dorthin transportiert? Das passt einfach nicht zusammen. Die Theorie mit dem Drogenhandel hatte eine gewisse Logik und ich habe, wie du weißt, in dieser Richtung schon weiter ermittelt. Aber jetzt das Geständnis, das Tanja quasi gemacht hat, passt überhaupt nicht in dieses Konzept. Es ist alles noch verwirrender geworden.

Vielleicht kannst du mir mit deinem scharfen weiblichen Verstand weiterhelfen. Was hat Tanja gemeint, dass du weißt, wie er sie behandelte und was er getan hat? Was hat sie dir erzählt?«

Ich habe gewusst, dass David mir diese Fragen stellen würde. Eine richtig passable Antwort habe ich mir noch nicht zurechtgeschustert. Es passt mir ganz und gar nicht, dass Tanja mich in ihrem Abschiedsbrief erwähnt hat, und warum sie ihn mir zugeschickt hat. Nun, da bin ich mir eben genauso unsicher, warum sie dies tat, wie warum sie mir Svens Tagebuch gab. Heute Nachmittag habe ich ganz wenig gesagt und es auf den Schreck geschoben, was sicherlich auch stimmte. Das hat der jungen Kripobeamtin gar nicht so gefallen und sie hat zwischendrin sogar erwähnt, ich solle mit zum Polizeipräsidium gehen. Mein David machte ihr jedoch klar, dass dies nicht nötig wäre.

»Tanja hat sich vor einiger Zeit an mich gewandt. Sie berichtete von Schwierigkeiten mit ihrem Freund. Ich versuchte ihr klar zu machen, dass ich eigentlich nicht die richtige Anlaufstelle für solche Schwierigkeiten bin, und verwies auf eine Beratungsstelle. Sie wollte aber nicht mit irgendeiner ihr unbekannten Person reden. Okay, was sollte ich machen, schließlich war ich ihre Lehrerin und sie hatte offensichtlich Vertrauen zu mir. Sie sprach mehrmals davon, dass ihr Freund Sven sie so schlecht behandelte. Er machte sie vor den Freunden schlecht und nötigte sie zum Sex. Ich habe versucht, Tanja zu überreden, wenn sie schon nicht zu einer Beratungsstelle geht, dass sie Sven auch wegen sexueller Nötigung anzeigen könne. Ich hätte sie sogar zur Polizei begleitet, aber das wollte sie nicht. Sie hat geschrieben: *Ich habe gedacht, dass Sie mir helfen könnten.* Wenn ich ganz ehrlich bin, habe ich nie verstanden, welche Hilfe sie denn eigentlich wollte. Sie schien mit keinem meiner Vorschläge einverstanden gewesen zu sein. Letztendlich haben sie auch nicht geholfen. Sie ist tot und ich habe gar nicht richtig erkannt, in welcher Lage sie sich befand. Ich fühle mich ganz schön beschissen, weißt du das?«

David erhebt sich aus dem Sessel und kommt zu mir herüber. Er umarmt mich und gibt mir einen Kuss. Er hält mich eine Weile fest.

»Ich weiß, wie es dir geht, Schatz. Du hast dir wegen des Todes von Tanja nichts vorzuwerfen. Du konntest es nicht verhindern.«

Er gibt mir einen dicken Kuss. Wir schauen uns in den Augen. Ich will nicht weiter über den Tod reden. Ich spüre, dass es David auch so geht.

»Ich will, dass du mich liebst«, hauche ich.

Donnerstag, 27. Juni
14.00 Uhr
»Ich kann es einfach nicht glauben, Yvonne. Tanja Boltov hat Selbstmord begangen. Vier Schüler der zwölften Klasse sind binnen ein paar Wochen tot. Es ist einfach nicht zu fassen. Und du hast den Abschiedsbrief erhalten. Ausgerechnet du? Du hast es mit Sven Brüderle getrieben. Ausgerechnet mit dem Freund von Tanja, die dir einen Abschiedsbrief schickt, bevor sie sich vor einen Zug wirft. Ich halte es nicht aus. Und ausgerechnet passiert dies alles, während Herr Eberle krank ist und ich die Schule leiten muss. Na, da sind die Chancen, irgendwann Schulleiter eines anderen Gymnasiums zu werden, verdammt schlecht. Yvonne, ich halte es einfach nicht aus!«

Maximilian steht neben mir an der Treppe im dritten Stock des Schulgebäudes. Er ist völlig außer sich.

»Um was geht es dir eigentlich, Maximilian? Um den

Tod der Schüler und Schülerin oder um deine Karriere? Findest du das nicht etwas unmoralisch? Du bist doch immer der große Verfechter von Ethik und Moral.«

»Ha, ausgerechnet du stellst mir eine moralische Frage? Ich weiß inzwischen, wie durchtrieben du bist. Du weißt mehr über den Tod der Schüler. Warum dieses Erpressungsspiel? Du hast doch vor allen anderen gewusst, dass Sven tot war.«

»Ach, Maximilian, lass mich einfach in Ruhe, ich kann dein dummes Geschwätz nicht hören.«

Ich laufe weiter die Treppe hinunter. Er versperrt mir den Weg und hält mich leicht an der Schulter fest. Wenn es eins gibt, was ich nicht leiden kann, ist es, wenn jemand mich unaufgefordert berührt. Umso weniger, wenn ich sogar festgehalten werde.

»Lass mich sofort los, Maximilian«, fauche ich ihn an und versuche, weiter die Treppe hinunterzulaufen.

Ich drücke ihn leicht zur Seite, aber er bleibt stehen und versucht mich fester zu halten.

»Ich bin mir sicher, du hast was mit dem Tod zu tun …«

Jetzt bin ich aber sauer. Ich habe bestimmt keine Lust, mich von diesem Fettarsch weiter aufhalten zu lassen. Ich schubse ihn. Maximilian schwankt nach hinten, dabei hält er mich weiter fest. Ich greife zum Treppengeländer. Es gelingt mir, seinem Griff zu entkommen. Er verliert das Gleichgewicht und fällt nach hinten die Treppe hinunter. Es haut ihn auf den Rücken, und er rollt noch weitere Treppen hinunter. Beinahe wäre ich ebenfalls gestürzt, aber ich habe mich rechtzeitig an dem Geländer festgehalten. Ich blicke zu Maximilian, der sich nicht regt. Ich gehe langsam zu ihm. Es bildet sich eine kleine Blutlache an seinem Hinterkopf. Der Kopf sieht komisch verdreht aus. Es dauert ein paar Sekunden, bis ich realisiere, dass er sich den Hals gebrochen hat.

21.35 Uhr
Wir liegen nackt auf meinem Bett. David hat es wieder geschafft, mir einen Höhenflug zu bescheren. Er ist einfach der Wahnsinns-Lover, der vor allem eins kann, was die meisten Männer nicht können – sich zurückhalten und mir den Vortritt lassen. Ich finde, dass wirklich gute Liebhaber sich durch drei Fähigkeiten auszeichnen: Sie wissen, dass sie mich klitoral schier in den Wahnsinn treiben können – vor, während und nach dem Geschlechtsverkehr. Sie beherzigen das Gentleman-Prinzip »Ladies first« und genießen es, wenn ich erst mal allein komme, und sie sind in der Lage, mit dem Eindringen zu warten, bis ich wirklich so erregt bin, dass ich auch beim Geschlechtsverkehr abheben kann. Damit kein Irrtum aufkommt: Es gibt Situationen, in denen ich einen schnellen, harten Quickie genial finde. Klitoris hin, Orgasmus her. Auf die Dauer aber ist diese Art Sex frustrierend und entspricht dem, was die meisten Männer wollen und mir in der Regel bieten, genau wie Andreas am Dienstagabend. Sie denken oft genug nur an ihre Schwänze und an deren Größe. Andreas war da keine Ausnahme gewesen. Er präsentierte mir stolz sein Glied mit irgendeiner Bemerkung über die Dimensionen. Ich kann einfach diesen Phalluskult nicht nachvollziehen. Wobei dieser Kult gar nicht irgendetwas Neues ist. Der Phallus ist bei uns zwar nicht aus der Mode,

ihm aber öffentlich zu huldigen, verbieten heutzutage der so genannte Anstand und das Jugendschutzgesetz. Ich weiß, dass das nicht immer so war und nicht überall auf der Welt so ist, denn der Penis galt Indern, Ägyptern, Griechen und Römern nicht nur als Lustobjekt, sondern auch als Symbol für Kraft und Fruchtbarkeit. In Indien verehrt man den Phallus einerseits als eigene Gottheit, andererseits als Symbol des höchsten Gottes Schiwa. Penisdarstellungen schmücken daher häufig die Tempel und Frauen küssen die Penisse, um ihre Fruchtbarkeit zu fördern. Der Wunsch nach Fruchtbarkeit ging früher so weit, dass Frauen das Gewand von Wanderpredigern küssten, die ob dieser Huldigung allerdings keine Regung zeigen durften.

Früheste Zeugen des Ständer-Kultes in Mittel- und Nordeuropa sind Skulpturen und Darstellungen aus prähistorischer Zeit. Wie beispielsweise das überdimensionale Phallusmotiv des so genannten »Hexenmeisters«, das man in der französischen Höhle Les Trois Frères entdeckte. Ebenso auch der Riese von Cerne Abbas in der englischen Grafschaft Dorset. Dessen mehrere Meter große Erektion entstand, indem der Oberboden auf einem Berg abgetragen wurde, sodass der Kalkuntergrund zum Vorschein kam.

Auf die Gottheiten Isis und Osiris geht in Ägypten der Phalluskult zurück. Isis fand angeblich unter den Leichenteilen des erschlagenen Osiris keinen Penis und ließ deshalb als Grabbeigabe eine Nachbildung fertigen. Statuen und Abbildungen von Osiris zeigen ihn meist mit großem Glied, gelegentlich sogar mit drei Penissen. Als ich das zum ersten Mal las, versuchte ich mir tatsächlich einen Kerl mit drei Penissen vorzustellen. Irgendwie erschien mir das doch sehr krude. Besonders schräg waren die alten Ägypter mit der größten Phallussammlung aller Zeiten. Von ihrem Eroberungsfeldzug in Libyen brachten sie 13.230 Penisse zurück, die sie ihren Opfern abgeschnitten hatten.

In der Antike huldigten die Griechen im Rahmen ausschweifender Feste dem Dionysos und seinem Sohn Priapos, indem sie mit riesigen Phalli durch die Straßen zogen. Da Dionysos auch als Gottheit des Weinbaus verehrt wurde, entstand bei den Festen eine Symbiose aus erotischer und alkoholischer Trunkenheit. Im Gefolge des Dionysos pflegte man die freie Liebe. Tja, das scheint noch heute in den Köpfen vieler Männer zu stecken. Das würde erklären, warum unzählige angetrunkene Typen mich schon dämlich von der Seite angequatscht haben.

Ein besonderer Brauch zu Ehren des Priapos entwickelte sich im alten Rom. Seine prachtvolle Erektion war in Rom überall präsent. Nicht nur auf öffentlichen Plätzen, sondern auch in Privatvillen der Patrizier. Junge Römerinnen huldigten ihm, indem sie nach frisch geschlossener Ehe ihre Jungfernschaft auf dem Schaft einer Statue opferten. Dies verhieß dem Paar zahlreiche Kinder. Vielleicht war Manuela, das Mädchen aus dem Heim, deren Jungfernschaft wir auf dem Schaft des modernen Phallussymbols – dem Vibrator – opferten, später ebenso zahlreich mit Kindern gesegnet worden.

Nun ja, zurück zu meinem allerliebsten Liebhaber. David weiß, ob Daumen oder Mittelfinger, Zunge oder erigierter Penis; alles, was Lust spendet, ist nach der entsprechenden Vorbereitung meiner Klitoris willkommen.

Meine zarte Knospe Klitoris blüht schon auf, wenn seine Hände die Innenseite der Oberschenkel hinaufgleiten oder den Bauchnabel umkreisen. Alles eine Frage seines Einfühlungsvermögens und wohl der Übung. Mit Geduld und Zunge erreicht David garantiert mehr als mit der »Dran-Drauf-Drüber-Nummer«.

Ich habe einmal David danach gefragt, wo er seine Oralsextechnik entwickelt hat und was er dabei denkt. Er lachte und wich der ersten Frage aus, dann erzählte er mir Folgendes: Beim Cunnilingus stellt er sich den weiblichen Lustgarten inklusive Klitoris als eine Orangenhälfte vor, auf deren Rand eine Blaubeere liegt. Mit der Zunge arbeitet er sich langsam über Brüste, Bauch und Oberschenkel zu dieser Region vor und bahnt sich einen Weg zur Blaubeere. Dann fühlt er jeweils auf der 3- und 9-Uhr-Postion der Klitoris kleine Knubbel. Nun führt er rhythmisch die Zunge zwischen diesen beiden K-Punkten hin und her. Immer über die Klitoris hinüber bis es zuckt und pulsiert. Dabei will er es immer besonders schön für die Frau machen. Deshalb umkreist er langsam mit Lippen und Zunge die äußeren Schamlippen, variiert dabei das Tempo und verwöhnt zuletzt die Klitoris zärtlich. David ist es wichtig, nicht immer dieselbe Stelle zu bearbeiten, was zur Überreizung führt. Zum Finale lässt er es ein bisschen schneller und fester werden.

Nun liege ich hier, den Kopf auf seinem Brustkorb. Er kräuselt meine Haare.

»Ich habe heute mit Iris telefoniert. Sie lässt dir liebe Grüße ausrichten. Sie hat mir von eurem gemeinsamen Nachmittag erzählt. Offensichtlich habt ihr viel Spaß gehabt. Sie scheint dich sehr zu mögen.«

»Ja, Iris ist ganz nett und witzig. Ich muss gestehen, dass ich sie zunächst falsch eingestuft habe«, antwortete ich und stelle mir dabei die Frage, warum David und Iris miteinander telefoniert haben.

Telefonieren sie regelmäßig miteinander? Und tun sie noch irgendetwas miteinander? Schlafen sie gelegentlich noch miteinander? Schon seltsam, Yvonne, dass ich mir diese Fragen stelle. Habe ich überhaupt irgendein Recht dazu? Ausgerechnet ich – ich habe für keinen Augenblick gezögert, als Andreas mir angeboten hat, mich nach Hause zu fahren. Ich wusste genau, wohin es führen würde. Hat Iris David etwas von Andreas erzählt? Was hat Iris gedacht, als ich mit Andreas fuhr? Falls sie dachte, dass es zwischen uns beiden zum Sex kommen würde, ließ sie auf jeden Fall nichts erkennen.

»Iris meinte, dass Andreas Beierle dazukam. Du hast ihn neulich auf der Party meiner Schwester kennen gelernt ...«

Ich hebe meinen Kopf leicht hoch und schaue zu David. Er scheint tief in Gedanken zu sein. Nur zu gerne wüsste ich, an was er gerade denkt. Ahnt er, dass ich mit Andreas geschlafen habe? Nun, »geschlafen« ist kaum der richtige Ausdruck, nach dem heißen Quickie habe ich ihn nach Hause geschickt.

Ich gebe David einen zärtlichen Kuss auf seine Wange und flüstere: »Es war schade, dass Andreas, dieser aufgeblasene Anwalt, kam. Iris war nämlich gerade dabei, Einzelheiten aus eurem Sexleben auszuplaudern. Fesselspiele und so weiter. Ich wusste gar nicht, dass du auf Sadomaso stehst. Oder machst du so etwas nur mit Iris?«

David prustet in lautem Gelächter und legt seine Hand

auf meine Schulter, so als ob er mich vor der Verdorbenheit meiner Gedanken beschützen müsse.

»Ich habe schon seit Ewigkeiten nicht mit Iris geschlafen. Nicht ich bin derjenige, der auf Sadomaso-Spiele steht, sondern Iris. Unter anderem habe ich deswegen mit ihr Schluss gemacht. Sie ist weiterhin eine gute Freundin und ich glaube, sie braucht mich, damit sie nicht in Schwierigkeiten gerät.«

Meiner Heuchelei voll bewusst, bin ich irgendwie erleichtert zu hören, dass David keine sexuelle Beziehung mehr mit Iris hat. Gute Freunde zu sein ist doch etwas Gutes, nehme ich an. Allmählich fange ich an, durch David und Iris auch Freunde zu bekommen – ein ungewohntes, aber doch schönes Gefühl. Was meint David genau mit Schwierigkeiten? Ich will nicht, dass meine neue Freundin Schwierigkeiten hat.

»Meinst du Schwierigkeiten wegen ihres Kokainkonsums?«, frage ich.

»Ja«, antwortet David und zögert, als ob er weiterreden will, aber sich der Sache nicht ganz sicher ist. Er entscheidet sich für das Weiterreden.

»Ja, wegen der Drogen, aber auch wegen anderer Sachen. Ich weiß nicht so recht, ob ich dir das erzählen soll.«

Ich schmiege mich ein bisschen an ihn an und küsse ihn erneut auf die Wange und am Hals. Leicht knabbere ich an seinem Ohr und streichele zart mit meiner Hand über seine Brust.

»Na, David, ich denke doch, dass du mir alles anvertrauen kannst. Iris ist auch meine Freundin. Du weißt auch, dass ich ganz diskret bin und alles für mich behalte.«

David setzt sich ein bisschen höher, um mir ins Gesicht zu schauen. Ich lächele ihn an, mit dem unschuldigsten Lächeln, das ich mir nur vorstellen kann. Er wird mir nicht widerstehen können. Es ist so einfach, Männer zu manipulieren.

»Also gut, Yvonne. Ich habe gesagt, dass Iris auf Sadomaso-Spiele steht. Es war einfach zu anstrengend mit ihr, das kannst du dir wahrscheinlich nicht vorstellen. Iris hat diesen Drang zu Gewalttätigkeiten. Ich meine nicht, dass sie gewalttätig wird. Sie will beim Sex, dass ihr Schmerzen zugefügt werden. Sie ist eine richtige Masochistin. Das ist echt nicht mein Ding. Es fing zunächst wirklich harmlos und ja direkt spaßig an. Iris wollte, dass wir in Rollen schlüpfen, um unser Sexleben raffinierter zu gestalten. Es ginge dabei nicht um das Quälen und das Zufügen von Schmerzen, erklärte mir Iris, sondern um das Ausprobieren harmloser sadomasochistischer Praktiken, die uns beide erfreuen und neue sexuelle Kicks geben sollten. Okay, so weit, so gut. Ich gebe zu, ich war neugierig.

Als wir es ausprobierten, ließ Iris sich dabei ganz fallen, sie wollte sich mir unterordnen. Sie sprach davon, sich bei diesen gemeinsamen Liebesspielen nach einem zusätzlichen Reiz durch Schmerzen und Demütigung zu sehen. Sie legte für uns genaue Rituale fest und setzte eine vorher geplante Sexinszenierung um, sodass jeder auf seine Kosten kam und genau wusste, worauf er sich einließ. Die sexuellen Handlungen waren zunächst durchaus zärtlich. So richtig SM war es gar nicht, sondern nur eine wirkliche Light-Form. Mit solchen Sachen wie Sex mit verbundenen Augen, Handschellen, die weich gefüttert waren, oder leichten Po-Klapsen. Spanking nannte sie diese leichten Klapse auf den Po. Gerade so doll, dass ihr Po leicht gerötet wurde. Es ging um eine softe Dominanz und ein leidenschaftliches Leidensgefühl, um einen zusätzlichen taktilen Reiz beim Sex, der stimulierend wirken sollte. Mir ging es ganz bestimmt nicht um Quälerei, Gewalt oder Unterdrückung. So, dachte ich, erging es auch Iris.

Sie wollte aber mit jedem Treffen mehr haben. So sollte ich mit ihr nicht nur Fesselspiele mit weichen Handschellen machen, sondern richtiges Bondage. Sie verlangte von mir, sie mit harten Handschellen, Seilen, Gurten oder Lederriemen zu fesseln und festzubinden. Ich sollte dann ganz harten Sex mit ihr haben, so als würde ich sie nötigen. Iris sagte, es wäre in Ordnung, es würde sie sehr reizen. Damit ich besser einschätzen könnte, wann Schluss ist, schlug Iris vor, Codewörter zu verwenden. Ich konnte aber machen, was ich wollte, sie hatte nie genug. Sie bat mich, sie mit der Reitpeitsche zu schlagen, ja regelrecht auszupeitschen. Als ich dies nicht tat, meinte sie, dass sie diese körperlichen Qualen und psychische Demütigung brauche, um zum Orgasmus zu kommen. Ich weigerte mich, ihr diese Sachen anzutun, da warf sie mir vor, sie nicht zu begehren und zu lieben. Ich fand Iris einfach nur krank. Nach langem Hin und Her war sie bereit, sich therapeutisch behandeln zu lassen. Ich denke, was ihr masochistisches Sexualverhalten angeht, hat sie sich inzwischen im Griff. Aber leider sehe ich immer noch diese selbstzerstörerischen Tendenzen, quasi einen Automasochismus, bei ihr in ihrer Kokainsucht. Ich versuche ihr zu helfen, soweit ich kann, deswegen halte ich regelmäßig Kontakt zu ihr und wir telefonieren oft.«

Wir bleiben eine Weile schweigend auf dem Bett liegen. Mir geht die Vorstellung im Kopf herum, warum Iris so geworden ist, wie sie ist. Als ich mit Anita über Normalität und Abnormitäten in der Sexualität diskutiert habe, meinte sie, SM sei nicht abartig, wenn alle Beteiligten sich freiwillig dazu hingeben, verantwortungsbewusst damit umgehen und sich einvernehmlich auf Regeln einigen, die dann auch nicht überschritten werden. Nach den Schilderungen von David entsprach dies nicht gerade dieser Erklärung.

»Ich finde es wirklich gut, David, dass du sie nicht hängen lässt. Weißt du, warum Iris masochistisch ist? Ich bin keine Psychologin, aber ich denke, Veranlagung wird es wohl kaum sein, sondern irgendetwas hat doch dieses Verhalten ausgelöst.«

David nimmt sein Arm weg von mir und setzt sich auf die Bettkante. Er schaut betrübt, nein verärgert aus. Er schnauft ganz tief durch.

»Ja, ich habe eine Erklärung. Ich habe lange danach gesucht und oft mit Iris gesprochen. Iris hatte vor mir schon einige Freunde gehabt, was nicht unbedingt verwunderlich ist, nachdem Iris bereits 19 war, als ich das erste Mal mit ihr schlief. Flüchtig gekannt habe ich sie aber schon länger. Als Iris eines Tages ziemlich schwer auf Koks war, wurde sie ganz depressiv und erzählte über ihre allererste Liebe. Sie war 15, er war 20 Jahre älter. Er war ein Sadist. Er quälte sie, fügte ihr Schmerzen zu, erniedrigte sie bei jeder Sexualhandlung. Dieses Schwein machte sie zu seiner Sklavin, die ihm in jeder Situation gehorchte. So wuchs Iris nicht nur mit dem Glauben auf, dass diese Art von Sex völlig normal sei, sondern sie hat überhaupt kein Selbstwertgefühl.«

Ich lege meinen Arm tröstend um David. Seine Wut ist für mich nachvollziehbar. Die arme Iris, und ich habe gedacht, ich hätte Probleme.

»Hast du eine Ahnung, wer das Schwein ist?«

David nickt.

»Ja, und du kennst ihn auch: Der feine und immer korrekte Anwalt Andreas Beierle.«

Andreas? Das lässt mich schaudern. Ich denke darüber nach, wie er mich nahm. Geradezu hart und aggressiv, wenn nicht gar leicht sadistisch. Hätte ich vorher gewusst, was für ein Schwein er ist und zu was fähig, hätte ich mit ihm Sex gehabt? Auf rhetorische Fragen sollte ich mich lieber gar nicht einlassen. Ich habe diesen geilen Quickie gehabt und das lässt sich nicht ändern.

»Als Iris mir erzählt hat, dass Andreas dich nach Hause gefahren hat, muss ich gestehen, auch wenn es albern klingt, dass ich ein dummes Gefühl gehabt habe. Na ja, irgendwie machte ich mir deinetwegen Sorgen.«

Ich halte David ein bisschen fester und küsse ihn erneut. Ich drehe seinen Kopf zu mir, um ihm tief in die Augen zu blicken.

»Hör zu David, es ist schön, dass du um mich besorgt bist, ich bin jedoch keine 15. Ich weiß, was ich tue, und du weißt es auch. Es beweist mir aber, dass du mich wirklich liebst und nicht nur an meinem Körper interessiert bist. Ich liebe dich, David.«

Freitag, 28. Juni
7.15 Uhr

Gisela Singer erzählt mir am Morgen als Erste die neueste schreckliche Nachricht, die ich natürlich schon längst weiß. Die ganze Schule ist in heller Aufruhr wegen des Todes von Konrektor Maximilian Schmid. An normalen Unterricht ist heute wieder einmal gar nicht mehr zu denken. Ich rufe David per Handy an, noch bevor er den Dienst antritt. Seine Kollegen waren selbstverständlich bereits gestern, nachdem der Hausmeister die Leiche gefunden hatte, verständigt worden und hatten vor Ort die Spurensicherung schon gemacht. Ich will aber, dass David den Fall übernimmt, schließlich handelt es sich um einen weiteren Todesfall in der Schule, auch wenn sicherlich zunächst kein unmittelbarer Zusammenhang zwischen diesem Fall und den anderen Todesfällen zu sehen ist. Ich werde David schon die entsprechenden Hinweise liefern.

15.30 Uhr

»Es ist einfach unglaublich, was an diesem verfluchten Gymnasium los ist!«, polterte der Polizeipräsident. »Drei Schüler, eine Schülerin und nun der Konrektor – alle tot. Können Sie mir das erklären?«

Kommissar David Baur und Hauptkommissar Hans Fledderer stehen im Büro ihres Chefs. Der Hauptkommissar schweigt.

David ergreift das Wort: »Nun ja, es sind vier Schüler, um genau zu sein.«

Hauptkommissar Fledderer wirft ihm einen befremdeten Blick zu. Der Polizeipräsident hebt die rechte Augenbraue hoch.

»Vier Schüler?«

»Ja«, antwortet David ganz selbstbewusst und tritt einen Schritt vor, sodass sein Kollege schräg hinter ihm steht. »Vier Schüler, wenn man den ehemaligen Schüler Simon Heinzle mitzählt, und das, denke ich, sollte man tun. Simon Heinzle war vor drei Jahren noch Schüler an dieser Schule. Er ist der ermordete Taxifahrer. Simon Heinzle, Sven Brüderle, Michael Barthel und Zoran Ristic kannten sich ganz gut. Und nicht nur das: Wir wissen, dass Simon Heinzle und der ebenfalls ermordete Hugo Maier vor ihrem Tod Geschlechtsverkehr mit derselben Frau hatten. Haben wir bisher nach einer Frau ermittelt, die als eine Art Lustmörderin ihr Unwesen treibt, habe ich meine Ermittlungen in eine andere Richtung gerichtet. Von Michael Barthel und Zoran Ristic wissen wir ganz sicher, dass sie sehr viel Drogen konsumierten. Ich habe ganz eindeutige Hinweise und Zeugenaussagen dahingehend, dass Sven Brüderle ebenfalls des Öfteren Drogen konsumiert hat. Bei Hugo Maier wurden ebenfalls Drogen in seiner Wohnung und in seinem Körper gefunden. Auch bei den anderen beiden ließen sich Spuren von Drogen nachweisen. Ich habe Informationen, wonach Hugo Maier ein Drogendealer war. Ebenso spricht einiges dafür, dass Simon Heinzle mit seinem Taxi als Drogenkurier unterwegs war. Seine Kunden oder Partner waren Sven Brüderle, Michael Barthel und Zoran Ristic. Zuverlässige Zeugenaussagen belegen dies. Und wenn das nicht genug wäre, habe ich herausgefunden, dass dieser feine Konrektor Maximilian Schmid ebenfalls Drogenkonsument war. In seinem abschließbaren Fach in der Schule wurden heute Morgen verschiedene Amphetamine gefunden. Auf den ersten Blick meine ich sogar, dass sie genau den Pillen gleichen, die wir bei den Ermordeten Barthel und Ristic fanden. Die Laborergebnisse liegen noch nicht vor.«

Der Polizeipräsident schaute entgeistert.

»Sie wollen mir erzählen, dass dieser Konrektor mit in dieser Drogenbande war?«

»Nun, es scheint tatsächlich so zu sein. Er war ein ziemlicher Linker, ein alter 68er. Sie wissen, wie manche dieser Pädagogen sind. Ich weiß aus sicherer Quelle, dass er regelmäßig Haschisch geraucht hat. Er hat sogar junge Kolleginnen dazu bringen wollen, Drogen mit ihm zu konsumieren.«

»Woher weißt du das, David?«, fragte der Hauptkommissar recht verblüfft.

»Ich habe meine Quellen, die ich vorerst nicht nennen will, solange die Ermittlungen laufen.«

Der Polizeipräsident hob erneut seine rechte Augenbraue. Ihm war die Verwunderung des Hauptkommissars über seinen Kollegen nicht entgangen. Es war klar, dass der Hauptkommissar nicht von seinem jungen Kollegen in seine Ermittlungen eingeweiht war. Es gefiel ihm nicht, wenn die Kollegen nicht die Hierarchie einhielten, aber der Tatendrang des Kommissars hatte was für sich. Die Theorie mit der Lustmörderin, die durch die Boulevardpresse ging, erschien ihm schlichtweg als Blödsinn. Dem Polizeipräsident war ohnehin jede Theorie und jeder Gedanke der Presse grundsätzlich suspekt. Umso weniger gefiel ihm, dass der Hauptkommissar selber in dieser Richtung ermittelte. Was diesen so genannten Pädagogen anging, hatte der junge Kommissar Recht – diesem linken Pack war alles zuzutrauen.

»Nun, Kommissar Baur, vielleicht haben Sie Beweise dafür, dass es tatsächlich eine Drogenbande gibt. Das ist aber nicht Ihr Metier. Dafür haben wir das Drogendezernat. Sie ermitteln in einem Mordfall. Können Sie mir den Mörder liefern? Die Schülerin, wie heißt die noch einmal, Boltov. Sie hat in ihrem Abschiedsbrief den Mord an Barthel und Ristic eingestanden. Wollen Sie mir erzählen, dass sie auch die anderen umgebracht hat? Die Autopsie hat eindeutig ergeben, dass die Boltov nicht die Frau war, die mit Heinzle und Maier vor ihrem Tod verkehrte. Und ihren Konrektor kann sie wohl schlecht die Treppe hinuntergeschubst haben.«

Ein leicht selbstgefälliges Lächeln war auf den Lippen des Hauptkommissars zu erkennen. Er mochte es zwar schon, wenn seine Untergebenen mitdachten und auf eigene Faust ermittelten. Sie hatten ihm dies aber mitzuteilen, damit er die Ermittlungen seinen Vorgesetzten vortragen konnte. Wenn es Lorbeeren einzuheimsen gab, wollte er dies tun. Es war gut so, dass der Polizeipräsident dem Emporkömmling seine Federn stutzte.

David ließ sich nicht beeindrucken.

»Den Mörder oder die Mörder kann ich Ihnen, Herr Polizeipräsident, nicht liefern, noch nicht. Ich verfolge aber eine heiße Spur. Wie Sie vollkommen richtig bemerkt haben, war Boltov nicht die Frau, die mit den Ermordeten verkehrte. Ich glaube, sie ist auch rein zufällig in diese Sache verwickelt worden. Sie war die Freundin des Sven Brüderle. Wenn ich ihren Abschiedsbrief richtig interpretiere, haben Michael Barthel und Zoran

Ristic sie vergewaltigt und sie hat sich dafür gerächt. Ich glaube, die Vergewaltigung geschah mit der Kenntnis des Freundes, der nichts tat, um sie zu schützen. Die Vergewaltigung und die anschließende Demütigung des Freundes gaben ihr den Rest, sodass sie keinen Ausweg mehr sah. Unabhängig davon spielt Sex in diesem Fall eine große Rolle. Das sieht man allein an der Vergewaltigung. Am Tatort fanden wir genügend Poppers, die als Sexdrogen verwendet werden. Zeugenaussagen zeigen, dass Barthel und Ristic sehr sexbesessen waren. Brüderle, Heinzle und Maier standen ihnen wohl in nichts nach. Das Beste kommt noch: Der Konrektor Schmid offensichtlich auch nicht. Er hat junge Kolleginnen sexuell belästigt und hatte anscheinend eine Vorliebe für Prostituierte. Ebenfalls in seinem Fach habe ich eine Videokassette gefunden, die einen sehr kompromittierenden Film mit ihm zeigt. Für mich gibt es zwei Möglichkeiten: Entweder hat diese Drogenbande versucht, in einem fremden Revier Fuß zu fassen, oder ihre Rechnung mit den Drogendeals ging nicht auf und sie haben jemanden gehörig geärgert, weil noch viel Geld aussteht. Die erste Möglichkeit scheint nach Aussage der Kollegen vom Drogendezernat eher nicht zuzutreffen. Sie wissen gar nichts von einem Platzkampf unter Drogenschiebern. Bleibt die andere Variante: Geld steht noch aus, was kein Wunder wäre, wenn die Ermordeten selber so viel konsumiert haben oder wie der Schmid im Puff ausgegeben haben. Ich ermittele noch im Rotlichtmilieu. Schmid ist dort auf jeden Fall sehr bekannt und die anderen wurden auch bereits zumindest gesichtet. Ich denke, für die Morde wurden Prostituierte als Lockvögel verwendet.

Wie gesagt, ich ermittle noch, aber ich hoffe, bald die Mörder zu finden.«

Der Polizeipräsident musterte seine untergebenen Polizisten. Er rieb sein Kinn und dachte schweigend nach.

»Hauptkommissar Fledderer, Sie haben in Kommissar Baur einen sehr guten Mann.«

20.30 Uhr
Während des Abendessens höre ich David genüsslich zu, wie er mir von seinem Auftritt beim Polizeipräsidenten berichtet. Er hat alles wiedergegeben, was ich ihm an belastendem Material geliefert hatte: die Lügen, dass Maximilian mich und andere Kolleginnen sexuell belästigt hätte und versucht hätte, uns zum Kiffen zu animieren. Das Video, das ich in seinem Fach platziert hatte – ein Klacks war es, das Fach mit meinem guten alten Butterflymesser aufzuknacken. Und nicht zu vergessen die Pillen, die diese Dreckskerle während meiner Vergewaltigung haben fallen lassen und die ich nachher von meinem Bett und vom Boden noch aufgesammelt habe. Mein Tipp, im Rotlichtmilieu nachzufragen, erwies sich auch als Volltreffer – viel Fantasie bedurfte es nicht, sich vorzustellen, dass Maximilian dort Abwechslung von seiner fett aufgeschwemmten, hässlichen Ehefrau Daniela suchte.

Die scheinbare Wendung des Falls erscheint meinem kriminologischen Freund keinesfalls suspekt. Nicht im Geringsten ahnt er, wie ich ihn manipuliere. Er erkennt die Verlogenheit meiner Worte nicht, die das Ziel verfolgen, mich von jeglichem Verdacht der Tötung dieser Jammerlappen fern zu halten. David sieht in mir inzwischen nicht nur eine wichtige Zeugin, die die Hinweise auf diese angebliche Drogenbande gelenkt hat, sondern viel mehr seine größte Unterstützung in diesem Fall. Er hat mir die mögliche Bedeutung dieses Falls für seine Karriere erläutert und ich gebe zu, ich würde mich tatsächlich für ihn freuen, wenn er befördert werden würde. Ein eigenartiger Gedanke für mich, dass ich mich um das Wohlwollen eines anderen Menschen kümmere, dennoch ist es so. Was für andere womöglich normal erscheint, ist für mich sehr krude. Bisher habe ich noch nie irgendjemandem geholfen. Warum auch? Hat jemand mir jemals geholfen, mich nach meinen tiefen Wünschen und Sehnsüchten gefragt? Habe ich je wirklich Anerkennung gefunden? Dass ich die Tollste und Geilste bin, habe ich oft zu hören bekommen. Ist es aber die Anerkennung, wonach ich mich immer gesehnt habe? Sicherlich nicht. Das ist der Unterschied zwischen allen anderen und David. Natürlich genießt er den Sex mit mir, ich aber genauso mit ihm. Es ist ein gleichberechtigtes Geben und Nehmen. Er genießt aber mehr, viel mehr. Er mag einfach meine Gesellschaft. Er mag alles, was ich tue, egal ob ich ihm Bärengeschichten aufbinde oder reale Sachen erzähle. Das absolut Verrückte an der Sache ist jedoch, dass es mir mit ihm nicht anders geht. Ich mag sein Lächeln, seinen Gang, seinen männlichen Duft, wie er von seiner Arbeit berichtet, wie er mir geduldig zuhört, während ich ihm etwas erzähle, wie er neben mir atmet, nachdem wir uns geliebt haben. Alles, einfach alles mag ich, liebe ich an diesem Mann.

Ich liege nun allein in meinem Bett. David ist, nachdem wir Sex hatten, zu sich nach Hause gefahren. Er muss am nächsten Morgen früh raus aus den Federn, da er nach Berlin zu irgendeinem Jugendtrainerlehrgang wollte. Ich weiß nicht, wie viel Uhr es ist. Ich bin müde, kann dennoch nicht schlafen. Zu viele Gedanken beschäftigen mich. Ich erlebe mit David etwas, was ich bisher nicht gekannt habe. Er gibt mir das Gefühl von Geborgenheit und Sicherheit. Ich weiß, dass ich nach außen hin wie eine starke, selbstbewusste Frau wirke. Ebenso weiß ich, liebe Yvonne, dass dieser Eindruck täuscht. Mit der Wahrheit herauszurücken, dazu bin ich oft zu unsicher. Unfassbar, wie ich immer wieder von meinen Trieben gesteuert, ohne jegliche Emotion der Sicherheit von einem Hafen der sexuellen Glückseligkeit zum anderen segle. Eine Seiltänzerin ohne Boden, immer am Rand einer Katastrophe wandelnd, das ist es, was ich bin. Aber in den letzten Wochen hat sich etwas Grundverschiedenes aufgetan. David gibt mir nun den Boden unter meinen Füßen. Ich spüre gar nicht den Drang, immer wieder mit Fremden zu kopulieren. Sicher, ich hatte Sex mit Andreas, aber es war nicht die übliche Zwangshandlung, sondern es geschah aus völlig freien Stücken. Er hatte Lust, ich hatte Lust. Ich nahm die Gelegenheit wahr. Ich spürte keinerlei psychischen Druck, der mich kopflos steuerte. Ich hatte nicht das Gefühl, auf der Suche nach etwas zu sein, wie ich es sonst empfand. Ich bin mir sicher, dass David die Ursache meiner veränderten Einstellung ist. Er, inklusive, was er mit mir teilt, und alles, was ich für ihn empfinde, war der entscheidende Faktor. Ich frage mich, ob es richtig ist, ihn so abgründig anzulügen.

Montag, 30. Juni
14.30 Uhr
Ich habe David an diesem Wochenende physisch, aber genauso gleich psychisch vermisst. Ich hätte losgehen und mir einen hübschen Kerl mit einem knackigen Hintern schnappen können. Ich tat es jedoch nicht. Mir war einfach nicht danach. Ich hatte nicht diesen Zwang. Nun gut, ich bin nicht ganz ohne Sex ausgekommen. Ich habe abends im Bett mit mehr selbst gespielt. Dabei dachte ich an David. Ich dachte an diesem Wochenende mehrmals an ihn. Ich freute mich wie ein kleines Kind, als er mich am Samstagabend anrief, um mir zu sagen, wie er mich vermisste und liebte. Das heißt, es war sprichwörtlich, dem Vernehmen nach, wie ein kleines Kind sich freut. Denn ich weiß gar nicht, wie ein Kind sich freut. Ich habe mir meine Kindheit ausgeblendet. Wenn ich aus irgendwelchen unerklärlichen Gründen manchmal daran denke, ist alles von einem dunklen Schleier umhüllt. Ich will nicht daran denken. An nichts, an absolut gar nichts will ich mich erinnern. Meine Kindheit ist nicht vergessen, sie ist nicht tot – ich hatte gar keine Kindheit!

Ich unternahm gar nichts Besonderes. Ich joggte weit, ewig weit. Ich war danach völlig ausgepumpt. Ich las »Das Parfum« von Patrick Süskind und Michael Moores Abrechnung mit Amerika »Stupid White Men«. Als ich die Paella vom Freitagabend aufwärmte, wurde mir richtig bewusst, wie meine Essgewohnheiten sich geändert hatten. Bevor ich David kannte, wäre ich bestimmt nie auf die Idee gekommen, so was Aufwändiges wie Paella für mich alleine zu kochen. So etwas aß ich an der Costa Brava, aber nicht hier in meiner eigenen Küche.

Ich würde David erst im Laufe des heutigen Abends sehen. Sein Lehrgang ging bis Sonntagabend und er fuhr erst am Montag nach Stuttgart. Deshalb hatte er extra Urlaub genommen.

Es ist noch gar nicht lange her, dass ich von der Schule zu Hause bin. Ich steige aus der Dusche, als es an der Haustür klingelt. Irritiert gehe ich hin. Noch irritierter bin ich, als ich feststelle, wer da ist.

»Herr Hauptkommissar Fledderer und Frau ... Oh, wie war der Name wieder?«

»Braun«, antwortet die junge Polizistin, die neulich David begleitete.

»Was verschafft mir Ihren unerwarteten Besuch? Wie Sie sehen, ist Ihr Kommen mir nicht gerade gelegen.«

Ich ziehe den breiten Satingürtel meines klassisch geschnittenen Morgenmantels aus sehr feinem, glänzendem türkisfarbenem Satin enger zu. Ich lächele höflich, aber kalt.

Der Hauptkommissar nickt, als ob er verständnisvoll wäre, während er mich mustert. Es ist schon interessant, wohin Männer immer schauen, wenn sie einer Frau gegenüberstehen. Flink wie ein Wiesel bewegen sich die Augen des Hauptkommissars von meinem Gesicht zu meinem Busen. Dort verweilen sie den Bruchteil einer Sekunde. Ich weiß nicht, ob durch den luftdurchlässigen, hauchzarten Mikrofaser-Satin die Spitzen meiner Brustwarzen zu sehen waren – vermutlich ja. Die Augen blitzen hoch zu dem Handtuch um meinem Hals und zu den nassen Haaren. Wieder kurz zurück zum Dekolleté, über die Hüften und Beine zu meinen nackten Füßen. Erneut zu den nassen Haaren und schließlich zurück zu meinem Gesicht.

»Es tut mir Leid, Frau Fenske. Es wird nicht lange dauern.«

Ich zucke mit den Schultern. Warum soll ich mit ihnen Streit anfangen? Ich bitte sie herein und laufe vor ihnen zum Esstisch. Während ich meine Haare mit dem Handtuch trocken reibe, frage ich sie nach ihrem Begehren.

»Wir haben ein paar Fragen zu den Todesfällen in und um Ihre Schule.«

»Ich wüsste nicht, was es Neues zu berichten gäbe. Ich habe bereits Ihrem Kollegen, Herrn Baur, alles gesagt.«

Der Hauptkommissar nickt und tippt mit seinem Kugelschreiber auf einen Block. Er und seine Kollegin wechselten Blicke, die ich nicht zu deuten vermag.

»David? Ja, meinem Kollegen haben Sie einiges berichtet. Ziemlich viel, wenn ich mich nicht täusche. Wir wollen das eine oder andere nochmals besprechen. Um es vorwegzunehmen, Frau Fenske, wir wissen ganz genau über das Techtelmechtel zwischen Ihnen und David Bescheid.«

Ich schaue die beiden an. Was wollen sie von mir? Glauben sie, dass mich das irgendwie einschüchtert? Ich bin Lady Eisberg und antworte, ohne mit der Wimper zu zucken: »Ja und, ist das verboten?«

»Nein, verboten ist es nicht. Die Polizei in die Irre zu führen, Straftaten vorzutäuschen und Mord, das ist strafbar!«

Ich weiß nicht, ob der Hauptkommissar und seine Schoßhündin erwartet haben, dass ich bei der Erwähnung des Wortes »Mord« heulend zusammenbreche und mich zu jeder Straftat seit der Geburt Jesu Christi bekenne, aber sein Geschwätz lässt mich kalt. Wenn er

Beweise für irgendetwas hätte, würde er dieses billige Schauspiel lassen.

»Ich weiß, dass Mord strafbar ist, und was soll das Gestammel über Irreführen der Polizei? Sagen Sie doch, was Sie eigentlich von mir wollen.«

»Nun gut, Frau Fenske«, sagt die junge Polizistin und macht eine Mappe auf.

Sie holt eine Zeichnung heraus. Eines dieser Phantombilder, die man aus Fahndungsmeldungen der Polizei vom Fernsehen kennt. Sie überreicht mir das Bild einer Frau.

»Es sieht Ihnen sehr ähnlich, Frau Fenske, nicht wahr?«

Zum ersten Mal befiel mich ein leichtes Gefühl des Unwohlseins. Das Bild sieht mir täuschend ähnlich. Wie, was soll das Bild?

»Wo waren Sie am Montagabend, dem 27. Mai?«

»Montag, 27. Mai? Woher soll ich das wissen? Das ist sechs Wochen her.«

»Wir haben dieses Bild nach den Angaben eines Augenzeugen gemacht. Sie wurden gesehen, wie Sie in der Stuttgarter Innenstadt ein Taxi bestiegen.«

»Ach, ja ich erinnere mich an den Montag. Ich fahre so selten Taxi. Und ich weiß auch, wer der Taxifahrer war: Simon Heinzle, ein ehemaliger Schüler von mir. Ich weiß auch von seinem Tod. Aber ich verstehe nicht den Zusammenhang zu mir und was das mit dem Bild auf sich hat.«

»Sie haben der Polizei nie erzählt, dass Sie mit dem Heinzle gefahren sind«, sagt der Hauptkommissar.

Er beugt sich vor und starrt tief in meine Augen. Ich starre zurück.

»Ich bin nie gefragt worden. Jetzt erzähle ich es Ihnen. Aber warum wollen Sie das wissen? Was spielt es denn für eine Rolle, ob ich in Simons Taxi gefahren bin oder nicht?«

»Simon Heinzle wurde in jener Nacht ermordet!«

»Das war in jener Nacht? Oh Gott, das war mir überhaupt nicht bewusst. In jener Nacht starb der arme Simon – das ist ja schrecklich.« Ich spiele die völlig Ahnungslose perfekt und setze noch eine naive Bemerkung nach: »Jetzt verstehe ich Ihre Fragen. Sie wollen von mir wissen, ob ich weiß, wer nach mir in das Taxi stieg, nachdem Simon mich nach Hause gefahren hat. Da kann ich Ihnen leider nicht helfen.«

Der Hauptkommissar und seine Assistentin schauen sich gegenseitig an, bevor sie sich erneut an mich wenden.

»Nun ja, um ehrlich zu sein, Frau Fenske, wir wissen gar nicht, ob nicht Sie der letzte Fahrgast des Simon Heinzle waren. Was wir wissen, ist, dass der Heinzle kurz vor seiner Ermordung Geschlechtsverkehr hatte. Wir fahnden nach einer Frau.«

Ich spiele die völlig überraschte Empörte.

»Also, ich weiß nicht, was ich da sagen soll. Das ist ja die Höhe! Sie haben die Impertinenz anzudeuten, dass ich mit Simon Verkehr hatte! Und etwas mit seiner Ermordung zu tun hätte. Das ist nicht nur eine Unverschämtheit, das ist der größte Schwachsinn, den ich jemals gehört habe. Damit es klar ist, ich werde ohne einen Anwalt kein einziges Wort mehr zu diesem Thema sagen!«

Der Hauptkommissar richtet sich auf und sagt noch:

»Also, gut, Frau Fenske, wenn Sie ohne einen Anwalt nichts sagen wollen, nenne ich Ross und Reiter und sage Ihnen, dass wir das Gespräch weiter auf dem Polizeipräsidium führen müssen. Und zwar jetzt. Unsere Fragerei fängt erst richtig an. Sie sind auf diesem Phantombild nicht nur in Stuttgart, sondern auch im Schwarzwald, und zwar in dem Ort, wo der Antiquitätenhändler Hugo Maier ermordet wurde, identifiziert worden.«

Einen Anwalt, welchen Anwalt? Es hört sich in den Krimis im Fernsehen immer so gut an: Ich rufe *meinen* Anwalt an. So als ob jeder Mensch gerade einen Rechtsanwalt parat hätte. Ich habe bisher jedenfalls nie einen gebraucht. Der einzige Anwalt, den ich kenne, ist Andreas Beierle. Ich habe noch seine Karte. Die Kripo lässt mir die Möglichkeit, Andreas anzurufen. Ich erreiche ihn tatsächlich auch sofort. Ich schildere kurz, was los ist. Er meint, ich solle mir keine Sorgen machen, und er wird ins Polizeipräsidium fahren. Ich soll, bevor ich mit ihm ausführlich gesprochen habe, nichts, aber auch gar nichts sagen. Ich gehe ins Schlafzimmer, um mich anzuziehen. Die Polizistin geht mir nach und bleibt an der Schlafzimmer stehen. Ich drehe ihr den Rücken zu, während ich den Morgenmantel ausziehe. Ich weiß nicht, ob sie mich beobachtet, es ist mir auch egal. Sie kann ruhig sehen, welch makellosen Körper ich habe. Ich ziehe meinen neusten Einkauf an: »Florence«, ein Dessoustraum der Marke Simone Pèrele in Bordeaux-Metallic. Einen Balconette-BH, der mir ein tiefes Dekolleté zaubert, und einen String. Beides aus transparentem Tüll, üppig mit einer wertvollen, metallisch glänzenden Stickerei verziert. Darüber ein Minikleid mit einem hellblauen, fast weißen Hintergrund mit einem Muster aus großen dunkelblauen Blumen und schwarz schattierten Blättern. Ich kämme meine noch feuchten Haare.

16.00 Uhr
Ich sitze schon eine Weile hier in diesem Zimmer. Nur mit einem Tisch und vier Stühlen ausgestattet, ist es äußerst karg eingerichtet. Auf einem sitze ich und auf einem anderen sitzt eine uniformierte Polizistin in der Ecke. Wir sitzen beide stumm da. Ich habe keine Ahnung, ob sie sich mit mir unterhalten würde, wenn ich mit ihr reden würde, denn ich habe es gar nicht versucht. So selbstsicher, wie ich noch war, als die Kripo bei mir aufgetaucht ist, bin ich schon lange nicht mehr. So toll ist es doch nicht, ins Polizeipräsidium gebracht zu werden. Wäre mein David da, wäre es nicht so weit gekommen, da bin ich sicher. Sollte es so weit kommen, dass irgendwelche Analysen von meinem Körper genommen werden, habe ich wirkliche Schwierigkeiten. Ich weiß zwar nicht gerade viel über DNS-Analysen, aber dass in dem Slip, den ich bei Hugo vergessen habe, genügend Spuren wären, um mich zu überführen, dessen bin ich mir sicher.

Endlich geht die Tür auf und Andreas kommt herein. Die Polizistin verlässt den Raum. Ich erzähle Andreas ganz genau, was an diesem Nachmittag passiert ist. Ich berichte ferner sowohl von dem Abend, als ich das Taxi bestieg, als auch von dem Tag im Schwarzwald, an dem ich bei Andreas' Schwester war. Er fragt mich zu den anderen Todesfällen. Ich gebe ihm das weiter, was ich bisher David erzählt habe. Andreas hört aufmerksam zu und macht sich seine Notizen. Zwischendurch stellt er die eine oder andere Frage.

»So, jetzt überlass das Reden nur mir«, sagt er schließlich.

Die Kripobeamten Fledderer und Braun betreten den Raum. Ich sehe, wie Andreas die junge Polizistin mit seinen Augen förmlich auszieht. Böte sich die Gelegenheit, würde er jederzeit mit ihr das Gleiche machen wie neulich mit mir, da bin ich mir sicher.

»Also, Herr Hauptkommissar Fledderer, ich möchte von Ihnen auf der Stelle wissen, was genau Sie meiner Mandantin vorwerfen? Die Tatsache, dass sie gesehen wurde, wie sie ein Taxi bestieg, und auch, dass sie in diesem Dorf im Schwarzwald gesichtet wurde, rechtfertigt wohl kaum diese Behandlung.«

Es gibt zwei Berufssparten, die Hauptkommissar Hans Fledderer hasste: Journalisten und Rechtsanwälte. Wenn es sie nicht gäbe, wäre einiges einfacher in der Polizeiarbeit. Er hatte schon des Öfteren mit ihnen im Clinch gelegen. Mehr als einmal hatte er deshalb von seinen Vorgesetzten einen Rüffel erhalten. So waren nun mal seine Chefs: ohne jegliches Rückgrat. Wenn sie ehrlich wären, würden sie zugeben, genauso wenig für diese Berufsgruppen übrig zu haben, aber wenn es darauf ankam, zogen sie nur zu oft den Schwanz ein. So etwas nennt man wohl Politik. Dieser Fall war bereits ein Politikum. Es sollte sich nicht noch mehr zu einer negativen Haupt- und Staatsaktion entwickeln. Er wusste auch, dass er nicht gerade viel in der Hand hatte. Sicherlich nicht ausreichend, um die Fenske des Mordes anzuklagen. Dafür brauchte er mehr Beweise. Ihm war diese Frau von Anfang an verdammt suspekt gewesen. Wie sie so selbstsicher, ja geradezu überheblich auftrat. Wie sie mit ihren weiblichen Reizen kokettierte, erschien ihm zu dick aufgetragen. Sie hat seinem Kollegen den Kopf verdreht, aber einem alten Fuchs wie ihm würde sie nicht so auf dem Kopf herumtanzen. Sie war aber andererseits bisher eine völlig unbescholtene Bürgerin gewesen. Wenn er gleich mit DNS-Tests auffahren würde, müsste er erst den Staatsanwalt und einen Richter davon überzeugen. Wenn sie negativ wären, würde dieser Rechtsanwalt schon dafür sorgen, dass der Polizeipräsident ihm den Kopf abreißen würde. Dieser Rechtsanwalt Dr. Beierle war ihm vom Namen her allzu bekannt. Er war ein so genannter Staranwalt, der durch die Gazetten flatterte und sich mit allen möglichen Prominenten und Politikern ablichten ließ. Das Erscheinen dieses Anwalts war nicht nur an sich ärgerlich, es verwunderte den Hauptkommissar, dass ausgerechnet er der Rechtsbeistand dieser Frau war und sogar sofort im Polizeipräsidium persönlich erschien. Das beunruhigte ihn.

Der Hauptkommissar zieht ein grimmiges Gesicht.

»Wir haben Zeugenaussagen, dass Ihre Mandantin in zeitlicher Nähe zu mindestens zwei Morden anwesend war. Sie werden, Herr Dr. Beierle, verstehen, dass wir diesen Zeugenaussagen nachgehen müssen.«

»Aber sicher, Herr Fledderer. Für die schwere Arbeit der Polizei habe ich das größte Verständnis. Meine Mandantin gibt ja offen zu, in der Nähe dieser Morde gewesen zu sein. In beiden Fällen gibt es ganz einfache Erklärungen. Sie war beide Male kurz davor zusammen mit meiner Schwester gewesen. Sowohl bei diesem Taximord in Stuttgart als auch in diesem Dorf im Schwarzwald. Am Abend dieses Taximordes kam meine Mandantin aus der Praxis meiner Schwester und nahm ein Taxi nach Hause. Meine Mandantin war auch tatsächlich an dem Tag in dem Ort im Schwarzwald, wo dieser schreckliche Mord geschah, gewesen. Meine Schwester und ich besitzen dort ein Ferienhaus. Frau Fenske war als Gast meiner Schwester dort zu Besuch. Ich habe diesen Antiquitätenhändler sogar flüchtig gekannt. Meine Schwester ebenso. Nun, Sie wollen doch nicht sagen, dass nur, weil meine Mandantin just am selben Tag in der Nähe dieser Morde war, sie etwas mit den Morden zu tun hätte. Da könnten sie genauso meine Schwester beschuldigen oder auch jede andere Frau, die in Stuttgart wohnt und am Wochenende einen Ausflug in den Schwarzwald macht. Vor allem, nennen Sie bitte ein einziges Motiv, warum meine Mandantin jemanden umbringen sollte?«

Mir erscheint es, als ob der Hauptkommissar etwas rot würde, während er nach einer passenden Antwort suchte. Sein kurzes Schweigen kommentiert Andreas mit einem kritischen Heben seiner rechten Augenbraue.

»Nun, Herr Dr. Beierle, ich habe nie gesagt, dass Ihre Mandantin eines Mordes verdächtigt wird, aber schließlich müssen wir unsere Ermittlungen in alle möglichen Richtungen anstellen. Es ist schon merkwürdig, dass ausgerechnet an der Schule Ihrer Mandantin rätselhafte Morde und andere Todesfälle aufgetreten sind ...«

Bevor der Kripobeamte weiter fortfahren kann, unterbricht ihn Andreas im barschen Ton: »Ach, wollen Sie die Todesfälle an der Schule auch meiner Mandantin anhängen? Ich muss sagen, dass ich Ihrer Logik beim besten Willen nicht folgen kann. Es ist skandalös, was Sie hier von sich geben. Sie beschuldigen meine Mandantin, eine völlig unbescholtene Frau, auf irgendeine Art und Weise in Mordfälle verwickelt zu sein. Offensichtlich können Sie nicht den geringsten Hinweis auf ein Motiv vorweisen. Und es ist klar, warum Sie kein Motiv vorweisen können. Es gibt nämlich kein Motiv, da meine Mandantin völlig unschuldig ist und nicht im Geringsten irgendetwas mit diesen Morden zu tun hat. Das hat sie Ihnen auch doch deutlich gesagt. Ich muss wirklich fragen, warum Sie meine Mandantin belästigen. Sie können mir glauben, Herr Hauptkommissar Fledderer, weder der Polizeipräsident noch der Innenminister werden Verständnis für Ihre Vorgehensweise haben.«

Der Kopf des Hauptkommissars ist nun deutlich rot. Er weiß, dass er Mist gebaut hat und sich viel Ärger einhandeln wird. Seine kleine blonde Marionettenpuppe schweigt genauso wie ihr Chef.

Mit weicher, ja direkt sehr sanfter Stimme fährt Andreas fort: »Nun, ja Herr Fledderer, ich weiß, welch schwierigen Job Sie machen und unter welchem Druck Sie stehen. Ich weiß auch, wie gut die Stuttgarter Polizei ist, das habe ich erst letzte Woche bei einem Dinner mit dem Innenminister und einigen Richtern vom Oberlandesgericht gesagt. Wenn Sie sich bei meiner Mandantin für ihr vorschnelles Handeln entschuldigen, bin ich mir sicher, dass wir die ganze unangenehme Angelegenheit vergessen können.«

Hauptkommissar Fledderer ist kein Idiot, da bin ich mir sicher. Er hat genau verstanden, was Andreas soeben verdeutlicht hat. Er hat die Wahl, weiter seinem Instinkt zu folgen, an seiner polizeilichen Aufgabe hartnäckig dranzubleiben und weiterzuermitteln oder zu überlegen, was ihm sein Job und der Ärger, den er sich einhandeln könnte, wert ist. So wie David mir den Hauptkommissar beschrieben hat, handelt es sich um keine Person, die irgendwelchen Idealen nachrennt. Er ist auf eine Beförderung aus und nicht auf eine Degradierung.

»Ja, ja, ich glaube, ich habe in der Tat etwas voreilig gehandelt. Ich denke, es liegt hier ein großes Missverständnis vor. Dafür übernehme ich die volle Verantwortung. Wie ich vorhin sagte, sollte zu keinem Zeitpunkt der Verdacht aufkommen, als ob ich Sie in Verbindung mit diesen Morden bringen wollte, Frau Fenske. Ich dachte, Sie könnten uns als Zeugin behilflich sein. Wie ich mir nun sicher bin, haben Sie alles getan, um die Polizei bei Ihrer Arbeit zu unterstützen. Für dieses Missverständnis und alle Ihnen entstandenen Unannehmlichkeiten möchte ich mich bei Ihnen, Frau Fenske, und auch bei Ihnen, Herr Dr. Beierle, entschuldigen.«

Andreas fährt mich nach Hause. Wie beim ersten Mal, als ich in Andreas' S-Klasse-Mercedes mitfuhr, bin ich sehr angetan von dem vielen Platz in dem bequemen Ledersitz.

»Hast du tatsächlich letzte Woche mit dem Innenminister diniert?«, frage ich.

Andreas lacht.

»Nein, aber das musste dieser arrogante Polizist nicht wissen. Was meinst du, Yvonne, war ich nicht gut?«

Ja, Andreas war ausgezeichnet. Ich glaube kaum, dass ich so schnell wieder von der Polizei belästigt werde.

Ich war heilfroh, dass er so sofort da war, um mir aus der Patsche zu helfen. Ohne seine Augen vom dichten fließenden Feierabendverkehr zu nehmen, legt Andreas seine Hand auf meinen Oberschenkel. Ich könnte meine Hand nehmen und seine Hand wegschieben. Es wäre eine Leichtigkeit. Ich bin mir nicht sicher, ob er darüber verärgert wäre – auch wenn, ich könnte es tun. Tue ich aber nicht. Seine Hand wandert langsam hoch unter den leichten Stoff meines Sommerkleids. Ich könnte meine Beine einfach schließen. Das tue ich aber genauso wenig. Im Gegenteil, ich spreize die Beine leicht und lasse das mit mir geschehen. Die Hand ist am Ziel angelangt. Ich drücke sie gegen meinen Venusberg. Die Anwaltsgebühren werde ich in meinem Bett begleichen.

Dienstag, 1. Juli
18.35 Uhr
Ich warte sehnsüchtig auf David. Er hat angerufen, um mitzuteilen, dass er inzwischen wieder in Stuttgart ist. Ich habe ihn am Wochenende so vermisst. Gestern Abend hat er mehrmals angerufen. Ich bin aber nicht hingegangen. Andreas war bei mir. Wir trieben den ganzen Abend hemmungslosen, wilden, harten, aggressiven Sex. Ich wusste, was mich erwartete, und ging den offensiven Weg und ließ mich auf diesen extremen Sex ein. Ich kam von einem Orgasmus zum anderen. Die Anwaltskosten wurden mehr als beglichen. Ich tat es nicht etwa, weil ich sonst die Kosten nicht hätte zahlen können. Dankbarkeit für seine schnelle Hilfe? Ja, vielleicht hatte Dankbarkeit etwas damit zu tun. Das war nur ein Teil der Wahrheit, etwas, was es mir leichter machte zu erklären, warum

ich mit Andreas, ausgerechnet mit Andreas, den David so hasste, Sex hatte. Die tiefgründige Wahrheit war eher, dass ich einfach dazu Lust hatte. Andreas und mir war es schon ab dem Zeitpunkt meines Anrufs klar, wie es kommen würde, wenn er mich aus den Klauen der Polizei befreien würde. Es benötigte keine Worte und wir verloren auch keine, wir trieben es einfach. Es war keinesfalls so, dass ich das Gefühl hatte, mit Andreas kopulieren zu müssen. Ich hatte nicht diesen nichtsteuerbaren Impuls, diesen krankhaften Drang. Ich wusste genau, was ich machte, und genoss es.

Genau das war nun das Problem. Inzwischen wusste ich von David, was für ein brutales Arschloch Andreas sein könnte. Dennoch oder womöglich genau deshalb – ich weiß es beim besten Willen nicht –, ließ ich mich erneut mit ihm ein. Ich liebe David, für mich gibt es da inzwischen keinen Zweifel. Er liebt mich auch, das weiß ich. Er würde alles für mich tun, das weiß ich auch. Wobei – stimmt das wirklich? Würde er mich decken, wenn er wirklich wüsste, was ich in meinem Leben angestellt habe? Andreas schien es egal zu sein, ob ich eine Mörderin bin oder nicht. Bei genauer Betrachtung lässt seine Skrupellosigkeit mich erschaudern.

David war nicht da gewesen, als ich ihn brauchte. Er konnte nichts dafür, das ist mir vollkommen bewusst. Irgendwo in meinem Gehirn sagt mir eine leise Stimme: Er hätte da sein müssen, er hätte mich beschützen müssen. Dieser Gedanke ist absolut abstrus und als Vorhaltung in keinem Punkt haltbar. Habe ich deswegen mit Andreas diesen so völlig enthemmten Sex gehabt, dass mir mein ganzer Unterleib danach brannte, weil ich im tiefen Inneren mich an David rächen wollte?

Wie würde David reagieren, wüsste er davon, was ich hinter seinem Rücken treibe? Erst neulich las ich zwei verschiedene Berichte zu angeblich repräsentativen Umfragen zum Thema Seitensprung. In der ersten Umfrage wurde behauptet, dass jeder zweite Deutsche seinem Partner untreu ist. Über die Hälfte davon mehr als einmal. Männer noch mehr als Frauen. 27 Prozent der 16- bis 20-Jährigen würden während ihrer ersten Liebe in fremden Gärten lustwandeln. Die Anzahl der Sexualpartner soll im Steigen sein. Die 30-Jährigen hatten bereits genauso viele Partner wie die über 45-Jährigen, nämlich 8,7. 17-Jährige hatten im Durchschnitt schon vier Sexualpartner. In der Ehe würde die Lust sterben – verheiratete Paare haben 85-mal im Jahr Sex, zusammenlebende Liebende dagegen doppelt so viel. In der anderen Umfrage wurde wiederum behauptet, dass die Deutschen wenig Lust auf einen Seitensprung haben. In den vergangenen zwölf Monaten wären angeblich nur sieben Prozent der Frauen und elf Prozent der Männer fremdgegangen. Demnach hat knapp die Hälfte der Frauen eine Möglichkeit zum Seitensprung gehabt, diese aber nicht genutzt. Mehr als ein Drittel der Männer habe eine Chance zum Fremdgehen ungenutzt gelassen. Einklang bestand in den Studien in der Feststellung, dass Frauen eher durch emotionale Untreue verletzt würden, Männer eher durch sexuelle.

Bisher habe ich mir nicht die geringsten Gedanken darüber gemacht, wenn ich mit jemandem kopulierte, dass ich einen Seitensprung begehen würde. Mir ist in meiner Beziehung zu David jedoch klar, dass ich in einer engen Verbindung stehe. So eine enge emotionale Beziehung habe ich bisher nie gehabt. Wenn ich nun mit einem anderen Mann schlafe, ist es inzwischen nicht mehr das, was es einmal war. Ich mache mir Gedanken. War es noch nach dem ersten Mal mit Andreas ein Gefühl der Bedrückung durch meine Unsicherheit, fühle ich mich jetzt etwas miserabel. Ich will David nicht verlieren. Wie schnell kam ein Gefühl der Eifersucht in mir hoch, als ich daran dachte, dass diese blonde Hexe versuchen könnte, mir David wegzuschnappen. Es gibt wirklich kein Wenn und Aber mehr. Ich habe ein schlechtes Gewissen: Ja, soll ich es mir noch deutlicher sagen: Ich, Yvonne Fenske, habe ein schlechtes Gewissen, weil ich David untreu war!

Ich habe am späten gestrigen Abend, nachdem Andreas gegangen war, bei David angerufen. Ich habe ihm zwei Sachen berichtet. Erstens was mir mit seinen Kollegen widerfahren war und wie Andreas mich da herausgeholt hat. Da habe ich bei der bloßen Erwähnung seines Namens gemerkt, wie David der Atem stockte. Ich fügte schnell hinzu, dass er schließlich der einzige Rechtsanwalt ist, den ich kenne. Natürlich habe ich nicht gebeichtet, wie nahe ich ihn tatsächlich kenne, und ebenso erwähnte ich nichts, was darauf hindeutete, wie wir anschließend wie die Karnickel gerammelt haben. Stattdessen habe ich ihm eine zweite Geschichte erzählt, nämlich ich wäre am frühen Abend vom Mountainbike gestürzt und sei wegen der Hautabschürfungen in der Unfallklinik gewesen, was erklären sollte, warum David mich telefonisch nicht erreichen konnte. Es würde auch die roten Druckstellen und Kratzer an meinem Körper erklären, die ich mir beim Sexspiel zugezogen habe.

Ich habe das Bett neu bezogen und alles gut durchgelüftet. Es ist lächerlich, aber ich habe irgendwie die Befürchtung, dass David trotz des starken Parfums Roma von Laura Biagiotti die Präsenz eines anderen Mannes in meinem Schlafzimmer wittern könnte, wie der kleine Grenouille in Patrick Süskinds Roman »Das Parfum«.

Ich habe ausgiebig gebadet. Fast schon rituell, wie in einem Hamam, was das orientalische Badehaus darstellt. Ich habe bei einem Urlaub an der türkischen Riviera die Vorzüge eines Hamams lieben gelernt. David war es, der mir erzählt hat, dass Hamams keine muslimische Erfindung sind, wie im Allgemeinen angenommen. Sie bauen lediglich architektonisch und technisch auf byzantinischen Bädern auf, die ihrerseits den antiken Thermen der Römer nachempfunden waren. Die Muslime hatten die oft luxuriösen privaten wie öffentlichen Badehäuser vorgefunden, als sie ihren Machtbereich vom 7. bis 9. Jahrhundert n. Chr. in die östliche und südliche Mittelmeerregion ausdehnten.

Durch den Besuch eines Hamams können Muslime auch heute noch den islamischen Geboten zur rituellen Reinheit Genüge tun, wie es der Koran fordert. Wer im Zustand der großen rituellen Unreinheit ist, etwa nach dem Geschlechtsverkehr, kann nach islamischer Auffassung nur wieder rein werden, wenn der ganze Leib einschließlich der Haare bis zu den Wurzeln mit Wasser benetzt wird. Da vollzogener Sex bis heute ein Grund für die große rituelle Waschung ist, hat allein dies den Bädern früher schon zu einer Stammkundschaft verholfen. So sei der Fall eines Gelehrten bekannt, der wahrscheinlich wegen seines Geschlechtslebens häufig unrein war und deshalb mit dem Badepächter vereinbarte, dass er gegen Zahlung einer monatlichen Pauschale jederzeit ins Bad durfte – ein Mengenrabatt gewissermaßen. Als ich diese Geschichte das erste Mal hörte, musste ich unweigerlich daran denken, so oft, wie ich einen Hamam besuchen müsste, bräuchte ich gleich eine Dauerkarte auf Lebenszeit.

In der Frühzeit des Hamams war jedoch Frauen dessen Besuch nur zur rituellen Waschung gestattet. Allerdings schienen viele Frauen sich geniert zu haben, allzu häufig im Bad zu erscheinen, weil man zunächst eine durch Geschlechtsverkehr verursachte große Unreinheit vermutete, wie eine Episode aus den »Märchen aus Tausendundeiner Nacht« zeigt: Darin hält ein argwöhnischer Ehemann seinen Verdacht des Ehebruchs für bestätigt, als er erfährt, dass seine Frau das Bad aufgesucht hat. Ich habe durch das Baden eben auch dieses Ritual zur Reinigung durchgeführt und hoffe, die Beschmutzung meiner Seele und meines Gewissen desinfiziert zu haben. Ich muss bei diesem Gedankenspiel laut lachen. Seit wann mache ich mir solche abstrusen Gedanken, ob ich eine Seele oder ein Gewissen habe?

Ich werde versuchen, David einen besonders schönen Abend zu bereiten, auch wenn ich weiß, dass die Ereignisse des gestrigen Tages zumindest zeitweise den Abend bestimmen werden. Ich werde besonders verführerisch sein, um meinem Liebsten den höchsten Sinnenreiz zu bieten, den eine Frau zu bieten vermag. Dafür brauche ich nur etwas Schminke, um meine natürliche Schönheit zu betonen. Schmuck, welcher beim Akt der Liebe nur zerbrechen oder stören könne, lasse ich weg. Ich selbst werde das Juwel sein. Ich schlüpfe in eines meiner Lieblingsdessous, »Alicante« von Passionata. Welch süße Verlockung stelle ich dar, umhüllt von diesen hoch eleganten Dessous ganz aus zarter, glänzender Spitze mit filigran gestickten Blumen in zweifarbiger Optik, schwarz und aubergine, dem Balconette-BH mit tiefem Dekolleté und verzierten Trägern, Stringtanga und sexy Strapsen mit breitem Bund, die die passenden schwarzen Nylons halten. Ich will diesen Anblick gar nicht verstecken und ziehe lediglich eine komplett durchsichtige schwarze Bluse aus Tüll offen darüber an. Die zu diesem Outfit adäquaten Schuhe finde ich bestimmt auch noch. Dann bin ich bereit für das Erscheinen meines Traummannes.

20.12 Uhr
Mein Traummann kam, und wie er kam. Hätte ich mich nur für einen Bruchteil einer Sekunde nicht mehr an seine Qualität erinnert, bewies er mir wieder einmal, dass er der beste Liebhaber ist.

Ich lächele David an und schenke uns noch ein Glas Champagner ein, als David frisch geduscht aus dem Badezimmer zurück zu mir ins Schlafzimmer kommt. Meine Scheide ist ganz geschwollen von der körperlichen Liebesbezeigung. Ich halte das kalte Glas gegen die heißen Schamlippen – das tut gut. David nimmt sein Glas und setzt sich auf die Bettkante.

»Hast du Hunger?«, frage ich.

David nickt seitlich und schaut mich an. Ich weiß,

dass vieles in seinem Kopf herumgeht. Ich habe ihm vom Besuch seiner ach so liebeswerten Kollegen berichtet und auch von meinem Anwalt, dem Mann, den David offensichtlich nicht ausstehen kann.

»Ja, anscheinend stimmt es doch nicht, dass man sich alleine von Liebe und Luft ernähren kann.«

Wir lachen. Es ist einzigartig, dass schon die simpelsten Bemerkungen von David, die nur witzig angehaucht sind, ausreichen, um mich zum Lachen zu bringen. Das Lächeln von David wirkt wie ein magischer Virus mit höchster Ansteckungsgefahr auf mich.

Ich schlüpfe in ein kurzes schwarzes Nachthemdchen aus herrlich weicher Modalfaser, mit viel edler Tüllstickerei verziert. Das Hemdchen hat einen taillierten Schnitt und einen sexy offenen Rücken. David folgt mir zur Küche. Ich schneide ein Baguette auf und belege es mit gekochtem Schinken, Gouda, Salatblättern und Tomatenscheiben. David steht hinter mir und liebkost meinen Rücken. Er schiebt meine Haare zur Seite und küsst mich am Hals. Ich spüre, wie er den Duft meines Parfums tief einatmet. Seine Hände halten meine Hüften. Ich strecke ihm meinen Po entgegen und drehe mich um. Wir schauen uns tief in die Augen. Die Zeit scheint stehen zu bleiben.

»Ich liebe dich«, sagt er.

Ich gebe ihm einen sanften Kuss und nicke lächelnd.

»Ich weiß. Ich liebe dich auch«, antworte ich.

David streichelt mir ein Haar aus meinem Gesicht und schaut mich noch intensiver an.

»Ich meine, ich liebe dich wirklich, Yvonne. Mehr, als ich je eine Frau geliebt habe. Ich will nicht, dass das hier alles nur eine kurze Romanze ist, die nur auf geilem Sex basiert.«

»David, ich weiß. Denn mir geht es ebenso.«

Ich gebe ihm noch einen zarten Kuss und begebe mich zum Esstisch. Ich beobachte, wie er das Sandwich isst und an seinem Champagner nippt. David will die Geschichte meines Verhörs noch einmal hören.

»Der Hauptkommissar ist ein alter Esel. Ich weiß, wie es zu diesem Mist gekommen ist: Meine Kollegin Petra hat ihm einen Floh ins Ohr gesetzt. Sie ist so ein karrieregeiles Luder, ihr traue ich alles zu. Sie hat mir nachspioniert. Was fällt diesem Weibsstück ein? Sie hat anscheinend etwas dagegen, dass ich mit dir befreundet bin. Kaum hatte sie vor einem Monat bei uns in der Abteilung angefangen, hat sie versucht, mich anzumachen. Sie hat wohl meine Abfuhr nicht verkraftet. Meint sie, sich mit dieser Geschichte an mir rächen zu können? Sie hat den Hauptkommissar lange genug bequatscht, bis er diesen Schwachsinn geglaubt hat. Soll er bloß nicht erzählen, dass es kein Zufall war, dass sie dich ausgerechnet dann verhören wollten, als ich in Berlin war. Der Hauptkommissar ist nur sauer, weil meine Ermittlungsergebnisse dem Chef imponiert haben. Hans versucht, seine blödsinnige Theorie mit einer Lustmörderin auf Biegen und Brechen aufrechtzuerhalten. Du – eine Mörderin? Es ist lächerlich, einfach lächerlich. Und auch wenn es mir eigentlich nicht sonderlich schmeckt, bin ich doch Andreas Beierle dankbar, dass er dich so schnell aus dieser lächerlichen, aber doch sehr unangenehmen Lage befreit hat. Aber eins ist mir schon eine Weile schleierhaft: Woher kennst du ihn so gut, dass er dir prompt aus der Patsche hilft?«

»Andreas? Ach, genau genommen kenne ich ihn kaum. Ich habe ihn erst auf der Party deiner Schwester kennen gelernt und danach, wie du weißt, neulich mit Iris. Ich kenne eigentlich seine Schwester Anita. Sie ist meine Therapeutin.«

»Therapeutin? Du hast mir nie von einer Therapie erzählt.«

David schaut mich mit einem kuriosen Blick an.

»Nun, schau doch nicht so entsetzt, David. Sollte ich dir am ersten Abend, während wir im Bett liegen, erzählen, dass ich eine Therapie mache? Ich weiß, dass unsere Liebe wie eine Ewigkeit zu bestehen scheint, aber so lange ist es gar nicht her, dass wir uns überhaupt kennen. Es gibt vieles, was ich dir noch nicht über mich erzählt habe. Keine Angst, ich bin kein Psycho. Ich war lediglich deshalb bei Anita in Therapie, weil ich einige Sachen während meiner Kindheit erlebt habe, die ich aufarbeiten musste. Ich bin in einer Pflegefamilie und in Heimen aufgewachsen. Ich habe viele emotionale Entbehrungen ertragen müssen. Da ist doch fachliche Hilfe nicht verkehrt, oder?«

»Ja, natürlich. Entschuldigung, mein Schatz.«

»Nun, auf jeden Fall, David, ich glaube, ich brauche ohnehin keine weitere Therapie mehr. Weißt du, du mit deiner Liebe, das ist die beste Therapie für mich. Durch dich habe ich gelernt, was es heißt, ernst genommen zu werden. Nicht nur ein Objekt der Begierde sein, sondern eine Frau mit Gefühlen und Schwächen, die du hoffentlich nie verletzt oder ausnutzt.«

Mittwoch, 2. Juli
6.30 Uhr

David hat bei mir übernachtet. Wir hatten keinen Sex mehr miteinander, sondern haben uns gegenseitig von unserer Jugend erzählt. Von David habe ich viel über seine reiche Familie erfahren. Dafür habe ich ihm einiges über meine beschissenen Pflegeeltern und eine stark abgeschwächte Darstellung des Heimlebens erzählt. Die vielen pikanten Details habe ich natürlich weggelassen.

Während ich Kaffee einschenke, stelle ich David eine Frage, die mich seit einiger Zeit beschäftigt, die ich aber möglichst unauffällig einem Polizisten stellen will.

»Vielleicht ist es eine dumme Frage um diese Uhrzeit, aber etwas interessiert mich: Deine Kollegen haben so ein Zeugs über einen genetischen Fingerabdruck gequasselt. Was ist das genau?«

»Genetischer Fingerabdruck? Wer hat davon geredet? Der neunmalkluge Hauptkommissar? Würde mich wundern, wenn er eine Ahnung davon hätte, obwohl es inzwischen zum Allgemeinwissen jedes Kriminologen gehört. Also, der DNA-Fingerabdruck ist eine Technik, mit der Menschen anhand charakteristischer DNA-Sequenzen identifiziert werden können. Der Engländer William Herschel hatte bereits 1888 die Idee, Personen anhand der unverwechselbaren Hautleisten auf ihren Fingerkuppen zu unterscheiden. Das war die Erfindung des Fingerabdrucks, wie ihn jeder aus Krimis kennt.«

»Klar, wer kennt das nicht?«

»Hundert Jahre später, 1985, führte Alec Jeffreys den ‚genetic fingerprint' in die Gerichtsmedizin ein. Sagt dir der Ort Enderby nördlich von London etwas?«

»Nicht, dass ich wüsste, sollte er?«

»Im Sommer des Jahres 1986 fanden dort Spaziergänger unter einem Heuhaufen die Leiche eines jungen Mädchens. Die Tote war schnell als Dawn Ashworth identifiziert. Die 15-Jährige war drei Tage zuvor vergewaltigt und ermordet worden. Weil es sich bei dem Verbrechen bereits um den zweiten Mord innerhalb weniger Monate handelte und auch das erste Opfer sexuell missbraucht worden war, ging die Polizei davon aus, dass es sich in beiden Fällen um denselben Täter handelte.«

»Das leuchtet mir ein.«

»Ja, und wegen der genauen Ortskenntnisse war außerdem klar, dass der Mörder aus der Gegend von Enderby stammen musste. Zwar gab es einen Verdächtigen, aber der hatte ein Alibi. Als auch die letzte Spur im Sande verlief, erinnerte sich ein Polizist an Berichte über einen Forscher, der ganz in der Nähe eine sensationelle Entdeckung gemacht hatte.«

»Aha, und dieser Forscher war bestimmt der, den du vorher genannt hast. Wie hieß er noch?«

»Alec Jeffreys. Genau der war es. Er hatte knapp zwei Jahre zuvor am molekulargenetischen Labor der Universität Leicester ein Verfahren entwickelt, das als ‚genetischer Fingerabdruck‘ die Arbeit von Kriminalpolizei und Gerichtsmedizin revolutionieren sollte. Jeffreys hatte im menschlichen Erbgut festgestellt, dass die DNS-Stränge, was die Abkürzung für Desoxyribonukleinsäure ist, Millionen von Bausteinwiederholungen enthalten. Aber in bestimmten Bereichen unterscheidet sich das Muster der Wiederholungen von Mensch zu Mensch – ähnlich wie unsere Fingerabdrücke. In seinem Uni-Labor vervielfältigte Jeffreys kleinste Mengen menschlichen Erbguts aus Haaren, Hautschuppen, Blutflecken, Speichel- oder Spermaspuren, sodass sie für seine Analysen ausreichten. Die Proben wurden mit einem DNS spaltenden Enzym behandelt. Weil das Enzym die DNS nur an Stellen mit einer ganz bestimmten Bausteinfolge schneidet und diese bei jedem Menschen anders ist, ergibt sich ein für jeden Menschen unterschiedliches Muster von Schnittstücken unterschiedlicher Größe. Diese Stücke lassen sich nach ihrer Größe auftrennen und sichtbar machen. So entsteht ein für jeden Menschen einmaliger Strichcode.«

»Ah ja, verstehe.«

»Gut, nun zurück nach Enderby. An den Leichen der beiden jungen Opfer hatten die Gerichtsmediziner Spuren von Sperma sichergestellt. Die Idee des Polizisten war es, den genetischen Fingerabdruck dieser Probe mit denen aller männlichen Personen der Gegend zu vergleichen – ein bis dahin einmaliges Unterfangen. Tatsächlich wurden rund 5000 junge Männer im Alter von 17 bis 35 Jahren aus Enderby und Umgebung zur Teilnahme an einer Blutprobe gebeten. Alle kamen freiwillig zum Test. Aber keines der Ergebnisse war positiv.«

»Hm, dumm gelaufen! Wie haben sie denn den Kerl geschnappt?«

»Tja, wie so häufig kam den Ermittlern ‚Kommissar Zufall' zu Hilfe: In einem Pub brüstete sich ein angetrunkener Gast damit, bei dem Bluttest einen Kumpel vertreten zu haben. Wenig später konnte besagter Kumpel festgenommen werden. Und tatsächlich stimmte sein genetischer Fingerabdruck mit den an beiden Tatorten gefundenen Spuren überein. Der Sexualstraftäter Colin

Pitchfork wurde der Vergewaltigung und des Mordes überführt.«

»Irgendwie kommt mir die Geschichte bekannt vor. Ich meine, schon mal im Fernsehen einen Bericht dazu gesehen zu haben. Diese Kriminologie ist direkt interessant. Gibt es auch ähnlich bekannte Fälle aus Deutschland?«

David nickt und lächelt. Es scheint ihm zu gefallen, dass ich mich für seine Arbeit interessiere.

»Ja, wenn du willst, kann ich dir aus der deutschen Kriminologie noch zwei berühmte Fälle für DNA-Fingerprinting erzählen.«

»Doch, bitte. Es war mir gar nicht so bewusst, wie interessant das alles ist.«

»Okay, folgender Fall spielte sich in Köln ab: Nach der Vergewaltigung einer Frau durch mehrere Männer konnte die Kriminalpolizei keine Fingerabdrücke, dafür aber einige Spermaspuren auf Papiertüchern und auf dem Teppich sicherstellen. Die DNA-Typisierung, also der Vergleich der Erbsubstanz aus den Spermaspuren mit der aus Vaginalabstrichen der Frau, ergab, dass drei Männer die Tat begangen hatten. Zunächst konnten nur zwei der Männer gefasst werden. Als sich der dritte Täter zwei Jahre später in einer Wirtschaft seiner Tat brüstete, wurde auch er festgenommen und untersucht. Von den Spuren, die 1991 entdeckt worden waren, war noch genügend Material aufbewahrt worden. Auch die Erbsubstanz des Betroffenen konnte mit derjenigen in den Spuren zur Deckung gebracht werden. Obwohl die Spuren bereits einige Jahre alt waren, das Sperma und damit das Erbgut dreier Personen vermischt mit der aus

Zellenmaterial und Sekreten stammenden DNA der Frau war, konnte das Kölner DNA-Labor den entscheidenden Beweis für die Tataufklärung liefern.«

»Das hätte ich gar nicht gedacht, dass so alte Spuren von Sperma noch erkennbar wären.«

»Doch, doch. Es sind natürlich nicht nur Spuren in Sperma, aber bei Sexualverbrechen liefern sie häufig den leichtesten Beweis. So ist es kein Wunder, dass in einem anderen Fall ein geplatztes Kondom die Ermittlungen voranbrachte. Vor meinen Kollegen der Stuttgarter Polizei gab eine Frau an, von einem Bekannten vergewaltigt worden zu sein. Der beklagte Mann leugnete dies. Er habe sogar gescherzt und spaßeshalber ein geplatztes Kondom aufbewahrt, ,um gegebenenfalls den Hersteller zu verklagen'. Tatsächlich konnte der Beklagte das Kondom vorweisen. Die DNA-Typisierung ergab, dass an dem Kondom sowohl Erbsubstanz des Mannes als auch der Frau haftete. Die Einlassung der Frau, dass kein Kondom benutzt worden sei, wurde dadurch erschüttert.«

»Das ist wirklich faszinierend, aber wie geht so eine DNA-Analyse vor sich?«

»Okay, das ist ein bisschen kompliziert. Der Ausgangspunkt des genetischen Fingerabdrucks ist, wie ich sagte, die Erbsubstanz DNA. Das ist ein extrem langes fadenförmiges Molekül, das recht stabil ist. Ein DNA-Strang besteht aus Basen, Nukleotiden genannt, die an einem molekularen Rückgrat aufgereiht sind. In der Regel gewinnt man die für genetische Fingerabdrücke erforderliche DNA aus den Kernen weißer Blutzellen. Sind die zu untersuchenden Personen am Leben, so genügt es, den

Betreffenden einige Milliliter Blut abzunehmen. Auch Leichen oder flüchtige Täter können auf diese Weise typisiert werden, da selbst getrocknete Blutspuren oft noch genügend DNA enthalten. Zur Not genügen bereits Knochen, Haare, Reste von Körpergewebe, eingetrocknetes Sperma oder Vaginalzellen, um genetische Fingerabdrücke herzustellen. Die DNA-Fäden werden zunächst mit Schneidenenzymen in Hunderte von Bruchstücken verschiedener Länge zerlegt. Um diese Bruchstücke zu sortieren, werden sie in den Schlitz eines Gels gefüllt und unter Strom gesetzt, das nennt sich Elektrophorese. Kleine DNA-Stücke wandern schneller zum elektrischen Pluspol als große.«

David hält kurz inne. Offenbar überlegt er, wie er mir das weiter erklären soll. Ich bin geradezu fasziniert, was er als Polizist alles zu diesem Thema weiß.

»Okay, dann sind nach einigen Stunden so alle Fragmente ihrer Länge nach angeordnet. Um die DNA der Untersuchten zu vergleichen, folgt ein letzter experimenteller Schritt. Zwischen den Bausteinen der DNA, den Basen, herrschen Anziehungskräfte; jeweils eine bestimmte Base zieht eine andere bestimmte Base an, man spricht von komplementären Basenpaarungen. Der Fingerprinter taucht das Gel daher in eine Lösung, die sehr kurze DNA-Stücke enthält. Diese werden von komplementären DNA-Fragmenten im Gel angezogen. Bis zu diesem Augenblick ist der genetische Fingerabdruck nichts als eine milchig weiße Membran, denn DNA ist farblos. Daher werden die angedockten Sonden durch eine Farbreaktion sichtbar gemacht; es entsteht ein Muster dünner farbiger Streifen. Dieser Streifen ist der eigentliche genetische Fingerabdruck. Je mehr Streifen der genetischen Fingerabdrücke zweier Menschen übereinstimmen, desto näher sind diese miteinander verwandt.«

»Aha, jetzt wird es mir allmählich klar.«

»Schön. Der genetische Fingerabdruck jedes Menschen setzt sich je zur Hälfte aus dem Streifenmuster der Mutter und des Vaters zusammen; nur eineiige Zwillinge haben dieselben genetischen Fingerabdrücke. Eine gründliche DNA-Typisierung erlaubt mittlerweile den praktisch hundertprozentigen Ausschluss eines Tatverdächtigen bzw. die 99,9999-prozentige Identifizierung desselben. Heutzutage kommen in der Kriminalistik modernere Verfahren der DNS-Analyse zum Einsatz. Anders als beim genetischen Fingerabdruck werden nur mehr einzelne DNS-Abschnitte untersucht, von denen bekannt ist, dass sie in der Bevölkerung sehr verschieden ausgeprägt sind. Diese neuen Verfahren sind bei gleicher Beweiskraft wesentlich weniger aufwändig und führen schneller zu einem Ergebnis.«

»Und was heißt das ganz konkret für deine Ermittlungen?«

»Ganz einfach, Yvonne, wenn wir in einem Mordfall, sagen wir bei dem Mord im Schwarzwald, die DNS in dem Damenslip, den wir vor Ort gefunden haben, mit einer Verdächtigen vergleichen, können wir genau ermitteln, wem der Slip gehörte, und den Täter oder besser gesagt die Täterin ermitteln.«

9.00 Uhr
Hauptkommissar Hans Fledderer betrat das Zimmer des Polizeipräsidenten. Er schaute erstaunt zu seinem Kolle-

gen David, der an einem Tisch saß. Der Polizeipräsident deutete auf einen Stuhl und bat den Hauptkommissar, sich zu setzen.

»Wir wollen gleich zur Sache kommen, denn ich habe nicht sehr viel Zeit. Haben Sie überhaupt eine Vorstellung, wie viel Zeit es kostet, dieses Polizeipräsidium zu leiten? Nein, das haben Sie sicherlich nicht. Ist es nicht genug, dass ich mich mit der Presse und mit Politikern herumschlagen muss? Nein, ich muss mir meine eigenen Leute kritisch betrachten. Sie beide sind erfahrene Polizisten, was vergeuden Sie Ihre und meine Zeit mit Ihren Privatfehden? Die Polizeiarbeit ist schwer genug und erfordert in erster Linie Teamarbeit. Was Kommissar Baur mir berichtet hat, deutet auf alles andere als auf eine Zusammenarbeit hin. Mein Gott, Fledderer, wie können Sie die Ermittlungen Ihres Kollegen in Zweifel ziehen und hinter seinem Rücken und auch noch in Anwesenheit einer untergebenen Kollegin weiter fahnden? Das auch noch gegen eine völlig unbescholtene Frau. Der Rechtsanwalt Herr Beierle ist ein persönlicher Freund meiner Familie. Er hat mich angerufen und ich muss sagen, dass ich Ihre Vorgehensweise keinesfalls tolerieren werde. Sie werden weiter zusammen an diesem Fall arbeiten, ich betone ‚zusammen'. Es interessiert mich auch nicht im Geringsten, ob Sie sich ausstehen können oder ob irgendjemand die Freundin von irgendjemanden leiden kann oder nicht. Herr Fledderer, Sie tragen die Verantwortung für Ihre Abteilung. Sorgen Sie dafür, dass persönliche Differenzen innerhalb der Abteilung außen vor bleiben. Finden Sie den Mörder und fischen Sie nicht im trüben Wasser herum. Ich will Ergebnisse sehen! Habe ich mich klar genug ausgedruckt? Also, an die Arbeit.«

Die zwei Kriminalbeamten kehrten zu ihrem Büro zurück. Sie sprachen nicht miteinander. Der Hauptkommissar schaute zerknirscht, während David ein leichtes Grinsen auf seinen Lippen hatte. Sein Grinsen wurde breiter, als er seine Kollegin sah. Sie blickte ihre Kollegen unsicher an. David lief an ihr vorbei in sein Zimmer und schloss die Tür hinter sich.

»Chef, ich habe mir das Video mit dem Konrektor und der Prostituierten noch einmal angeguckt. Der Hintern dieser Frau sieht genauso aus wie der von der Fenske, da bin ich mir fast sicher. Ich habe neulich in ihrer Wohnung gesehen, wie sie sich nackt vor mir gebückt hat und …«

Der Hauptkommissar unterbrach sie barsch und schnauzte sie an: »Ich will nicht wissen, ob du dir fast sicher bist. Ich will Beweise – eindeutige, 100-prozentige Beweise. Soll die Fenske sich in Lederkluft kleiden und uns ihren Hintern zeigen? Mein Gott, Petra, benimm dich wie eine Polizistin und nicht wie eine Vollidiotin! Damit du es auch weißt: Die Fenske ist tabu – Befehl von oben.«

Er bat die Kollegin zu sich ins Büro und schloss die Tür hinter sich. Dann sprach er sie in ruhigem Ton an.

»Okay, Entschuldigung, Petra, du hast gute Arbeit geleistet, aber es muss nicht jeder hier mitkriegen. Der Chef hat befohlen, dass wir mehr Teamarbeit leisten sollen. Ich habe bloß das Gefühl, dass David nicht mehr in unser Team passt. Ein schneller Aufstieg zur Kommissarin wäre dir sicherlich nicht ungelegen. Wenn du mir bei diesem Fall hilfst, kannst du sicher sein, dass ich ein gutes Wort für dich einlegen werde. Also, was hast du herausgefunden?«

»Wie gesagt, ich glaube wirklich, die Fenske als die Frau erkannt zu haben, die auf diesem Video ist. Die ganze Sache ist doch höchst merkwürdig, oder nicht? Der Konrektor wurde offensichtlich mit diesem Video erpresst. Nach seinem Tod taucht unserer Kollege David mit diesem Video auf und behauptet, dass er es in dem Fach des Konrektors gefunden hat. Der hat doch einen Tipp bekommen, dass es da wäre. Ich habe mir dieses Fach angeguckt. Es waren leichte Kratzer am Schloss zu erkennen. Ich glaube, irgendjemand hat dieses Fach aufgebrochen, was wirklich nicht sehr schwer war, und hat das Video dorthin gelegt. Das Lehrerzimmer ist stets verschlossen und nur mit Schlüssel kommt man da rein. Ich wette, dass die Fenske David den Tipp gegeben hat. Sie hat als Lehrerin jederzeit Zugang zum Lehrerzimmer. Ich habe mir auch meine Gedanken zum Tod dieser Schülerin gemacht. Sie hat einen Abschiedsbrief an die Fenske geschickt. Wer hat denn die Authentizität des Schreibens bestätigt? Es war die Fenske selbst. Die Eltern des Mädchens konnten nicht definitiv sagen, ob es die Schrift ihrer Tochter war oder nicht.«

»Ja, da ist etwas dran. An dieser Fenske ist etwas faul. Ich habe schon die ganze Zeit das Gefühl. Ich frage mich noch etwas: Wie kommt ausgerechnet sie als einfache Lehrerin auch an diesen Mistkerl von Prominentenanwalt, der seine Beziehungen spielen lässt, als ob er ein besonderes Interesse hat, sie zu beschützen?«

Die junge Polizistin schaute ihren Chef an, bevor sie antwortete.

»Um ehrlich zu sein, habe ich etwas getan, was meine Kompetenzen überschritten hat. Ich habe etwas auf eigene Faust recherchiert. Es hat sich eigentlich zufällig ergeben, nicht dass du denkst, dass ich etwas hinter deinem Rücken getan habe. Nachdem wir die Fenske verhört haben, hatte ich Feierabend und bin zu meinem Auto gegangen. Ich habe gesehen, wie die Fenske in das Auto des Anwalts einstieg. Das kam mir irgendwie komisch vor. Da habe ich spontan entschieden, sie zu verfolgen. Sie fuhren zu der Fenske. Wäre die Fenske dort nun einfach ausgestiegen und hätte sich verabschiedet, hätte ich die ganze Sache als eine Gefälligkeit des Anwalts gesehen. Er stieg aber mit ihr aus und ging mit ihr ins Haus. Ich sah ganz deutlich, wie er sie hierbei am Po tätschelte. Dieses Verhalten ließ mich besonders stutzig werden, und so beschloss ich, meine Observation weiter zu betreiben. Erst viele Stunden später verließ der Anwalt das Haus, und er hatte weder seine Krawatte umgebunden noch trug er sein Sakko …«

Der Hauptkommissar platzte ihr ins Wort mit einem lauten Lachen.

»Du willst sagen, dass die Fenske und der Anwalt …? Ha, sie ist schon ein raffiniertes Luder. Zunächst kriegt sie den ermittelnden Beamten David ins Bett und lässt ihn glauben, dass er ihre große Liebe ist. Dann treibt sie es mit ihrem Anwalt. Sie manipuliert sie, wie es ihr beliebt. Und warum macht sie das? Sie hat was zu verbergen. Dieser ganze Sumpf an Morden stinkt zum Himmel und die Fenske hat mehr Dreck am Stecken, als wir wissen. Nun, der Polizeipräsident hat ziemlich klar gemacht, das wir nicht ins Fettnäpfchen treten sollten und sehr diskret mit der Mandantin des Herrn Prominentenanwalts Beierle vorgehen müssen. Jetzt hör zu, Petra, du bist eine sehr gute Polizistin. Ich will, dass du alles über diese Fenske herauskriegst. Du kannst sie von mir aus Tag und Nacht observieren, aber bleibe dabei sehr zurückhaltend. Du berichtest nur mir etwas. Kein Wort zu niemandem – vor allem nicht zu David. Er wird schon früh genug sein blaues Wunder erleben, was seine kleine durchtriebene Freundin angeht.«

16.00 Uhr
»Ich glaube, ich werde die Therapie beenden.«

Anita schaut von ihrem Schreibtisch hoch, wo sie gerade Blätter sortiert hat. Ihr Blick verrät ihr hohes Erstaunen.

»Ja«, fahre ich fort. »Ich habe es mir überlegt und bin zu dem Schluss gekommen, deine Therapie hat mir viel geholfen, aber ich habe mein Leben und meine Gefühle so weit im Griff, dass weitere Sitzungen nicht notwendig sind.«

Anita schaut mich nachdenklich an. Dabei spielt sie mit ihrer Hornbrille. Der Blick und das Schweigen machen mich leicht nervös.

»Du bist dir nicht so sicher, Anita oder?«

Die Therapeutin setzt die Brille ab und beugt sich leicht nach vorne.

»Es ist dir wichtig, ob ich mir sicher bin? Nun, Yvonne, es ist doch viel wichtiger, ob du dir sicher bist. Ich bin, wie du bestimmt bemerkt hast, ziemlich verdutzt. Wie kommst du zu der Annahme, dass du deine Gefühle im Griff hast?«

»Also, ich merke, seit ich David kenne, dass ich meine sexuellen Triebe steuern kann. Ich unterliege nicht ihrem Zwang.«

»Du meinst, dass du sie wirklich steuern kannst? Du hast nicht das Gefühl, dass der Sexualtrieb dein Handeln weiterhin so stark bestimmt? Wie lange kennst du David schon? Ein paar Wochen. Du hast dich in ihn verliebt, das ist schön und ich freue mich für dich. Die Liebe ist etwas, was stark macht. Ebenso macht sie aber blind. Wie lange wird die lodernde Flamme der Liebe bei dir brennen? Was wird sein, wenn sie langsam erlischt? Meinst du, dass du dich ebenso stark fühlen wirst wie jetzt? Und wie stark bist du wirklich? Hast du, seit du David kennst, keine sexuellen Gefühle für andere Männer gehabt? Sei bitte ehrlich mit dir selbst. Hast du nicht mit anderen Männern koitiert, obwohl du in David verliebt bist?«

Natürlich hat sie Recht. Ja, ich habe mit anderen Männern geschlafen. Ich habe Lust gespürt. Hat Andreas seiner Schwester von unserem Treffen erzählt? Nein, das glaube ich nicht. Sollte er geprotzt haben, dass er ihre Klientin und seine Mandantin flachgelegt hat? Wohl kaum ein Thema, um es der eigenen Schwester zu erzählen.

»Ja, es ist wahr, ich habe mit anderen Männern geschlafen. Es war aber nicht wie früher. Ich spürte keinen Zwang. Ich wollte es tun und es hat mir Spaß gemacht. Ich meine, Herrgott, ich habe nie behauptet, eine Heilige werden zu wollen. Und überhaupt, ich bin doch nicht die einzige Frau, die fremdgeht.«

»Eine Heilige? Glaubst du, David erwartet das von dir? Wohl kaum. Du meinst, dich im Griff zu haben? Denkst du, David würde es auch so sehen, wenn er wüsste, was du hinter seinem Rücken treibst? Du sagst sogar, dass du nicht durch innere Kräfte gezwungen würdest, Sex mit einem anderen zu haben. Im Gegenteil, es hat dir regelrecht Spaß gemacht. Würde David es auch so spaßig finden? Du bist bereit, die gerade gepflanzte zarte Blume der Liebe mit deiner Triebhaftigkeit zu zerstören. Denke bitte noch einmal darüber nach, ob du tatsächlich die Therapie beenden willst. Wir haben nur an der Oberfläche deiner Gefühle gekratzt. Bist du nicht neugierig, die wahren Gründe, die tief in dir sitzen, zu erforschen? Ich kann dir helfen, die Ursachen für dein Verhalten zu finden. Nur wenn du sie findest, kannst du dich von diesen Zwängen befreien.«

»Hm«, sage ich ganz leise und denke nach. Anita merkt wohl, wie ich grübele.

»Erinnerst du dich noch daran, was ich dir über Abwehrmechanismen erzählt habe?«

»Öh, ich denke schon. Warum?«

»Von Sublimierung war die Rede, quasi von der Befriedigung nicht erfüllter sexueller Bedürfnisse durch Ersatzhandlungen. Deine Überlegung und deine Begründung, die Therapie zu beenden, sind geradezu Beispiele für fast jeden denkbaren Abwehrmechanismus.«

»Wie meinst du das?«

»Die Verleugnung gibt dir Schutz vor einer unangenehmen Wirklichkeit durch die Weigerung, sie wahrzunehmen. Durch deine Introjektion werden äußere Werte und Standardbegriffe so in die Ich-Struktur einverleibt, dass du sie nicht mehr als Drohungen von außen erlebst. Mit dem Versuch der Rationalisierung willst du dir einreden, dass dein eigenes Verhalten verstandesmäßig begründet und so vor dir selbst und vor anderen gerechtfertigt ist. Mit deiner Verdrängung verhinderst du das Eindringen unerwünschter Impulse ins Bewusstsein. Deine Projektion stellt lediglich die Missbilligung dar, eigene Unzulänglichkeiten und unmoralische Wünsche auf andere zu übertragen. Meinst du letztendlich nicht, dass durch die Kompensation der tatsächlichen Verhüllung deiner Schwächen, die Überbetonung eines deiner Charakterzüge – der einer durch emotionale Kälte geprägten und dadurch scheinbar unerreichbaren Frau –, nur die Frustration auf einem Gebiet durch übermäßige Befriedigung auf einem anderen Gebiet, nämlich durch unbändige Lust, aufgewogen wird?«

Bin ich das wirklich, von der sie spricht? Ist das die bittere Wahrheit über meine Person?

»Also, Yvonne, glaubst du wirklich, keine Therapie mehr nötig zu haben?«

Anita hat mich ins Grübeln gebracht. Ja, es ist sicher so, dass ich mir nur etwas vorspiele. Ich, ich … Ach, ich weiß gar nichts mehr.

»Yvonne, ich mache dir ein Angebot. Ich wäre bereit, mich wirklich intensiv mit dir zu beschäftigen und gemeinsam die Ursachen für dein Verhalten zu erforschen. Wenn ich intensiv sage, dann meine ich auch zeitintensiv. Du warst doch schon mit mir in meinem Haus im Schwarzwald. Ich habe es schon einmal gesagt und würde dir noch einmal vorschlagen, wieder ein Wochenende mit mir dort zu verbringen, damit wir viel Zeit haben und ungestört sind. Du kannst danach immer noch überlegen, ob du die Therapie beenden willst oder nicht. Manchmal ist es tatsächlich sinnvoll, bei einer Therapie zu pausieren. Obwohl ich glaube, dass es zu früh wäre.«

Donnerstag, 3. Juli
»Ich bin am Wochenende nicht hier«, sage ich, während ich die Spaghetti mit einer Brokkoli-Mandel-Sahnesoße serviere.

»So, wo bist du denn?«, fragt David im selben Augenblick, als er gerade einen Weißwein entkorkt. Einen Chardonnay aus Argentinien. Ein köstlicher Tropfen, wie er mir versichert. Ich vertraue ihm da voll und ganz, David scheint profunde Kenntnisse zu besitzen, wenn es um Wein geht. Inzwischen haben wir ein gewisses Agreement getroffen: Er besorgt den Wein und ich koche. Ich habe auch bereits festgestellt, dass meine Geschmackssinne sich allmählich entwickeln. Nicht, dass ich gerade behaupten würde, eine Weinkennerin zu sein. Immerhin kann ich aber durch Davids kleine Weinproben und Weinkunde schon einen französischen Chablis von einem deutschen Riesling unterscheiden. Das ist wenigstens ein Anfang.

»Ich verbringe das Wochenende mit Anita Beierle in ihrem Ferienhaus im Schwarzwald.«

»Echt? Mm, diese Soße ist absolut lecker, köstlich! Mit Anita. Bist du inzwischen so gut mit ihr befreundet?«

»Ach, mit Freundschaft hat es eigentlich nichts zu tun. Okay, sie ist schon ganz nett. Du weißt doch, dass sie meine Therapeutin ist. Wir wollen gemeinsam ganz intensiv an meinen Problemen arbeiten. So eine Art Crash-Kurs. Das Haus bietet dazu das ideale Setting.«

»Schade, ich habe gehofft, das ganze Wochenende mit dir zu verbringen. Aber es ist schon in Ordnung. Es erscheint mir nur eigenartig, dass du überhaupt eine Therapie machst. Du hast gesagt, dass du eine schlimme Kindheit hattest. Ich glaube schon, dass du manches aufarbeiten willst, nur … Ach, wie soll ich das sagen, man merkt dir gar nichts an. Du bist so, so … einfach so wunderbar. Du bist so unglaublich schön und wahnsinnig sexy. Du bist intelligent, witzig und offen für alles, und ich meine, nicht nur in sexueller Hinsicht. Du bist so ehrlich und so vertrauenswürdig. Eine tolle Köchin bist du auch noch. Du bist einfach umwerfend. Ich denke manchmal, dies ist alles nur ein Traum. So perfekt kann keine Frau sein. Aber ich erwache nicht aus diesem Traum, deshalb weiß ich, dass du Realität bist, und ich bin deshalb so glücklich.«

23.30 Uhr
Davids Silhouette ist im Mondlicht zu erkennen, wie er friedlich schlafend neben mir im Bett liegt. Ich beobachte die Wölbungen seines Oberkörpers und seines Waschbrettbauchs, der sich mit jedem Atemzug langsam auf und ab bewegt. Die Attribute, mit denen er mich beschrieben hat, klingen noch in meinen Ohren – ehrlich und vertrauenswürdig. Oh, welch falsches Spiel spiele ich mit ihm!

Die immer wiederkehrenden Fragen kommen mir: Kann ich mich ändern? Soll ich mich ändern? Muss ich mich ändern? Hat Anita nicht Recht damit, dass ich eine einzige Abwehr vor mir selbst aufbaue? Ja, ich kann mich ändern. Ich habe mich bereits geändert, nicht wahr, Yvonne?

Stimmt es wirklich oder versuche ich nur die Wahrheit so zurechtzubiegen, wie es mir passt? Ich habe mit Andreas geschlafen – nicht einmal, sondern zweimal –, und das, obwohl ich mit dem besten Liebhaber befreundet bin, den ich mir überhaupt vorstellen kann. Es ist leicht für mich zu sagen, ich habe mit Andreas geilen Sex gehabt, weil ich es wollte, und nicht, weil ich einen inneren Zwang verspürte. Würde ich die gleiche Frage umformulieren und stattdessen fragen: Wollte ich David betrügen, will ich ihn bei nächster Gelegenheit betrügen? Würde ich weiterhin so leicht behaupten, ich mache es nur, weil ich will, und nicht, weil mich irgendetwas dazu zwingt? Ich will David nicht betrügen, ich will ihn nicht verletzen.

Ich weiß gar nicht, was ich will. Lohnt es sich, alles, was ich in den letzten Wochen von David an Liebe erfahren habe, so aufs Spiel zu setzen? Nein, nein und nochmals nein. Ich will und werde mich ändern.

Samstag, 5. Juli
14.00 Uhr
Ich fahre in die Hofeinfahrt. Das Auto von Anita steht schon dort. Sie tritt aus dem Haus und wartet an der Tür, um mich zu begrüßen. Sie hat ein weit schwingendes königsblaues Kleid an. Die langen schwarzen Haare trägt sie offen. Ich folge ihr in das mir bereits schon vertraute Ferienhaus.

»Du bist pünktlich. Der Kaffee ist fast schon durchgelaufen. Lege deine Tasche in das Gästezimmer. Du weißt, wo es ist.«

Das Zimmer sieht fast genauso aus, wie ich es verlassen habe. Das Bett ist jedoch mit einem anderen Bettbezug überzogen. Ich starre es einen Augenblick an, während die Erinnerung an jene Nacht mit Anita mir wieder kommt. Bei dem Gedanken daran verspüre ich eine gewisse Wärme. Ich werde aber diesmal ganz bestimmt nicht mit Anita ein lesbisches Techtelmechtel abziehen, da bin ich mir sicher. Ich gehe zu dem Arbeitszimmer, wo Anita mit dem Kaffee wartet. Sie schenkt mir eine Tasse ein. Der schwarze Kaffee ist sehr stark und schmeckt irgendwie bitter.

»Ist was?«, fragt Anita und nimmt einen Schluck von ihrer Tasse.

»Ja, der Kaffee hat irgendwie einen bitteren Geschmack.«

Anita nimmt einen weiteren Schluck und schaut in ihre Tasse hinein.

»Ist wohl etwas stark geraten. Willst du Zucker und Milch?«

»Nee, ich mag keinen Kaffee mit Zucker. Lass mal, es wird schon gehen.«

Ich nehme noch einen Schluck. Mir wird ganz schummrig. Ich setze die Tasse ab. Ich blicke zu Anita. Sie scheint ganz weit weg zu sitzen. Alles dreht sich. Mein Kopf ist schwer. Es wird mir dunkel vor den Augen.

Ich höre Geräusche, wie eine S-Bahn. Die Geräusche werden lauter und lauter. Immer lauter. Die Bahn fährt durch meinen Kopf! Alles ist noch dunkel, wie in einem Tunnel. Es wird heller. Mein Mund und meine Kehle sind ganz ausgetrocknet. Ich versuche, die Augen aufzumachen. Sie sind so schwer. Alles ist so schwer. Das Schallen in meinem Kopf nimmt ab. Ich öffne die Augen. Ich liege auf dem Rücken und versuche mich zu erheben. Es geht nicht. Ich drehe den Kopf. Meine Hände sind links und rechts an der Liege festgekettet. Die Füße ebenso. Ich bin nackt und es ist mir kalt. Wo bin ich? Ich höre Stimmen und eine Tür geht auf. Ich probiere, den Kopf in Richtung Tür zu drehen. Es gelingt mir nicht. Die Liege wird senkrecht nach unten gekippt. Ich erkenne, dass ich in einem Zimmer bin, wo von den Wänden Ketten hängen, auch Fesseln aus Leder und mit Nieten bestückt. Sie sind anscheinend sowohl für den Hals als auch für die Hände und Füße gemacht. Ein Tisch mit Handschellen steht noch da. In was für einer Folterkammer bin ich?

Vor mich tritt Anita. Ihre Haare sind streng nach hinten gekämmt und zusammengeflochten. Sie ist mit einem Ledermieder bekleidet. Dieses Taillenmieder mit eingearbeiteten Formstäbchen und Schnürung vorne zieht sie zu einer Wespentaille zusammen. Um ihren Hals trägt sie ein mit Nieten verziertes Lederhalsband. Schwarze Lackstiefel bedecken die Beine bis zu den Oberschenkeln. In ihrer Hand hält sie eine ca. 60 Zentimeter lange mehrschwänzige Lederpeitsche.

»Nun, bist du endlich wieder wach, Yvonne, meine Liebste? Wir wollen nicht, dass du den ganzen Nachmittag und Abend schläfst, wo wir doch so schöne Spielchen mit dir vorhaben. Und weißt du, ich kann dich einfach nicht aus meiner Therapie gehen lassen, ohne mit dir zu spielen.«

Anita fährt mit der Peitsche langsam über mein Gesicht und meinen Busen.

»Hör auf, Anita, das finde ich gar nicht komisch«, stammele ich.

»Das soll auch nicht komisch sein. Das ist unser voller Ernst, nicht wahr, mein Bruderherz?«

Ich lasse einen entsetzten Schrei los, als sich plötzlich ein Mann neben Anita postiert. Er hat eine schwarze Ledermaske auf mit vorgeformtem Gesicht, das üppig mit Spikes verziert ist. Die Augen sind frei und der Mund unter dem geöffneten Reißverschluss sichtbar. Am Körper erkenne ich, dass es Andreas ist. Er trägt einen Lederbody aus schwarzen, nietenbesetzten Lederriemen und stählernen Verbindungsringen.

»Hör auf zu schreien!«, faucht Anita mich an.

Sie geht zum Tisch und kehrt mit einem Mundknebel, einem weichen roten Gummibeißball an einem schwarzen Lederband, zurück. Andreas hält meinen Kopf fest nach vorne, während Anita mich knebelt. Den Griff ihrer Peitsche drückt sie hart gegen meinen Schritt und reibt ihn gegen die Klitoris.

»Wir werden so viel Spaß mit dir haben. Stundenlangen ungestörten Spaß. Ich werde …«

»Hände hoch, Polizei!«

Anita und Andreas drehen sich zu Tür um, wo ich erkennen kann, dass dort die junge Kriminalbeamtin steht. Sie hält ihre Dienstwaffe gestreckt vor sich. Sie schaut recht entsetzt und nervös, was in Anbetracht dessen, was in diesem Raum vor sich geht, nicht verwunderlich ist.

»Treten Sie langsam zur Seite und machen Sie die Frau

los«, befiehlt die Polizistin und macht ein paar Schritte nach vorne.

»Soll ich jetzt zur Seite treten oder sie losmachen? Das hier ist eine private Angelegenheit. Sie befinden sich in unserem Haus. Sie sind wohl eingebrochen. Unbefugtes Betreten und gewaltsames Eindringen in ein Privathaus. Was fällt Ihnen denn ein?«, raunzt Andreas die Kripobeamtin an.

Sie schaut verunsichert und dreht sich halb zu Andreas. Andreas bewegt sich neben dem Tisch.

»Sie kriegen gewaltigen Ärger. Legen Sie Ihre Waffe weg, bevor hier noch ein Unglück passiert.«

Die Polizistin ist offensichtlich verunsichert und mit der Situation überfordert. Sie fuchtelt mit der Waffe. Sie schaut zu Anita.

»Los, machen Sie die Frau los. Wir werden hören, was sie zu sagen hat.«

Es knallt ganz laut. Die Waffe fällt zu Boden. Es knallt noch einmal. Diesmal trifft die lange Peitsche, die Andreas in seiner Hand hält, die Polizistin am Bein. Sie schreit vor Schmerz auf. Sie bückt sich zu ihrer Waffe. Andreas schlägt ihr mit einem wuchtigen Faustschlag in die Magengrube. Sie sackt zusammen. Andreas packt sie an den Haaren und schleift sie zu dem Tisch. Er legt ihren Oberkörper auf den Tisch und drückt sie am Genick nach unten. Anita schreitet ihm zur Hilfe und fesselt ihre Hände an den Tisch.

»Scheiße, wer ist denn das und wo kommt sie her?«

»Ich kenne die Kleine. Sie ist von der Kripo Stuttgart. Sie war die Schlampe, die unsere liebe Freundin Yvonne verhaftet hat. Was macht sie denn hier? Schau du nach, Anita, ob noch mehr Polizisten hier herumschwirren.«

Anita zieht einen schwarzen Morgenmantel über ihre Lederkluft. An dem Klappern ihrer Highheels erkenne ich, dass sie eine Treppe besteigt. Sie kehrt nach kürzester Zeit zurück.

»Alles ruhig oben. Sie hat die Küchenfensterscheibe eingeschlagen und ist dort eingestiegen. Sie ist wohl allein.«

»Hast du kleine Schlampe auf eigene Faust weitergeschnüffelt und Yvonne hierher verfolgt? So ein Glück aber auch. Nun haben wir zwei Luder, mit denen wir spielen können.«

Die Polizistin wird zu einem Tisch gezerrt. Sie versucht sich zu wehren, aber es ist hoffnungslos. Ihr Oberkörper mit dem Gesicht nach unten wird auf den Tisch gehievt. Die Hände werden an Handfesseln, die am Tisch befestigt sind, angekettet. Ich sehe, wie Andreas an der Jeans der Polizistin zieht. Sie strampelt, aber sie kann Andreas nicht abwehren, der ihren Hintern festhält und sie in dieser Stellung vergewaltigt. Sie schreit laut. Ich drehe meinen Kopf weg. Anita drückt ihn zurück, damit ich ansehen muss, was die junge Polizistin zu erleiden hat.

»Schau nur hin, meine Liebste. So wie sie sich zu wehren versucht, wirst du es ebenso erfolglos probieren. Genau wie du als Kind auch versucht hast, dich zu wehren. Aber die bösen Männer kamen immer wieder und du wurdest gezwungen, all diese Dinge zu tun, nicht wahr?«

Was erzählt sie da? Nein, ich will es nicht hören. Ich will schreien, so laut, dass ich nichts anderes als meine Schreie höre. Aber ich kann nicht.

»Du hast auf Hilfe gehofft, aber sie kam nicht. Deine Mutter war nicht bereit zu helfen. Nein, sie hat es nicht nur geduldet, sie hat es gefördert. Immer wieder hast du aufs Neue das Trauma durchlebt. Du warst psychisch gelähmt. Du hast dich weder wehren noch dich abgrenzen können. Welche Diagnosen und Verhaltensauffälligkeiten wurden denn bei dir attestiert, als du in deine Pflegefamilie kamst? Alpträume, Schlafstörungen, Kopfschmerzen, Bauchschmerzen, Essstörungen, Weglaufen von zu Hause, extremer Rückzug, extrem willfähriges Verhalten Erwachsenen gegenüber, Schule schwänzen?«

Ja, ich wollte weg. Weit weg, wo keiner mich findet.

Anita blickt tief in meine Augen und sieht mein Entsetzen.

»Ich sehe es dir an. Ja, ich bin mir sicher, dass das alles in deinen Akten stand. Manch eine hätte, nach allem, was du erlebt hast, regressives Verhalten, aggressives oder autoaggressives Verhalten, Ängste und Selbstmordversuche gezeigt. Aber nicht du, Yvonne, du warst hart. Du hast gelernt, dass du keine Hilfe von niemandem erwarten kannst. Hat dein Pflegevater dich auch missbraucht? Es ist wieder passiert, da wo du angeblich sicher warst.«

Ich will es nicht hören!

»Du hast gelernt, deinen Mitmenschen zu misstrauen. Du hast dich gegenüber Gleichaltrigen isoliert. Jegliche emotionale Nähe hast du vermieden. Manipulatives Verhalten anderen gegenüber hast du gelernt. Promiskuitives Verhalten war die Folge dessen, dass du gelernt hast, mehrmaligen täglichen Sex als die Normalität anzusehen. Du hast nicht mehr dagegen angekämpft. Du hast all dein Leid und deinen Schmerz verdrängt. Sex wurde für dich zur Besessenheit, immer auf der Suche nach der ultimativen Ekstase. Ich habe Recht, Yvonne, so war es doch? Du hast deinen Missbrauch verdrängt. Deine ganze Kindheit hast du aus deiner Erinnerung ausgelöscht.«

Ich hasse dich, ich hasse meine Mutter, ich hasse euch alle.

»Aber du brauchst dies alles nicht mehr zu verdrängen. Yvonne, wir werden mit dir heute das endgültige Spiel spielen. Es wird vielleicht schmerzlich für dich sein, aber glaube mir, ich werde deinen inneren Leiden ein Ende bereiten. Ich werde dir zeigen, was die ultimative Ekstase ist. Ich werde dich töten! Ganz langsam, aber sicher. Denn das musst du wissen, das ist etwas, wovon ich eine Menge verstehe.«

Was, ist sie völlig durchgedreht? Fühlte ich mich bis jetzt in einem schlimmen Albtraum, umnebelt von den fürchterlichsten Erinnerungen, lässt ihre letzte Aussage mich schlagartig nüchtern werden.

»Ja, meine liebe Yvonne, mein Bruder und ich mussten auch harte Zeiten erleben. Niemand wollte verstehen, was wir einander bedeuten. Wir sind eine Einheit und es darf sich niemand in unseren Weg stellen. Glaube mir, es war nicht so einfach, die eigenen Eltern zu töten, aber es musste sein. Und nun, muss ich zugeben, habe ich einfach Gefallen am Töten gefunden. So wie es Andreas gefällt, Frauen zu quälen.«

Sie greift meine Wangen und dreht mein Gesicht so, dass ich weiter das brutale Spektakel anschauen muss.

»Höre doch, wie die Schlampe flennt! Sage mir, Yvonne, ist so etwas lebenswert? Nein, meine Liebe, dieses erbärmliche Gewimmer hat es nicht verdient weiterzuleben.«

Sie lacht und streichelt mit ihrer Hand über meine Brüste. Sie kneift hart in meine Brustwarze, bis sie schmerzt.

»Viele Frauen und Männer habe ich getötet. Diese Todesangst in den Augen, als sie verzweifelt nach den letzten Lichtblicken suchen, bevor alles erlöschen wird. Wenn du diesen Augenblick aus der Nähe gesehen hast, wirst du ihn nicht mehr los. Im Augenblick des Orgasmus die Kehle durchschneiden, herrlich! Jack the Ripper wusste genau, was er tat! Und genau wie bei dem alten Jack wird die Polizei uns nie fassen. So wie sie jetzt im Dunkeln tappen, haben sie so oft im Dunkeln getappt.«

Anita drückt mir den Knauf ihrer Peitsche zwischen die Schenkel. Ich spüre das Leder zwischen meinen Schamlippen. Es ist keine Erregung, die ich spüre, sondern Schmerz.

»Weißt du, wir sind nicht so dumm und richten nur auf eine Art hin. Es macht fast genauso viel Spaß, der Polizei auf der Nase herumzutanzen. Die von einer Brücke auf die Bahngleise heruntergestürzte junge Frau wird nie mit einem aufgeschlitzten Mann in Verbindung gebracht. Die Polizei sucht immer nach Zusammenhängen. Niemand wird den Zusammenhang zwischen deiner Leiche und der von der kleinen Schlampe herausfinden. Schau zu, wie sie das bekommt, was sie verdient. Kommt einfach hierher und schnüffelt in unserem Haus herum.«

Anita zerrt erneut meinen Kopf zur Seite, sodass ich noch weiter gezwungen bin, mir diese brutale Schändung anzuschauen. Mir ist schlecht vor Angst. Anita läuft ein paar Schritte zu dem Tisch, wo die Polizistin festgebunden ist, und bückt sich zu ihr.

»Ja, schrei nur, du Wurm. Das ist nur der Anfang, du jämmerliches Luder. Hast du gehört, was ich gesagt habe? Ihr Polizisten seid so dumm, ihr habt es nicht verdient weiterzuleben. Aber bis es so weit ist, wirst du lernen, mich und meinen Bruder zu lieben. Erst durch die Qualen wirst du die wahre Bedeutung des Todes als Erlösung schätzen.«

Anita holt mit der Peitsche aus. Die Polizistin schreit ganz laut auf. Anita lacht und beugt sich zu ihrem Bruder vor, der weiter sein armes Opfer erniedrigt. Anita und Andreas küssen sich.

Sie sind krank, total krank! In meinen kühnsten Träumen habe ich solches nie erträumt. Diese brutale Perversität. Das Gefühl, dass ich erbrechen könnte, kommt mir hoch. Ich schließe die Augen und versuche mit langsamem Atmen durch die Nase das Gefühl zu unterdrücken, sonst erbreche ich noch und ersticke durch den Knebel an meinem eigenen Erbrochenen. Ich ziehe und rüttle an meinen Fesseln. Ich will weg von hier. Weg, nur weg. Es hilft nichts – ich kann mich nicht befreien. Was werden sie noch mit mir machen?

Ein Schrei der Polizistin aus Leibeskräften lässt mich meine Augen wieder aufreißen. Ich blicke zur Tür, die aufgeht. Ich erkenne die Figur, die in der geöffneten Tür steht und erschrocken starrt: David! Anita stiert ihn ebenso an. Andreas dreht sich langsam um.

»Yvonne!«

David rennt hinein in meine Richtung. Anita holt mit ihrer Peitsche aus. David springt zur Seite. Andreas zieht sich von seinem Opfer weg. Er bewegt sich rasch in Richtung David. Mit einem gewaltigen Sprung nach vorne tritt David ihm in den Brustkorb. Andreas fliegt mit einem Satz gegen die Wand. Ich will David warnen, aber ich kann nicht. Die Peitsche erwischt ihn an seiner Hand. Er schreit kurz schmerzhaft auf, während er sich umdreht. Anita holt noch einmal aus, aber sie hat keine Chance gegen die blitzartigen Schläge, die David austeilt. Sie sinkt zu Boden. Andreas rappelt sich hoch und greift nach der Pistole der Polizistin. Er zielt auf David. David springt vor zu der an Ketten schwebenden Liege, auf der ich festgeschnallt bin. Die Liege dreht sich und schaukelt ganz schnell nach oben. So kann ich nicht sehen, was passiert. Der Schuss aus der Waffe knallt fürchterlich laut. Die Liege hat sich um 270 Grad gedreht und ich hänge mit dem Kopf nach unten. Ich höre, wie die zwei noch kämpfen. Es löst sich noch ein Schuss und es herrscht Stille. Nein!

Die Liege wird nach oben geschwenkt. David lebt noch! Er lächelt mich an und macht meinen Knebel vorsichtig auf. Ich atme tief durch.

»Oh, David!«, ertönt es aus meinem Mund.

Er gibt mir einen Kuss und befreit meine Arme und Beine. Ich reibe die Stellen, wo ich gefesselt war. Ich schaudere, als ich Andreas sehe, der tot auf dem Boden liegt. Blut fließt langsam unter ihm heraus. David geht rüber zu seiner Kollegin und macht die Handfesseln auf.

»Andreas!«

Wir drehen uns zu Anita, die gebrüllt hat. Sie kniet bei ihrem Bruder. Sie hebt die Waffe hoch und deutet mit der Waffe auf mich und dann auf David, als er eine langsame Bewegung nach vorne macht.

»Denke bloß nicht daran, sonst puste ich deiner Freundin den hübschen Kopf weg!«

Wir erstarren. Anita schaut uns nervös an. Ihre Augen sind rot.

»Andreas«, murmelt sie und holt tief Luft.

Sie hebt die Waffe hoch. Blut und Knochensplitter spritzen im Raum herum, als die Kugel sie im Kopf trifft.

Sonntag, 6. Juli
14.00 Uhr

»Denkst du noch an gestern?«

»Ja«, antworte ich. »Es war schrecklich. Ich bin heilfroh, dass du gestern früher als geplant kamst, und auch, dass ich Anita nicht davon berichtet habe, dass du mich am Abend abholen würdest, damit wir Iris besuchen. Hast du eigentlich inzwischen mit deiner Kollegin geredet?«

David schüttelt den Kopf.

»Sie wollte nicht mit mir reden. Sie ist aber in guter psychologischer Behandlung.«

Guter psychologischer Behandlung? Mich schaudert. Ich war auch in psychologischer Behandlung – bei der größten Psychopathin, die man sich nur vorstellen kann!

Es ist aber schon verrückt, dass Anita mir tatsächlich am gestrigen Tag die Augen öffnete und mir meine eigenen Erinnerungen wieder ins Bewusstsein rückte. Ich erinnere mich wieder an den Missbrauch, den ich am eigenen Leibe erlebt habe. Diese Erinnerung erlebe ich als eine Befreiung. Ja, ich weiß, warum ich ständig so ein ewiges Verlangen verspürt habe. Völlig unfähig, normale soziale Beziehungen einzugehen, und immer auf der Suche nach emotionaler Befriedigung, habe ich versucht, sie nur auf die Art zu finden, die ich als Kind erlebt habe – durch Sex. Inzwischen habe ich erlebt, dass es andere Wege gibt, mir diese positiven Emotionen zu holen. Ich habe nun ein gutes Gefühl, dass das Leiden ein Ende hat.

Dienstag, 12. August
16.05 Uhr
Ich warte ungeduldig. David tritt aus dem Polizeipräsidium, begleitet von einem adretten jungen Mann im dunklen Anzug. Ich steige aus dem Auto und winke ihm zu. Er kommt freudestrahlend auf mich zu und gibt mir einen Kuss. Dann stellt er mich seinem Begleiter, dem ermittelnden Staatsanwalt, vor.

»Ah, Frau Fenske. Sehr erfreut, Sie persönlich kennen zu lernen. Ich habe schon einiges über Sie gehört. Ohne Ihre Hilfe hätten wir diese schlimmen Mordfälle nie aufklären können.«

»Ach, ich habe kaum einen Anteil dazu beigetragen. David ist nun mal der beste Polizist in Deutschland«, antworte ich und lege meinen Arm um David, während ich den smarten Staatsanwalt anlächle.

Er verabschiedet sich. Ich drehe mich zu David und gebe ihm einen zärtlichen Kuss auf die Wange, während ich dem Staatsanwalt noch kurz hinterherblicke und feststelle, was für einen durchaus knackigen Po er hat. Genau nach meinem Geschmack. Ich grinse kurz und blicke David an.

»Heißt das jetzt, dass nun alles geklärt ist?«

David lächelt, wohl in der Annahme, dass mein Grinsen ihm galt.

»Ja, Yvonne, die Untersuchungen sind endgültig abgeschlossen. Nach dem, was Anita Beierle dir und Petra erzählt hat, gehen wir davon aus, dass die meisten mysteriösen Morde, die in letzter Zeit in Stuttgart und Umgebung passiert sind, auf das Konto der Geschwister Beierle zurückgeführt werden können. Die Geschwister haben wohl seit Jahren eine inzestuöse Beziehung gehabt. Ihre Liebe zueinander hat wahnsinnige Züge angenommen. Sie haben sich gegenseitig vergöttert. Andreas hat seine Schwester regelrecht zu einer Göttin erschaffen wollen. Mein Schwager Gerald hat mir berichtet, wie Andreas wollte, dass er sie durch seine Chirurgie immer mehr nach seinen Vorstellungen gestaltete. Andreas und Anita waren völlig narzisstisch und skrupellos. Der jahrelang zurückliegende rätselhafte Tod der Eltern der beiden war bisher nie aufgeklärt worden. Wir müssen davon ausgehen, dass sie von den eigenen Kindern ermordet wurden. Vermutlich haben die Eltern von der Beziehung der Geschwister erfahren und wollten sie unterbinden.«

Ich denke kurz unweigerlich an den Tod meiner eigenen Mutter.

»Ich habe ermittelt, dass es viele Ermordete aus dem Bekanntenkreis von Patienten und Mandanten der beiden gegeben hat. Da es nicht direkt die Patienten oder Mandanten waren, wurde keine Verbindung zu den Geschwistern hergestellt. Es ist davon auszugehen, dass sowohl bei den Männern als auch bei den Frauen immer Sex im Spiel war. So krankhaft sie in ihrem Mordtrieb waren, ebenso raffiniert waren sie auch. Sie töteten manchmal unmittelbar beim Geschlechtsakt, manchmal jedoch zu einem völlig anderen Zeitpunkt. In Bezug auf deinen Konrektor können wir die Frau auf dem Video zwar nicht eindeutig identifizieren, aber eine große Ähnlichkeit mit Anita in ihrer Aufmachung, als sie sich selbst in den Kopf schoss, ist nicht zu verleugnen.«

»Und meine Theorie mit dem Drogendealer hat dann gar nicht gestimmt?«

»Doch, doch, Yvonne. So abwegig war diese Theorie gar nicht. In der Wohnung von Beierles haben wir einiges an Kokain gefunden. Iris hat mir bestätigt, dass Andreas regelmäßig Kokain konsumierte. Er war es sogar, der sie das erste Mal mit Kokain in Berührung brachte. Wir gehen davon aus, dass die Morde an den Schülern alle im Zusammenhang mit den Geschwistern Beierle zu sehen sind. Aber um ehrlich zu sein, bin ich davon überzeugt, dass wir die Morde im Einzelnen, d. h. nach Motiv und Ablauf, nie werden aufklären können. Weißt du, ich bin mir nicht einmal sicher, ob dieser Selbstmord deiner Schülerin Tanja Boltov tatsächlich Suizid war, genauso wenig, ob sie Michael Barthel und Zoran Ristic tatsächlich umgebracht hat oder ob nicht alles eine geschickte, perfide Inszenierung war. So durchtrieben, wie die Beierles waren, werde ich das Gefühl nicht los, dass sie sogar versucht haben, einen Verdacht auf dich zu lenken, nur um ihre vermeintliche Überlegenheit der Polizei gegenüber zu demonstrieren. Unsere Ermittlungen sagen, die Geschwister Beierle waren für diese und die anderen Morde verantwortlich. Die Staatsanwaltschaft und der Polizeipräsident begnügen sich auf jeden Fall damit. Die Öffentlichkeit hat ihren Täter, und sie werden für immer schweigen.«

»Hm, damit hast du sicherlich Recht.«

»Ach, beinahe hätte ich es vergessen: Der Polizeipräsident hat heute mit mir geredet und eine Andeutung gemacht, dass ich wohl bald befördert werde. Nachdem Hauptkommissar Hans Fledderer versetzt worden ist, ist die Stelle des Leiters des Morddezernats frei geworden.«

»Hey, super, mein Schatz, das ist eine tolle Nachricht. Dass dieser Hauptkommissar versetzt worden ist, ist wohl auch das Mindeste. Wenn ich denke, dass er deine Exkollegin angestiftet hat, mich zu verfolgen, und dadurch ihre brutale Vergewaltigung mit zu verantworten hatte.«

David legt seine Hand auf meine Knie und blickt zu mir rüber.

»Ja, und ich freue mich jetzt auf den Urlaub mit dir. Es ist ein gutes Gefühl, in den Urlaub zu fahren und zu wissen, dass dieser Fall endlich erfolgreich abgeschlossen ist.«

Wir fahren an einem Taxistand vorbei. Ich muss grinsen. Manche Fälle bleiben wohl für immer ungelöst …

ENDE